Veröffentlicht von
DREAMSPINNER PRESS

5032 Capital Circle SW, Suite 2, PMB# 279, Tallahassee, FL 32305-7886 USA
www.dreamspinnerpress.com

Das graue Halsband
Urheberrecht der deutschen Ausgabe © 2015 Dreamspinner Press.
Originaltitel: Bound: Forget Me Knot
Urheberrecht © 2012 H.B. Pattskyn.
Original Erstausgabe. September 2012
Übersetzt von Feliz Faber.

Umschlagillustration
© 2012 Shobana Appavu.
Die Illustrationen auf dem Einband bzw. Titelseite werden nur für darstellerische Zwecke genutzt. Jede abgebildete Person ist ein Model.

Deutsche ISBN. 978-1-64080-581-1
Deutsche eBook Ausgabe. 978-1-63476-445-2
Deutsche Erstausgabe. April 2015
Deutsche Buchausgabe. Januar 2018
v 1.1

Gedruckt in den Vereinigten Staaten von Amerika.

H.B. Pattskyn

DAS GRAUE
Halsband

DANKSAGUNG

WIE IMMER danke ich meinem wunderbaren Ehemann für seine fantastische Unterstützung und seine unendliche Geduld (ganz zu schweigen von der einen oder anderen Flasche Wein oder Kanne Kaffee). Seine Mutter ist auch ganz toll. Ebenso mein ständig größer werdender Freundeskreis – die Menschen, die da sind wenn ich sie brauche; die mich in Ruhe lassen, wenn ich Ruhe brauche; und die mir ganz allgemein dabei helfen, einigermaßen geistig gesund zu bleiben.

Großen Dank schulde ich meinen Betaleserinnen, Cheerleadern und Freundinnen – Kitsa, Shira und Tia – dafür, dass sie mich in den Allerwertesten getreten haben, wann immer es nötig war, und mir geholfen haben, dieses Buch soweit aufzupolieren, dass ich es einem Verlag schicken konnte. Auch dem Lektorenteam bei Dreamspinner bin ich verdammt dankbar, weil sie dieses Buch vollends auf Hochglanz gebracht und druckreif gemacht haben.

Meinen Fan-Fiction-Lesern werde ich ewig dankbar sein, weil sie mir den Mut gegeben haben, in Bezug auf meine Schriftstellerei den nächsten Schritt zu tun. Ich weiß zwar nicht, wie viele von euch das hier lesen werden, aber ich liebe euch alle, Leute.

1

DAS GRAUE Leder war seidenweich, aber dennoch robust – ein schönes Stück, ungefähr sechs Zentimeter breit, mit vier fest eingearbeiteten schweren D-Ringen. Ein Halsband wie dieses sagte einem, dass man jemandem gehörte – nicht, dass es jemanden gab, dem Jason gehören wollte. *Nicht, dass ich überhaupt irgendwem gehören will.* Er schluckte unbehaglich. Bondage-Spielchen mit seinem Gelegenheits-Freund Terry waren eine Sache, aber –

„Gute Wahl", erklang eine sonore Baritonstimme hinter ihm.

Jason fuhr zusammen und verfluchte halblaut seine eigene Dummheit. Was musste er sich auch beim Betatschen der Waren erwischen lassen! Der Verkaufsraum war noch nicht einmal geöffnet; er hatte hier nur deshalb jetzt schon Zugang, weil er beim Aufbau half, um keine Teilnahmegebühren für die Messe bezahlen zu müssen. Die Händler zu belästigen gehörte eindeutig nicht zu seinem Job.

Normalerweise schenkte Jason dem Angebot der Messehändler nicht einmal sonderlich viel Beachtung. Er ging schon seit acht Jahren zu Science-Fiction-Messen – seit er vierzehn war – und die Verkaufsräume sahen immer gleich aus: Auslagen, die von Romanen und Comics überquollen; Tische, auf denen sich CDs und DVDs stapelten. Es gab Filmposter und Action-Figuren. Lovecraftische Monster aus Plüsch. Der Schwerthändler hatte sich neben einem Stand niedergelassen, an dem Nachbauten von Phasern aus *Star Trek* und von Zat-Waffen aus *Stargate* angeboten wurden. Gegenüber fertigte eine Frau Korsetts nach Maß – für Frauen *und* Männer – und gleich daneben verkaufte ein Typ Uniformen. Raumschiff Enterprise, Krieg der Sterne, Kampfstern Galactica – was auch immer im Fernsehen oder im Kino lief oder gelaufen war, er konnte es besorgen.

Während der letzten paar Jahre hatte Jason immer mehr Messing- und Lederwaren in den Verkaufsräumen auftauchen sehen, wohl dank der zunehmenden Popularität der Steampunk-Literatur und damit auch der viktorianischen Kultur, aus der diese entstanden war. Es störte ihn nicht. Es gab nichts Schärferes als einen gut aussehenden Typen, der in einem Kostüm aus der viktorianischen Ära steckte. Wenn er dann auch noch Leder trug, umso besser.

Jason selbst trug zwar keine Lederklamotten, aber *was* er anhatte, war fast genauso gut: hautenge Jeans und ein schwarzes Netz-T-Shirt, das seine silbernen Nippelringe gut zur Geltung brachte. In die Gürtelschlaufen an seiner rechten Hüfte hatte er zwei graue Halstücher geknotet. Die waren allerdings mehr zur Show, da auf der Science-Fiction-Messe bestimmt niemand den „Taschentuch-Code" kannte, der angeblich in der Lederszene in Gebrauch war. Jason war sich nicht einmal sicher, ob es diesen Code wirklich gab; er hatte nur im Internet darüber gelesen.

Verschiedenfarbige Taschentücher kennzeichneten unterschiedliche sexuelle Vorlieben. Grau stand für Bondage.

MIT EINER Entschuldigung auf den Lippen drehte er sich zu dem Händler um, dem er im Weg herumstand (hoffentlich würde der Mann sich nicht über ihn beschweren – schließlich hatte Jason hier eigentlich nichts zu suchen). Aber die Worte blieben ihm im Hals stecken und sein Mund wurde ganz trocken, als er sich unverhofft einer muskelbepackten Brust gegenübersah. Er blickte auf. Der Händler lächelte auf ihn herab. Er war mindestens einen Kopf größer als Jason und hatte Muskeln wie der Unglaubliche Hulk. Na ja, nicht ganz, aber beim Armdrücken verlor er bestimmt nicht oft. Der Mann stand nur da und lächelte, aber das reichte schon, dass Jason sich neben ihm ganz klein fühlte.

Mit seinem kantigen Gesicht und den Grübchen in Kinn und Wangen war der Händler geradezu der Inbegriff klassischer männlicher Schönheit. Jason hatte eine Vorliebe für Gesichter mit Grübchen; die zeichnete er besonders gern. Er ließ seinen Blick weiter nach oben wandern über einen buschigen Schnurrbart und hellblaue Augen bis zu dem kurz geschnittenen blonden Haar des Mannes. Schnurrbärte mochte er normalerweise nicht besonders, aber jetzt war er plötzlich bereit, eine Ausnahme zu machen.

„Hast du hier *sonst* noch was gesehen, was dir gefällt?", fragte der Mann mit einem schiefen Grinsen.

Jasons Wangen wurden ganz heiß. „Ja. Ähm, nein! Ich wollte sagen ..." Er verhaspelte sich; seine Ohren waren bestimmt schon so rot wie der Teppich hier im Saal. „Tut mir leid, ich weiß ja, dass der Verkauf noch nicht läuft. Aber ich habe das hier gesehen" – er hielt das graue Halsband hoch – „und da konnte ich wohl einfach nicht widerstehen."

„Ich weiß *ganz genau*, was du meinst."

Jasons Herz pochte wie wild. Der Typ konnte das doch unmöglich so meinen, wie es klang. Oder?

„Na komm." Er fasste Jason an den Schultern und drehte ihn mit dem Rücken zu sich. Dann nahm er ihm das Halsband aus den Händen. „Wollen doch mal sehen, ob's dir passt."

„Ich ..." Jason leckte sich die Lippen. Er hatte zwar kein Preisschild gesehen, aber er wusste auch so, dass er sich dieses Halsband nicht leisten konnte. „Ich glaube wirklich nicht –"

Doch der Händler ließ ihn nicht ausreden. „Jesus, Junge, hast du vielleicht Haare! Nimm' mir mal das Gestrüpp aus dem Weg."

„Äh, was? Tut mir leid, ich ...", stammelte Jason. Warum entschuldigte er sich bei einem Wildfremden für seine langen Haare? Bekam er deswegen zuhause nicht schon genug zu hören? Entweder sein Vater oder dessen Freundin Alicia lagen ihm ständig wegen seiner Haare oder seiner Kleidung in den Ohren. Oder wegen seiner Einstellung. Ihrer Meinung nach würde ihm bei seinem Aussehen nie jemand einen anständigen Job geben. Normalerweise widersprach er nicht. Schließlich war Kellnern kein „richtiger Beruf", sondern etwas für ungelernte Hilfskräfte und Studenten, die sich etwas dazuverdienen mussten.

„Ich glaube, ich geh' mal besser wieder an meine Arbeit", sagte Jason. „Eigentlich soll ich ja beim Aufbau helfen." Doch als er sich davonmachen wollte, beugte der große Mann sich vor, legte ihm die Hände auf die Schultern und hielt ihn zurück.

„Du kannst doch bestimmt noch ein paar Minuten lang blaumachen", flüsterte er Jason ins Ohr. Seine Stimme klang melodisch. Verführerisch.

„Was?", war das Schlaueste, was Jason dazu einfiel.

„Wollen doch mal sehen, wie es an dir aussieht."

„Ich … ja, okay." Gott, er hörte sich wie ein echter Trampel an.

Der Händler räusperte sich. „Die Haare, Junge."

„Ach ja. Entschuldigung." Jason hob seine langen, schwarzen Locken an und entblößte seinen schlanken Hals. Er schloss die Augen, als der Händler ihm das graue Halsband umlegte. Es war schwer. Es fühlte sich gut an. Er hatte bisher nur einmal ein Halsband getragen, und das hatte er sich vor ein paar Monaten selbst gekauft – in der Haustierabteilung bei Wal-Mart. Wie viel befriedigender war es doch, wenn einem jemand anders das weiche, feste Leder umschnallte, selbst wenn einem derjenige nur etwas verkaufen wollte.

„So, bitte." Der Händler legte Jason erneut die Hände auf die Schultern. „Wie sitzt es?"

„Perfekt, Sir." Jason stockte. Aber „Sir" war schließlich nur eine normale, höfliche Anrede, und der Lederwarenhändler war offensichtlich ein paar Jahre älter als er. Okay, wahrscheinlich an die zehn Jahre älter, nicht dass das Jason etwas ausgemacht hätte. Ältere Männer wussten im Bett, was sie taten. Aber der Händler flirtete ja gar nicht mit ihm, sondern versuchte ihm nur etwas zu verkaufen. Damit würde er keinen Erfolg haben. „Es tut mir leid, Sir, aber so was kann ich mir wirklich nicht leisten. Ich wollte Ihnen nicht die Zeit stehlen."

„Wer sagt denn, dass du mir die Zeit stiehlst? Außerdem, anschauen kostet nichts, soweit ich weiß."

Jason warf einen Blick über die Schulter. „Wissen Sie, ich kann eigentlich überhaupt nichts sehen."

Bei Jasons vorlautem Ton verdrehte der Händler die Augen. „Ich glaube, für das Problem weiß ich eine Lösung." Er nahm einen antiken ovalen Handspiegel aus Messing vom Tisch und gab ihn Jason. „Da, bitte. Wie findest du's?"

Beim Anblick seines Spiegelbilds blieb Jason der Mund offen stehen. Das anthrazitgraue Leder passte perfekt zu seiner blassen Haut und hatte fast dieselbe Farbe wie seine Augen. Wie sollte er sich je wieder damit abfinden, ein billiges Hundehalsband zu tragen – jetzt, wo er wusste, wie er mit einem echten Halsband aussah?

3

Er gab sich im Geiste einen kräftigen Schubs. Warum sollte er ein echtes Halsband wollen? Echte Halsbänder waren etwas für devot veranlagte Typen. Sklaven. Jason war weder noch, er experimentierte nur gelegentlich mal mit Bondage herum. Er leckte sich nervös die Lippen und warf einen weiteren Blick auf den Händler, denn das fiel ihm leichter, als sein eigenes Spiegelbild anzuschauen.

„Damit siehst du irgendwie aus, als ob du wem gehörst, was, mein Junge?", bemerkte der große Mann.

„Ja. Ich hab' gerade gedacht ... Ich, äh ... nur mal so aus Neugier, was kostet das?" Er musste einfach fragen.

„Die Metallteile sind alle handgeschmiedet. Unter zweihundert kann ich nicht gehen."

Jason wurde das Herz schwer. „Ich wünschte, ich könnte mir das leisten. Aber ich bin mir nicht mal sicher, ob ich mir die Studiengebühren fürs nächste Semester leisten kann." Gott, wie erbärmlich das klang. Er war nicht auf Mitgefühl aus; die Worte waren ihm einfach so entschlüpft.

„Musst eben Prioritäten setzen, Junge."

Jason sah ihn fragend an.

„Erst kommt dein Studium", führte der Mann aus. „Für so was wie das da hast du später noch Zeit."

„Ja. Ist wohl so."

Jason warf einen letzten Blick in den Spiegel, bevor der Händler ihm das Halsband abschnallte. Kaum dass Jason es nicht mehr trug, verspürte er ein Gefühl des Verlusts. Er lächelte trotzdem. „Danke, dass ich es anprobieren durfte ..." Er schaute auf das Namensschild des Mannes, aber da stand nur „Sir" drauf.

„Henry Durand." Der Händler reichte ihm die Hand.

Jason ergriff sie. „Jason Kennly."

„Freut mich, Jason." Henrys Pranke verschluckte Jasons Hand geradezu, aber sein Händedruck war leicht. Freundlich.

„Mich auch. Also, ich geh' dann mal besser zurück, bevor jemand merkt, wie lange ich schon weg bin. Vielleicht bis demnächst mal, *Sir*", fügte er hinzu, obwohl sie sich jetzt mit Namen kannten.

Henry zog eine Augenbraue hoch, dann lachte er. „Ich bin immer hier, *Boy*", erwiderte er mit einem Augenzwinkern. „Du könntest vielleicht ein paar von meinen Sachen für mich modeln, falls du möchtest. Ich hätte da einen Satz Manschetten, die dir gut stehen würden."

Mit flammendheißen Wangen machte Jason sich schleunigst aus dem Staub. Höchstwahrscheinlich war Henry Durand in Wirklichkeit Buchhalter oder so was und verkaufte nur am Wochenende zum Zeitvertreib Lederhalsbänder und BDSM-Zubehör. Aber selbst die Vorstellung von Mr. Groß, Blond und Gutaussehend hinter einem Stapel Einkommenssteuererklärungen reichte nicht, um Jasons Schwanz wieder erschlaffen zu lassen.

DIE MESSE dauerte das ganze Wochenende. Zwar hatte Jason am ersten Tag schon vor zehn Uhr morgens da sein müssen, um beim Aufbau zu helfen, aber dafür endete seine Schicht um sechs, und er hatte den Rest der Zeit frei. Er hatte ein eigenes Zimmer – ein Luxus, den er am Ende des Monats zweifellos bereuen würde, wenn seine Visa-Abrechnung kam. Die Kreditkartenzinsen waren der reine Wahnsinn. Aber er hatte es satt, sich ein Zimmer mit zehn anderen zu teilen. Deshalb würde er auch niemandem erzählen, dass er dieses Wochenende ein eigenes Zimmer hatte. Er wollte nicht plötzlich zehn oder mehr beste Freunde haben, die alle auf einen Platz zum Pennen hofften.

Jason nahm eine lange, heiße Dusche und verwendete zwei Handtücher zum Abtrocknen – nur weil er es konnte. Er wickelte sich ein drittes Handtuch um seine schmale Taille und genoss es, sich beim Haare föhnen und -stylen so viel Zeit lassen zu können wie er wollte. Er rasierte sich sorgfältig – Bartstoppeln waren schlimm genug, aber Schnitte im Gesicht vor lauter Eile waren noch unattraktiver – und umrandete seine Augen mit rauchschwarzem Kajal. Dann zog er sich an, entschied sich aber für ein schlichtes schwarzes Rollkragen-Shirt statt des Netzhemds. Er wollte etwas um seinen Hals spüren, und nachdem er einmal ein echtes Halsband getragen hatte – und sei es auch nur für ein paar Minuten – brachte es das Wal-Mart-Halsband in seinem Koffer einfach nicht mehr.

Schließlich zwängte er sich in seine beste knallenge Jeans und knotete ein einzelnes graues Halstuch in die Gürtelschlaufe an seiner rechten Hüfte. Dass er es rechts trug bedeutete, dass er sich gerne fesseln lassen würde – gesetzt den Fall, dass überhaupt jemand eine Ahnung hatte, was es bedeutete. Für Jason zählte eigentlich nur, dass er selbst die Bedeutung des Halstuchs kannte.

Nachdem er sich mit einem letzten Blick in den Ankleidespiegel vergewissert hatte, dass er perfekt aussah, ging Jason hinunter in die Lobby, um nachzusehen, wer dort so alles herumhing. Auch wenn vielleicht hübschere Kerle auf der Messe herumliefen – wie seine Mutter immer gesagt hatte: Es kam nicht darauf an, was man hatte, sondern darauf, was man daraus machte. Er bezweifelte zwar, dass sie mit seiner Lebensführung einverstanden gewesen wäre, aber das spielte keine Rolle. Sie sah ja nichts davon, weil sie nicht mehr da war.

Sobald er aus dem Aufzug kam, entdeckte Jason seine beste Freundin, Kendra Lewis, mitten in einem Meer von Gesichtern und Kostümen. Sie trug eine komplette Kampfstern-Galactica-Pilotenuniform aus der Originalserie. Nicht aus der von vor ein paar Jahren – Kendra war Puristin. Sie und Jason waren in Troy zusammen aufgewachsen, zwei Kinder aus demselben Trailer-Park. Jetzt studierte sie droben im Norden an der Michigan Tech. Er wohnte am Arsch der Welt bei seinem Vater, den er bis vor ein paar Jahren nicht einmal gekannt hatte, und ging aufs Community College.

„Kommst du oder gehst du, Boy?"

Beim Klang der sonoren Baritonstimme zuckte Jason zusammen und fuhr herum. Hinter ihm stand Henry Durand und lächelte auf ihn herab. Jasons Verstand setzte aus, und für seinen Schwanz wurde es in der Jeans unvermittelt quälend eng. Henry hatte sich umgezogen und trug jetzt ein schwarzes, ärmelloses T-Shirt und enge schwarze Lederjeans. Er hatte mehrere Rollen Nylonseil über einer Schulter und eine große Sporttasche in der Hand.

„Weil, wenn das da nicht nur Show ist", Henry deutete mit einem Kopfnicken auf das graue Halstuch an Jasons Hüfte, „dann solltest du ein ‚fesselndes' Interesse an der Demo haben, die ich nachher hier gebe. Und ja, das Wortspiel ist Absicht." Er zwinkerte.

Jason machte den Mund auf. Dann machte er ihn wieder zu. Henry wusste …? *Scheiße.* Als ob ein Mann wie Henry Durand sich je für ihn interessieren würde. Es sei denn, dass Jason ihn vielleicht zu einem unverbindlichen Fick verleiten konnte …? Verdammt, Jason würde sich sogar damit begnügen, ihm im Männerklo einen zu blasen und sich später in seinem Zimmer zu der Erinnerung einen runterzuholen.

„Also?", fragte Henry. „Ist das jetzt nur Show, oder meinst du's ernst?"

Bevor Jason einen zweiten Versuch starten konnte, etwas Intelligentes zu sagen, spürte er, wie sich zwei Arme um seine Taille legten. Er brauchte sich nicht umzuschauen um zu wissen, dass es Terry war, sein mal-mehr-mal-weniger fester Freund. Zurzeit waren sie wieder einmal auseinander, obwohl Terry das nicht klar zu sein schien.

„Ich hab' dich hier schon überall gesucht!" Terry schmatzte ihm einen feuchten Kuss auf die Wange. „Weichst du mir aus oder was?" Er hörte sich aufgekratzt an, und er roch nach billigem Wodka und Juicy Fruit Kaugummi, ein sicheres Zeichen, dass er bereits betrunken war.

Jason entwand sich der unerwünschten Umarmung und drehte sich zu Terry um. „Ich hab' beim Aufbau geholfen. Tut mir leid, dass du mich nicht finden konntest."

„Na, jetzt hab' ich dich ja gefunden." Er versuchte, Jason wieder an sich zu ziehen, aber Jason schubste ihn weg. Terry zog einen Flunsch. „Bist du etwa immer noch sauer auf mich wegen neulich?", wollte er wissen.

„Nein", log Jason. Als er sich umschaute, musste er feststellen, dass Henry schon halb den Flur hinunter war. Er wäre ihm am liebsten hinterhergelaufen, aber wie erbärmlich hätte das ausgesehen?

„Ich bin auf dem Weg rauf in die Messelounge", sagte Terry.

Jason zuckte die Achseln.

„Was ist, *kommst* du?"

„Ich komme gleich nach."

„Wo willst du denn hin? Die nächsten paar Stunden ist hier sowieso nichts los –"

„Ich hab' doch gesagt, ich komme gleich!"

6

„Dabei könnte ich dir helfen – beim Kommen", bot Terry mit einem lüsternen Hochziehen der Augenbrauen an.

„Nein, danke. Bis nachher." Jason machte auf dem Absatz kehrt und gab sich alle Mühe, so schnell er nur konnte in der Menge zu verschwinden.

Es funktionierte – entweder das, oder Terry hatte keine Lust, ihm hinterherzurennen. Jason war es egal; er schlüpfte in den erstbesten leeren Tagungsraum, an dem er vorbeikam, um erst mal seine Gedanken neu zu ordnen. Er wusste nicht einmal genau, warum er weggelaufen war. Terry hatte ihn zwar neulich versetzt, aber das war nicht zum ersten und wahrscheinlich auch nicht zum letzten Mal passiert. Es spielte keine Rolle. Im Moment hatte er nur eins im Sinn: herauszufinden, was Henry für eine Demo gab – und wo.

Obwohl er sich dabei wie ein Idiot vorkam, steckte er erst den Kopf aus dem Tagungsraum, um sich zu vergewissern, dass die Luft rein war. Dann ging er sich an der Anmeldung ein Messeprogramm besorgen.

ZWANZIG MINUTEN später stand Jason vor der geschlossenen Tür eines der kleineren Ballsäle. In seinem Bauch flatterte ein ganzer Schwarm Schmetterlinge herum. Er spielte schon mit dem Gedanken, die ganze Sache zu vergessen – die Demo hatte bereits angefangen – aber er hatte nur die Wahl, entweder verspätet da reinzugehen oder sich oben in der Messelounge mit Terry zu treffen. Oder kläglich und verlassen alleine herumzuwandern.

Er wollte Terry nicht sehen und er hatte keine Lust, ziellos herumzulaufen.

Oder er konnte sich auch hier draußen vor der Tür des Ballsaals herumdrücken, bis die Demo vorbei war, und Henry beim Herauskommen abfangen. Aber das wäre noch erbärmlicher als dem Mann nachzulaufen.

Jason atmete tief durch, um seine Nerven zu beruhigen, öffnete die Tür und ging hinein. Weiter vorne im Raum saßen ungefähr dreißig, vierzig Leute und hörten zu, wie Henry über sichere, gesunde und einvernehmliche Bondage-Spiele sprach.

Plötzlich hörte Henry auf zu reden und fixierte Jason mit finsterem Blick. „Du kommst zu *spät*", blaffte er.

Jason riss die Augen auf – Henrys Stimme war bestimmt noch draußen im Flur zu hören gewesen. Im Saal drehten sich jedenfalls alle um und starrten den Eindringling an.

„So langsam dachte ich schon, ich müsste mir einen anderen Freiwilligen suchen", fuhr Henry in demselben verärgerten Tonfall fort. Jason drehte sich der Magen um, und sein Schwanz ging in Habachtstellung – er hatte keine Ahnung, warum. Er stand nicht auf Demütigungen, ob in der Öffentlichkeit oder nicht. Oder?

„Jetzt steh' nicht bloß da rum, Boy. Mach' gefälligst, dass du herkommst! Die netten Leute hier haben schließlich nicht den ganzen Abend Zeit, weißt du."

Jason schluckte mühsam. Das sollte doch wohl ein Scherz sein!

„Willst du nun gefesselt werden oder nicht?", verlangte Henry zu wissen.

Gott, ja!

Nur dass er sich doch unmöglich vor einem Saal voller Leute, die er nicht kannte, von einem wildfremden Menschen fesseln lassen konnte. Andererseits, was konnte sicherer sein? Vor Zeugen würde ganz bestimmt niemand irgendwelche Fiesheiten versuchen – nicht, dass er Henry ernsthaft ungute Absichten unterstellen wollte.

Obwohl er absichtlich niemanden anschaute, wusste er genau, dass alle *ihn* anstarrten, während er die knapp dreißig Meter bis ans andere Ende des Raums zurücklegte. Es war sowohl der längste als auch der kürzeste Gang seines Lebens.

„Auf deinen Platz." Henry deutete mit einem Kopfnicken auf den Boden zu seinen Füßen.

Jason zögerte, aber dann ließ er sich widerspruchslos auf die Knie sinken und spielte entschlossen mit. Es würde ihm wahrscheinlich sogar Spaß machen. Er hatte die Beschreibung im Messeprogramm gelesen, und die hatte sich jedenfalls sehr verlockend angehört:

Gefesselt von Fesselspielen

Eine Anleitung für sichere, gesunde und einvernehmliche Fesselspiele, die SPASS machen! Bondage-Experte Henry Durand präsentiert in einer zweistündigen Live-Demo die bestrickende Faszination der Knoten und Seile. Wer mitmachen möchte, bringt sich einen Partner mit. Nur für Erwachsene – Teilnahme ab 18.

Im Internet hatte Jason gelesen, wie ein Submissiver sich zu benehmen hatte. Daran versuchte er sich jetzt zu erinnern, da Henry ziemlich sicher genau das von ihm erwartete. Er senkte das Kinn ein wenig, straffte die Schultern und hielt den Blick vor sich auf den roten Teppich gerichtet. Er wollte sowieso niemandem in die Augen schauen müssen. Stattdessen blickte er sich verstohlen unter den Zuschauern um und verspürte eine Welle der Erleichterung bei der Erkenntnis, dass er hier keinen Menschen kannte. Er fixierte erneut einen Punkt auf dem Teppich und hörte Henry zu. Als Henry ihm übers Haar zu streicheln begann, lächelte Jason und reckte sich der Berührung entgegen. Er konnte sich schlechtere Arten vorstellen, einen Freitagabend zu verbringen.

Henry schien zu wissen, wovon er sprach. So wie es sich anhörte, legte er großen Wert auf Sicherheit. Er ritt ewig auf dem zwingenden Gebrauch von Kondomen herum, als wüssten die Zuhörer darüber nicht längst Bescheid – sie lebten schließlich alle im einundzwanzigsten Jahrhundert, Herrgott noch mal. Andererseits, wenn man sich anschaute, wie oft sich jemand mit HIV oder allem möglichen anderen Scheiß ansteckte … ja, wahrscheinlich war es schon wichtig, über Safer Sex zu reden. Auch wenn Jason sich nicht vorstellen konnte, warum jemand absichtlich auf Kondome verzichten würde.

Plötzlich packte Henry ihn mit der Faust an den Haaren und zerrte ihm mit einem Ruck den Kopf nach hinten, sodass Jason zu ihm aufschauen musste. „Träumst du etwa, Boy?"

„Ich ... Entschuldigung, ich ...", stammelte er errötend. „Bitte, wie war noch mal die Frage, Sir?"

„Ich habe dich gefragt, ob du irgendwelche medizinischen Probleme hast, von denen ich wissen sollte." Henry hörte sich verärgert an.

„N-nein, Sir."

Henry wartete kurz, dann nickte er knapp. Er lockerte seinen Griff, ließ Jasons Haar aber nicht los. Er ging in die Hocke, sodass sie auf gleicher Augenhöhe waren. „Du wirst ungefähr eine Stunde lang gefesselt sein. Kommst du damit klar?"

„Ich glaube schon." Er wünschte, er hätte überzeugter geklungen.

„Brauchst du eine Pinkelpause, bevor wir anfangen?"

Jason blinzelte und starrte den anderen Mann an, zu verblüfft, um zu antworten.

Henry schmunzelte. „Das nehme ich dann mal als ‚nein'." Er ließ Jasons Haar los und richtete sich auf – und Jason stellte fest, dass er nicht als Einziger hier eine Beule in der Hose hatte. Gott, hatte er etwa wahrhaftig eine Chance bei diesem Mann? Zweifellos würde es auf nichts weiter als einen flüchtigen Fick hinauslaufen, aber er würde nehmen, was er kriegen konnte.

Und so finster, wie Henry ihn anschaute, hatte er anscheinend gemerkt, dass Jason in Gedanken schon wieder ganz woanders war.

Jason senkte den Blick. „Tut mir leid, Sir."

Henry nahm seine Entschuldigung nicht zur Kenntnis. „Auf den Tisch. Knie dich hin, Rücken zum Publikum."

Jason gehorchte Henrys Befehl. Die Tischplatte war hart; er war sich nicht sicher, ob er eine Stunde lang darauf knien konnte. Aber er hatte sich nun einmal zu der Demo verpflichtet, also versuchte er, sich zu entspannen und es zu genießen. Sein Schwanz schien an dem Ganzen jedenfalls seine Freude zu haben – er drückte schmerzhaft von innen gegen den Stoff von Jasons Jeans.

Henry neigte sich zu ihm. „Würde es dir was ausmachen, dein Oberteil auszuziehen?", fragte er so leise, dass nur Jason ihn hören konnte.

Jason schaute ihn beklommen an. Er wollte sich nicht weigern, aber es war ihm auch nicht recht wohl bei dem Gedanken, sich vor einem Raum voller Fremder auszuziehen.

Anstatt zu drängen, wie Jason es von ihm erwartet hätte, sah Henry ihm fest in die Augen. Sein Gesichtsausdruck war ruhig, sicher. Beruhigend. „Ich werde die ganze Zeit über hier sein", versprach er.

Jason leckte sich die Lippen. Nickte. Er zog seinen Rolli aus und legte ihn neben sich.

„So ist's gut, Boy." Henry strich mit den Fingern durch Jasons Haar. „Hände auf den Rücken", sagte er so laut, dass alle es hören konnten.

9

Jason gehorchte. Er schloss die Augen und versuchte, sich zu entspannen, als Henry das weiche Nylonseil um seine Arme schlang und verknotete. Henry arbeitete langsam und erklärte jeden einzelnen Schritt. Jasons ganze Welt bestand bald nur noch aus Henrys Stimme, den gleichmäßigen, sicheren Berührungen seiner Hände. Dem Duft von wohlgepflegtem Leder. Er brauchte sich nicht einmal allzu sehr darauf zu konzentrieren, die anderen Menschen im Raum auszublenden. Nur Henry allein war von Bedeutung. Nur Henry allein existierte außer ihm.

Schon bald umhüllte das Seil Jasons Arme ganz. Wie sich das anfühlte … es war unglaublich. Sinnlich. Er drehte und wand sich versuchsweise ein wenig, aber er konnte sich überhaupt nicht bewegen. Er hatte sich noch nie so hilflos gefühlt. War noch nie so geil gewesen.

Kräftige Finger strichen leicht über seine Hände. Ohne nachzudenken griff Jason nach Henrys Fingern und hielt sie fest. Ganz dicht an seinem Ohr fragte Henry so leise, dass sonst niemand ihn hören konnte: „Alles okay?"

„Ja, Sir." Sir mit großem S.

Henry warf ihm einen fragenden Blick zu – dann nickte er. Er drückte Jason sanft die Hand. „Kein Kribbeln irgendwo?", fragte er. „Irgendwas abgeschnürt?"

„Nein, Sir. Ich … mir geht's gut." Er spürte, wie ihm erneut die Hitze in die Wangen stieg. Es ging ihm mehr als gut, und falls Henry auch nur einmal in Jasons Schritt geschaut hatte, wusste er das auch. Eine Berührung würde reichen, um ihn auf der Stelle abspritzen zu lassen. „Ich bin okay, Sir."

Henry schmunzelte; seine blauen Augen funkelten vor Belustigung. „Stimmt, Boy. Aber gleich wird's erst richtig interessant." Er zwinkerte Jason zu und ließ ein schiefes Lächeln aufblitzen. „Ich hoffe, du hast nichts dagegen."

Ohne auf eine Antwort zu warten richtete er sich auf und wandte sich wieder ans Publikum. „Wenn man natürlich einen vorlauten kleinen Frechdachs als Partner hat, kann man dem mit ein bisschen Seil auch abhelfen", sagte er, womit er alle zum Kichern brachte – außer Jason.

Jason setzte zu einem Protest an. Er war nicht vorlaut!

Aber Henry schnitt ihm das Wort ab. „Aufmachen, Boy", befahl er. Zwischen seinen Händen spannte sich ein Stück Seil, das er Jason direkt vor den Mund hielt.

Jason zögerte. Das war jetzt keine Frage des Stolzes mehr, sondern nun ging es darum, ob er bereit war, sich einem Wildfremden restlos auszuliefern. Aber jetzt war er schon so weit gekommen – was konnte es schon schaden, noch ein bisschen weiter zu gehen?

Als könnte er Jasons Gedanken lesen beugte Henry sich erneut zu ihm herab. „Das Seil ist brandneu. Ich habe es erst vor ein paar Stunden aus der Verpackung genommen", flüsterte er Jason ins Ohr. „Es wird heute Abend zum ersten Mal benutzt. Außerdem, glaubst du ernsthaft, dass ich vor so vielen Zeugen irgendwas Abwegiges versuchen würde?"

Jason hätte beinahe gelacht. „Ist das hier etwa nicht abwegig?"

10

Henry verdrehte die Augen. Er schien sich ebenfalls Mühe geben zu müssen, nicht zu lachen. „Ich glaube, es war eine gute Idee, dich zu knebeln. Jetzt mach den Mund auf. Sonst blamierst du mich hier noch."

Jason grinste. „Dafür könnest du mir ja dann den Hintern versohlen, wenn du willst, Sir", neckte er.

„Pass bloß auf." In Henrys Tonfall lag eine Warnung. „Ich nehme dich vielleicht beim Wort. *Boy.*"

Scheiße. Henrys Worte klangen, als seien sie ernst gemeint. Jason verspürte ein Ziehen in den Genitalien. Anscheinend blieb ihm nichts anderes übrig, als mitzuspielen, aber … „Was ist, wenn … ich meine …" Nur dass er nicht wusste, wie er die Frage stellen sollte, die er stellen wollte. Was, wenn er Probleme bekam oder einen Krampf oder dringend losgebunden werden musste oder …?

Henry lächelte nur. „Du meinst, wie du mir Bescheid geben sollst, dass du ein Problem hast, wenn du so zusammengeschnürt bist?", fragte er.

Jason nickte, da er inzwischen seiner Stimme nicht mehr traute.

„Denk' dran, was ich dir vorhin gesagt habe. Ich werde die ganze Zeit über hier sein und dich im Auge behalten."

Das klang so beruhigend, dass Jason nur noch den Mund aufmachen und sich von Henry knebeln lassen konnte. Nylon, befand er gleich darauf, schmeckte nicht besonders lecker.

Henry wandte seine Aufmerksamkeit dem Publikum zu und begann erneut zu reden. Da er sowieso nicht sehen konnte, was Henry tat, schloss Jason die Augen wieder und verlor sich in der sinnlichen Empfindung der straffen Fesselung. Das Nylon war weich auf seiner Haut; er hatte noch nie zuvor Nylonseil benutzt. Oder besser gesagt, Terry hatte keins benutzt. Sonst hatte Jason sich bisher von niemandem fesseln lassen. Wobei das, was Terry mit ihm machte, nicht einmal ansatzweise vergleichbar war. Terry benutzte einfach, was in seiner Wohnung gerade herumlag. Manchmal kam sogar etwas Gutes dabei raus. Falls nicht, trug Jason eben notgedrungen ein paar Tage lang langärmlige Hemden, um die blauen Flecken und Seilabdrücke an seinen Handgelenken nicht erklären zu müssen.

So wie es sich anhörte, begann hinter ihm gerade der praktische Teil der Demo; unter Henrys Anleitung übten die Zuschauer paarweise, sich gegenseitig zu fesseln. Jason hätte sich gerne umgedreht, um ebenfalls zuschauen zu können. Er hatte noch nie an einer Bondage-Demo teilgenommen und hätte liebend gern die Gelegenheit genutzt, um etwas zu lernen. Er wusste zwar von einigen Fetisch-Gruppen in der Gegend, aber er hatte viel zuviel Angst davor, einem Bekannten über den Weg zu laufen, um tatsächlich einmal zu einem „Munch" – einem zwanglosen Treffen – zu gehen. Was, wenn zum Beispiel sein ehemaliger Mathelehrer ein heimlicher Leder-Daddy war und Jason das mitkriegen würde? Das wäre einfach zu abartig und das Risiko absolut nicht wert.

Darüber wollte er gar nicht weiter nachdenken. Also vertiefte Jason sich lieber in die Gegenwart, in das Seil, mit dem seine Arme verschnürt waren. Sein

Mund. Wenn er gefesselt war, brauchte er keine Angst zu haben, etwas falsch zu machen. Er brauchte sich nicht einmal darum zu sorgen, ob er etwas richtig machte. Er brauchte nur dazuliegen und seinen Partner machen zu lassen. Oder so hatte er es sich jedenfalls immer erträumt. Erlebt hatte er es noch nie, Terrys Bemühungen zum Trotz. Bondage war einfach nicht so Terrys Ding. Er konnte Jason nicht das geben, was er wollte.

Henry jedoch … Wie es wohl wäre, dem Mann auf Gedeih und Verderb ausgeliefert zu sein, keine andere Wahl zu haben, als sich von ihm ficken zu lassen, wie auch immer Henry ihn ficken wollte? Bei der Vorstellung pochte es schmerzhaft in Jasons Schwanz. Herrgott, er würde noch tot umfallen, wenn er sich nicht bald einen runterholen durfte. Wie lange wollte Henry ihn eigentlich noch gefesselt lassen?

Allmählich verkrampften sich seine Arme, und er verlagerte sein Gewicht, um die Anspannung in seinen Schultern etwas zu lindern. Er rutschte hin und her. Jetzt tat es noch mehr weh. Seine Knie schmerzten und er war ziemlich sicher, dass seine Füße eingeschlafen waren. Okay, jetzt wurde es definitiv langsam Zeit, dass Henry ihn losband.

Jason öffnete die Augen. Er wollte den Kopf wenden und Henry auf sich aufmerksam machen, aber als er es versuchte, stellte er fest, dass er sich nicht bewegen konnte. *Scheiße.* Soviel zum Thema Ausgeliefertsein! Und warum war es hinter ihm im Raum so still? Jason starrte auf die hässliche gelbe Tapete. Sein Herz pochte wie verrückt. Während er überlegte, was er jetzt tun sollte, kämpfte er gegen die Panik an, die ihm die Brust zusammenpresste.

Er versuchte zu rufen, konnte aber nur gedämpfte Laute von sich geben. Er konnte nicht einmal um Hilfe schreien! Er atmete in rauen, abgehackten Zügen. Was, wenn er die ganze Nacht hier bleiben musste? Was, wenn …

„Ruhig, Boy, ich hab' dich." Henry kam wie aus dem Nichts, und Jason spürte zwei kräftige Hände auf seinen Schultern. Er erschauerte und drängte sich Henrys Berührung entgegen; er sehnte sich verzweifelt nach menschlicher Nähe. Henry schien genau zu wissen, was Jason brauchte: Er nahm ihn in die Arme und zog ihn fest an sich, wärmte seine eisige Haut. „Schscht, du hast das großartig gemacht", murmelte er. „Alle sind weg. Ich habe gerade die letzten zur Tür gebracht. Tut mir leid, dass ich dich hier gelassen hab', aber ich war nur am anderen Ende des Raums, ich schwör's. Ich hab' die ganze Zeit auf dich aufgepasst. Du warst nie allein."

Jason hörte zwar die Worte, doch sie drangen gar nicht richtig in sein Bewusstsein. Nur die starken Arme zählten, die ihn festhielten, die ihm ein Gefühl von Sicherheit gaben.

„Ich bin unglaublich stolz auf dich, Jason", sagte Henry. „Ich werde dich jetzt losbinden, okay? Jason? Kannst du mich hören?"

Jason versuchte zu nicken, aber er konnte kaum den Kopf bewegen.

„Komm, fangen wir erst mal damit an."

Fast in Nullkommanichts hatte Henry das Seil aus Jasons Mund genommen und hielt ihm ein Plastikgefäß mit kaltem Wasser an die Lippen. „Trink", befahl er, als Jason zögerte.

„Ich muss pinkeln. Das macht's nur schlimmer."

„Eine volle Blase wird dich nicht umbringen, und ich binde dich erst los, wenn du getrunken hast."

Jason trank; was blieb ihm auch anderes übrig? „Ich spüre meine Füße nicht mehr", sagte er, als Henry ihm die Flasche wieder vom Mund nahm.

„Okay, warte mal kurz. Nein, lass mich", sagte Henry bestimmt, als Jason sich zu bewegen versuchte. Er half Jason, die Beine zu strecken und sich an die Tischkante zu setzen, sodass seine Füße in der Luft baumelten. Das Kribbeln war fast so unerträglich wie der Druck auf seiner Blase, aber Jason machte sich nichts daraus. Sobald er das letzte Stück Seil los war, versuchte er aufzustehen – und wäre beinahe auf die Nase gefallen, wenn Henry ihn nicht aufgefangen hätte.

„Ein paar Minuten lang hält deine Blase schon noch durch", sagte er und half Jason zurück auf den Tisch.

Kräftige Finger massierten fachmännisch erst seine Handgelenke, dann seine Arme und schließlich seine Schultern. Jason gab augenblicklich jeden Fluchtversuch auf und seufzte, als Henrys Hände sich zu seinem Nacken weiterbewegten. „Du kannst das aber gut."

Henry lachte leise. „Ich habe fast zwölf Jahre lang als Massagetherapeut gearbeitet. Da sollte ich wohl ein bisschen was davon verstehen, bilde ich mir ein."

„Was machst du jetzt?"

„Du hast es heute Nachmittag bewundert."

Jason drehte sich um und schaute ihn an. „Das hast du alles selbst gemacht?"

„Außer der Lederkleidung", antwortete Henry lässig. „Die stellt eine Bekannte von mir her. Du hast da ein paar ziemlich üble Knoten im Rücken und in den Schultern. Wenn ich dich mal ordentlich durchkneten wollte, wäre dein fester Freund dann sauer?"

„Hä?"

„Der Blonde mit der Igelfrisur? Der im Flur so an dir geklebt hat?"

„Terry ist *nicht* mein fester Freund."

Henry grinste. „In dem Fall, darf ich dich zum Essen einladen, ehe ich mir deinen Rücken vornehme?"

Essen gehen? Meinte er etwa ein Date? Mit *ihm*? Jasons Herz pochte schon wieder wie wild.

„Das bin ich dir ja wohl mindestens schuldig, nachdem du so toll mitgespielt hast", erklärte Henry.

Soviel zum Thema Date. Jason ignorierte den Anfall von Enttäuschung. „Ich habe nur getan, was du meiner Meinung nach von deinem Boy erwarten konntest, Sir", sagte er in einem krampfhaften Versuch, witzig zu sein. Es funktionierte nicht. Henry fand es nicht lustig. Jason konnte fast zusehen, wie sich in seinem Gesicht

13

die finsteren Gewitterwolken zusammenbrauten. „Das war nur ein Scherz. Ich hab's nicht so gemeint." Scheiße. Er war ein Idiot. Er hätte nur zu sagen brauchen: „Klar, ich würde gern mit dir essen gehen", wie jeder normale Mensch.

Henry maß ihn mit einem langen Blick. „Bist du dir *sicher*, dass es ein Scherz war, Boy?" Seine Stimme klang verhalten, gefährlich. Jason lief ein kalter Schauer über den Rücken. Henry kam ihm so nahe, dass Jason seinen warmen Atem auf dem Gesicht spürte. „Ich glaube nämlich, dass du's ernst gemeint hast. Außerdem glaube ich, dass du vielleicht noch auf was anderes stehst als nur darauf, dich fesseln zu lassen, während andere Leute zuschauen. Hab' ich recht?"

Jason leckte sich die Lippen und schaute zu Boden. Er konnte nicht antworten.

Henry brauchte anscheinend keine Antwort. „Ich werd' dich hier aufräumen lassen – roll' einfach das Seil möglichst ordentlich zusammen und steck' es hier in die Tasche. Ich erwarte keine Perfektion. Wir treffen uns in zwanzig Minuten in Zimmer 412. Komm *ja* nicht zu spät."

„Ich –"

„Ach, und übrigens." Henry richtete sich wieder auf und stemmte die Hände in die Hüften. „Ich erwarte, dass du dir das Pinkeln verkneifst, bis wir uns wiedersehen."

Jason sah ihn fassungslos an. „Ich stehe nicht auf –"

„Das hat nichts damit zu tun, worauf du stehst oder nicht. Darüber reden wir noch, keine Bange. Fürs erste tust du gefälligst, was ich dir sage, und zwar einfach deshalb, weil *ich* es dir sage. Klar?"

Jason senkte den Blick. „Ja, Sir."

„So ist's gut." Henry umfasste Jasons Hinterkopf, zog ihn an sich und küsste ihn stürmisch.

Jason war so überrascht, dass er nur den Mund aufmachen und sich von Henry mitreißen lassen konnte, der sich einfach nahm, was er wollte. Es war brutal. Herrlich. Fordernd.

Als Henry ihn losließ, fühlte Jason sich leer. Er wollte mehr. Nach Henrys Gesichtsausdruck zu schließen, wollte er ebenfalls mehr.

„Bis gleich, Boy."

2

JASON SAH auf seinem iPhone nach der Uhrzeit. Genau fünfzehn Minuten waren vergangen, seit Henry ihn im Ballsaal zurückgelassen hatte. Er stellte das Handy stumm. Terry hatte schon zweimal angerufen, während Jason noch beim Aufräumen gewesen war. Er hatte wirklich keine Lust auf einen weiteren Anruf von Terry, während er und Henry gerade … *Scheiße.* Jason hatte keine Ahnung, wie der Abend weiter verlaufen würde. Er konnte es nur vermuten. Aber obwohl er nicht genau wusste, was auf ihn zukam, vibrierte er praktisch vor gespannter Erwartung. Oder vielleicht war er gerade deshalb so aufgeregt, *weil* er es nicht wusste.

Die Aufzugtüren öffneten sich mit einem „Ping", und Jason wischte sich die schweißfeuchten Hände an den Oberschenkeln ab. Sein Mund war so trocken, als hätte er Watte drin, aber er war standhaft an sämtlichen Trinkbrunnen vorbeigelaufen. Jeder Schluck Wasser würde den quälenden Druck auf seiner Blase nur noch schlimmer machen. Gott, er konnte nur hoffen, dass Henry nicht auf bizarre Natursekt-Spielchen abfuhr. Denn das wäre ein Grund, sofort die Notbremse zu ziehen, und *das* wiederum würde Jason das Herz brechen. Oder ihm zumindest den Abend versauen.

Aber vielleicht hatte Henry es ja auch exakt so gemeint, wie er es gesagt hatte: Jason verkniff sich das Pinkeln, weil Henry es ihm befohlen hatte. Was bedeutete, dass Henry definitiv auf D/s stand, Dominanz und Unterwerfung. Jason atmete einmal tief durch. Stand *er* auf so was? Er ließ sich gerne fesseln. Er mochte es, wenn jemand anders die Kontrolle übernahm. Er wollte dieses Halsband. Es hatte ihm eigentlich gar nichts ausgemacht, zu Henrys Füßen zu knien.

Und er hatte keine Zeit mehr, noch länger darüber nachzudenken. Er stand vor Zimmer 412 und konnte nur noch eines tun: anklopfen. Entweder das, oder er konnte anklopfen, die Tasche fallen lassen und wegrennen.

Aber falls ich das mache, werde ich es für den Rest meines Lebens bereuen.

Bevor er noch die Nerven verlieren konnte, pochte Jason mit den Fingerknöcheln an die Tür. Den Bruchteil einer Sekunde später machte Henry ihm auf und begrüße in mit einem ironischen Lächeln.

„Schön, dass du nicht *immer* zu spät kommst, Boy", neckte er. Sofort bekam Jason wieder ganz heiße Wangen, und Henry lachte leise. „Du bist ja so was von niedlich, wenn du rot wirst. Komm schon rein."

Er trat zur Seite, um Jason eintreten zu lassen. Jason fühlte sich wie eine Fliege, die von der Spinne ins Netz eingeladen wird. Aber hinein ging er trotzdem.

Drinnen gab es zwei breite Betten, einen Schreibtisch, einen Kleiderschrank und ein Fernsehgerät nebst Sitzgruppe aus zwei Sesseln und einem gepolsterten

15

Sitzhocker vor dem Fenster. Das Gepäck, das sich hinter den Sesseln stapelte, hätte für eine vierköpfige Familie gereicht. Die Vorhänge waren zugezogen und sämtliche Lichter waren an.

„Stell die Tasche zu den anderen Sachen", befahl Henry. „Dann komm hier rüber und zieh dich aus."

„Sollten wir nicht erst mal miteinander reden?", protestierte Jason. Sollte Henry ihn nicht erst mal aufs Klo gehen lassen, verdammt noch mal?

Henrys Miene verfinsterte sich. „Entweder du tust, was ich sage, oder du gehst gleich wieder. Liegt ganz bei dir." Seinem Tonfall nach würde er keinen Widerspruch dulden – und keinen Kompromiss. Henry machte einen Schritt nach rechts, sodass er nicht länger zwischen Jason und der Tür stand.

Jason wurde es ganz flau im Magen. Wenn er jetzt ging, würde Henry ihn ganz sicher nicht zurückrufen.

Aber *wollte* er das denn überhaupt?

Wollte er überhaupt hier sein?

Ja. Gott, ja.

Er wollte von Henry gefesselt und bis zur Besinnungslosigkeit gefickt werden. Er wollte sein beschissenes Leben vergessen und sich einfach nur ein paar Stunden lang blind in tabulosem Sex verlieren.

Vor allem aber wollte er noch einmal von Henry geküsst werden.

Jason stellte Henrys Sporttasche zu dem restlichen Gepäck, dann drehte er sich um und begegnete Henrys Blick. „Ich ... Ich weiß nicht ... ich hab' noch nie für jemanden gestrippt. Ich meine, du weißt schon, mit Licht an und so."

Henry lächelte zynisch. Das machte es auch nicht besser. „Ich erwarte keinen Profi-Striptease, Boy. Zieh dich einfach aus und lass dich mal richtig anschauen."

Jason leckte sich die Lippen; sie wurden allmählich rissig. Es fiel ihm nicht allzu schwer, sein Oberteil auszuziehen; Henry hatte seine nackte Brust ja schon gesehen. In Bezug auf den Rest seines Körpers war er da nicht so zuversichtlich.

„Leg' dein Shirt zusammengefaltet dort auf den Schreibtisch", befahl Henry, nachdem Jason sich den Rolli über den Kopf gezogen hatte.

„Weißt du, ich stehe überhaupt nicht auf Natursekt-Spielchen", wagte Jason sich vor und warf sein Shirt auf die Tischplatte.

„Zur Kenntnis genommen. Und hab' ich nicht gesagt, dass du dein Shirt zusammenfalten sollst? Ich wiederhole mich nur ungern, *Boy*", sagte Henry in warnendem Tonfall.

Scham färbte Jasons Wangen rosa. Während er sein Shirt ordentlich zusammenfaltete, nagte er an seiner Unterlippe. „Sieh mal, Henry, wegen ... wegen der Sache mit dem Pinkeln –"

„Entweder vertraust du darauf, dass ich deine harten Limits respektiere, oder du tust es nicht. Falls nicht, auch gut, dann sag's mir gleich und wir brauchen hier nicht unnötig unsere Zeit zu verschwenden."

16

„Ich kenne dich doch kaum! Wie kannst du da von mir erwarten, dass ich dir vertraue?"

„Ich kenne dich auch kaum, Jason. Vertrauen beruht auf Gegenseitigkeit. Du musst darauf vertrauen, dass ich kein Psycho bin, und ich muss darauf vertrauen, dass du nicht hergehst und allen deinen Freunden erzählst, wie so ein perverser alter Sack dich vergewaltigt hat. Ich muss darauf vertrauen, dass du's dir nicht bis morgen früh anders überlegt hast und die Cops rufst."

„Warum sollte ich das tun?"

Henry ließ ein betrübtes Lächeln aufblitzen. „Alles schon mal passiert. Mir zwar noch nicht, aber denk' doch mal nach – und dann schau uns zwei doch an. Was wiegst du, anderthalb Zentner?"

„Nicht ganz."

„Ich wiege ungefähr zweieinhalb. Was meinst du, wem wird die Polizei wohl glauben, wenn du ‚Vergewaltigung' schreist?"

Jason nickte ernüchtert. „So was würde ich dir nie antun. Ich bin hier hergekommen, weil ich es *wollte*." Er trat aus seinen Schuhen und schob sie mit einem Fuß unter den Schreibtisch.

„Das mein' ich mit Vertrauen. Es war leichtsinnig von mir, dich einfach so in mein Zimmer einzuladen. Es war leichtsinnig von dir, dich darauf einzulassen."

„Warum hast du's dann überhaupt getan?" Jason zog sich die Socken aus.

Henry hakte die Daumen in die Gürtelschlaufen seiner Hose und lehnte sich mit dem Rücken an die Wand. „Als ich dich da unten im Saal gefesselt hatte … verdammt, Junge. Wie schnell du in den Subspace gesunken bist, das hat mich voll umgehauen. Die Art von Macht über jemand anderen zu haben, das ist ein Mordsrausch. Ehe ich's mich versah, hatte ich dir schon meine Zimmernummer gesagt."

„Subspace?", fragte Jason. Ob es wohl schlimm war, dass er seine Ahnungslosigkeit so deutlich zeigte?

„Das ist ein Name für den Bewusstseinszustand, in dem ein Sub ist, wenn nichts anderes mehr zählt. Der Rest der Welt verschwindet, und es gibt nur noch dich und deinen Master. Du kannst mir nicht weismachen, dass du's nicht auch gespürt hast, Boy."

Jason schreckte vor dem Wort „Master" zurück, nickte aber bei der Erinnerung an seine Selbstvergessenheit während der Demo. An seinen Panikanfall erinnerte er sich auch – und daran wie Henry ihn da wieder herausgeholt und ihn beruhigt hatte. Langsam, ganz langsam machte er seinen Reißverschluss auf und streifte sich Jeans und Unterhose auf einmal ab. Er konnte Henry nicht ansehen, als er seine letzten beiden Kleidungsstücke zusammenfaltete und auf den Schreibtisch legte. Instinktiv hielt er sich die Hände schützend vor die Geschlechtsteile.

„Hände an die Seiten, Boy. Und Augen geradeaus. Schultern zurück. Hier gibt's nichts zu schämen."

Jasons Wangen brannten, aber er gehorchte. Er hatte sich seit dem Sportunterricht in der sechsten Klasse nicht mehr so nackt und bloß gefühlt, als er sich zum ersten Mal vor all den anderen Jungs im Umkleideraum ausziehen musste.

Henry stieß sich von der Wand ab und kam auf ihn zu, wodurch er den Abstand zwischen ihnen beträchtlich verringerte. „Wieso bist du hier, Boy?"

„Ich …" Jason zögerte. Er wusste nicht, was er sagen sollte. Seine Blase drückte. Er wollte von Henry gesagt bekommen, was er zu tun hatte, so wie vorhin bei der Demo.

Henry schien zu verstehen. „Na los, geh' schon ins Bad. Und nimm dir da drin ein paar Minuten Zeit und überleg' dir, was du willst. Und warum du nicht unterwegs irgendwo aufs Klo gegangen bist. Ist ja nicht so, als ob ich's mitgekriegt hätte."

Jason öffnete den Mund. Machte ihn wieder zu. Henry hatte recht. Er hätte jederzeit zur Toilette gehen können, aber stattdessen hatte er den Befehlen eines völlig Fremden gehorcht. Was war bloß los mit ihm? Er wusste es nicht, und er war sich nicht sicher, ob er überhaupt darüber nachdenken wollte. Er eilte an Henry vorbei auf das Badezimmer zu.

„Tür bleibt offen, Boy."

Jason blieb wie angewurzelt auf der Türschwelle stehen. „Was?"

„Du hast mich schon verstanden. Während du hier bist, befolgst du meine Regeln. Und ich sage, dass die Tür offen bleibt."

Wie vor den Kopf geschlagen stand Jason eine Zeit lang nur da und starrte Henry an, aber schließlich siegte seine schmerzende Blase. Er ließ die Tür offen und gab sich alle Mühe, sich nicht zu genieren. Er kam sich so dumm vor, wie er da splitternackt vor der Kloschüssel stand. Natürlich hatte er schon öffentliche Toiletten benutzt. *Ja, aber noch nie nackt.* Wenigstens schien Henry ihm nicht zuzuschauen.

Nachdem er sein Bedürfnis erledigt hatte, wusch er sich die Hände und spritzte sich kaltes Wasser ins Gesicht. Was wollte er denn nun eigentlich hier, im Hotelzimmer eines fremden Mannes? Es war zwar nicht das erste Mal, dass er bei einer Messe jemanden abschleppte – oder abgeschleppt wurde. Aber mit einem Typen aufs Zimmer zu gehen, den man erst seit ein paar Stunden kannte? Oh ja, das war schon ziemlich leichtsinnig.

Als Jason aufblickte, sah er Henry im Türrahmen lehnen. Henry musterte ihn; er war immer noch voll bekleidet, wodurch Jason sich nur umso wehrloser fühlte. Henry lächelte vielsagend. Offensichtlich wusste er das auch.

Jason griff nach einem Handtuch, um sich die Hände abzutrocknen. „Tut mir leid", entschuldigte er sich.

„Was tut dir leid?"

„Dass ich dich warten lasse."

„Ich wüsste nicht, dass ich dir ein Zeitlimit gesetzt hätte, Boy."

„Was machst du dann hier drin?"

18

Henry grinste. „Die Aussicht bewundern. Hoffentlich macht's dir nichts aus."

Jason nagte an seiner Unterlippe; zweifellos war es Henry egal, ob es ihm etwas ausmachte oder nicht. Noch schlimmer – Jason wusste nicht einmal selbst, ob es ihn störte, dass Henry ihn beobachtete. Es hätte ihm eigentlich *nicht* egal sein dürfen. Aber unter den lüsternen Blicken aus Henrys strahlend blauen Augen schwoll Jasons Schwanz zu voller Größe an, und er wollte nur noch von dem anderen Mann über das Waschbecken gebeugt und nach Strich und Faden durchgebumst werden.

Henry kam ins Badezimmer und stellte sich hinter Jason. Er sah aus wie die sprichwörtliche Katze, die den Kanarienvogel gefressen hat.

Beziehungsweise grade drauf und dran ist, den Kanarienvogel zu fressen.

„Ich würde lieber nicht nur gucken", gab Henry zu. Ohne auf eine Antwort von Jason zu warten, beugte er sich vor und legte ihm die Arme um die Taille. Als Jason sich nicht wehrte, strich Henry ihm mit beiden Händen über die Brust, so leicht, dass Jason unter der Berührung erschauerte. Er packte die Ringe in Jasons Brustwarzen und zog ruckartig an beiden zugleich. Jason schnappte nach Luft und blickte unwillkürlich nach unten statt in den Spiegel.

„Sieh zu, Boy", befahl Henry.

Jason gehorchte nur zögernd. Es war ihm seltsam peinlich, sein Spiegelbild anzuschauen. Aber indem er geblieben war, hatte er zugestimmt, nach Henrys Regeln zu spielen. Henry wollte, dass er hinsah – und Jason wollte, dass ihm jemand sagte, was er zu tun hatte.

„So ist's gut", sagte Henry, als Jason ihm im Spiegel in die Augen schaute.

Er zog kräftig und gleichmäßig an Jasons Nippelringen, bis Jason ein gequältes Zischen von sich gab und den Waschbeckenrand umklammerte, bis Jasons Schwanz sich schmerzlich nach Berührung sehnte.

„Lass die Hände da, wo sie sind", warnte Henry.

Jason wimmerte, tat aber wie befohlen. Fast ohne es selbst zu merken, rieb er seinen Hintern an Henrys Schritt; dabei streifte sein Schwanz den Waschtisch, und Jason biss sich auf die Lippen. „Bitte", flehte er.

„Bitte was, Boy?"

Die Worte blieben ihm in der Kehle stecken. *Fessle mich. Fick mich.* „Bitte", war alles, was er sagen konnte.

Henry lockerte seinen Griff und massierte Jason die Brust, bis der Schmerz in seinen verkrampften Muskeln ein wenig nachließ. Als er mit den Daumen leicht über Jasons Nippel strich, schnappte Jason nach Luft. „Bitte. Das war ein tolles Gefühl." Gott, er war echt voll durch den Wind. Es hatte höllisch wehgetan, aber er wollte mehr.

Henry lachte leise. „Das brauchst du mir nicht zu sagen, Boy." Er blickte mit einem süffisanten Lächeln auf Jasons stramme Erektion hinab. Dann richtete er sich auf und legte Jason die Hände auf die Schultern. „Komm, jetzt beruhigen wir

19

uns erst mal kurz wieder und dann können wir reden – solange du noch ein paar funktionsfähige Hirnzellen hast."

Jason warf ihm über die Schulter hinweg ein freches Lächeln zu. Er konnte einfach nicht anders. Er war hier nicht der Einzige, dem eben ein paar Sicherungen im Hirn durchgebrannt waren – auch Henry hatte einen gewaltigen Ständer. „Und wessen Schuld ist das?", forschte er.

Henry fixierte ihn mit einem durchdringenden Blick. „Vergiss nicht, was ich vorhin über vorlaute Boys gesagt habe."

Jason gab sich alle Mühe, zerknirscht dreinzuschauen. Er bezweifelte, dass Henry es ihm abkaufte.

Er folgte Henry hinaus ins andere Zimmer und fand einen der Sessel mitten im Raum stehend vor. Henry musste ihn aus der Ecke geholt und dort platziert haben, während Jason im Bad war. Jetzt setzte er sich hinein, lehnte sich zurück und ... starrte vor sich hin. Jason wusste nicht, was er tun sollte, also blieb er stehen. Er trat von einem Fuß auf den anderen und knackste mit den Fingerknöcheln.

„Was willst du, Jason?", fragte Henry nach einer Weile.

Jason leckte sich die Lippen. Schüchternheit war jetzt nicht angebracht; er konnte nur hoffen, die richtigen Worte zu finden. „Ich will ... ich möchte, dass du mich noch mal fesselst. Wie vorhin bei der Demo."

„Erwartest du dir sonst noch was vom heutigen Abend?"

„Könnten wir ... ich meine ... falls du Lust auf Sex hättest ...?"

Henry schaute ihn ungläubig an. „Meinst du vielleicht, ich lade mir so was Hübsches wie dich auf mein Zimmer ein und fick' dich dann *nicht* bis zum Umfallen? Vorausgesetzt, dass du das willst."

„Ja! Ja, bitte."

Henrys Lächeln war schwer zu deuten, aber seine Stimme war sanft. Verführerisch. „Möchtest du zu meinen Füßen knien, Boy?"

„Ja, Sir."

Henry nickte und Jason fiel auf die Knie. Warum zum Teufel war es so ein schönes Gefühl, vor einem anderen Mann zu knien? Speziell vor *diesem* Mann?

„Solange ich nichts anderes sage, gehören deine Hände auf den Rücken, Boy."

Jason gehorchte prompt.

„Also, du bist ja offenbar ziemlich devot – nein, nicht eingeschnappt sein", tadelte Henry milde. „Devot sein ist nichts Schlimmes. Es bedeutet nicht, dass du schwach bist, Jason." Er zögerte kurz. „Aber ich nehme an, dass du noch nicht viel praktische Erfahrung als Sub hast. Stimmt's?"

Jason nickte stumm. Er hätte wissen müssen, dass er der Situation nicht gewachsen war, dass er Henry nichts vormachen konnte, nicht einmal einen Abend lang. „Irgendwie hatte ich gehofft, dass du das nicht merkst, Sir", sagte er trotzdem. „Ich ... ist ... ist das okay? Ich meine ..." *Bitte schmeiß mich nicht raus.*

„Brauchst dich deswegen nicht zu schämen, Boy. Irgendwo fängt jeder mal an, sogar ich. Du machst das übrigens schon ganz gut. Wie du bei der Demo immer zu Boden geschaut hast, wie du still dagesessen und gewartet hast, bis ich dir sage, was du tun sollst. Das sagt mir, dass du immerhin schon was darüber gelesen hast, dass du eine gewisse Ahnung davon hast, wie ein Sub sich benehmen soll."

Jason nickte.

„Sprich's aus, Boy. Wenn du nicht geknebelt bist oder dein Mund grade was Besseres zu tun hat, will ich deine Stimme hören."

Jason schluckte angestrengt, aber der Kloß in seiner Kehle rührte sich nicht vom Fleck. „Ja, Sir."

„Seit wann interessierst du dich schon für BDSM?"

Jasons Wangen brannten vor Verlegenheit. Wie konnte jemand so eine Frage stellen und dabei so gleichmütig klingen? Wie sollte er darauf antworten? „Ich glaube ... das heißt ... schon ziemlich lange. Als ... als ich noch klein war ..."

„Lass mich raten", unterbrach Henry und ersparte es Jason damit, noch mehr ins Schwimmen zu geraten. „Wenn du als kleiner Junge mit deinen Freunden Räuber und Gendarm gespielt hast, wolltest du immer das hilflose Opfer sein, das an die Eisenbahnschienen gefesselt wird." Es war keine Frage.

„Ja, so ungefähr." Sie hatten nicht Räuber und Gendarm gespielt, sondern Superhelden, und Jason hatte immer Robin sein wollen, der an einen Stuhl gefesselt darauf wartete, dass Batman kam und ihn rettete.

„Als ich ein kleiner Junge war", sagte Henry, „da wollte ich immer der Bösewicht sein, der das Opfer an die Schienen fesselt."

Plötzlich fand Jason es viel verlockender, vom Bösewicht gefesselt als vom Helden gerettet zu werden. „Soll ich dein hilfloses Opfer sein?"

Henry kicherte verhalten, aber er hörte sich nicht so an, als lachte er Jason aus. Er lachte einfach nur. „Williger Partner reicht mir fürs Erste", sagte er freundlich. „Rollenspiele sind noch mal 'ne ganz andere Kiste. Einverstanden?"

„Ja, Sir." Solange er nur gefesselt und gefickt wurde, war Jason zufrieden.

Henry beugte sich zu ihm herab, legte eine Hand an Jasons Gesicht und streichelte ihm mit dem Daumen die Wange. Henrys Haut roch nach Leder und ganz schwach nach Moschus. Schweiß. Jason hauchte ihm einen Kuss auf die Handfläche. Dann noch einen, und noch einen, bis Henry seine Hand wegzog. Jason blickte zu ihm auf.

„Du hast mich zwar nicht drum gebeten, aber ich geb' dir jetzt trotzdem einen Rat, Jason. Was du draus machst, liegt ganz bei dir. Du solltest zusehen, dass du in die Szene reinkommst und möglichst viele Leute kennenlernst. Doms. Subs. Masters. Sklaven. Und was es dazwischen sonst noch alles gibt."

„Warum? Hab' ich was falsch gemacht?"

„Nein, Boy. Aber ich glaube, wenn du erst mal gesehen hast, dass andere Subs glückliche, gesunde, *geistig normale* Männer und Frauen sind, dann wirst du dich in deiner eigenen Haut wohler fühlen."

„Ich –"

Henry brachte ihn mit einem Kopfschütteln zum Schweigen. „Es geht mich nichts an, und ich werde auch nichts weiter dazu sagen. Okay?"

„Ja, okay. Und ich denk' drüber nach", fügte er hinzu, obwohl er sich nicht sicher war, ob er das wirklich ehrlich meinte.

„Gut." Henry küsste ihn sanft und sinnlich auf den Mund.

Jason schloss die Augen wieder und ließ sich mit einem glücklichen Seufzer in den Kuss sinken. Gott, Henry konnte ihn ewig küssen …

„Das magst du, oder?"

„Ja, Sir. Sehr."

Wieder warf Henry ihm so ein halbes Lächeln zu. „Das werd' ich mir merken, Boy. Also, jetzt frage ich dich noch mal: Hast du irgendwelche gesundheitlichen Probleme, von denen ich wissen sollte?"

„Nichts, Sir. Ich mache jedes Jahr einen Bluttest. Ich meine, ich gehe schon immer auf Nummer Sicher, aber man kann ja nie vorsichtig genug sein."

„Guter Grundsatz, aber ich rede hier nicht nur von HIV. Ich meine, ob du so was wie Herzprobleme oder Asthma oder sonst irgendwas hast, wovon ich wissen sollte, bevor ich dich fessle?"

„Nein, Sir, nichts."

„In Ordnung. Dann sage ich dir jetzt, dass ich mich einmal im Jahr vom Arzt durchchecken lasse und alle sechs Monate einen HIV-Test mache. Ich bin negativ, aber ich lebe mit einer Person zusammen, die seit fast zehn Jahren positiv ist."

Jason hob ruckartig den Kopf. Henry lebte mit jemandem *zusammen*?

„Ich habe gesagt, ich *lebe* mit jemandem zusammen, nicht dass ich mit demjenigen schlafe. Wenn ich eins nicht leiden kann, dann ist das, wenn jemand mir nicht richtig zuhört." In seinem Tonfall schwang eine Warnung mit. Jason glaubte auch nicht, dass er eine zweite Warnung bekommen würde.

„Es tut mir leid. Ich habe nur … ich bin davon ausgegangen …" Er atmete einmal tief durch. „Entschuldige bitte, Sir, du hast recht. Ich habe nicht richtig zugehört. Und das mit deinem Freund tut mir leid."

„Mir auch. Aber nur damit wir uns richtig verstehen: Jetzt, wo du ein bisschen mehr über mein Leben weißt, bist du immer noch interessiert?"

„Ja, Sir. Und danke, Sir. Du … das hättest du mir nicht sagen müssen. Ich meine, von selber hätte ich doch so was nie herausgefunden."

Henry nickte, gab aber keinen Kommentar dazu ab. „Vorhin hast du gesagt, dass ich dir den Hintern versohlen könnte", sagte er stattdessen. „War das ein ernst gemeintes Angebot oder nur so ein flotter Spruch von dir?"

Jason zögerte. Er wusste die Antwort, aber … „Ja", gestand er. „Es war ernst gemeint."

„Ist dir das etwa peinlich?"

„Ist den Hintern voll bekommen nicht eher was für kleine Kinder?"

„Kommt wohl auf die Eltern an. Aber hier geht es nicht um einen Klaps auf den Po, Jason. Wir reden hier davon, dass ich dir den Arsch wärme, bis er so rot

22

ist wie dein Gesicht jetzt." Seine Stimme sank zu einem verführerischen Flüstern herab. „Es geht darum, die Grenze zwischen Lust" – er beugte sich vor und strich mit den Fingerspitzen so leicht über Jasons Brust, dass Jason davon Gänsehaut auf den Armen bekam – „und Schmerz" – er nahm Jasons linke Brustwarze zwischen Daumen und Zeigefinger und kniff so fest zu, dass Jason aufschrie – „verschwimmen zu lassen." Nur mit viel Mühe schaffte Jason es, still zu halten, die Hände auf dem Rücken zu lassen, wo Henry sie haben wollte. Nicht zurückzuweichen. Dann ließ Henry plötzlich los, und ein warmes Kribbeln machte sich in Jasons Brust breit.

Und dann küsste Henry ihn erneut, und Jason musste sich noch mehr anstrengen, um seine Hände zu lassen, wo sie waren. Er wäre beinahe vornübergekippt, als Henry sich wieder aufrichtete.

„Oh, *Fuck*", fluchte er, nachdem er sein Gleichgewicht wiedergefunden hatte.

Henry lachte leise. „Ich dachte, wir wären uns bereits einig, dass das heute Teil des Plans ist."

„Nein, das heißt ja … ach, *Scheiße*." Natürlich wusste Henry, was Jason gemeint hatte.

Henry schüttelte nur den Kopf. „Also, kannst du mir jetzt sagen, was genau du willst, Boy?"

Jason schluckte mühsam und zwang sich, die Worte auszusprechen. „Ich … ich will, dass du mich fesselst, Sir. Bitte? Und bitte … bitte schlag' mich, so wie du's vorhin versprochen hast. Bitte fick mich." *Bitte küss' mich noch mal*, fügte er im Stillen hinzu.

„War doch jetzt gar nicht so schwer, oder?"

„Oh doch, Sir."

„Es sollte dir nie peinlich sein, jemandem zu sagen, was du willst. Aber da dir das so schwerfällt – was hältst du davon, wenn ich dafür sorge, dass du eine Zeit lang gar nicht zu reden brauchst?"

„Bitte, nicht wieder knebeln. Das habe ich gehasst."

Henry grinste. „Dann bist du ja besonders gut motiviert, Boy. Du darfst meinen Schwanz lutschen. Wenn du das gut machst, kneble ich dich vielleicht nicht. Andernfalls schon."

Scheiße, es ging doch nichts über ein bisschen Druck! Jason hatte nicht die geringste Lust, noch mal ein Seil zwischen die Zähne zu bekommen. Dann kam ihm ein neuer Gedanke. „Solltest du mir nicht eigentlich ein Safeword oder so was geben? Was, wenn ich nicht verkrafte, was du mit mir vorhast?"

Henrys Lächeln überraschte ihn. „Ist es dir vorhin bei der Demo je zu viel geworden?"

„Nein, Sir. Na ja, ein bisschen, ganz zum Schluss. Da bin ich ausgeflippt", gab er zu. „Aber dann warst du da und alles war okay."

„Bist du schon einmal so ausgeflippt?"

Jason schüttelte den Kopf.

Henry schaute ihn scharf an.

„Entschuldigung, Sir. Nein, Sir, noch nie. Aber ich bin auch noch nie geschlagen worden. Nicht so, wie du's vorhin beschrieben hast. Das heißt … du weißt schon, ich hab' mal gelegentlich einen Klaps auf den Hintern bekommen, aber ich … ich weiß ehrlich nicht, wie viel ich aushalten kann."

„Na gut. Wir werden über Limits reden, bevor ich dich kneble. Oder vielleicht überraschst du mich auch mit einem so tollen Blowjob, dass ich dich gar nicht mehr knebeln will."

Jason hatte da so seine Zweifel, aber das einzige, was aus seinem Mund kam, war ein zögerndes „Ja, Sir."

„Was Safewörter angeht, damit halte ich es gern so einfach wie möglich. ‚Nein' heißt nein. ‚Stopp' heißt stopp. ‚Langsam' heißt, dass ich langsamer machen und dir eine Atempause gönnen soll. In Ordnung?"

„Okay."

„Gut. Dann das Wichtigste zuerst. Wenn du vor einem Mann kniest, ist es üblich, dass du ihm etwas Respekt erweist."

„Sir?"

„Küss' mir die Füße, Boy."

Jason starrte ihn mit weit aufgerissenen Augen an. Das konnte doch *unmöglich* sein Ernst sein.

Anscheinend schon. „Du sollst meine Stiefel ja nicht lecken, sondern nur küssen. Zeig' mir, dass du weißt, wo dein Platz ist." Es war keine Bitte. „Fang mit dem linken an."

Jason schloss die Augen. Unbeholfen – weil er Mühe hatte, nicht das Gleichgewicht zu verlieren – beugte er sich vor, um seine Lippen behutsam auf … Mist. Er wechselte die Seiten, sodass seine Lippen den *von Henry aus* gesehen linken Stiefel berührten. „Entschuldigung", murmelte er. Henry reagierte nicht. Sein Stiefel schien sauber zu sein und roch nur nach gut gepflegtem Leder. Okay, vielleicht war das ja doch nicht so schlimm.

Jason küsste auch den anderen Stiefel. Doch als er sich wieder aufrichten wollte, hielt Henry ihn davon ab, indem er ihm leicht eine Hand auf den Rücken legte. „Weil du *mein* Boy bist – im Moment jedenfalls – darfst du dich kurz auf meinen Stiefeln ausruhen."

Jason lächelte. „Mein Boy" genannt zu werden gefiel ihm, obwohl er in seinem ganzen Leben noch nie davon geträumt hatte, einem anderen Menschen zu gehören. Verdammt, schon die Vorstellung allein war absurd. Trotzdem schmiegte er zufrieden seine Wange an das weiche Leder von Henrys Stiefeln. Er bewegte sich erst, als er ein leichtes Zucken unter dem Leder spürte – Henrys Zehen! Gehorsam richtete er sich wieder auf.

Henry machte seinen Reißverschluss auf, und Jason sah nicht nur den Umriss einer gewaltigen Erektion, sondern auch einen großen feuchten Fleck auf Henrys Unterhose. „Das hast du mit mir gemacht, Boy", sagte er mit leiser, sinnlicher

Stimme. „Wie du vorhin bei der Demo so gehorsam vor mir niedergekniet bist, das hat mich so angetörnt, dass ich dich am liebsten gepackt und auf der Stelle gefickt hätte, Publikum hin oder her. Bei anderer Gelegenheit hätt' ich das vielleicht sogar gemacht."

Überraschenderweise richtete sich Jasons Schwanz bei der Vorstellung noch steiler auf, obwohl er selbst sich nie für einen Exhibitionisten gehalten hätte. Aber möglicherweise wusste sein Schwanz etwas, was Jason nicht wusste – vielleicht sogar so einiges.

„Da wusste ich, dass ich mit dir wohin will, wo wir ungestört sind, dass ich dich auf den Knien vor mir haben will, so wie jetzt." Damit streifte Henry sich Hose und Unterhose bis zu den Oberschenkeln herunter. Sein Schwanz kam frei; er war dick, lang, leicht nach oben gebogen und mit dunklen, hervortretenden Adern wunderschön gezeichnet. Aus der dunkelrosa Spitze perlten milchige Tropfen.

„Macht's dich an?"

Jason grinste breit. „Ja, Sir!"

„Dann leg' los, Boy."

Das ließ Jason sich nicht zweimal sagen. Er fing an der Spitze an, drückte seine Zunge an den Schlitz und leckte die klebrigen, salzigen Lusttropfen ab. Beide Männer stöhnten unisono auf, und Jason lächelte. Er nahm Henrys Eichel zwischen die Lippen und umspielte sie mit der Zunge. Das schien Henry zu gefallen, wenigstens den Geräuschen nach zu schließen, die er von sich gab.

Jason küsste sich an Henrys steifem Glied entlang, reizte es mit Lippen und Zunge. Terry *hasste* es, wenn er das bei ihm machte, aber Jason fand, dass zu einem guten Blowjob mehr gehörte als hirnloses Lutschen. Er ließ seine Zunge über die zarte, samtene Haut spielen und beugte sich vor, um Henrys Hodensack zu küssen. Er drückte seine Nase hinein und lächelte. Henry roch kräftig nach Mann, aber auf angenehme Art, und natürlich roch er nach Leder. Jason atmete tief ein und setzte seine Erkundung zufrieden fort, bis er Henrys Hand auf seinem Hinterkopf spürte.

Ah ja. Henry wollte, dass er endlich zur Sache kam. Genau wie Terry. Jason konnte seine Enttäuschung nicht unterdrücken, aber warum sollte Henry anders sein als alle anderen? Jason befolgte den Hinweis und schloss seine Lippen wieder um Henrys Eichel.

„Genießt du's, Boy?", fragte Henry. Er streichelte Jason den Kopf, fuhr ihm mit den Fingern durch die Haare. „Ich genieße es jedenfalls sehr. Wie warm und weich dein Mund ist. Du hast wirklich Talent."

Talent? Henry fand, dass er Talent hatte?

„Bei einem Blowjob geht's nicht nur ums Lutschen, Boy", fuhr Henry fort und strich mit dem Daumen zärtlich über Jasons Wange. „Es ist schön, mal jemanden zu treffen, der das weiß."

Dadurch aufs Neue ermutigt ließ Jason seine Zungenspitze um Henrys Eichel kreisen und suchte nach der empfindlichen Stelle – solange, bis er sie gefunden hatte.

„Verdammt, Boy. Wenn du so weitermachst, kneble ich dich wahrscheinlich *nie*.“

Jason grinste. Er nahm Henry ganz in den Mund, bis tief in den Rachen, und saugte ein paar Sekunden lang kräftig. Dann zog er sich wieder zurück und küsste sich langsam an Henrys Schaft entlang nach unten, bis er wieder bei seinem Hodensack war.

„Nimm ruhig die Zähne, wenn dir danach ist“, sagte Henry. „Ich hab's gern ein bisschen härter.“

Jason nahm einen von Henrys Hoden in den Mund und rollte ihn herum. Seine Zähne schabten leicht über Henrys Haut.

„Starkes Gefühl, die Eier eines anderen Mannes im Mund zu haben, was, Boy?“, fragte Henry. „Manchmal, wenn mich einer so hat wie du jetzt, dann muss ich mich fragen, wer von uns jetzt wirklich das Sagen hat. Ich, weil du vor mir auf den Knien liegst, die Hände auf dem Rücken, oder du, weil du mich ernsthaft verletzen könntest, wenn du wolltest?“

Jason blinzelte, kam aber nicht aus dem Takt. Er war immer davon ausgegangen, dass man kaum etwas Devoteres tun konnte als einem anderen Mann einen zu blasen – vielleicht abgesehen davon, ihm die Stiefel zu küssen, was er vor heute Abend noch nie getan hatte. Jetzt war er sich da nicht mehr so sicher.

Henry lachte in sich hinein. „Ich kann dir noch eine Menge über Macht beibringen, Boy.“ Er legte Jason die Hände auf die Schultern und gab ihm einen sanften Schubs. Als Jason sich nicht wegstoßen ließ, drückte Henry fester zu.

„Genug“, sagte er bestimmt. „Ich hab's verstanden. Kein Knebel für diesen fantastischen Mund heute Abend.“

„Aber du bist nicht gekommen“, protestierte Jason.

„Willst du mein Sperma schmecken, Boy?“

„Ja, Sir.“

„Und wie heißt das Zauberwort?“

Schlagartig stieg Jason die Hitze in die Wangen. „Bitte, Sir.“

„‚Bitte, Sir‘, *was*?“

„Bitte, Sir, darf ich dein Sperma schmecken, Sir?“ Jason brachte die Worte kaum heraus.

Henry lächelte süffisant. „Sicher doch, wo du so nett fragst. Dir ist es allerdings untersagt, ohne meine Erlaubnis zu kommen, verstanden?“

„J-ja, Sir.“

„Gut. Ich verbiete dir ausdrücklich, auch nur um Erlaubnis zu *bitten*, ehe ich nicht gekommen bin – und ich glaube, ich lasse dich auch danach nicht. Ich habe vor, dich heute Nacht schön lang auf die Folter zu spannen. Vielleicht lasse ich dich kommen, nachdem ich dich gefickt habe, vielleicht aber auch nicht. Bist du bereit, mir so viel Macht über dich zu geben?“

Jason leckte sich die Lippen. Was Henry da beschrieb, davon träumte er schon seit … verdammt. Länger, als er es sogar sich selbst eingestehen wollte. Aber jetzt, wo er die Chance bekam, seine Fantasie auszuleben, hatte er Angst. Was, wenn es ihm nicht gefiel? Was, wenn er es ganz furchtbar fand?

Noch schlimmer: Was wäre, *wenn* es ihm gefiel? Was würde das über ihn aussagen?

Schließlich jedoch senkte er den Blick und nickte. „Ja, Sir. Darf ich … darf ich weitermachen?"

Er wartete, bis Henry „Ja" gesagt hatte, dann widmete er dem Schwanz des anderen Mannes wieder seine volle Aufmerksamkeit. Er ließ seine Zunge über den geäderten Schaft spielen, knabberte daran entlang bis zur Eichel und leckte über den Schlitz. Henry packte Jasons Haar fester – doch dann lockerte er seinen Griff wieder.

Jason warf verstohlen einen Blick nach oben; Henry beobachtete ihn. Lächelte. Jason strahlte vor Freude. Zu wissen, dass er es richtig machte, tat ihm unheimlich gut.

Er nahm Henrys Schwanz in den Mund und arbeitete sich langsam daran entlang, öffnete seine Kehle, nahm ihn bis zum Anschlag in sich auf. Er leckte den Schaft, dann saugte er kräftig und seufzte vor Lust, als er Henry damit zum Stöhnen brachte. Als Henry mit den Hüften zu stoßen begann, entspannte Jason seine Kehle noch mehr und ließ sich von ihm in den Mund ficken. Im Handumdrehen bekam er eine Ladung dickflüssiges, salziges Sperma zu schlucken. Er schaffte es mühelos – gierig. Er leckte Henrys Penis gründlich sauber, dann setzte er sich wieder auf die Fersen. In seinem eigenen Schwanz pochte es heftig, aber bei dem satten, zufriedenen Ausdruck auf Henrys Gesicht wurde Jason ganz warm ums Herz.

Vielleicht fuhren ja genau *deshalb* soviele Leute darauf ab. D/s. Dominanz. *Unterwerfung.* Jason blickte sittsam zu Boden.

„Gut gemacht, Boy." Henry zog sich die Hosen wieder hoch und steckte seinen Schwanz weg. „Aber jetzt fängt der Spaß erst richtig an. Bist du bereit?"

3

HENRY LIEß Jason ein paar Minuten Zeit, um wieder zur Besinnung – und zu Atem – zu kommen, dann befahl er ihm, sich aufrecht hinzuknien. „Du musst jetzt ein paar Minuten lang so bleiben. Und nein, bequem ist das nicht", warnte er. „Aber du sagst mir Bescheid, wenn du die Position nicht mehr halten kannst."

„Ja, Sir."

„Willst du diesmal zuschauen, wie ich dich fessle?", bot Henry an.

Jason strahlte. „Ja Sir! Danke, Sir."

Henry lachte leise. „Komm da rüber vor den Spiegel – ich hab' nichts von *Aufstehen* gesagt!", fauchte er, als Jason Anstalten machte, sich von den Knien zu erheben.

Jason zog den Kopf ein. „Es tut mir leid, Sir."

„Es soll dir nicht leidtun, verdammt noch mal, du sollst mir einfach nur richtig zuhören. Jetzt kommt da rüber."

Jason verbiss sich eine weitere Entschuldigung. Henry hatte recht. Anstatt sich zu entschuldigen, sollte er lieber besser aufpassen. Er krabbelte unbeholfen auf den Knien zum Spiegel und wartete auf Henrys nächsten Befehl.

Henry ließ ihn eine ganze Weile warten, ehe er wieder etwas sagte. „Arme an die Seiten, Boy", befahl er.

Jason gehorchte und sah dann zu, wie Henry mehrere Bündel schwarzes Nylonseil aus einer anderen Sporttasche holte.

Henry arbeitete schweigend, und Jason schaute ihm andächtig zu, ganz fasziniert von Henrys erstaunlichem Können. Unmöglich zu sagen, wie lange er dazu brauchte, aber als Henry mit ihm fertig war, umspannte ein festes Maschenwerk aus schwarzem Seil Jasons Arme und Oberkörper, das eher nach Kunst aussah als nach Bondage. Von der Taille abwärts war er zwar noch „frei", aber die Arme konnte er überhaupt nicht bewegen. Es war ein bemerkenswertes Gefühl. *Als wäre ich wirklich eine Fliege, die der Spinne ins Netz gefolgt ist.* Er lächelte.

Henry lächelte ebenfalls. „So gefällst du dir, was, Boy?"

„Ja, Sir. Danke."

Henry lachte in sich hinein. „Sehr gern geschehen." Ohne Vorwarnung packte er Jason an den Haaren und zerrte seinen Kopf nach hinten. Erschrocken über die plötzliche Grobheit schnappte Jason nach Luft, leistete aber keinen Widerstand. Er versuchte nicht einmal, selbst die Balance zu halten; er fügte sich einfach, weil er darauf vertraute, dass Henry ihn nicht umkippen lassen würde. Als Henry ihm einen stürmischen Kuss auf die Lippen presste, fügte er sich ebenfalls, und Henry fiel gierig über seinen Mund her. Wenn der Mann so fickte wie er küsste … Jasons

28

Schwanz reckte sich in die Höhe. Er hätte alles für ein wenig Erleichterung gegeben. Aber Henry hatte klar und deutlich gesagt, dass er Jason vielleicht überhaupt nicht kommen lassen würde. Gott, warum turnte ihn das bloß so an?

Als Henry sich wieder aufrichtete, riskierte Jason einen heimlichen Blick auf seine Leistengegend. Henry hatte wieder einen Harten.

„Schau, was du mit mir machst, Boy. Das gefällt dir, oder?"

Jason blinzelte. Es hatte seiner Ansicht nach nichts mit ihm persönlich zu tun. Oder etwa doch? Er lächelte trotzdem. Es war schon irgendwie berauschend – obwohl Henry bestimmt immer so geil auf die Boys wurde, die er fesselte. Nur der sanfte Kuss, den Henry ihm auf die Lippen drückte, deutete auf etwas anderes hin.

„Du darfst dich für einen Moment entspannen", sagte Henry.

Jason setzte sich auf seine Fersen, aber entspannen konnte er sich nicht. Stattdessen sah er voll nervöser Erwartung zu, wie Henry zu dem Gepäckstapel ging und den größten Koffer auf das Bett hievte, das Jason am nächsten war. Er machte den Koffer auf und drehte ihn dann so, dass Jason hineinsehen konnte.

Jason machte große Augen. Da drin waren mindestens ein Dutzend Peitschen, Flogger, Paddel und … er kannte nicht einmal alle Bezeichnungen. Jason schluckte angestrengt, aber dennoch blieb seine Kehle von echter Furcht – wie zugeschnürt.

„Das sind meine privaten Spielsachen", sagte Henry mit einem Blick über die Schulter zu Jason. „Aber täusch' dich nicht: ganz gleich, wie ich sie nenne, die Sachen hier sind kein Spielzeug. Wenn einer nicht verdammt genau weiß, was er tut, kann er mit jedem einzelnen davon ernsthafte Schäden anrichten. Wenn ich natürlich geahnt hätte", fügte er mit einem spitzbübischen Lächeln hinzu, „dass ich hier jemanden wie dich treffe, hätte ich vielleicht noch ein paar mehr mitgebracht."

Davon gab es noch *mehr*? Scheiße.

Henry lachte über Jasons Gesichtsausdruck. „Die Sachen hier habe ich fast alle selbst gemacht, aber ein paar davon habe ich auch geschenkt bekommen." Er begann seine Auswahl zu treffen.

Als erstes hielt er eine braune Lederpeitsche mit einer dünnen, fünfundvierzig Zentimeter langen, geflochtenen Schnur hoch. „Das ist eine einfache Riemenpeitsche, eine Singletail", sagte er. „Sie macht vielleicht nicht viel her, aber die kleine Schönheit hier kann einem Mann den Rücken in Fetzen reißen, wenn sie falsch gehandhabt wird. Selbst richtig eingesetzt sind ein paar Risse in der Haut unvermeidlich, wenn ein Boy damit ausgepeitscht wird."

Risse in der Haut? Bevor Jason seine diesbezügliche Besorgnis zur Sprache bringen konnte, hielt Henry eine weitere kurze Peitsche hoch, diesmal eine mit zwei sehr dünnen geflochtenen Schnüren. „Eine zweischwänzige Peitsche oder Doubletail", sagte er. „Die richtet im Prinzip denselben Schaden an, bloß in der Hälfte der Zeit. Je dünner die Schnur, desto wahrscheinlicher wird die Haut verletzt."

„Und es gibt wirklich Leute, die so was mögen? Ich meine …?"

„Die Schmerztoleranz ist bei jedem anders, Jason. Jeder hat seine eigenen Vorstellungen davon, was sich gut anfühlt. Wir fangen ganz langsam an, das verspreche ich dir."

Zu Jasons großer Erleichterung kamen beide Peitschen wieder in den Koffer – aber was Henry als nächstes daraus hervorholte, machte Jason sogar noch mehr Angst. Der Flogger sah brutal aus. Er bestand aus Dutzenden von Streifen aus dickem, schwarzem Leder. Henrys Lächeln war auch nicht gerade beruhigend. „Der hier, andererseits – es wird verdammt wehtun, wenn ich dich damit schlage, aber die Haut reißt er nicht auf."

Wenn Henry ihn damit schlug? Wollte er das Ding ernsthaft benutzen? Bei ihm? Jason leckte sich die Lippen. Möglicherweise war es doch keine so gute Idee gewesen, mit einem wildfremden Mann aufs Zimmer zu gehen und sich von ihm fesseln zu lassen.

„Bist du noch da, Boy?"

Jason nickte. Dann sagte er: „Ja, Sir", als ihm wieder einfiel, dass Henry seine Stimme hören wollte.

Henry legte den Flogger aufs Bett, drehte sich ganz zu Jason um und setzte sich auf die Bettkante. Er hakte die Daumen in seine Gürtelschlaufen. „Ich bin hier nicht darauf aus, dir Angst zu machen, Jason. Ich versuche dir nur klar zu machen, warum du nie mit einem Amateur spielen darfst. ‚Sicher' heißt nicht nur, dass man Kondome benutzt. Es bedeutet, darauf zu achten, dass du dich nicht von einem Idioten toppen lässt, weil man mit all dem hier nämlich ernsthafte Schäden anrichten kann. Verstehst du?"

„So langsam schon."

„Gut." Er trat zu Jason, um ihm den Flogger aus der Nähe zu zeigen. „Das ist eins von meinen Lieblingsstücken. Er ist aus Bärenleder."

„*Bären*leder?"

„Ein Kumpel von mir ist Jäger. Er hat mir ein Viertel vom Fleisch und ein anständiges Stück von der Haut angeboten, wenn ich das ganze Ding für ihn gerbe. Damals dachte ich erst, ich hätte einen guten Deal gemacht. Aber eins kann ich dir sagen, Bärenleder will ich nie wieder gerben."

Jason kicherte, einerseits über Henrys verdrossenes Gesicht, aber genauso auch über die völlige Absurdität der Situation. Gefesselt wie er war, diskutierte er hier mit einem Mann über Peitschen und Flogger, der die erklärte Absicht hatte, selbige demnächst an ihm auszuprobieren. Und darüber unterhielten sie sich so beiläufig, als ginge es um ihre Lieblingsbücher.

„Findest du daran etwa irgendwas witzig, Boy?"

Jason setzte wieder eine ernsthafte Miene auf und senkte den Blick. „Nein, Sir."

Henry verdrehte die Augen. „Das glaub' ich sofort." Er legte den Flogger neben Jason auf den Boden, ging zurück zum Bett und fischte einen weiteren Gegenstand aus seinem Koffer.

Jason wurde blass, als Henry ein Paddel aus dickem, schwarzem Leder hochhielt. Es war mindestens fünfundvierzig Zentimeter lang, an die fünfzehn Zentimeter breit und auf einer Seite mit dicken, metallenen Ziernägeln beschlagen. Wobei Jason bezweifelte, dass die nur zur Zierde dienten.

„Was hältst du davon?", fragte Henry.

Dass ich das Ding da nicht mal in der Nähe von meinem Arsch haben will! „Ich finde, dass dieses ‚Spielzeug' ziemlich furchteinflößend aussieht, Sir", sagte er so respektvoll wie möglich.

Jetzt war es Henry, der kicherte. „Um die Spielsachen an sich musst du dir keine Sorgen machen, Boy. Den Mann, der sie benutzt – der sollte dir Angst einjagen. Oder sie dir nehmen."

Diese letzte Bemerkung war auch nicht dazu angetan, Jason zu ermutigen – vor allem, da Henry jetzt aus einem anderen Koffer einen langen Rohrstock und eine Reitgerte heraussuchte. „Ich glaube, wir lassen's mal bei den leichten Sachen, weil das deine erste echte Szene ist."

Jason schreckte zusammen. Das verstand Henry unter *leicht?*

Henry musterte ihn. „Willst du's immer noch durchziehen, Boy?"

„Ist es okay, wenn ich sage, dass ich nicht sicher bin?"

„Dass dein Safeword ‚nein' lautet heißt nicht, dass du immer ‚ja' sagen musst, wenn ich dir eine Frage stelle. Es heißt nur, dass du mit mir kommunizieren musst." Henry setzte sich wieder auf die Bettkante. „Warum genau fühlst du dich unsicher?"

Wegen allem? „Ich habe Angst, dass es zu sehr wehtun wird, dass ich es nicht aushalten werde, Sir. Ich habe Angst, dass ich irgendwann ‚stopp' sagen muss."

„Ich werde ganz langsam anfangen, Jason, und dich gut aufwärmen. Aber wenn ich erst mal mit dir fertig bin, wird dir der Hintern richtig schlimm wehtun. Ich werde dir blaue Flecken verpassen und vielleicht sogar ein paar Striemen. Ich will dir mein Zeichen aufdrücken, Boy. Keiner, der deinen Arsch nächste Woche zu sehen bekommt, soll sich fragen müssen, was du getrieben hast." Er zögerte. „Oder falls dir das lieber ist, könnten wir jetzt auch einfach nur ficken und dann wieder getrennter Wege gehen. Verdammt, ich binde dich sogar los und lass' dich gehen, falls es das ist, was du willst."

„*Nein!*" Gott, nein. Er war schon zu weit gegangen, um jetzt zu kneifen, und eine Chance wie diese bekam er ganz sicher nie wieder.

„Dann sag mir, *was* genau du willst, Boy. Sag mir *alles*, was du willst, und lass es mich dir geben."

„Muss ich es wieder laut sagen?"

„Ja. Ich weiß, dass ich versprochen habe, dich zu nichts zu zwingen. Aber ich glaube, hierzu muss ich dich um deiner selbst willen zwingen. Du musst offen sagen können, was du willst – und was nicht. Kein Dom und kein Master kann Gedanken lesen."

31

Jason nagte an seiner Unterlippe. Henry hatte recht. Aber es war ihm trotzdem peinlich, es laut auszusprechen. „Ich … ich will, dass du mich schlägst, Sir. Dass du mir den Arsch versohlst, bis er rot ist. Dass du die Reitgerte benutzt und was immer du sonst noch benutzen willst. Ich habe Angst. Aber ich will, dass du mich küsst. Und fickst. Lass mich deinen Schwanz lutschen, lass mich dein Sperma schmecken." Er sprudelte die Worte nur so hervor, aber als er Henrys zufriedenen Gesichtsausdruck sah, wusste er, dass er das Richtige sagte. „Vor allem will ich dich nicht enttäuschen, Sir."

Bei Henrys Lächeln wurde ihm innerlich ganz warm. „Das wirst du nicht, Boy. Denk einfach immer daran: Wenn's dir zuviel wird, ein Wort genügt und ich höre sofort auf. Verstanden?"

„Ja, Sir."

Henry zog den Sitzhocker heran und stellte ihn so hin, dass Jason sich darüber beugen und trotzdem noch in den Spiegel sehen konnte. Henry ließ ihn die Knie weit spreizen, sodass nicht nur sein Hintern ungeschützt war, sondern auch seine Eier und sein Schwanz. Es machte Jason sogar noch nervöser. Doch bevor es losging, holte Henry ein Kissen vom Bett und legte es ihm unter die Knie. Eine seltsam rücksichtsvolle Geste nach allem, was Henry vorhin gesagt hatte – dass er Striemen auf Jasons Haut hinterlassen wollte – aber Jason war dankbar für das bisschen Mehr an Bequemlichkeit. „Danke, Sir."

„Gern geschehen. Fertig?"

„Ja, Sir", sagte er, obwohl sein Herz wie verrückt hämmerte und er Schmetterlinge im Bauch hatte.

Jason beobachtete Henry im Spiegel. Als erstes nahm er den Bärenleder-Flogger zur Hand und ließ ihn ein paarmal zur Übung niedersausen. „Um den Abstand einzuschätzen", erklärte er. Obwohl das Leder seine Haut nicht berührte, zuckte Jason bei dem Geräusch zusammen. Der nächste Hieb streifte seinen Hintern kaum, tat aber höllisch weh, und er wimmerte.

„Das war noch gar nichts, Boy", spottete Henry. Er landete einen soliden Treffer auf Jasons Haut; es klatschte dramatisch, schmerzte aber weniger als beim ersten Mal. Bevor Jason das geistig verarbeitet hatte, schlug Henry ihn erneut, diesmal auf die andere Hinterbacke. Jason spürte den Schlag, einen gewissen Schmerz und dann Wärme, als das Blut sich an der Stelle sammelte, wo er getroffen worden war. Henry ließ ihm ein paar Sekunden Zeit, um sich das Ganze durch den Kopf gehen zu lassen, dann versetzte er ihm einen kräftigen Schlag auf beide Pobacken zugleich.

Jason schnappte nach Luft.

„Einfach nur atmen", mahnte Henry.

Jason nickte. „Ja, Sir", fügte er laut hinzu.

Die nächsten paar Schläge waren eher leicht, aber als Henry dann immer fester zuschlug, begann Jason ernsthaft zu wimmern. Er zappelte, konnte sich aber nicht genug bewegen, um den kräftigen Hieben zu entgehen. Er unterdrückte ein

Schluchzen. Das musste doch das Verrückteste sein, was er je getan hatte! Warum war er hier? Warum ließ er sich von irgendeinem Kerl Schmerzen zufügen? Vor allem wollte er, dass Henry aufhörte – aber er sagte es nicht. Er versuchte den Schmerz einfach auszuhalten, ihn wegzuatmen. Genau das hatte er schließlich immer gewollt, oder etwa nicht?

Er kniff die Augen zu, um die Tränen zurückzuhalten, aber es tat so furchtbar weh! Schließlich konnte er nicht mehr anders und schrie auf. Es war kein Wort, nur ein abgerissenes Schluchzen, aber trotzdem hörte Henry sofort auf. Kniete sich hin und legte eine Hand auf Jasons unteren Rücken.

„Du machst das großartig, Boy", sagte Henry. Seine Hand strich leicht über Jasons Hintern, schickte Welle um Welle von Schmerz-Lust durch seinen Körper. Jason erschauerte. Schmiegte sich Henrys Berührung entgegen. Gott, war das alles durchgeknallt.

Henrys Stimme drang durch den Wirrwarr seiner Gedanken. „Bist du noch da, Boy?"

„Ja. Ich bin hier."

„Wie fühlst du dich?"

„Bestens", log Jason. Er schaute sich im Spiegel an. Sein Gesicht war gerötet, schweißüberströmt. Seine Augen waren rot und verquollen. Schwarzer Eyeliner lief ihm über die Wangen. Er verbiss sich ein weiteres Schluchzen.

Henry strich ihm das schweiß- und tränenfeuchte Haar aus dem Gesicht. „Gefühle zeigen ist okay. Nichts, was du hier tust, ist falsch. Rede mit mir. Sag mir, wie du dich fühlst."

„Grauenhaft", platzte Jason mit der Wahrheit heraus.

„Du bist einer der schönsten jungen Männer, mit dem ich je gespielt habe. Und jetzt im Moment, gefesselt, wehrlos … Jesus. Ich brauche jedes Quäntchen Selbstbeherrschung, das ich habe, um meinen Schwanz in der Hose zu lassen."

Jason blinzelte eine weitere Tränenflut weg. Henry wollte ihn wohl auf den Arm nehmen! Aber dann drückte ihm Henry einen sanften Kuss auf die Schläfe, auf die gerötete, von Tränen und Eyeliner verschmierte Wange. Auf die Lippen. Der Winkel war ungünstig, aber Jason drängte sich Henrys Kuss entgegen.

Henry richtete sich wieder auf und wischte ihm die Tränen von den Wangen. „Besser?"

„Ein bisschen, glaube ich. Aber ich sehe immer noch Scheiße aus", grummelte Jason.

„Was hältst du von einem Schluck Wasser, bevor wir weitermachen?"

Jason nickte. Wasser hörte sich gut an. Henry half ihm, sich aufzusetzen und hielt ihm das Glas an die Lippen. Als Jason fertig war, brachte Henry das Glas wieder ins Badezimmer und kam mit einem feuchten Waschlappen zurück, mit dem er Jason behutsam die schwarzen Streifen von den Wangen wischte. Der Stoff fühlte sich auf seiner brennend heißen Haut angenehm weich an.

„Ich kapier's nicht", murmelte Jason.

„Was kapierst du nicht?"

„Ich hab' immer gedacht ... ich meine, warum?" Er konnte seine Gedanken nicht in Worte fassen; in seinem Verstand ging immer noch alles drunter und drüber.

„Du meinst, warum ich dich so umsorge?", fragte Henry.

„Ja."

„Ganz ruhig, Boy. Weil das mein Job ist. Jetzt und hier bin ich für uns alle beide verantwortlich. Okay?"

„Ja, Sir."

„Bereit für mehr?"

„Ich ... ich glaube schon."

Henry brachte ihn sanft wieder in Position und nahm das Paddel in die Hand. Jason warf ihm einen argwöhnischen Blick zu.

„Es tut so weh wie's aussieht", versprach Henry.

Jason leckte sich die Lippen. Mit einem Kopfnicken erklärte er sich bereit, obwohl er dabei die Hände an seinen Oberschenkeln zu festen Fäusten ballte. Als das Paddel auf seinem Hintern landete, mit der nägelbeschlagenen Seite voraus, schrie er laut auf vor Schmerz. Auf so was fuhr *irgendjemand* ab? Er holte zittrig Luft und versuchte sich zusammenzureißen, aber Henry ließ ihm keine Chance, zur Besinnung zu kommen.

Der zweite Schlag traf seinen Hintern noch kräftiger als der erste, und Jason sah Sterne. Er zitterte immer noch unter dem heißen Schmerz, der in seinen ganzen Unterleib ausstrahlte, als der dritte Schlag kam, und dann der vierte und der fünfte ... Jason schluchzte, heulte in den Sitzhocker, um seine Schreie zu dämpfen, damit ihn niemand hörte und zu seiner Rettung herbeigeeilt kam – was eigentlich verrückt war. Er sollte doch *wollen*, dass jemand zu seiner Rettung eilte. Nur dass er Henry mit einem Wort stoppen konnte. Er brauchte nicht gerettet zu werden. Er brauchte den Sturm nur durchzustehen, auch wenn das hier der reinste Orkan war!

Dann spürte er wie eine Hand sanft sein blau geschlagenes, misshandeltes Gesäß berührte, lindernd über seine Haut streichelte. „Schscht", flüsterte Henry ihm ins Ohr. „Immer mit der Ruhe. Ich pass' auf dich auf, schon vergessen?"

Jason nickte stumm. Er merkte nicht einmal, dass er wieder zu weinen begonnen hatte, bis Henry ihm die Tränen von den Wangen wischte.

„Komm, machen wir eine Pause. Du kannst wahrscheinlich nicht sitzen, so wie dein Arsch aussieht, also werde ich dich nicht bewegen. Ich will, dass du einfach nur hier liegen bleibst und dich für einen Moment entspannst, okay?"

Jason nickte – aber plötzlich war die Sturmflut wieder da und brach über ihn herein. Er wusste nicht einmal, wovor er solche Angst hatte; er hatte einfach nur ... furchtbare Angst.

Henry schien das vollkommen zu verstehen. Er nahm Jason in die Arme und hielt ihn ganz fest, bis er aufhörte zu zittern. „Ich geh' nicht weg, Baby. Ich bin ja da. Vertrau mir. Mach die Augen zu. Atme. Ich pass' auf dich auf."

Jason schloss für eine Weile die Augen. Seine Atmung wurde langsamer. Etwas von der Anspannung floss von ihm ab. Er fühlte sich … nicht unbedingt wohl, aber irgendwie … *besonders*. Warm. Sicher. „Kann … kann ich noch einen Schluck Wasser haben, bitte?"

Henry küsste ihn auf die Schläfe. „Natürlich." Er stand auf und ging ins Bad. Jason konnte sich nicht davon abhalten, jede seiner Bewegungen zu beobachten. Hatte er ernsthaft Angst davor, dass Henry ihn alleinlassen könnte?

Wünschte er sich so sehnlich, dass Henry bei ihm blieb?

Dann war Henry wieder an seiner Seite, half ihm hoch, hielt ihm das Glas an die Lippen, ließ ihn trinken. Stützte ihn, weil er zu schwach war, sich aufrecht zu halten.

„Willst du versuchen, dich hinzusetzen?", fragte Henry.

„Nein. Danke. Ich … Sir … Henry …"

„Schschscht, versuch' gar nicht erst, deine Gedanken zu sortieren. Deine einzige Aufgabe hier ist es, zu *sein*. Zu fühlen. Zu erleben. Das Denken übernehme ich, okay? Du brauchst mir – uns beiden – nur ganz ehrlich zu sagen, wie du dich fühlst."

„Ja, Sir."

„So ist's gut." Henry ließ ihn sanft wieder auf den Sitzhocker sinken, dann untersuchte er Jasons Finger, wie er es vorhin bei der Demo getan hatte. „Ich seh nur nach, ob deine Hände noch richtig durchblutet werden", erklärte er. „Alles okay soweit?"

„Ja, Sir." Alles war besser als okay. Als er spürte, wie Henry ihm die Hände auf die Schultern legte, ihm die Verspannungen aus den Armen massierte, seufzte er. Henrys Berührung war die reine Wonne. Jason schloss die Augen und ließ sich in den Empfindungen treiben: Henrys wunderbare Hände, die die Anspannung in seinen Schultern linderten. Sein Arsch, der schmerzte und brannte. Er war inzwischen bestimmt schon grün und blau.

Gott, wenn ihn irgendwer so sah, wenn er irgendjemandem erzählte, was er getan hatte, würde man ihn ganz sicher einsperren.

Nein, wurde ihm plötzlich bewusst. Es war Henry, den man wegen schwerer vorsätzlicher Körperverletzung einsperren würde. Obwohl Alicia wahrscheinlich aus reiner Gehässigkeit versuchen würde, Jason in die nächstbeste Psychiatrie einweisen zu lassen.

Jason öffnete die Augen und sah Henry an. Zwar war er hier derjenige, der die Fesseln trug, der die Schmerzen und blaue Flecken hatte, aber in Wirklichkeit trug Henry das weitaus größere Risiko. Es stimmte, was er gesagt hatte: Falls Jason morgen früh „Vergewaltigung" schrie, würden die Cops einen Blick auf Henry werfen und einen auf Jason, und damit wäre die Sache für Henry gelaufen. „Ich danke dir, Sir."

„Wofür?"

„Für das hier. Diesen Abend."

35

Henry lächelte und zerzauste Jason das Haar. „Wenn du mir schon wieder danken kannst, dann wird es wohl langsam Zeit, dass wir weitermachen. Was meinst du, Boy?"

Überrascht stellte Jason fest, dass er ebenfalls lächelte. „Ja, Sir. Das finde ich auch."

„Meinst du wirklich?"

Jason nickte. „Ja, Sir. Das Paddel hat echt wehgetan, aber ich will weitermachen. Bloß … vielleicht mit etwas anderem? Bitte?"

Henry lachte. „Na schön." Er stand schwungvoll auf und griff nach der Reitgerte.

Objektiv beurteilt – wobei es Jason schwerfiel, unter den scharfen, brennenden Hieben, die pausenlos auf seinen übel zugerichteten Hintern niedersausten, objektiv zu bleiben – tat die Reitgerte weniger weh als das Paddel. Trotzdem war ihm der dumpfe, pochende Schmerz, den das Paddel verursachte, lieber gewesen als der brennende Biss der Gerte.

Er krümmte sich, um den Schlägen zu entgehen. „Bitte … bitte … aua! Verdammt, tut das weh!"

„Bitte aua?", neckte Henry. „Heißt das: ‚Bitte, Master, mach‘ mir noch ein bisschen mehr Aua‘?" Er rieb leicht mit der Gerte über Jasons misshandelten Arsch.

„Nein!" japste Jason. „Bitte … bitte nicht."

„Manche Boys mögen die Reitgerte."

„Da bin ich keiner davon!"

Das Grinsen des älteren Mannes war furchteinflößend. „Dann muss ich mir *das*", er ließ die Reitgerte so kräftig auf das Bein des Sitzhockers klatschen, dass Jason erschrocken zusammenfuhr, „wohl fürs nächste Mal merken, wenn du mir vorlaut kommst."

Oh Gott. Worauf hatte er sich da bloß eingelassen?

„Andererseits", fuhr Henry nachdenklich fort, „kann man die Gerte auf alle möglichen Arten einsetzen." Er berührte mit dem breiten, flachen Ende der Gerte ganz, *ganz* sachte Jasons Eier.

Jason zuckte zusammen – entspannte sich aber genauso rasch wieder, wie er sich verkrampft hatte. „Oh Gott", stöhnte er laut auf, als Henry weiter mit dem Ende der Gerte seine Hoden tätschelte. Ein *tolles* Gefühl.

„Das gefällt dir, was?"

„Ja, Sir." Oh, ja! Er bockte wie ein Wildpferd und rieb seinen Schwanz am Polster des Hockers.

„Gut zu wissen. Wenn du allerdings weiter den Hocker vögelst, fängst du dir gleich noch mehr Schläge ein. Kräftige." Er klopfte leicht mit der Gerte auf Jasons Hintern, um alle Missverständnisse auszuräumen. Jason hielt augenblicklich wieder still.

„So ist's gut. Aber vielleicht nehmen wir jetzt lieber mal etwas anderes, damit du gar nicht erst in Versuchung kommst." Henry tauschte die Reitgerte gegen

36

den Rohrstock aus. „Bis jetzt hast du erst ein paar leichte blaue Flecken. Aber mit dem hier werde ich echte Spuren auf deinem Arsch hinterlassen, Striemen, die dir bis nächste Woche bleiben werden."

Jason starrte ihn mit großen Augen an.

„Schscht", besänftigte Henry ihn. Er beugte sich vor und streichelte Jason den Kopf; es war eine absurd zärtliche Geste angesichts dessen, was er vorhatte. „Ich fange ganz langsam an, genau wie vorhin. Ich glaube, es wird dir gefallen."

Obwohl Jason da große Zweifel hatte, nickte er. „Ja, Sir."

Henry begann mit einer Reihe von langsamen, leichten Schlägen auf Jasons Oberschenkel und Hinterteil. Nach und nach, wie zuvor mit dem Flogger, steigerte er das Tempo und schlug immer kräftiger zu, fester und fester, bis Jason vor Schmerzen schrie. Bis die Endorphine einsetzten, bis er sich fühlte wie … losgelöst. Es war kein beängstigendes Losgelöstsein wie in den Albträumen, die er früher oft gehabt hatte. Es war ein gutes Gefühl, weil Henry da war. Jason fühlte die harten Schläge des Rohrstocks immer noch, aber jeder einzelne trug ihn weiter und weiter aus der Realität, bis er auf einer Woge der Euphorie dahintrieb.

Plötzlich berührte etwas Kühles seinen Hintern. Jason zuckte zusammen. Aber als er begriff, dass das Henrys Handfläche war, schmiegte er sich der Berührung entgegen. Das Streicheln schmerzte auf seiner brennend heißen Haut. Es fühlte sich gut an. Er wollte mehr.

„Wie fühlst du dich?"

„Fantastisch", sagte Jason wahrheitsgemäß.

Bei Henrys Lächeln wurde ihm ganz warm ums Herz. „Du siehst auch fantastisch aus. Allerdings wird dir morgen das Sitzen höllisch wehtun."

„Das ist mir egal." Er rückte ein wenig näher, in der Hoffnung … ja. Henry beugte sich vor. Küsste ihn. Sanft, und mit geschlossenen Lippen, aber Jason machte die Augen zu und genoss den Moment – genoss das wunderbare Gefühl. Gott, er war so durchgeknallt, dass es nicht mehr witzig war, aber das war ihm auch egal. Ihm war alles egal außer dem wunderbaren Gefühl, Henrys Lippen auf seinem Mund zu spüren.

„Ich habe noch keinen gesehen, der sich gleich bei seinem ersten Mal so gut gehalten hat", flüsterte Henry kurz darauf, als sich ihre Münder voneinander lösten. „Ich bin nicht gerade zurückhaltend mit dir umgegangen, weißt du."

Jason platzte fast vor Stolz. „Danke, Sir."

Für eine Weile ließ Henry ihn ungestört schweben, und Jason trieb glücklich und zufrieden in einem Nebel von Schmerz und Lust dahin.

Dann sagte Henry leise: „Ich glaube, wir sollten deinen Knien mal eine Pause gönnen. Kannst du aufstehen?"

„Dabei werde ich wahrscheinlich ein bisschen Hilfe brauchen", gestand Jason. Es war ihm etwas peinlich.

Aber Henry schien es nichts auszumachen. Er half Jason auf die Füße und stützte ihn, als seine Knie unter ihm nachgaben. Ehe Jason es sich versah, waren seine Arme wieder frei. Er blinzelte benommen.

Henry lächelte nur. Er half ihm, sich bäuchlings auf das Bett zu legen, zog die restlichen Kissen vom Kopfende des Bettes in die Mitte der Matratze und schob sie Jason unter die Hüften, sodass sein Hintern in die Höhe ragte. „Ich fick' dich jetzt", kündigte er an. Es war keine Bitte, aber das spielte keine Rolle; Jason hätte sowieso nicht Nein gesagt. Hinter ihm senkte sich die Matratze unter Henrys Gewicht. Jason zitterte vor Vorfreude.

„Denk' an das, was ich dir gesagt habe, Boy. Wenn du kommen willst, musst du mich um Erlaubnis bitten. Vielleicht gebe ich sie dir, vielleicht auch nicht. Und ich würde dich nur sehr ungern bestrafen müssen, nachdem du deine Sache bisher so gut gemacht hast."

Jason erschauerte erneut, diesmal vor Furcht. Aber genau das hatte er ja gewollt, und bisher übertraf es alle seine Erwartungen. „Ja, Sir. Ich verstehe."

„Gut." Henry streichelte Jasons Hintern. „Ich bin sehr stolz auf dich, Boy."

Bei den lobenden Worten schwoll Jason das Herz in der Brust vor Stolz. „Danke, Sir."

Ohne Rücksicht auf die Blutergüsse packte Henry Jasons Hintern mit beiden Händen und spreizte ihm die Arschbacken auseinander. Jason fühlte sich ihm schutzlos ausgeliefert. Sein Schwanz zuckte. Er zwang sich dazu, sich zu entspannen, um bereit zu sein für … „Oh, Gott!"

Was da gegen seinen Anus drückte, war weder ein Finger noch ein Penis, sondern Henrys warme, feuchte Zunge, und das war ein *unglaubliches* Gefühl. Jason drängte sich den weichen Lippen entgegen, bettelte wortlos um mehr, presste seinen Schwanz in die weichen Kissen unter seinem Bauch. Nur mit größter Mühe konnte er sich davon abhalten, sich an den Kissen zu reiben – denn dann wäre er mit Sicherheit sofort gekommen.

Er stöhnte in den Bettüberwurf. „So gut. Gott, so gut, Sir." Sein Stöhnen wurde noch lauter als er spürte, wie Henrys Zungenspitze sich durch seinen Schließmuskel zwängte. „Oh, oh bitte … ja … bitte … oh, Gott, ich bin fast soweit … bitte … darf ich …?" Von Rimming allein war er noch nie zuvor zum Höhepunkt gekommen.

Henry hörte nur lang genug auf, um „Nein" zu sagen.

Jason winselte, als Henrys Zunge erneut in ihn eindrang. Dann streichelte Henrys Fingerspitze leicht über die empfindliche Hautstelle zwischen Jasons Anus und Hoden und ließ die Lust heiß in ihm aufwallen. „Oh, Gott!"

Henry kicherte. „Hat dich da noch nie wer berührt, Boy?"

„N-nein, Sir. Ich glaube nicht. Oh", stöhnte er wollüstig auf, als Henry seinen Anus wieder mit der Zunge zu bearbeiten begann. Jason fühlte sich wie kurz vor dem Explodieren. „Oh Gott, bitte …!"

„Noch nicht, Boy", befahl Henry.

Es tat *so* weh – und war zugleich unglaublich schön. Die Striemen, der Schmerz, die Lust, die Tatsache, dass er einem anderen Mann auf Gedeih und Verderb ausgeliefert war. Gerade als er sicher war, es nicht mehr länger aushalten zu können, schob Henry einen Finger in ihn hinein und tastete nach Jasons Prostata.

„Bitte!", heulte Jason auf und krallte sich mit beiden Händen in die Laken. „Oh, Gott … Sir … wenn du …" Er kniff die Augen zu, als Henry fand, wonach er gesucht hatte. *„Bitte!"*

„Bitte *was*, Boy?", fragte Henry. Er hatte zum Sprechen den Mund von Jasons Rosette genommen, doch sein Finger steckte immer noch in Jasons Hintern, bewegte sich langsam rein und raus und traf dabei jedes Mal die Prostata. „Ich kann noch stundenlang so weitermachen, Boy. Dich bis kurz vor den Höhepunkt bringen und dann zappeln lassen."

„Oh Gott, bitte nicht! Bitte, lass' mich kommen!", schluchzte Jason. Er war bereit, Henry alles zu versprechen, alles was er wollte, wenn Henry ihn nur kommen ließ.

„Also gut, Boy. Komm' für mich", sagte Henry und schob einen weiteren Finger in Jason hinein.

Mit einem erstickten Aufschrei ergoss Jason sich auf die Kissen. Noch während er unter den Nachwirkungen zuckte und bebte, streckte Henry die Hand aus und nahm etwas vom Nachttisch.

„Jetzt kriegst du meinen Schwanz, Boy."

„Ja! Ja, Sir! Bitte."

„Hab' ich dich genug gedehnt, oder soll ich –"

„Nein. Bitte, bitte, fick mich einfach! *Bitte!*" Jason wimmerte erneut, als Henry sich zurückzog, aber dann rieb ein mit Gleitmittel bestrichener Finger über seine Öffnung, glitt hinein, machte ihn innen so richtig schön schlüpfrig.

„Bitte, mehr", flehte Jason. Im nächsten Moment hatte Henry sich auch schon hinter ihm in Position gebracht und presste seine Erektion an Jasons Anus. Jason drängte sich ihm entgegen.

„Ich trage ein Kondom", versicherte Henry, und dann trieb er seinen Schwanz ohne weitere Vorwarnung durch den engen Schließmuskel tief in Jasons Körper.

Das plötzliche Eindringen schmerzte, aber auf die *bestmöglichste* Art. Jason stöhnte in die Tagesdecke, als sein Schwanz zu neuem Leben erwachte. „Bitte, Sir, falls ich noch mal komme … bitte …? Darf ich?", bettelte er.

Bei Jasons inständiger Bitte lachte Henry leise. „Ja, Boy, du darfst noch mal kommen."

Er packte Jason an den Hüften, um ihn still zu halten. Dann zog er sich fast ganz aus ihm zurück, blieb unerträglich lange so und drang dann mit einem raschen, heftigen Stoß wieder in ihn ein. Im exakt richtigen Winkel, um Jasons Prostata zu treffen.

Jason schnappte nach Luft. Er versuchte vergeblich, den wilden Stößen zu begegnen, aber Henry hielt ihn zu fest. Er konnte nur daliegen, sich von Henry erbarmungslos in seinen malträtierten Arsch ficken lassen und stöhnen vor Schmerz – und vor Wollust.

Als Jason zum zweiten Mal abspritzte, verkrampfte er sich bis in die Zehenspitzen und verdrehte die Augen, bis nur noch das Weiße zu sehen war.

Gleich darauf spürte er, wie Henry erschauernd zum Höhepunkt kam.

Sie blieben ineinander verschlungen liegen, atmeten gemeinsam und erholten sich. Henry drückte Jason einen sanften, sinnlichen Kuss auf den Nacken. „Das war schön, Boy. Ich danke dir.“

Jason drehte den Kopf; Henry haschte nach seinem Mund und küsste ihn trotz des ungünstigen Winkels genüsslich. Dann setzte Henry sich auf, rollte Jason auf den Rücken und warf die schmutzigen Kissen auf den Fußboden. „Ich glaube, ich schulde dem Hausmädchen ein dickes Trinkgeld“, kicherte er.

Jason kicherte ebenfalls. „Ja, Sir. Das finde ich auch.“ Er drehte sich wieder auf den Bauch, bettete den Kopf auf die Arme und schloss für ein paar Minuten die Augen, während Henry ihm den Rücken streichelte. Er war so zufrieden wie noch nie.

„Ich geh‘ mich mal kurz waschen“, sagte Henry schließlich. „Kommst du zurecht?“

„Hmmm? Ja … ja, ich komm‘ schon zurecht. Danke.“

Eine sanfte Hand geisterte ein letztes Mal über Jasons Rücken. Dann spürte er, wie er mit einer warmen, weichen Decke zugedeckt wurde. Er lächelte und kuschelte sich hinein.

„Ich geh‘ nur ins Bad“, versicherte Henry.

Jason nickte. Er gab sich den sinnlichen Empfindungen hin, die von überallher auf ihn eindrangen. In ihm waren. Die schmerzhaften Blutergüsse. Die weiche Matratze, auf der er lag. Die Frische der Bettwäsche, die leicht nach Bleiche roch. Die Wärme, die er verspürte. Er merkte erst, dass er eingedöst war, als Henry ihm sanft eine Hand auf die Schulter legte.

„Tut mir leid“, sagte Henry. „Du hast so friedlich ausgesehen, dass ich dich nur ungern wecke, aber ich habe hier eine Salbe für die blauen Flecken. Hilft gegen die Schmerzen.“

„Ja. Okay.“ Er begriff erst richtig, wovon Henry gesprochen hatte, als dieser ihm den kühlen Balsam auf den Hintern und die Oberschenkel strich. Erst verkrampfte er sich kurz, entspannte sich aber dann, als die Salbe den schlimmsten Schmerz zu lindern begann.

„Besser?“, fragte Henry.

Jason lächelte. „Ja. Danke.“

„Es ist mein Job, mich um dich zu kümmern, schon vergessen?“

„Okay.“

„Du hast heute Abend unheimlich viel Wasser getrunken. Du wirst wahrscheinlich deine Notdurft verrichten müssen.“

Jason nickte. Er stand auf. Ohne dass Henry es ihm befohlen hatte, ließ er die Tür offen, während er sein Geschäft erledigte und sich wusch.

Vielleicht war er ja verrückt, aber er hatte sich noch nie so pudelwohl gefühlt. So lebendig. Er drehte sich um, sodass er seinen Hintern und seine Oberschenkel sehen konnte. Dort bildeten sich um die hochroten Striemen herum bereits dunkellila Blutergüsse. Morgen früh würde das spektakulär aussehen. Ein Gefühl des Stolzes erfüllte ihn. Er wusste nicht, worauf er so stolz war – außer vielleicht darauf, dass Henry stolz auf *ihn* war. Das genügte vollauf.

Als er jedoch aus dem Bad kam, verwandelte sich das warme Gefühl des Stolzes in Unsicherheit. Alle Lichter waren aus, und Henry lag zugedeckt im Bett. So wie es aussah, hatte er sich eins von den Kissen aus dem zweiten Bett gemopst. Anscheinend wollte er jetzt schlafen.

„Ich sollte dann wohl mal …", fing Jason verlegen an.

„Komm her." Henry schlug die Decke zurück, sodass Jason drunterkriechen konnte. Dann schlang Henry ihm beide Arme um die Schultern und zog ihn fest an sich. „Bist du okay?"

„Besser als okay. Danke. Das war … das war unglaublich … ich kann dir gar nicht genug danken, Henry", stammelte er.

„Freut mich, dass es dir gefallen hat. Ich fand's auch schön." Henry hauchte Jason einen sanften Kuss auf die Stirn und schloss die Augen.

Ob das wohl hieß, dass Henry ihn über Nacht hierbehalten wollte? Jason hoffte darauf, denn nach dem heutigen Abend konnte er sich nichts Schöneres vorstellen, als morgen früh in Henrys Armen aufzuwachen.

Er war schon fast wieder eingeschlafen, da sagte Henry: „Es ist ja noch ziemlich früh, jedenfalls für eine Messe. Hättest du Lust, was essen zu gehen? Du könntest wahrscheinlich was vertragen, nachdem ich dich so hart rangenommen habe."

Der letzte Rest von Jasons postkoitaler Benommenheit verflog. „Ich wünschte, ich könnte. Aber im Ernst, ich bin wirklich ziemlich knapp bei Kasse. Es sei denn, du möchtest mit raufkommen in die Messelounge und dort was essen?", schlug Jason hoffnungsvoll vor. In der Besucherlounge gab es Gratis-Essen: Chips, Obst, Sandwiches. Es war nicht viel, aber sie konnten sich hinsetzen, einen Happen essen, eine Limo trinken und sich dabei unterhalten. Er hätte liebend gern jede Gelegenheit genutzt, diesen Mann besser kennenzulernen – diesen Mann, der ihm sein Zeichen aufgedrückt und ihn bis zur Besinnungslosigkeit gefickt hatte, der ihm das Gefühl gegeben hatte, der Mittelpunkt des Universums zu sein.

Henrys Gesichtsausdruck ließ jedoch klar erkennen, was er davon hielt, in der Besucherlounge essen zu gehen. Jason tat sein Bestes, um seine Enttäuschung zu verbergen. Er wollte noch nicht in sein Zimmer zurück, aber jetzt sah es ganz so aus, als bliebe ihm nichts anderes übrig. Widerwillig rückte er von Henrys

41

warmem Körper ab und setzte sich auf. Er zischte vor Schmerz, als sein Hinterteil die Matratze berührte.

Henry schmunzelte. „Ich habe dir ja gesagt, dass er dir eine Zeit lang wehtun wird."

„Ja. Also dann … danke noch mal", sagte er lahm. „Bis demnächst vielleicht, ja?" Mit viel Glück würde Henry sich vielleicht noch mal mit ihm treffen wollen, ehe das Wochenende vorbei war.

Henry räusperte sich. „Lass es mich mal anders ausdrücken. Es ist noch ziemlich früh. Hättest du Lust, dich von mir zum Essen ausführen zu lassen?"

„Meinst du … so was wie ein Date?" Jason stieg die Hitze in die Wangen. Noch dümmer hätte er bestimmt nicht fragen können.

Henry lachte. „Ja, ich weiß, ich fange das irgendwie verkehrt herum an. Erst ficke ich dich, dann lade ich dich zum Essen ein. Aber nur mal nebenbei, ich hab dich sehr wohl gefragt, ob du mit mir essen gehen willst, ehe ich dich zu mir aufs Zimmer geholt habe."

„Ja, das stimmt wohl", räumte Jason lächelnd ein.

„Also, bist du interessiert?"

„Ja, Sir." Ob das wohl hieß, dass Henry ihn ebenfalls besser kennenlernen wollte? Gott, hoffentlich.

„Gut. Dann mal ab in dein Zimmer und mach' dich ein bisschen zurecht. Wir sehen uns in zwanzig Minuten in der Lobby."

Jason strahlte. „Ja, Sir." Dann fiel ihm wieder ein, dass er außer Jeans und T-Shirts nicht viel zum Anziehen dabei hatte. „Ähm, wo wolltest du eigentlich hin zum Essen?"

„Such' du was aus. Ich bin nicht von hier."

Jason nickte. Er fand es wirklich jammerschade, dass Henry nicht aus der Gegend war, gab sich aber alle Mühe, deswegen nicht zu sehr enttäuscht zu sein. Er hatte gerade den besten Sex seines Lebens gehabt, und jetzt führte Henry ihn zum Essen aus. Das wollte er sich nicht verderben. „Dann bis in zwanzig Minuten, Sir."

„So brauchst du mich jetzt nicht mehr zu nennen, weißt du."

„Steht doch auf deinem Namensschild, oder?", gab Jason schlagfertig zurück.

Henry schnaubte. „Ab jetzt mit dir und lass' mich duschen gehen, Boy, sonst gerbe ich dir gleich noch mal das Fell."

Darauf musste Jason einfach eine freche Antwort geben. „Vielleicht möchte ich das ja gerne, Sir."

„Und vielleicht bin *ich* am Verhungern", fauchte Henry – aber Jason sah die Heiterkeit in seinen Augen aufblitzen. Henry räusperte sich. „Deine zwanzig Minuten haben übrigens vor zwei Minuten angefangen."

Jason unterdrückte ein Lächeln und bemühte sich stattdessen krampfhaft, angemessen zerknirscht zu wirken. Er schlüpfte in seine Kleider und zuckte vor

Schmerz zusammen, als er seinen *äußerst* empfindlichen Hintern in die *äußerst* enge Jeans zwängte. Er versprach Henry, in ... *Mist,* fünfzehn Minuten! ... in der Lobby zu sein und rannte praktisch in sein Zimmer. Gott sei Dank lief ihm unterwegs weder Terry noch sonst einer von seinen Bekannten über den Weg.

4

NOCH TROPFNASS von der wahrscheinlich schnellsten Dusche aller Zeiten begutachtete Jason den Inhalt seiner Reisetasche. Die Auswahl war leider nicht berauschend. Er hatte an diesem Wochenende allenfalls vorgehabt, sich einen einsamen Science-Fiction-Freak zu angeln, und dafür hatte er gepackt. Nicht für ein schickes Abendessen mit einem Mann wie Henry Durand.

Mann.

Das Wort traf Jason wie ein Schlag. Nicht, weil Henry wahrscheinlich eine Dekade älter war als er; der Gedanke, mit einem älteren Mann zusammen zu sein, störte Jason überhaupt nicht. Im Gegenteil; falls das, was heute Abend geschehen war, darauf schließen ließ, wozu ältere Männer fähig waren, würde er nie wieder mit einem Gleichaltrigen ins Bett gehen! Verdammt, Henry war fantastisch.

Was zum Teufel will er dann bloß mit mir? Auf dieser Messe liefen eine Menge besser aussehender Jungs herum, die alle auf eine schnelle Nummer aus waren. So attraktiv, wie Henry war, hätte er jeden haben können. *Aber* mich *will er zum Essen ausführen.* Mit Schmetterlingen im Bauch kramte Jason in seiner Reisetasche herum. Schließlich fand er eine abgetragene Jeans, die nicht ganz so eng war. Während er sich die Jeans vorsichtig über sein übel zugerichtetes Hinterteil streifte, fragte er sich zum wiederholten Mal, warum er eigentlich so aufgeregt war. Aber selbst nachdem der Adrenalinstoß abgeklungen und das Glücksgefühl von Henrys anschließender Fürsorglichkeit verflogen war, blieb die Antwort immer dieselbe: er wollte das alles. Er wollte gefesselt, geschlagen und gefickt werden. Er wollte, dass jemand ihn zappeln und betteln ließ. Er wollte von jemandem gesagt bekommen, ob und wann er kommen durfte.

Er wollte, dass Henry Durand dieser Jemand war, und sei es auch nur für dieses Wochenende.

SOBALD SICH die Aufzugtüren öffneten, erblickte Jason sein Objekt der Begierde auf der anderen Seite der Lobby, und sein Herz begann zu pochen. Henry sah umwerfend sexy aus. Er trug ein kragenloses weißes Hemd, eine braune Lederjeans und eine braune Lederweste mit Messingknöpfen.

„Wo hast du bloß gesteckt?", ertönte eine zornige Stimme direkt hinter Jason. Er erkannte den Sprecher, ohne sich umdrehen zu müssen. Es war Terry. „Und wo willst du eigentlich hin?"

Am liebsten hätte Jason ihm gar nichts erzählt. Doch da er seine Lederjacke dabei hatte, konnte er nicht abstreiten, dass er gerade das Hotel verlassen wollte.

„Und?" Terry trat Jason in den Weg und verstellte ihm den Blick auf die Lobby. „Ich hab' auf dich gewartet! Fast anderthalb Stunden lang, verdammte Scheiße!"

„Ich … tut mir leid. Da war diese Demo und … ich kam einfach nicht los."

„*Was* für eine Demo?"

Plötzlich stand Henry neben ihm. Er legte Jason beschützend – besitzergreifend – eine Hand auf den Nacken. „Willst du mich etwa die ganzen Nacht warten lassen?", fragte er gebieterisch. Seinem Tonfall nach war er sauer. Stocksauer sogar.

„Es … es tut mir leid." Jason sah Henry in die Augen, flehte ihn stumm an, nicht böse zu sein – aber dann spürte er den sanften, beschwichtigenden Druck von Henrys Hand in seinem Nacken und ihm wurde klar, dass Henry eigentlich gar nicht verärgert war. „Ich hätte mich beim Duschen mehr beeilen sollen", sagte er trotzdem.

„Über deine Auffassung von Pünktlichkeit unterhalten wir uns noch, Boy. Verabschiede dich jetzt bitte von deinem Freund, damit wir gehen können."

Jason drehte sich zu Terry um. „Tut mir leid, aber ich muss los. Ich hab' heute Abend was vor."

„Was zum …?" Terry blickte zwischen Jason und Henry hin und her; anscheinend schwankte er gerade zwischen Zorn und Schock hin und her.

Jason ignorierte ihn und blickte erwartungsvoll zu Henry auf.

„Mein Mantel ist da drüben." Henry deutete mit einem Kopfnicken auf die Sitzecke am anderen Ende der Lobby.

Als Jason seinem Blick folgte, sah er dort einen langen braunen Mantel über der Rückenlehne eines Sessels hängen. Er blinzelte verständnislos – aber dann begriff er. Henry wollte, dass Jason ihm seinen Mantel holte. Als er zu der Sitzgruppe eilte, kam Henry ihm nach.

„Tut mir leid wegen Terry", sagte Jason leise, als Henry ihn eingeholt hatte.

„Du brauchst dich nicht dafür zu entschuldigen, wenn jemand anders sich wie ein Arschloch benimmt."

Jason nickte. Er nahm Henrys Mantel von der Sessellehne – und plötzlich ging ihm auf, was Henry gemeint hatte. Er wollte nicht, dass Jason ihm seinen Mantel *holte*, sondern dass Jason ihm *in* den Mantel half. Mist. Jason hatte noch nie einem Mann – oder einer Frau – in den Mantel geholfen. Nur seiner Mutter. Sofort verdrängte er jeden Gedanken an sie wieder aus seinem Bewusstsein.

Allerdings konnte er Henry ja wohl kaum sagen, dass er keine Ahnung hatte, was er machen sollte. Um vor Terry – der ihn immer noch fassungslos anglotzte – nicht wie ein Idiot dazustehen, gab Jason sein Bestes, um Henry in drei Quadratmeter satingefütterter Wolle zu hüllen. Henry ließ sich von ihm den Mantel über die Arme streifen als wäre er es gewohnt, angezogen zu werden. Vielleicht war es ja so. Vielleicht hatte er ja schon einen „Boy" bei sich zu Hause. Jason

45

verdrängte auch diesen Gedanken aus seinem Bewusstsein. Henrys Privatleben ging ihn nichts an.

Henry räusperte sich und Jason wurde rot. Er träumte schon wieder. „Entschuldigung, Sir", murmelte er kaum hörbar.

„Wenn du ‚Sir' zu mir sagst, tust du das entweder laut und stolz, oder du nennst mich bei meinem Namen", kam die scharfe Erwiderung. Jason ließ den Kopf hängen, aber Henry fasste ihn am Kinn und drückte ihm den Kopf wieder hoch. „Hey, es ist deine Entscheidung. Außer im Schlafzimmer ist es mir egal, wie du mich ansprichst. Aber Halbherzigkeit verbitte ich mir. *Boy*." Doch er grinste, als er das sagte. Er wusste genau, was Jason wollte.

Jason entspannte sich. „Tut mir leid, Sir", sagte er laut, während die übrige Welt – einschließlich Terry – um ihn herum in Bedeutungslosigkeit versank. „Es wird nicht wieder vorkommen, Sir."

„Das will ich doch schwer hoffen. Jetzt zieh deine Jacke an, es ist kalt draußen."

„Ja, Sir. Danke, Sir."

Henry zog eine Augenbraue hoch.

„Dass du so um mich besorgt bist, Sir."

Henry verdrehte die Augen und schüttelte den Kopf – aber dann legte er Jason eine Hand auf die Wange und ließ sie für einen Moment dort ruhen, ehe er sich vorbeugte und ihn leidenschaftlich küsste.

„DER MACHT vielleicht nicht viel her", sagte Henry und ging auf einen alten, weißen Van zu, der auf dem Hotelparkplatz stand, „aber er erfüllt seinen Zweck. Oder hast du etwa gedacht, ich hätte mein ganzes Zeug auf einer Harley hierher gekarrt?", fügte er grinsend hinzu, offenbar belustigt über Jasons Gesichtsausdruck.

„Dafür ist der wohl besser geeignet", stimmte Jason zu, obwohl der Kleintransporter so gar nicht zu seiner Vorstellung von einem ledergekleideten Dom passte.

Das brachte ihm wieder einmal ein schiefes Lächeln von Henry ein. „Ich fahre schon Motorrad. Aber nicht bei dieser Kälte, und *nicht*, wenn ich eine Vorführung mache." Er schloss die Beifahrertür auf, öffnete sie und half Jason beim Einsteigen. Er wartete, bis Jason richtig saß (Henry hatte recht, Sitzen tat verdammt weh), dann schloss er die Tür und ging um den Wagen herum zur Fahrerseite. Jason lächelte; anscheinend war Henry obendrein auch noch ein Gentleman.

Der Transporter war sauber; nirgends war auch nur ein Pappbecher oder eine Fastfood-Verpackung zu sehen. Nur im Aschenbecher lagen ein paar Kippen. Nun ja, niemand war perfekt. Falls Henry eine rauchen wollte, würde Jason sich damit abfinden; das war schließlich Henrys Auto, und außerdem bezahlte er das Abendessen.

Henry stieg ein. „Wie geht's deinem Hintern?"

„Tut weh. Aber ich werd's überleben."

„Da hilft ein kühles Bad mit Epsom-Salz."

„Danke. Und danke, dass du mich vorhin gerettet hast", fügte Jason hinzu. „Terry führt sich doch sonst nicht so scheiße auf. Ich weiß gar nicht, was er für ein Problem hatte."

„Oh, ich schon, glaube ich. Deshalb bin ich ja rübergekommen. Um meine Interessen zu schützen."

Seine Interessen? Jason blieb der Mund offen stehen, aber Henry schaute gerade nicht in seine Richtung.

Er startete den Motor. „Wohin?"

„Kommt darauf an, was du willst."

„Was ich will, hm?" Henry warf ihm ein anzügliches Grinsen zu und steuerte den Van aus der Parklücke. „Ich würde meinen, dass ich ziemlich flexibel bin – zumindest, was das Essen angeht." Sein Tonfall war neutral, ganz im Gegensatz zu seinem Gesichtsausdruck.

Jason öffnete den Mund. Machte ihn wieder zu. Darauf fiel ihm einfach keine schlagfertige Antwort ein. „Da drüben gibt's einen Chinesen und einen Mexikaner." Er deutete nach links, wo einige Bürogebäude in den Himmel ragten. „Oder wenn's dir nichts ausmacht, ein bisschen weiter zu fahren, in der anderen Richtung gibt es ein orientalisches Restaurant. Es ist ziemlich teuer", warnte er, „aber das Essen ist echt umwerfend gut."

„Also dann zum Orientalen." Henry bog nach rechts ab.

Und immer noch keine Zigarette.

Jason lehnte sich zurück und versuchte, es sich auf seinem Sitz bequem zu machen. Er war schon lange nicht mehr so richtig mit jemandem ausgegangen, geschweige denn zum Essen ausgeführt worden. Das lag nicht einmal so sehr an ihm, sondern eher an den Typen, die er bisher kennengelernt hatte – von denen die meisten nur auf einen schnellen Fick aus waren. Oder auf eine Freundschaft mit gewissen Vorzügen, was er ja eigentlich ganz okay fand, aber so etwas hatte er schon mit Terry. Er wollte etwas anderes. Etwas Echtes.

„Kannst ruhig das Radio anmachen", unterbrach Henrys Stimme seine Gedanken. „Oder eine CD einlegen. In dem Kasten unter deinem Sitz sind welche."

Jasons Neugier siegte, und er griff nach dem Kasten. „An der Ampel musst du links", sagte er, beugte sich vor und zuckte zusammen, weil dabei der Stoff seiner Jeans an seinem Hintern scheuerte. „So kommst du auf die Zufahrtsstraße zum Freeway. Nimm die erste Auffahrt Richtung Nord." Der Kasten mit den CDs war ganz schön groß. Er hievte ihn auf seinen Schoß und klappte den Deckel auf.

„Ich muss dich warnen – mein Musikgeschmack ist ziemlich breit gefächert."

Breit gefächert war noch untertrieben. Metal, Jazz, Steampunk, Electronica, alles von ABBA bis ZZ Top.

Henry lächelte, als Jason eine Pat Benatar CD in den Player schob; es war die mit „Hit Me With Your Best Shot" drauf. „Du hast ein seltenes Talent für gute Entscheidungen", sagte der ältere Mann. „Ich hätte nie gedacht, dass du Pat-Benatar-Fan bist."

„Meine Mutter war ein Fan."

Henry nickte; er ließ Jasons Bemerkung einfach so stehen, ohne weiter nachzubohren. Das war Jason nur recht. Er war nicht bereit, jemandem, den er gerade erst kennengelernt hatte – jemandem, von dem er gemocht werden wollte – seine Lebensgeschichte zu erzählen. Obwohl er nicht der einzige Mensch sein konnte, dessen Eltern nie geheiratet hatten, und auch nicht der einzige, der ohne Vater aufgewachsen war. Sein Vater war auch zweifellos nicht der einzige Mann auf der Welt, der erst siebzehn Jahre später erfuhr, dass er einen Sohn gezeugt hatte. Manchmal war das Leben eben einfach beschissen.

Danach herrschte Schweigen, aber Jason hätte nicht sagen können, ob sie sich beide dabei wohlfühlten. „Deine Weste gefällt mir echt gut", sagte er, nur damit es nicht so still war. Gott, wie lahm. Vielleicht hätte er lieber doch den Mund halten sollen.

„Danke. Die habe ich von der Steampunk-Expo in New Orleans. Hab‘ sie bei einem anderen Händler gegen eine handgemachte Haube eingetauscht."

„Haube?"

„Bondage-Haube", präzisierte Henry.

Jason zögerte. Nickte.

„Wird dir dabei unbehaglich?"

„Nein. Ich weiß nicht. Ich habe im Internet Bilder von so was gesehen und ich … ich meine, ich frage mich wirklich, wie jemand freiwillig so ein Ding tragen kann."

„Aus allen möglichen Gründen. Reizentzug – manche fahren da voll drauf ab. Stell's dir einfach mal vor. Dein Kopf ist ganz von dickem Leder umhüllt, die Ohren sind abgepolstert, sodass du nichts hören kannst, eine schwere Augenbinde ist fest vor deine Augen geschnallt …" Seine Stimme sank zu einem verführerischen Flüstern herab. „Es gibt Löcher, damit du atmen kannst, aber riechen kannst du nur das Leder. Vielleicht kettet dir dein Master die Arme über dem Kopf fest, klemmt dir eine Spreizstange zwischen die Füße – oder vielleicht schnürt er dich auch einfach nur schön fest und eng zusammen, sodass du keinen Muskel bewegen kannst. Du weißt nie, was er gerade tut, wo er ist, ob er dich gleich schlagen oder ficken wird. Oder dir einen blasen. Du bist ihm völlig ausgeliefert."

Jason erschauerte. „Das klingt …" Gruselig? Aufregend? Wie etwas, das er gerne einmal ausprobieren würde?

„So was kann ein ganz schön wilder Trip sein. Oder eine sehr effektive Bestrafung."

„Bestrafung?"

Henry lächelte boshaft. „Nimm einen Sklaven – einen Sub – der sich inständig nach Beachtung von seinem Master sehnt", er hob die Hand und streichelte Jason über die Wange, „und dann setzt du ihm eine Haube auf und lässt ihn ein, zwei Stunden lang in der Ecke sitzen – das sind wahre Höllenqualen."

Jason schluckte mühsam. Vielleicht wollte er das mit der Haube doch lieber nicht probieren.

„Ich habe noch nie jemandem ohne sein Einverständnis …" Henry unterbrach sich und fing noch einmal von vorne an. „Zwischen Brauchen und Wollen bewegt man sich manchmal auf einem sehr, sehr schmalen Grat, Jason", erklärte er. „Aber ich schwöre dir, dass ich noch nie jemandem etwas angetan habe, was derjenige nicht wollte – zumindest bis zu einem gewissen Grad – und nie in böser Absicht. Ein Master – ein Dom – bestraft seinen Sub nicht, weil er einfach nur Spaß dran hat, jemandem wehzutun. Das ist schlicht und einfach Misshandlung."

„Vorhin hast du es anscheinend genossen, mir wehzutun."

Henry lachte in sich hinein. „Du auch, soweit ich mich erinnere."

Dem konnte Jason nicht widersprechen; er war sich nur nicht sicher, wie er sich dabei vorkommen sollte. „Was für ein Mensch muss einer sein, der bestraft werden will?", fragte er sich laut.

„Es geht nicht darum, ob du bestraft werden willst, sondern darum, dass du diszipliniert werden musst."

„Ich kriege zuhause schon genug Disziplin mit. Ich meine …" Scheiße. „Das heißt nicht, dass mein Vater mich schlägt oder so, er brüllt nur. Und das oft genug." Was zweifellos mehr war, als Henry über Jasons Privatleben wissen wollte. „Entschuldigung."

„Wofür?"

Jason zuckte die Achseln. Er wusste es selber nicht so genau. „Du musst bei der nächsten Ausfahrt vom Highway runter. Dann an der ersten Ampel links."

Henry folgte seinen Anweisungen, dann warf er einen kurzen Blick Richtung Beifahrersitz. „Die Art von Disziplin, von der ich rede, ist nicht dazu gedacht, einen Menschen zu erniedrigen, Jason. Sie soll ihn stärker machen. Hinterher solltest du dich besser fühlen, nicht schlechter."

„So eine Art von Bestrafung habe ich noch nie bekommen."

„Und heute?", fragte Henry. „Das war zwar keine Bestrafung, aber wie hast du dich dabei gefühlt?"

„Gut. Ich meine, teilweise fand ich es echt schlimm. Das Paddel hat verdammt wehgetan, und die Reitgerte habe ich *gehasst*. Aber als du mich berührt hast, mit mir geredet hast, als du mir gesagt hast, dass du stolz auf mich bist …? Vorher hat noch nicht so oft jemand zu mir gesagt, dass er stolz auf mich ist. Scheiße. Tut mir leid, dass ich dich so volllabere." Hatte er sich nicht schon mal dafür entschuldigt, Henry mit unwichtigem Kram zu langweilen? Warum konnte er nicht einfach mal die Klappe halten?

Henry nahm Jasons Hand und drückte sie sanft. „Es war eine ziemlich intensive Session."

„So habe ich nicht mehr geweint seit … ist schon lange her."

49

„Findest du das okay?"

„Ich ... wenn jemand mich das gestern gefragt hätte, dann hätte ich wahrscheinlich Nein gesagt. Aber ... ja, ich find's okay." Er hielt Henrys Hand ein wenig fester. „Ist es ... ich meine, ist es normal, dass man während einer ‚Session' so weint? Geht das allen so?"

„Manchmal. In der Regel schlagen die Emotionen hoch. Manchmal wird dabei was aufgewühlt. Da ist Weinen eine natürliche Reaktion. Und auch eine ganz gesunde Entlastung."

Jason nickte, sagte aber nichts dazu. „Da ist es – da vorne, die nächste Einfahrt rein."

Henry fuhr auf den Parkplatz, fand eine Parklücke ein Stück weit vom Eingang entfernt und stellte den Motor ab. Doch statt auszusteigen drehte er sich ganz zu Jason um und sah ihn an. „Also dann, wenn ich dich jetzt fragen würde, ob du dieses Wochenende noch mal mit mir spielen willst –?"

„Scheiße, ja."

Henry lachte. „Scheiße ja *was*, Boy?"

Ein Hitzegefühl ergriff Besitz von Jasons Wangen. „Scheiße, ja, Sir?", fragte er.

„Das ist besser. Dann sollten wir uns aber erst mal noch ausführlicher über Grenzen und Limits unterhalten."

„Warum? Ich meine, wenn ‚nein' Nein heißt ...?"

„Ich möchte gerne wissen, welche von deinen Grenzen ich verschieben kann und welche nicht", erklärte Henry.

„Ich dachte immer, Grenzen wären nicht zum Verschieben gedacht? Warum würde man denn sonst ‚Grenzen' dazu sagen?"

„Sag du's mir."

Jason zuckte die Achseln. „Ich weiß nicht. Wie gesagt – ich dachte, Grenzen legt man genau deshalb fest, weil man nicht will, dass sie überschritten werden."

Henry warf ihm ein boshaftes Lächeln zu. „Du hast das Paddel nicht gemocht, aber wenn ich jetzt sagen würde, dass ich dich noch mal damit schlagen will – würdest du mich lassen?"

Jason lag das „Nein" schon auf der Zunge, aber er schluckte es hinunter. Es wäre nicht die Wahrheit gewesen. Denn obwohl ihm vor dem Paddel graute, machte es ihn zugleich unglaublich geil. Es fiel ihm nicht leicht, das zuzugeben. Er war sich ziemlich sicher, dass Henry das auch ganz genau wusste. Schließlich zwang er sich zu sagen: „Ja, Sir. Das würde ich."

„Gut. Und wie steht's dann mit der Reitgerte?"

Jason knabberte an seiner Unterlippe. „Das Gefühl fand ich *wirklich* schrecklich", sagte er. „Aber ich ... ich glaube, die Gerte würde ich verkraften, wenn du das von mir verlangen würdest. Nur müsste ich dich vielleicht bitten, nicht ganz so fest zuzuschlagen ... falls ich das darf ...?"

„Du darfst immer deine Bedürfnisse äußern, Jason. Nächste Frage: Was, wenn ich sagen würde, dass ich dich vollpissen will?"

„Nein", sagte Jason ohne zu zögern. „Das meinst du doch nicht ernst – oder etwa doch?"

„Nein. Ich will dir nur klar machen, dass manche Dinge verhandelbar sind. Andere nicht. Verstanden?"

„Ja. Okay."

„Gut. Jetzt haben wir also wenigstens ein hartes Limit festgelegt. Fallen dir sonst noch welche ein?"

„Ich nehme nicht an, dass ich ‚Reden' sagen kann?"

Henry warf ihm einen durchdringenden Blick zu.

Jason seufzte. Das Argument, dass ihm das Gespräch peinlich war, würde ihn auch nicht weiterbringen – und in Anbetracht dessen, was sie bereits getan hatten, sollte es ihm eigentlich nicht peinlich sein, über Sex zu reden. Noch dazu, wo er voll bekleidet war. „Sonst fällt mir im Moment nicht viel dazu ein. Ich hab' im Internet mal so ein Butterfly-Board gesehen, und ich glaube, *das* könnte ich im ganzen Leben nicht aushalten." Schon beim bloßen Gedanken daran wurde ihm ganz schwummrig.

„Kleine Schritte, Jason. So was würde auch keiner mit einem Anfänger machen. Aber ich bin froh, dass du das Thema angesprochen hast – weil ich nämlich, nebenbei bemerkt, auch nicht auf harte Penis/Hoden-Folter stehe."

„Und *worauf* stehst du?"

Ein verführerisches Lächeln breitete sich langsam über Henrys Gesicht. „Ich würde dir gerne eine Haube aufsetzen – ich weiß, dass du vor der ein wenig Angst hast, aber das ist ja gerade das Schöne daran. Ich habe ein Andreaskreuz zuhause – schon mal eins gesehen?"

„Nur auf Bildern." Henry *hatte* so ein Ding? Bei sich *zu Hause*?

„Darauf würde ich dich gerne festketten, mit weit gespreizten Armen und Beinen." Seine Stimme wurde tief und rau. „Ich möchte dich mit jedem Paddel und jeder Peitsche aus meiner Sammlung schlagen, bis du schreist – bis du dich vor Schmerzen krümmst. Bis du fliegst."

Jasons Pulsschlag beschleunigte sich, und ihm stockte der Atem.

Henrys Lächeln wurde boshaft. „Ich weiß nicht, ob ich dich gleich kommen lassen würde, aber ich möchte sehen, wie weit ich dich treiben kann. Wie sehr ich dich betteln lassen kann, bevor ich dich ficke. Wie lange ich dich zappeln lassen kann. Was meinst du dazu, Boy?"

Darauf brauchte Jason nicht zu antworten. Seine quälend stramme Erektion beulte den dicken Stoff seiner Jeans aus. Jedoch: „Die Haube jagt mir wirklich Angst ein, Sir", gestand er.

„Sag mir warum."

„Ich hatte schon ein-, zwei Mal eine Augenbinde um. Das war ... es hat mir gefallen. Aber vorhin im Hotel, gefesselt, geknebelt und mit dem Gesicht zur

Wand, da hab' ich Panik gekriegt, weil ich nicht wusste, wo du warst. Ich dachte, du wärst weggegangen."

„*Niemals.*"

Das sagte er mit einer Bestimmtheit, die Jason ausgesprochen gut gefiel. „Meinst du, wir könnten die Haube fürs Erste unter ‚vielleicht' einsortieren?", fragte er.

„Abgemacht. Also dann, wie wär's, wenn wir jetzt reingehen und was essen, bevor das Lokal zumacht? Sonst beschließe ich noch, dass du *dagegen*", – er zog Jasons Hand in seinen Schoss und zu der enormen Beule zwischen seinen Schenkeln, „etwas zu unternehmen hast."

Jason warf einen raschen Blick auf die Digitaluhr am Armaturenbrett und lächelte. „Am Wochenende ist hier bis Mitternacht geöffnet. Das heißt, wir haben noch über eine Stunde Zeit, Sir. Falls ich also zufällig was für dich tun kann, bevor wir reingehen …?" Er rieb mit der flachen Hand über Henrys Schwanz. Seiner sehnte sich zwar ebenfalls nach Berührung, aber Jason war sich ziemlich sicher, dass er keine Gegenleistung zu erwarten hatte. *Warum biete ich ihm hier dann überhaupt meine Dienste an?*

„Fragt sich, was *du* willst, Boy."

Scheiße. Natürlich würde er ihn zwingen, es auszusprechen. „Darf ich dir einen blasen, Sir?"

Henry schob seinen Sitz ganz nach hinten und machte seinen Hosenschlitz auf. „Knie dich vor mich", befahl er. „Ich geb' dir genau zehn Minuten, Boy. Falls ich dann nicht gekommen bin, unterhalten wir uns nachher im Hotel mal ausführlich über Bestrafung."

Bei der Drohung lief Jason ein kalter Schauer über den Rücken und sein Schwanz drückte noch fester von innen gegen seine Jeans. Und natürlich gab es darauf nur eine Antwort. „Ja, Sir!", sagte er, kletterte über die Mittelkonsole und kniete sich in den Fußraum vor dem Fahrersitz. Er umschloss Henrys Eichel bereitwillig mit den Lippen und schmeckte salzige Lusttropfen.

Henry fuhr ihm mit den Fingern durchs Haar. „Siehst du, was du mit mir machst, Boy?"

Jason lächelte nur und nahm Henrys Schaft ganz in den Mund. Er drückte seine Nase in den Busch krauser, blonder Haare und atmete tief ein. Henry roch nach Mann und Leder und nach der Seife, mit der er vorhin geduscht hatte. Jason stöhnte. Er wusste ganz genau, was das Vibrieren Henry antun würde.

„*Fuck*", krächzte Henry.

Mit einem spitzbübischen Grinsen ließ Jason Henrys Schwanz aus seinem Mund gleiten. „Falls du mich lieber ficken möchtest, Sir …", offerierte er.

Henry schaute ihn finster an, hatte dabei aber ganz offensichtlich Mühe, sich das Lachen zu verbeißen. „Zeit läuft, Boy", warnte er.

Jason badete den Schaft mit seiner Zunge, leckte jeden Zentimeter der seidigen Haut. Er saugte kräftig, machte die Wangen hohl und bewegte seinen Kopf rasch auf und ab. Um Henry zu beeindrucken, arbeitete er mit sämtlichen Tricks aus seinem Repertoire. Als Henrys Hüften zu zucken begannen, wusste Jason, dass er es geschafft hatte.

„Ja", ächzte Henry und spritzte ihm seine Ladung in den Hals.

Jason schluckte gierig jeden einzelnen Tropfen.

„Herrgott noch mal, Boy, ich glaube, das war ein Rekord." Henry war ganz außer Atem.

Langsam, sehr langsam lutschte Jason ihn sauber, hörte erst auf, als Henrys Penis in seinem Mund schlaff geworden war. Er küsste die Eichel, und als der Mann ihm eine Hand auf den Hinterkopf legte, schmiegte er seine Wange an Henrys Oberschenkel. Gott, war das schön.

Henry streichelte ihm den Kopf. „Wird mir eindeutig schwerfallen, dir überhaupt jemals einen Knebel in den Mund zu stecken, Boy", murmelte er.

Bei Henrys Lob wurde es Jason ganz warm ums Herz. Er kuschelte sich an Henrys Haut und drückte einen Kuss auf die weichen Locken um seinen Penis herum. „Danke, Sir. Ich bin so froh … ich meine, freut mich, dass es dir gefallen hat."

„Scheiße, Boy, und ob! Komm her."

„Hmmm?", murmelte Jason, aber er ließ sich von Henry hochziehen. Als Henry ihn küsste, stöhnte Jason in seinen Mund. Schon zuvor hatte Henry ihn nach einem Blowjob geküsst, aber nicht *direkt* danach. Er wollte diesen Kuss unbedingt, und zwar mit noch mehr Gefühl. Als Henry auf sein stummes Flehen einging, schlang Jason ihm die Arme fest um den Hals. Seine Brust war wie zugeschnürt vor … irgendwas. Verlangen, vielleicht. Er stellte fest, dass er sich an Henry festklammerte, als hätte er Angst vor dem Loslassen.

Henry streichelte ihm den Rücken. „Bist du okay?", fragte er, als sich ihre Münder voneinander lösten.

„Ja, Sir. Ich … entschuldige …"

„Schscht." Er drückte Jason einen weiteren – sanfteren – Kuss auf die Lippen. „Du brauchst dich nicht zu entschuldigen. Komm, gehen wir was essen."

„Was auch immer du willst, Sir."

Henry schmunzelte. „Was auch immer ich will, hm?"

Jason dachte einen kurzen Moment lang nach. „Ja, Sir. Was auch immer du willst." Er ließ sich wieder auf die Knie sinken, damit Henry seinen Hosenschlitz zumachen konnte – aber dann streckte er ganz spontan die Hand aus und tat es selbst, verstaute Henrys Schwanz behutsam wieder in der Unterhose und zog ihm den Reißverschluss hoch. Henrys Miene war völlig undurchschaubar – hatte Jason etwas falsch gemacht?

„War das okay?"

„Mehr als nur okay." Henry ließ seine Finger über Jasons Wange gleiten, über seinen Mund, und Jason küsste sie. „Ich schwöre, du bringst mich noch ins frühe Grab, Boy."

Er öffnete die Autotür, stieg aus und reichte Jason die Hand. Aus dem Fußraum eines Autos auszusteigen war ganz schön umständlich – und falls ihm jemand dabei zuschaute, was dachte derjenige sich wohl? Aber Jason war es im Moment völlig egal, was andere Leute von ihm dachten. Als sie auf den Eingang des Restaurants zugingen, legte Henry ihm wieder besitzergreifend eine Hand auf den Nacken, und nur das allein zählte.

Drinnen bat Henry die Empfangsdame um einen ruhigen Tisch für zwei Personen – ein leicht zu erfüllender Wunsch, da das Restaurant beinahe leer war. Sie setzte sie an einen Tisch in einer Ecke und versprach, ihnen gleich eine Kellnerin vorbeizuschicken.

Ehe Jason seine Jacke auszog, half er Henry aus dem Mantel. Henry nickte anerkennend, und Jason hängte beide Kleidungsstücke ordentlich über eine Stuhllehne. Er wartete, bis Henry sich gesetzt hatte, und nahm sich dann den Stuhl gegenüber.

„Ich möchte dich neben mir haben, bitte", sagte Henry.

„Ja, Sir."

Als die Kellnerin kam und fragte, ob sie etwas trinken wollten, bestellte Henry sich ein Mineralwasser. „Egal welche Marke; was immer Sie haben. Nur Zitrone, bitte, ohne Eis."

Sie schaute Jason an.

„Danke, nur Wasser", sagte er und nahm dann einen Schluck aus seinem Wasserglas, um deutlich zu machen, dass er kein überteuertes Mineralwasser bestellen wollte.

Die Kellnerin ging wieder, und Henry neigte sich zu ihm. „Das Essen heute geht auf mich, schon vergessen?"

„Nein … ja … ich wollte nur … ich möchte nur Wasser."

Henry musterte ihn prüfend.

„Wirklich, ich möchte nur Wasser", beharrte Jason.

Scheinbar besänftigt nickte Henry. „Ich habe eine Frage an dich, Boy. Wie weit würdest du unser Spiel in der Öffentlichkeit treiben?"

„W-wie meinst du das?"

Henry schmunzelte. „Nicht so, dass einer von uns dafür verhaftet wird – oder rausgeschmissen. Ich frage mich nur, wie abenteuerlustig du wirklich bist. *Boy.*"

In Jasons Schwanz pochte es. „Ich habe vieles noch nie gemacht, Sir, aber das heißt nicht, dass ich keine Lust hätte, was Neues auszuprobieren." *Vor allem mit dir.*

„In meiner Manteltasche ist ein Beutel. Nimm ihn raus und geh' zur Toilette. Aber mach ihn erst auf, wenn du in einer Kabine bist."

Jason warf ihm einen fragenden Blick zu.

„Keine Sorge – wenn du erst mal siehst was drin ist, kommst du bestimmt problemlos dahinter, was du damit tun sollst." Henry holte ein antikes Brillenetui aus der Innentasche seiner Weste. Darin war eine Lesebrille mit halbmondförmigen Gläsern. „Wenn du lachst, setzt's was", warnte er, bevor er die Brille aufsetzte.

„Nein, Sir. Ich meine ..." Jason schüttelte sich. „Damit siehst du irgendwie sexy aus, finde ich."

Henry verdrehte die Augen. „Du hast zwar gesagt, dass das Essen hier sehr gut ist, aber gibt es auch etwas, was du nicht magst?"

„Was?"

„Ich bestelle für dich mit", erläuterte Henry.

Jason schaute ihn bestürzt an.

„Problem?"

„Nein, Sir. Nur ... ich esse kein Fleisch."

Henrys Augenbrauen gingen in die Höhe. „Aber Leder trägst du?"

„Ich weiß, das ist ein Widerspruch, aber ... ja, stimmt. Ein Möchtegern-Lederboy, der zufällig Vegetarier ist."

Henrys Reaktion verblüffte ihn. „Wenn jemand noch nicht so viel Erfahrung hat, ist er deshalb noch lange kein Möchtegern, Jason. Du kommst mir nicht vor wie jemand, der nur am Wochenende so tut als ob. Hab' ich recht?"

Jason biss sich auf die Unterlippe. Es ging ihm gewaltig gegen den Strich, so leicht durchschaubar zu sein. „Irgendwo schon. Ich muss trotzdem noch zuhause wohnen. Ich muss so tun, als wäre ich ,normal', sonst flippt mein Dad noch völlig aus", erklärte er.

„Jetzt bist du ja nicht zuhause, oder?"

Doch. Er fühlte sich bei Henry viel wohler als bei seinem Vater. „Nein, Sir. Ich bin mit dir zusammen."

„Dann befehle ich dir, du selbst zu sein. Lederboy, Sub, Bondage-geil, was auch immer. Ich will, dass du dir für den Rest des Wochenendes hundertprozentig treu bleibst. Für mich."

Jason schluckte angestrengt. Nickte. „Ja, Sir."

„Braver Junge." Henry nahm die Speisekarte und begann, sie zu studieren.

Jason zögerte. Was war er denn nun eigentlich? Definitiv geil auf Bondage. Auf Schmerz auch, allem Anschein nach. Und er kniete gern zu Henrys Füßen, tat gern, was Henry ihm befahl, was ihn vermutlich zu Henrys Sub machte. Er fragte sich, wie es wohl wäre, diese Rolle ständig zu spielen. *Vermutlich nicht einfach.* Doch etwas Lohnendes war nie einfach.

Er stand auf und ging zu Henrys Mantel; und wirklich, da war ein schwarzer Plastikbeutel in der Tasche. Henry blickte weder von der Speisekarte auf, noch nahm er ihn sonst wie zur Kenntnis. Jason steckte den Plastikbeutel ein und ging zur Herrentoilette; sein Herz pochte mit jedem Schritt heftiger. Er rief sich in Gedächtnis, dass sein Safeword immer noch „Nein" lautete. Und das galt bestimmt auch dann, wenn Henry nicht da war und nicht hören konnte, wie Jason es sagte. Wenn er nicht tun *wollte*, was Henry von ihm verlangte, dann brauchte er es auch nicht zu tun.

Jason schloss sich in einer Kabine ein und öffnete den Beutel. Die Flasche mit Gleitmittel erkannte er sofort, also ignorierte er sie und holte stattdessen ein weiteres Päckchen heraus. Die durchsichtige Plastikverpackung enthielt sechs auf einer Schnur aufgefädelte Kugeln; die kleinste war ungefähr so groß wie eine Erbse, die größte wie eine ziemlich große Murmel – oder vielleicht wie einer von diesen Flummi-Bällen, die er als Kind immer aus den Kaugummiautomaten gezogen hatte. *Superballs* hatten die wohl geheißen.

Dann schaute er auf das Etikett.

ANALPERLEN

Jason hätte das Päckchen beinahe fallen lassen; mit einem raschen Griff erwischte er es gerade noch. Das sollte doch wohl ein Scherz sein. Henry konnte doch unmöglich von ihm erwarten, mit diesen Dingern im Hintern beim Essen zu sitzen ... oder?

Jasons Schwanz zuckte. Pochte. Okay, vielleicht war die Vorstellung ja doch nicht so verrückt. Nein, verrückt wohl schon, aber auch total geil. Jason griff sich in den Schritt und begann sich durch die Hose hindurch den Schwanz zu reiben, was alles nur noch schlimmer machte. Gott, er war so verdammt geil – er hätte sich innerhalb weniger Minuten zum Höhepunkt bringen können. Aber Henry hatte nichts von Masturbieren gesagt. Jason unterdrückte ein frustriertes Aufstöhnen und riss die Verpackung auf. Was genau Henry in seinem Hotelzimmer mit einem Päckchen Analperlen wollte, konnte er sich allerdings nicht vorstellen. Vielleicht verkaufte er die Dinger an seinem Stand? Zweifellos konnte er sie bei einer solchen Messe nicht offen zur Schau stellen, aber deshalb konnte er seine volljährigen Kunden ja trotzdem diskret darauf hinweisen, dass er noch andere Spielsachen dabei hatte.

Dabei fiel ihm wieder ein, dass Henry auf ihn wartete, und Jason machte sich ans Werk. Als er sich Jeans und Unterhose abstreifte, schnellte sein Schwanz in die Höhe. In der Toilette war es kühl, und Jason schnappte nach Luft. Wimmerte. Er unterdrückte den Drang, sich einen runterzuholen und schmierte sich stattdessen reichlich Gleitmittel auf einen Finger. Die kleineren Perlen waren kein Problem, aber er musste sich ein wenig dehnen, um die größeren reinzukriegen. Er gab ein Ächzen von sich, als sein Finger durch den straffen Ringmuskel drang; dort war er immer noch empfindlich von vorhin. Er hätte wetten mögen, dass Henry das auch wusste. Er konnte ihn fast vor sich sehen, wie er am Tisch saß und Essen bestellte, als ginge in der Toilette überhaupt nichts Ungewöhnliches vor. Oder vielleicht hatte er auch wieder dieses merkwürdige halbe Lächeln auf dem Gesicht, weil er sich gerade vorstellte, wie Jason sich in der Herrentoilette den Arsch mit Gleitmittel einschmierte und Analperlen hineinstopfte.

Um ganz sicher zu gehen, nahm Jason einen zweiten Finger dazu, ehe er die erste Perle einführte. Es ging so leicht, wie er vermutet hatte. Bei der zweiten war es genauso. Die dritte kostete ihn schon etwas mehr Mühe – er keuchte auf, als die Perlen an seiner Prostata vorbeiglitten und dabei eine weitere Welle von Hitze durch seine bereits in Flammen stehende Erektion flutete. Die vierte Perle war noch größer und dehnte ihn schon fast bis zur Grenze des Erträglichen. Das würde sich zwar ändern, sobald sein Körper sich erst einmal an die Invasion gewöhnt hatte. Aber obwohl Jason das wusste, musste er sich im Moment dazu zwingen, seine Muskeln zu entspannen und die fünfte Perle in seinen After zu drücken. Er rang nach Luft. Eine der Perlen saß genau an seiner Prostata; der ständige Druck schickte feurige Pulsschläge durch seinen Schwanz und ließ die Lusttropfen nur so heraustriefen. Und es war immer noch eine Perle übrig. Jason leckte sich die Lippen. Allmählich fragte er sich, ob er das wirklich schaffen würde, ob er sich die letzte Perle hineinschieben und sich dann wieder zu Henry an den Tisch setzen und mit ihm zu Abend essen konnte, als ob überhaupt nichts wäre.

Er atmete einmal tief durch. Er wollte den anderen Mann nicht enttäuschen. Er wollte sich selbst nicht enttäuschen. Jason nahm noch etwas mehr Gleitmittel, aber das machte alles nur noch schlimmer. Die letzte Perle war so glitschig, dass sie kaum noch zu handhaben war. *Scheiße.* Um sie reinzukriegen, musste er so fest drücken, wie er konnte. Er schnappte nach Luft, als die riesige Perle durch seinen Schließmuskel glitt. Für einen Moment krampfte sich sein Magen zusammen, aber dann entspannte er sich und holte noch einmal tief Luft. Er würde das schaffen.

Jason richtete sich langsam auf, und die Perlen bewegten sich in ihm, massierten sein Rektum, drückten auf seine Prostata und brachten ihn zum Stöhnen. Wie sollte er bloß so ein ganzes Abendessen durchstehen? Schlimm genug, dass ihm der Hintern wehtat, aber jetzt würde ihm bestimmt gleich einer abgehen, wenn er sich nur die Unterhosen anzog! Vielleicht sollte er sich *wirklich* einen runterholen. Nein. Henry wartete auf ihn. *Und er hat nichts davon gesagt, dass ich kommen darf.* Fuck. Was war bloß *los* mit ihm? Wer war Henry, dass er Jason vorschreiben konnte, was er zu tun oder zu lassen hatte?

Er ist der Mann, dem du dich unterwirfst.

Jason holte ein paarmal tief Luft und versuchte, an unsexy Dinge zu denken. Wie zum Beispiel alte Omas.

Alte Omas in Unterhosen.

Alte Opas in karierten Shorts, Kniestrümpfen und Sandalen.

Er kicherte. Okay, das half. Er machte weiter, ließ vor seinem geistigen Auge ein skurriles, abtörnendes Bild nach dem anderen erstehen, bis er imstande war, sich anzuziehen. Gott sei Dank war die Herrentoilette immer noch menschenleer, als er die Kabine verließ, um sich die Hände zu waschen.

ALS JASON an den Tisch zurückkam, blickte Henry auf, ein spitzbübisches Lächeln auf den Lippen. Jason steckte den Beutel mit der leeren Verpackung und dem Gleitmittel in Henrys Manteltasche zurück und setzte sich *ganz* vorsichtig wieder auf seinen Platz.

„Wie fühlst du dich?", fragte Henry.

„Mein Hintern tut weh, Sir – von vorhin noch", verdeutlichte er rasch, um zu verhindern, dass Henry sich Sorgen machte.

„Und sonst?"

„Gestopft wie eine Weihnachtsgans."

Henry lachte. „Falls es dich irgendwie tröstet, du bist die allersexy-este Gans, die ich je gesehen habe."

Jason schoss die Hitze ins Gesicht.

„Das hast du noch nicht oft gehört, oder?"

„Was, dass ich eine sexy Gans bin?", rutschte es Jason frotzelnd heraus.

Henry warf ihm einen stechenden Blick zu. „Was hab' ich dir über vorlaute Boys und Knebel gesagt?" Aber sein Gesichtsausdruck verriet, dass er nicht wirklich ärgerlich war. Jedenfalls würde er wohl kaum mitten in einem Restaurant die Reitgerte oder den Knebel zücken.

Hoffte Jason.

Nichtsdestotrotz senkte er den Blick und gab sich alle Mühe, zerknirscht zu klingen. „Entschuldigung, Sir. Und nein, Sir, ich bin Komplimente nicht gewohnt, zumindest nicht solche. Ich bin sonst einer von denen, die man mit ‚so als Mensch ist er richtig nett' beschreibt."

„Jason, du bist ein *sehr* attraktiver junger Mann", sagte Henry. Sein Ton war so aufrichtig, dass es Jason richtig schwerfiel, ihm nicht zu glauben.

5

DAS ESSEN kam und ihr Gespräch wandte sich allgemeineren Themen zu: Büchern, Filmen, Fernsehen. Henry zeigte sich beeindruckt von Jasons Wissen über klassische Science Fiction und Horror, und Jason stellte erfreut fest, dass sie viele gemeinsame Lieblingsautoren hatten: Robert Asprin, Douglas Adams, Steven Brust, Terry Pratchett. Henry empfahl ihm Harry Harrison; von dem hatte Jason noch nie etwas gehört, aber anhand dessen, was Henry über die *Stahlratten*-Serie zu sagen hatte, konnte er es kaum erwarten, die Bücher zu lesen.

Während des Essens rutschte Jason ständig auf seinem Sitz herum – mal weil die Perlen ihn zu sehr drückten und mal, weil er sie wieder über seine Prostata zu schieben versuchte, weil sich das so *verdammt* gut anfühlte, dass er beinahe vergessen konnte, wie sehr sein Hintern schmerzte. Henry schien es das größte Vergnügen zu bereiten, ihn dabei zu beobachten. Hin und wieder streichelte er Jason unter dem Tisch den Oberschenkel oder warf ihm einen Blick so voll glühender Leidenschaft zu … Gott, konnte ein Mann wie Henry ihn *wirklich* so sehr begehren, wie er es seinen eigenen Worten nach zu tun schien? *Oder vielleicht liegt's auch nur daran, dass ich so toll blasen kann,* dachte Jason düster. Vorher hätte es ihm vielleicht nicht so viel ausgemacht, aber je länger er sich einfach nur mit Henry unterhielt, desto mehr graute es ihm vor dem Sonntagmorgen, wenn sie beide wieder ihre Sachen packen und getrennter Wege gehen würden.

„Was studierst du eigentlich?", fragte Henry, nachdem die Teller abgeräumt waren.

„Webdesign. Ich *wollte* ja auf eine Kunsthochschule gehen, aber … na ja, stattdessen bin ich jetzt am Lansing Community College."

„Oh?"

Jason zuckte die Achseln. „Lange Geschichte. Das College ist wirklich nicht schlecht, und nächstes Jahr schaffe ich's vielleicht irgendwo an die Uni." *Einen Scheißdreck schaffe ich.* Er konnte sich schon das Community College kaum leisten. Er nippte an seinem Wasser. Sein Vater hatte nie Kinder gewollt, hatte *ihn* nie gewollt – er hatte überhaupt erst von Jasons Existenz erfahren, als Jason schon siebzehn war. Daher schien er der Ansicht zu sein, dass es nicht sein Problem war, ob und wo Jason studierte. *Scheißkerl.* Jason hätte es ja verstanden, wenn sein Vater kein Geld gehabt hätte, um ihm ein Studium zu finanzieren. Aber dem war nicht so. Dad hatte mehr Geld, als Mom je gehabt hatte. Außerdem hatte er eine Freundin, und die wiederum hasste anscheinend einfach alles an Jason. Er wusste nicht warum. *Vielleicht hasst sie mich ja* tatsächlich *für meine bloße Existenz.* Vielleicht lag es gar nicht an seinen Haaren oder seinen Kleidern – oder seinen Nippelringen. Vielleicht konnte ihn Alicia nur schlicht und einfach nicht ausstehen.

Und vielleicht war seine Mutter wirklich zum Teil mit Schuld daran, denn wenn sie bessere Entscheidungen getroffen hätte, wäre heute alles anders.

„Was ist mit dir?", fragte Jason. „Ich meine, wie bist du von Massagetherapie auf Lederverarbeitung gekommen?"

„Angefangen hat es mit ein paar Sachen, die ich haben wollte, mir aber nicht leisten konnte. Da hab' ich eben gelernt, wie man so was selber macht. Als dann immer mehr Anfragen von meinen Freunden kamen, hab' ich beschlossen, einen Nebenjob draus zu machen. Vor ungefähr acht Jahren wurde mein ‚Nebenjob' dann so zeitaufwendig, dass ich so langsam meine Patienten an andere Therapeuten überweisen musste. Ich war sowieso reif für eine Veränderung", fügte er hinzu. „Ich wollte schon immer einen Job haben, bei dem ich reisen kann, im ganzen Land rumkomme. Neue Leute kennenlerne." Er trank einen Schluck Wasser und musterte Jason über den Rand seines Glases hinweg.

„Das soll dann wohl heißen, dass du viel unterwegs bist."

„Normalerweise an zwei oder drei Wochenenden im Monat. Den Rest der Zeit arbeite ich."

„Hast du irgendwo einen Laden?"

„Hatte ich mal. Aber nicht lange. Ich teile mir am liebsten meine Zeit selber ein – ich arbeite, wann ich will und spiele, wann ich will." Er zog die Augenbrauen hoch und grinste anzüglich. Als Jason daraufhin errötete, zwinkerte Henry ihm zu und sprach weiter. „Es ist schwierig, sich seine Zeit selber einzuteilen, wenn man sechs Tage die Woche im Laden stehen soll. Meine Stammkunden wissen, wie sie mich erreichen können, und je mehr Vorführungen ich mache, desto mehr Online-Bestellungen kommen rein. Ich habe mehr als genug Aufträge, um im Geschäft zu bleiben."

„Und von wo aus arbeitest du dann? Wo wohnst du?" Endlich konnte Jason das fragen, was er wirklich wissen wollte.

„Ganz in der Nähe von Athens, Ohio", antwortete Henry.

„Nie gehört."

„Liegt ungefähr sechs Stunden südlich von hier."

Also fährt man von mir zuhause bis dort ungefähr acht Stunden, dachte Jason unglücklich. Damit schwand seine letzte Hoffnung dahin, Henry nach diesem Wochenende jemals wiederzusehen.

Henry redete immer noch. „Es ist kein großer Ort, aber wir haben eine Uni - weshalb unsere kleine Stadt auch ziemlich weltoffen ist. Jedenfalls hat sich dort niemand groß über meinen Laden aufgeregt, als ich ihn noch hatte."

„Ja. Ich meine, das ist wahrscheinlich gut."

„Macht so einiges einfacher. Können wir dann los, Boy?"

Jason zwang sich ein Lächeln ab. Er wollte nicht gehen, aber so wie es aussah, wollte das Personal nach Hause. Das Restaurant hatte seit zehn Minuten geschlossen. „Ja, Sir. Ich bin so weit."

„Bist du okay?", fragte Henry.

„Hm? Ja, mir geht's gut", log Jason. Aber er wusste, was Henry eigentlich meinte. Die Perlen machten es ihm unmöglich, seinen Schwanz im Zaum zu halten, und sein Hintern tat weh vom langen Sitzen. Beides bereitete ihm zwar Unbehagen, aber in erträglichem Rahmen. „Übrigens, danke für die Einladung."

„War mir ein Vergnügen." Henry stand auf, und Jason tat es ihm nach.

Er half Henry in den Mantel und zog dann seine Jacke an. Ein Wonneschauer überlief ihn, als er beim Verlassen des Restaurants erneut Henrys Hand auf seinem Nacken fühlte.

„Also", sagte Henry dicht an seinem Ohr, „was ist dir lieber - willst du mit den Perlen im Arsch zum Hotel zurückfahren oder soll ich sie dir hier auf dem Parkplatz rausziehen?"

Jason biss sich auf die Lippe. Er war sich nicht sicher, ob er die Unebenheiten der Straße aushalten würde. Oder vielleicht wollte er das ja – jeden Huckel und jedes Schlagloch spüren. Aber Sex auf dem Parkplatz war so ein herrlicher Nervenkitzel – wie vorhin, als er Henry einen geblasen hatte. Dabei erwischt zu werden war zwar wenig wahrscheinlich, aber die Möglichkeit bestand trotzdem.

„Darf ich das Funkeln in deinen Augen so verstehen, dass du gern gefährlich lebst, Boy?"

Jason errötete. „Kommt auf die Gefahr an."

Henry holte seine Schlüssel aus der Tasche und schloss die hintere Tür des Vans auf. „Rein mit dir." Bei seinem fordernden Tonfall ging ein heißer Ruck durch Jasons bereits qualvoll steifen Schwanz.

„Ja, Sir!" Er krabbelte hastig hinein.

„Zieh dich aus. Dann zieh deine Jacke wieder an."

Ohne wegen der Kälte auch nur mit einem Wort zu protestieren schälte Jason sich aus seiner Kleidung, während Henry hinter ihm einstieg und alle Türen abschloss. Jasons Schwanz war steinhart und pulsierte. Triefte. Gott, er wollte noch einmal gefickt werden.

„Die kannst du anlassen", sagte Henry, als Jason Anstalten machte, seine Socken auszuziehen.

„Ja, Sir. Danke, Sir." Es war ein komisches Gefühl, die Jacke auf der bloßen Haut zu tragen, aber er war froh über die Wärme. Er fiel auf die Knie und legte die Hände auf den Rücken, dann beugte er den Rücken und drückte seine Lippen auf Henrys Stiefel – auf den linken zuerst.

„Sehr gut, Boy."

Strahlend vor Freude schmiegte Jason seine Wange an das weiche Leder und schloss die Augen. Nicht in einer Million Jahren hätte er sich träumen lassen, einmal einem Mann so zu Füßen zu liegen, das Gesicht auf seinen Stiefeln, und doch wäre er jetzt nirgendwo lieber gewesen – außer vielleicht in Henrys Bett.

„So schön das auch ist", sagte Henry mit sanfter Stimme, „mir wäre es lieber, wenn du jetzt was anderes tun würdest."

Jason setzte sich auf, hielt aber den Kopf gesenkt und den Blick zu Boden gerichtet. „Was auch immer du willst, Sir." Er meinte es ernst.

Henry beugte sich vor und presste seine Lippen auf Jasons Mund, beanspruchte einen leidenschaftlichen Kuss, bei dem sich Jasons Zehen einrollten. Dann streifte Henry seinen Mantel ab und breitete ihn auf dem Boden des Vans aus.

„Auf den Rücken, Hände hinter den Kopf. Verschränk' die Finger", befahl er, und Jason gehorchte, ohne zu fragen. „Du bewegst dich erst wieder, wenn ich es dir ausdrücklich erlaube. Hast du mich verstanden, Boy?"

„Ja, Sir."

Henry zog etwas aus der Hosentasche. Als Jason erkannte, dass es lederne Handschuhe waren, beschleunigte sich sein Pulsschlag.

Henry zog die Handschuhe an und kniete sich neben ihn. „Warm genug?"

„Ein bisschen kalt ist mir schon, Sir, aber es ist auszuhalten."

Henrys Lächeln war boshaft. „Mal sehen, was ich tun kann, damit du die Kälte vergisst." Er beugte sich vor und streichelte Jason mit seinen behandschuhten Händen das Gesicht. Das Leder war glatt, warm. Weich. Als Henrys Fingerspitzen über seinen Mund strichen, küsste Jason sie und genoss es, das Leder auf seinen Lippen zu schmecken. Er schloss die Augen und verlor sich in Henrys zärtlichen Liebkosungen.

Ein plötzlicher, scharfer Schmerz in seiner linken Brustwarze ließ ihn aufschreien. Er riss die Augen auf, und Henry kicherte. „Ich wollte nur nicht, dass du mir hier einschläfst, Boy."

„Nein, Sir", keuchte Jason und verspannte sich am ganzen Körper, als Henry ihn fest in die Brustwarze kniff. Es brannte wie Feuer. „Oh, Gott. Bitte, Sir … Scheiße! *Henry!*" Tränen traten ihm in die Augen. „Das tut weh!"

„Atmen, Boy. Wir wissen beide, dass du das kannst."

„Nein, kann ich nicht!"

„Ist das ein echtes Nein?", fragte Henry und ließ ein klein wenig lockerer.

Jason schluckte mühsam, aber es war ihm unmöglich, klar zu denken.

„Du hast vorhin schon Schlimmeres ausgehalten", rief Henry ihm in Erinnerung. „Atme einfach."

Jason nickte und versuchte ruhig zu atmen, als Henry wieder fester zukniff. Schon bald liefen ihm die Tränen über die Wangen. Der Schmerz pulsierte glühend heiß durch seinen Brustkorb. Er heulte und wand sich, aber das machte es nur noch schlimmer, also zwang er sich zum Stillhalten.

„So ist's gut", lobte Henry, als Jason wieder ruhig lag. Aber dann verdrehte er Jasons Brustwarze so heftig, dass er ihm damit ein abgehacktes, kehliges Schluchzen entriss.

„*Bitte!* Sir! Bitte! Es ist zuviel!"

Henry ließ wieder ein wenig lockerer, hörte aber nicht auf. „Ich weiß, dass es wehtut, aber ich will, dass du mir vertraust. Du sollst alles nehmen, was ich dir zu geben habe, selbst wenn es schmerzhaft ist."

„Warum?"

„Weil *ich* es von dir verlange."

„Ich glaube, das kann ich nicht. Es tut mir leid, Sir." Jason schluchzte erneut auf, aber diesmal genauso sehr aus Enttäuschung über sich selbst wie vor Schmerz.

„Du machst das großartig, Boy. Du brauchst nicht so zu tun, als ob es dir gefällt, du brauchst es nur zu ertragen." Dann ließ er Jasons Nippel los und belohnte ihn mit einem Kuss, bei dem ein Kribbeln durch Jasons ganzen Körper lief. Henry streichelte ihm die Wange und ließ dann seine Finger aufreizend über Jasons Brust gleiten bis zur rechten Brustwarze, spielte mit dem Ring aus Chirurgenstahl.

Aber Jason wusste, was Henry gleich tun würde. Sein Herz pochte so laut, dass es bestimmt die ganze Welt hören konnte. „Bitte, Sir, ich kann nicht mehr."

„Kannst du doch."

Jason schluckte mühsam. Er schüttelte den Kopf. „Nein. Ich kann nicht. Ich kann wirklich nicht."

„Soll ich aufhören?"

Jason biss sich auf die Lippe. Er wusste, dass Henry aufhören würde, wenn er ja sagte. „Ich … ich weiß einfach nicht, ob ich es schaffe", gestand er schließlich. „Ich will dich nicht enttäuschen."

Der sanfte Kuss, den Henry ihm auf die Lippen drückte, erschreckte ihn geradezu. „Hier geht's nicht um mich. Hier geht's darum, *deine* Grenzen auszuloten. Du könntest mich gar nicht enttäuschen. Ich bin schon allein deshalb stolz auf dich, weil du jetzt hier bist, Jason. Aber ich weiß, dass du viel härter im Nehmen bist, als du denkst. Vertrau mir. Vertraue *dir selbst.* Okay?"

Jason schloss die Augen. Doch nach einer Weile nickte er schließlich. „Ja. Ja, okay."

„Gut, Boy." Damit drückte Henry so fest zu, dass Jasons Tränen sofort wieder in Strömen flossen.

„Es tut so weh!", schluchzte er. Das war hundertmal schlimmer als die Nippel gepierct zu bekommen! Er zog die Knie hoch bis an seinen Bauch, aber das machte es auch nicht besser.

„*Atme!*"

Auf den scharfen Befehl hin versuchte Jason, sich wieder flach hinzulegen. Er versuchte zu atmen. Er hätte nur „Stopp!" zu sagen brauchen, also warum sprach er dann jenes eine Wort nicht aus, das all dem ein Ende machen würde? Das machte keinen Spaß! Es tat weh! Wie sadistisch musste einer sein, dem es einen Kick gab, ihn dermaßen zu quälen?

Dann nahm Henry auch noch seine andere Brustwarze zwischen die Finger, drehte und zerrte an beiden zugleich. Höllische Schmerzen tobten in Jasons Brust.

Er krümmte und wand sich, wollte sich losreißen. Wollte stillhalten, denn je heftiger er sich wehrte, desto fester drückte Henry zu. „Ich kann nicht! Ich kann nicht, ich kann nicht!", heulte Jason.

„In Ordnung", drang Henrys Stimme durch Jasons abgehacktes Schluchzen. „Ich möchte, dass du von zehn rückwärts zählst. Kannst du das für mich tun, Boy? Zähl' von zehn rückwärts, und wenn du bei eins bist, lasse ich los."

„Ich ... j-j-ja, Sir", krächzte Jason. Von zehn rückwärts zählen. Das bekam er hin. Von zehn rückwärts zählen, und bei eins war dann endlich alles vorbei und dieser Scheiß-*Irre* konnte ihn seinetwegen wieder ins Hotel zurückbringen! „Zehn ... neun ... acht ... Scheiße ..."

„Das ist nur das Blut, das in deine Nippel zurückfließt. Zähl' weiter, Boy. Du machst das großartig."

Der hatte leicht reden! „Sieben ... sechs ... fünf ... oh, Gott ..." Sein ganzer Oberkörper schien zu kribbeln. „Vier ... drei ... zwei ... eins ... oh... *Fuck*, oh." Anstatt loszulassen, massierte Henry jetzt die Muskeln unter Jasons armen, misshandelten Brustwarzen. „Oh, *Fuck*", wiederholte Jason. Das Kribbeln, das in seiner Brust begonnen hatte, breitete sich über seinen ganzen Körper aus. Dann blickte er auf, direkt in Henrys himmelblaue Augen und sah ihn lächeln, und plötzlich wollte er nirgendwo lieber sein als hier.

„Du hast das so gut gemacht, Boy. Ich bin ja so stolz auf dich", sagte Henry und wischte Jason die Tränen ab.

„Bitte, bitte, Sir, küsst du mich noch mal?"

„Wann immer du willst." Er drückte Jason einen sanften, warmen Kuss auf die Lippen. „Jetzt kannst du die Hände bewegen, wenn du möchtest", flüsterte er, dann küsste er Jason erneut, lange und leidenschaftlich.

Erschauernd schlang Jason ihm die Arme um den Hals und umklammerte ihn so fest er nur konnte. Gott, es war verrückt, aber Henry war so warm, so stark. Bei ihm fühlte Jason sich so geborgen. „Das war ... das war unglaublich", stammelte er. „Ich hab' dich gehasst. Ein paar Sekunden lang hab' ich dich wirklich gehasst. Es tut mir leid."

„Schschscht, du musst dich nicht entschuldigen, Boy." Henry zog Jason auf seinen Schoß und nahm ihn in die Arme. „Jetzt hasst du mich ja nicht mehr, oder?"

„Nein, Sir." Jason kuschelte sich enger an ihn. „Ich könnte dich nie wirklich hassen, Sir. Es hat ... es hat nur so furchtbar wehgetan." Als Henrys behandschuhte Hand sich um seinen Schwanz schloss, regte Jason sich nicht und sagte kein Wort. Er machte einfach die Augen zu und genoss das Gefühl, als Henry ihn langsam zu wichsen begann.

„Ich möchte, dass du für mich kommst, Boy. Ich will es sehen", sagte Henry. Er schob seine andere Hand unter Jasons Hintern und drückte gegen seinen Anus. Jason drängte sich seiner Berührung entgegen, presste die Hüften nach unten, um den Druck der Perlen auf seiner Prostata zu fühlen. Er spürte, wie Henry die größte Perle herauszog und dann wieder hineinschob. Dann zwei ... drei ... Er rieb Jasons Schwanz kräftiger. Schneller. Vier Perlen, raus – und wieder rein. Es war unerträglich. Himmlisch. Und genau in dem Moment, als sich Jasons Hoden zusammenzogen, riss Henry die Perlen mit einem Ruck heraus und Jason kam mit einem lauten Schrei.

„Auf alle Viere, sofort", befahl Henry, noch während Jason unter Wellen von Lust zitterte und bebte. Aber er protestierte nicht; er gehorchte, weil er wusste, dass Henry ihn gleich ficken würde, und das war genau das, was er jetzt wollte – was er *brauchte*.

Jason hörte ein Knistern, als eine Kondomverpackung aufgerissen wurde. Gleich darauf kniete Henry hinter ihm und brachte sich in Position. Wie Henrys Penis sich an seinem Anus rieb, das war die reinste Folter – aber die beste Art von Folter, die Jason sich nur vorstellen konnte.

„Kommst du noch mal für mich, Boy?" Henrys boshaftes Lächeln war hörbar.

Jason drückte das Kreuz durch und drängte sich ihm entgegen. Sein eigener Schwanz war bereits wieder steif. „Ja, Sir. Bitte. Das möchte ich."

Henry streichelte ihm den Rücken. „So ist's gut. Spritz ab für mich, zeig mir, wie gut dir gefällt, was ich mit dir mache." Und damit spießte Henry ihn auf, so fest und schnell, dass Jason sicher umgefallen wäre, hätte Henry ihn nicht an den Hüften festgehalten. Er gönnte ihm nicht die kleinste Atempause, sondern packte ihn nur noch fester und ritt ihn so brutal, wie ihn noch nie jemand geritten hatte. Bei jedem tiefen Stoß in Jasons schmerzenden Arsch rammte er die Prostata, bis die Grenzen von Schmerz und Lust so verschwammen, dass beide für Jason eins wurden. Bis er Sterne sah und nach Luft schnappte, bis er schrie und betete, dass niemand ihn hörte.

Nicht einmal zu diesem bewussten Gedanken war er mehr fähig, als Henry mit einer Hand erst an einem, dann am anderen Nippelring zerrte. Es waren bei weitem nicht solche teuflischen Qualen, wie er sie vorhin erduldet hatte. Aber selbst dieser leichtere Reiz reichte, um eine Schockwelle von Schmerz – Lust – in seiner Brust auszulösen, die sich bis in seinen Unterleib fortpflanzte. Er stöhne auf und krümmte sich, flehte wimmernd um mehr. Mehr wovon wusste er nicht; er wusste nur, dass er etwas wollte … irgendwas. Alles.

Er zitterte, schluchzte beinahe, als sein zweiter Orgasmus ihn packte und schüttelte wie eine Riesenfaust.

Henrys Stöße wurden unregelmäßig, und Jason wusste, dass auch er kurz vor dem Höhepunkt stand. Er spannte seine inneren Muskeln an, um Henrys Schwanz mehr Reibung zu geben. Durch das Kondom konnte er nicht fühlen, wie Henry abspritzte, aber er war sich sicher, dass der andere Mann genauso heftig gekommen war wie er selbst.

Jason keuchte immer noch, als Henry ihn wieder auf seinen Schoß zog und in die Arme nahm. Jason seufzte, schloss die Augen. Er hauchte Henry einen sanften Kuss auf den Hals. „Danke", flüsterte er. Jetzt hätte er am Liebsten eine Woche lang nur geschlafen.

Dann fasste Henry ihn am Kinn, bog ihm den Kopf zurück und küsste ihn; es war ein hungriger, fordernder Kuss, und Jason gab sich ihn bereitwillig hin. Freudig. Von ganzem Herzen. Vielleicht war eine achtstündige Fahrt ja doch kein so unüberwindliches Hindernis. Henry konnte sich seine Zeit frei einteilen, Jasons Stundenplan war ziemlich flexibel – und hatte Henry nicht davon gesprochen, ihm bei sich zu Hause etwas zeigen zu wollen? Das musste doch bedeuten, dass er Jason wiedersehen wollte.

„An was denkst 'n du da grade, Boy?"

Jason schüttelte den Kopf; er wollte nicht zugeben, welche Möglichkeiten ihm gerade im Kopf herumspukten. „An nichts Besonderes, Sir. Ich genieße einfach nur."

Henry drückte ihm einen sanften Kuss auf die Stirn. „Ich auch."

Obwohl es schon weit nach Mitternacht war, als die beiden wieder im Hotel ankamen, wimmelte es in der Lobby nur so von Elfen, Feen, Vampiren, Luftschiffpiraten, Klingonen, Vulkaniern, Klonkriegern aus *Star Wars* und Herren der Zeit aus *Doctor Who* – und dabei war der Maskenball erst morgen Abend. Jason konnte nur staunen, wie Jahr für Jahr mehr Messebesucher im Kostüm erschienen.

„Das ist noch gar nichts", sagte Henry. „Du solltest erst mal erleben, was in Atlanta los ist. Das geht am Freitagmorgen schon los und hört erst am Montagabend wieder auf. Einige fangen sogar schon am Donnerstag an."

„Du warst auf der Dragon*Con!", rief Jason verblüfft. Er kannte nur eine viertägige Messe, die in Atlanta stattfand.

Henry lachte leise. „Hab' seit fünf Jahren immer einen Stand dort."

„Ich bin ja so neidisch!"

„Nicht nötig", sagte Henry wegwerfend. „Derrik verdrückt sich jedes Mal sofort, und während er zu sämtlichen Veranstaltungen geht, hab' ich den Stand ganz alleine am Hals. Wenn wir Feierabend machen, will ich nur noch schleunigst in die heiße Badewanne und dann ins Bett. Ich kann von Glück sagen, wenn ich wenigstens ein anständiges Abendessen kriege."

Jason blinzelte. *Derrik?*

„Da musst du unbedingt mal hin. Ist ein Heidenspaß. Vorausgesetzt, du steckst nicht das ganze Wochenende über bis zum Hals in Arbeit."

„Ich wünschte, ich könnte." Wer war Derrik? „Aber wie gesagt, ich bin ein armer Student. Außerdem sollen die Hotels sowieso alle schon ausgebucht sein, also selbst wenn ich's mir leisten könnte …" Er ließ seine Stimme verklingen. Wer zum *Teufel* war Derrik?

„Na, wenn du je mal zufällig dort bist, dann kennst du ja jetzt jemanden, der ein Zimmer hat." Henry legte Jason einen Arm um die Schultern und zog ihn an sich. „Vielleicht zwinge ich Derrik ja dann sogar, zur Abwechslung mal seinen Teil der Arbeit selber zu machen, damit ich dich rumführen kann."

Okay, dann war Derrik vielleicht ja nur sein Geschäftspartner. Aber es spielte sowieso keine Rolle wer er war, oder was er davon halten würde, falls Jason ihm und Henry bei der Dragon*Con auf die Pelle rückte, weil Jason nicht nach Atlanta – oder sonst wohin – fahren würde. Jedenfalls nicht in absehbarer Zeit.

Als sie bei den Aufzügen ankamen, spürte Jason, wie sich in seiner Kehle ein Kloß bildete. Es war schon spät. Henry wollte sicher ins Bett, aber Jason wollte das beste Date seines Lebens noch nicht enden lassen. „Äh, möchtest du vielleicht noch mit raufkommen in mein Zimmer oder so?"

„Was ist mit deinen Mitbewohnern?"

„Ich hab' keine, deshalb bin ich ja zur Zeit so klamm. Ich hatte die Nase voll davon, mir ein Zimmer mit zwanzig von meinen ‚besten Freunden' zu teilen, also hab' ich das Zimmer auf meine Visa-Karte gebucht. Das werde ich noch bereuen", bekannte er. Aber jetzt war ihm die unvermeidliche Rechnung erst recht egal. Er trat dicht neben Henry und klimperte kokett mit den Wimpern. „Wie du siehst, Sir, bin ich also heute Nacht ganz allein", sagte er kokett. „Und ausgerechnet heute wär ich's eigentlich lieber nicht."

Bei Henrys Gelächter wäre Jason am liebsten unter den nächstbesten Stein gekrochen. „Okay, also dann gute Nacht." Gott, warum musste er auch mit seiner großen Klappe immer alles ruinieren!

„Hey." Henry brauchte nur ein Wort zu sagen, und schon blieb Jason wie angewurzelt stehen. „So war das nicht gemeint. Entschuldige bitte." Er schnappte Jason am Revers und schob ihn in eine ruhige Ecke, wo sie sich unterhalten konnten. „Mit mir ist heute Nacht nicht mehr viel anzufangen, falls du das im Sinn hattest. Ich bin total alle – und das liegt an dir, Boy", fügte er mit leiser, heiserer Stimme hinzu. „Ich kann mich gar nicht mehr erinnern, wann ich das letzte Mal an einem einzigen Tag so oft gekommen bin. Du mit deinem schönen Mund. Du machst vielleicht Sachen mit mir, Boy." Er beugte sich vor und drückte Jason einen sanften, zärtlichen Kuss auf die Lippen.

Jason bekam davon ganz weiche Knie, und er spürte, wie er rot wurde. „Wir können auch einfach nur chillen, wenn du willst. Ich hab' jede Menge Filme auf meinem Laptop. Wir könnten uns einen ansehen."

Henry legte ihm eine Hand an die Wange und streichelte ihn sanft mit dem Daumen. „Das klingt zwar sehr verlockend – und das meine ich ernst, Boy, glaub' mir – aber ich will im Moment nur noch eins, nämlich ins Bett und schlafen. Immerhin bin ich nicht mehr der Jüngste."

„Du bist doch grade mal – was, dreißig?"

Henry zögerte, dann antwortete er: „Versuch's mal mit vierzig."

Vierzig? Jesus. „Du siehst nicht *aus* wie vierzig."

„Und du, wie alt bist du?"

„Zweiundzwanzig. Werde im März dreiundzwanzig."

„Scheiße."

„Hey, ich bin ja schließlich keine sechzehn mehr!"

Henry sah trotzdem nicht glücklich aus. Dann seufzte er. „Ich wusste ja, dass du jung bist", räumte er ein, „aber ich hatte wohl gehofft, dass du jünger aussiehst als du bist. Dabei hätt' ich's wohl wissen müssen, als du gesagt hast, dass du aufs Community College gehst." Er zuckte die Achseln und sage in aufrichtig entschuldigendem Ton: „Selber schuld. Ich hätt' ja auch einfach fragen können."

„Aber du willst mich doch trotzdem noch mal wiedersehen, oder? Ich meine, klar, dass wir uns hier noch mal *sehen* werden, aber du weißt schon – wir können uns doch trotzdem morgen Abend nochmal treffen, oder?", sprudelte Jason hastig hervor.

„Jason, ich bin alt genug, um dein Vater zu sein."

„Na und? Sieh mal, ich hab' keinen Vaterkomplex, falls du dir deshalb Sorgen machst. Ich suche ganz bestimmt keinen Ersatz-Daddy, das kannst du mir glauben."

„Was suchst du dann?"

Einen Lover. Einen Freund.

Einen Dom? Jemanden, der ihm zeigte, wonach er sich sehnte – was er brauchte – weil er das selbst nicht wusste, zumindest nicht so genau.

„Jemanden, mit dem ich Spaß haben kann", sagte er nervös und betete dabei, dass Henry die Lüge nicht durchschauen würde.

Henry musterte ihn. Nach einer nervenaufreibend langen Weile sagte er: „Bei einer Wochenendaffäre spielt es wahrscheinlich keine so große Rolle, dass ich viel zu alt für dich bin, *Boy*."

Jason erschauerte vor Freude und senkte erneut den Blick. „Verzeih bitte, falls ich dir damit zu nahe trete, Sir, aber ich finde es schön … das heißt, du bist erfahren, Sir, nicht alt. Das gefällt mir."

Henry prustete. „Du bist verdammt gut für mein Ego, das muss ich dir lassen, Boy. In Ordnung. Ich begleite dich bis zu deinem Zimmer, und du gibst mir deinen Schlüssel." Es war keine Bitte.

„Ja, Sir", sagte Jason trotzdem.

„Du stellst deinen Wecker auf sieben Uhr. Morgen früh hast du genau eine halbe Stunde Zeit, um dich für den Tag fertig zu machen, wie du willst – aber ich erwarte, dass du geduscht bist. Und glattrasiert."

Jason blinzelte. „Sir? Ich rasiere mich immer."

„Ich meine nicht im Gesicht, Boy – zwar dort auch, aber nicht nur. Ich rede von deinen Achseln. Und deinen Schamhaaren."

Jason schreckte zusammen.

„Kriegst du deshalb etwa zu Hause Probleme?"

Jason hätte beinahe gelacht. Als ob sein Vater es überhaupt bemerken würde.

„Nein, Sir."

„Gut. Dann mach' es. Ich komme morgen früh um Punkt sieben Uhr dreißig in dein Zimmer. Ich schließe mir selber auf. Ich erwarte, in der Mitte des Zimmers einen Sessel vorzufinden und dich davor, nackt, auf den Knien, mit dem Rücken zur Tür und mit einer Tasse Kaffee in der Hand. Starker, schwarzer Kaffee. Der ist für mich", fügte er streng hinzu. „Du kriegst deinen Morgenkaffee später. *Vielleicht.* Kannst du das alles behalten?"

Jason rauschte das Blut in den Ohren. „Ja, Sir."

Henry nickte. Dann beugte er sich vor und drückte einen heißen Kuss auf Jasons nachgiebigen Mund. „Nur noch eins, Boy", fügte er hinzu, nachdem sich ihre Lippen wieder voneinander gelöst hatten. „Du wirst heute Nacht nicht wichsen. Und morgen früh fasst du deinen hübschen kleinen Pimmel auch nicht an, außer zum Waschen. Klar?"

„Ja, Sir."

„Gut. Weil dein Schwanz bis Sonntag mir gehört, und nur mir allein." Er legte eine Hand auf Jasons lädierte Arschbacke und drückte so fest zu, dass Jason die Tränen in die Augen traten. „Das gilt auch *dafür*, Boy." Jason erschauerte bei Henrys Tonfall; die stillschweigende Folgerung aus seinen Worten ließ Jasons Herz schneller schlagen und das Blut in seinen Unterleib strömen. Henrys Augen wurden schmal. „Haben wir uns verstanden?"

„Ja, Sir. Vollkommen."

„Gut." Henry versiegelte ihm erneut den Mund mit einem Kuss, der noch eine ganze Weile andauerte.

JASON WAR ganz zittrig – schwindlig – als Henry ihn in seinem Zimmer zurückließ. Er nahm Portemonnaie und Handy aus seinen Hosentaschen, dann zog er sich aus. Nachdem er die Körperteile gewaschen hatte, die am übelsten mieften, machte er sein Handy wieder an und checkte die Mailbox. Scheiße. Terry hatte ihm ein Dutzend Nachrichten hinterlassen, Kendra fünf. Die hörte er sich zuerst an. Sie liefen alle auf dasselbe hinaus: Sie war krank vor Sorge um ihn.

Widerwillig rief Jason sie zurück. Vielleicht hatte er ja Glück und sie war schon im Bett.

Das Glück war nicht auf seiner Seite; Kendra hob nach dem zweiten Klingeln ab. „Jason?"

Im Hintergrund hörte er Terrys Stimme: „Wo zum Teufel steckt er? Gib mir – *Kendra!*"

„Nein!", blaffte sie; anscheinend versuchte Terry gerade, ihr das Telefon wegzunehmen. „Jason, wo bist du, was ist hier los? Wer war der Kerl?"

„Was für ein Kerl?", fragte Jason, obwohl er die Antwort kannte.

„Stell's laut!", beharrte Terry.

Dann knallte am anderen Ende der Leitung eine Tür, und Terrys Proteste waren nur noch gedämpft zu hören. Kendra musste sich irgendwo in eine Toilette verdrückt haben. „Wer zum Teufel war dieser Schlägertyp, mit dem Terry dich vorhin gesehen hat?"

„Henry ist kein Schlägertyp!", fauchte Jason.

„Hör mal, sag mir einfach nur, dass du okay bist", bat sie.

Jason hörte jemanden an die Tür hämmern, hinter der sie stand. „Ist er betrunken?", fragte er.

„Verdammte Schei– Jason, bist du okay!", fragte Kendra gebieterisch.

„Mir geht's gut."

„Wir sind in der Messelounge –"

„Ich bin schon im Bett."

„Alleine?"

„Ja, selbstverständlich allein." Als ob sie das was anginge.

Kendra blieb stumm. Nach einer Weile sagte sie: „Terry hat mir erzählt, dass irgend so ein Typ dich praktisch aus dem Hotel gezerrt hat."

„Terry hat den Arsch offen."

„Jason, was läuft da zwischen euch beiden? Als ich euch das letzte Mal gesehen habe, war doch noch alles in Ordnung."

„Frag' doch mal Terry, was falsch gelaufen ist", gab er zurück. „Lass dir von ihm erzählen, wie er mich vor zwei Wochen versetzt hat." Zornestränen brannten ihm in den Augen. „Ich bin nach der Arbeit über eine Stunde lang herumgesessen und hab' auf ihn gewartet – er hat nicht mal angerufen, verdammte Scheiße. Als ich ihn dann endlich erwischt habe, meinte er nur, er hätte es vergessen." Und vielleicht stimmte das ja sogar, überlegte Jason, aber er hatte es satt, der Einfachheit halber jedes Mal vergessen zu werden, wenn Terry etwas Besseres dazwischenkam. „Ich hab' keinen Bock mehr darauf, sein Notbehelf zu sein. Er kommt immer nur zu mir, wenn ihm nichts anderes mehr einfällt."

„Jason, so sieht Terry dich doch nicht! Er liebt dich."

Verdammte … dafür hatte er jetzt keine Zeit. Es war schon spät, und er war müde. „Ich geh' jetzt ins Bett", sagte er. „Wir beide können morgen weiterreden, wenn du willst, aber Terry habe ich nichts zu sagen."

„Jason –"

„Gute Nacht." Er legte auf und machte sein Handy wieder aus. Kendra war doch angeblich *seine* beste Freundin. Warum zum Teufel machte sie sich für einen Typen stark, der ihn wie Dreck behandelte?

70

6

JASON FÖHNTE sich die Haare trocken, hielt sich aber nicht groß mit Frisieren auf. Dafür hatte er keine Zeit; es war schon fast zwanzig nach sieben. Seit dem Aufwachen zuckte er bei jedem Schritt vor Schmerz zusammen. Das lag nicht nur an den blauen Flecken und Striemen *auf* seiner Haut; selbst die Muskeln darunter taten weh, so gründlich hatte Henry ihn durchgewalkt. Aber jedes Mal, wenn er zusammenzuckte, lächelte er.

Er setzte Kaffee auf – Henrys Kaffee – dann schob er den Sessel an die verlangte Stelle und machte aufs Geratewohl sein Bett. Je näher sieben Uhr dreißig rückte, desto heftiger pochte sein Herz; als er schließlich Henrys Kaffee in einen der schlichten, weißen hoteleigenen Kaffeebecher einschenkte, zitterten ihm die Hände, und sein Mund war trocken. Es wurde sieben Uhr neunundzwanzig. Jasons Magen schlug Purzelbäume. Sein Schwanz war steif. Er hatte gerade seinen Platz eingenommen, als er die Schlüsselkarte durch den Schlitz gleiten hörte. Er blickte zu Boden und senkte leicht den Kopf.

Die Tür ging auf. Wurde wieder geschlossen. Er meinte zu hören, wie der Riegel vorgeschoben wurde.

Leise Schritte näherten sich von hinten. Es kostete Jason große Mühe, sich nicht umzudrehen und sich zu vergewissern, ob es wirklich Henry war – aber wer hätte es sonst sein sollen? Sein Magen verkrampfte sich noch mehr und sein Herz pochte lauter, während er darauf wartete, dass Henry etwas sagte.

Vielleicht sollte ich *etwas sagen?* Nein. Henrys Anweisungen waren eindeutig. *Warte.*

Er atmete ein. Atmete aus. Und wartete eine gefühlte Ewigkeit lang, bis Henry ihm sanft mit einer Hand über den Hinterkopf streichelte. Jason seufzte. Dann schnappte er nach Luft, als dieselbe Hand ihn an den Haaren packte und seinen Kopf zurückkriss. Henry presste ihm einen gewalttätigen Kuss auf den Mund. Jason stöhnte auf und bot ihm mit gleicher Wildheit Paroli.

Als Henry sich aufrichtete, bedachte er Jasons Erektion mit einem Schmunzeln. „Gut geschlafen, Boy?", fragte er.

„Ja, Sir. Und du?"

„Oh ja." Er stellte eine schwere Sporttasche neben dem Sessel ab, setzte sich hin und nahm Jason den Kaffee aus den Händen.

Jason verschränkte die Hände hinter dem Rücken und küsste zuerst Henrys linken Fuß, dann den rechten. Heute trug er hohe braune Stiefel mit vielen Schnallen und Riemen – definitiv Steampunk. Oder vielleicht Dieselpunk. Jason war sich nicht sicher; dafür hatte er noch nicht genug von Henrys sonstiger Bekleidung gesehen. Wie zuvor schmiegte er seine Wange an Henrys Stiefel und schloss die Augen. Sein Herz hörte auf zu rasen. Er spürte, wie er sich entspannte. Er blieb so, während Henry seinen Kaffee trank.

„Steh auf, Boy", sagte Henry schließlich.

Jason rappelte sich hoch, so anmutig er das mit den Händen auf dem Rücken nur hinbekam. Jetzt konnte er sich auch Henrys Outfit genauer anschauen. Eindeutig Dieselpunk. Henrys Kappe und Bomberjacke waren dem paramilitärischen Stil des 2. Weltkriegs nachempfunden. Jason hätte sich nie für einen Uniformfetischisten gehalten, aber *verdammt*, sah Henry gut aus.

Henry warf ihm ein verschmitztes halbes Lächeln zu. „Gefällt dir, was du siehst, Boy?"

„Ja, Sir." Sein Schwanz stand bereits stramm, und zu Jasons großer Verlegenheit quoll ein Tropfen milchiger Flüssigkeit aus der Spitze.

Henrys Lächeln wurde breiter. Wärmer. „Mir auch. Arme hoch." Er lachte, als Jason die Arme steif über den Kopf streckte. „Wie wär's etwas entspannter? Beug' die Ellbogen – besser", sagte er, als Jason eine bequemere Haltung annahm. „Dreh dich." Er fuhr mit den Fingern durch Jasons Achselhöhle – Jason zappelte. „Kitzlig, Boy?"

„Ein bisschen."

Henry schmunzelte. „Andere Seite."

Jason drehte sich um und Henry inspizierte die andere Achselhöhle.

„Nimm die Hände hinter den Kopf und spreiz' die Beine."

Jason gehorchte. Bei der beinahe klinischen Gründlichkeit, mit der Henry seine Rasur inspizierte, fühlte Jason sich mehr wie ein Objekt als wie eine Person.

„Umdrehen, Boy."

Jason befolgte den Befehl – und zuckte zusammen, als Henry seinen Hintern berührte.

„Empfindlich?" Henry hörte sich amüsiert an.

„Ein bisschen, Sir." Er musste sich alle Mühe geben, um nicht zurückzuweichen, als Henry fester drückte – wobei er sich allerdings nicht sicher war, ob Henry ihn auf ernsthafte Verletzungen überprüfen oder nur seine Entschlossenheit auf die Probe stellen wollte.

„Ich würde sagen, mehr als nur ein bisschen. Ich glaube, deinen Hintern sollte ich heute lieber etwas schonen."

Jason atmete erleichtert auf. Er war sich nicht sicher, ob das feige von ihm war, aber weiteren blauen Flecken hätte er sich nicht gewachsen gefühlt. „Danke, Sir."

„Du dankst mir zu früh, Boy."

Jason hörte Geräusche hinter sich. Das Öffnen eines Reißverschlusses. Rascheln. Leises Klirren von Metall auf Metall. Henry fasste ihn am linken Handgelenk und Jason überließ dem anderen Mann bereitwillig seinen Arm. Innerhalb von Sekunden umschloss eine enge Manschette aus dickem Leder sein linkes Handgelenk. Im nächsten Augenblick war sein rechtes Handgelenk ebenso gefesselt und er hatte beide Hände hinter dem Kopf.

Jason ruckte an den Fesseln – die Metallringe zwischen den Manschetten hatten kaum Spiel. Es war ein köstliches Gefühl.

„Die gefallen dir, was, Boy?"

„Ja Sir. Sehr." Die Manschetten erinnerten ihn an das Halsband, das er sich so dringend wünschte. Er zog sogar ernsthaft in Betracht, es mit seiner Visakarte zu kaufen. Falls er das tat, würde er letztendlich den drei- oder vierfachen Preis dafür bezahlen. Aber vielleicht würde Henry es ja für ihn beiseitelegen und ihn den Preis abstottern lassen? Oder war das zuviel verlangt von jemandem, den er gerade erst kennengelernt hatte? Henry schien großzügig zu sein, aber –

Ein plötzlicher Klaps auf den Hintern ließ Jason aufschreien.

„Kannst du mir mal sagen, wo du eben wieder *warst*, Boy?", grollte Henry.

Jason schluckte krampfhaft. Er wollte nicht mit der Wahrheit herausrücken. Was würde Henry bloß denken?

„Wenn ich dir eine Frage stelle, erwarte ich eine Antwort."

„Es tut mir leid, Sir. Ich war … mit den Gedanken woanders."

Henry zerrte ihn grob herum, sodass Jason mit dem Gesicht zu ihm stand. „Wenn du mit mir zusammen bist, hast du mit den Gedanken *ausschließlich* bei mir zu sein, Boy."

„Ja, Sir."

Henry musterte ihn bedächtig. „Ich glaube, du musst ein wenig dazu *ermuntert* werden, dich von jetzt an zu bessern."

Ein Schauer echter Furcht überlief Jason bei dem Ton, in dem Henry „ermuntert" sagte. Henry würde ihm ja sicher nicht die Reitgerte über den Hintern ziehen, aber wie sollte er ihn denn sonst bestrafen? Die Gerte war das einzige „Spielzeug", das Jason ernstlich hasste.

Henry räusperte sich. „Hast du was zu sagen, Boy?", forschte er.

„Nein, Sir." Jason zögerte, dann fügte er hinzu: „Nur, dass es mir *wirklich* leidtut, Sir."

„Es soll dir nicht leidtun. Du sollst Disziplin lernen."

Henry nahm ein Kissen vom Bett, ging hinüber zum Fenster und legte das Kissen in der Zimmerecke auf den Boden. Jason ließ den Kopf hängen. Er war nicht mehr in die Ecke geschickt worden, seit er ein kleiner Junge war. Es war demütigend.

„Du kannst dir sicher schon denken, wo ich dich haben will. Geh."

Jason gehorchte und ließ sich unglücklich in der Ecke auf die Knie plumpsen.

„Da ich heute Morgen nicht *erwartet* hatte, dein Benehmen korrigieren zu müssen", sagte Henry, „hast du jetzt ein paar Minuten Zeit zum Nachdenken, während ich etwas aus meinem Zimmer hole. Bis ich wiederkomme, rührst du dich nicht vom Fleck, verstanden?"

„Ja, Sir."

Bevor er ging, trennte Henry erst noch die Verbindung zwischen den Manschetten, sodass Jason seine Hände frei bewegen konnte. „Sicherheitsmaßnahme", erklärte er. „Aber wenn du dich ohne triftigen Grund bewegst, ehe ich zurück bin, wirst du's bereuen, Boy."

„Ja, Sir."

Jason lauschte, wie Henry das Zimmer verließ. Wollte er das wirklich? Sich wie ein dummer kleiner Junge behandeln lassen, weil er einen einzigen Fehler gemacht hatte? Oder ... nun ja, Henry hatte schon recht, er neigte zu Tagträumen. Das halbe Leben mit den Kopf in den Wolken, wie seine Mutter immer gesagt hatte.

Obwohl Henry ihm befohlen hatte, sich nicht zu bewegen, wischte Jason sich die Tränen aus den Augen. Er blickte auf die schweren braunen Ledermanschetten hinab. Sie waren wunderschön, aber im Moment hasste er sie. Er hasste Henry. Und er verschränkte die Hände wieder im Nacken, weil so früh am Morgen noch keine Schlangen vor den Aufzügen standen und Henry jeden Moment zurückkommen konnte. Und so zornig und verängstigt Jason auch war, er wollte das hier nicht vermasseln.

Er hätte nur zu gerne gewusst, warum ihm das so wichtig war.

Als Henry zurück war, zeigte er Jason, was er geholt hatte. Jason schluckte krampfhaft, aber er hatte vor lauter Angst einen dicken Kloß im Hals, der sich nicht von der Stelle bewegen ließ. Die schwarze Lederhaube erinnerte an ein mittelalterliches Folterinstrument mit all den schweren Schnallen und breiten Riemen. Ein nietenbesetztes, dick gepolstertes Stück Leder war vor die Augenöffnungen geschnallt; eine gleichartige Vorrichtung verschloss die Mundöffnung. Wie Henry gestern bei seiner Beschreibung der Haube versichert hatte, gab es Löcher für die Nase – sie waren mit silbernen Ösen geschmückt. Über den Ohren schienen ebenfalls Polster zu sein. Henry drehte die Haube um, sodass Jason die Verschnürung aus kräftigen Lederriemen an der Rückseite und die schweren Schnallen sehen konnte, mit denen die Haube im Nacken geschlossen wurde.

„Wie lange?", flüsterte er mit kaum hörbarer Stimme.

„Eine Stunde."

Jason blinzelte gegen die Tränen an, die ihn erneut zu überwältigen drohten. Nicht nur aus Furcht vor der Haube, obwohl das Ding ihm wirklich schreckliche Angst einjagte. Aber es war schon kurz vor acht, und Henry musste um halb zehn im Verkaufsraum sein. Wenn Jason eine Stunde lang in der Ecke bleiben sollte, war keine Zeit mehr für etwas anderes.

Er musterte das Gesicht des älteren Mannes und überlegte dabei krampfhaft, wie er Henry von seinem Vorhaben abbringen konnte. „Bitte –", setzte Jason an.

Henry schnitt ihm das Wort ab. „Ich empfehle dir, deine Worte *sehr* sorgfältig zu wählen, Boy", warnte er.

74

„Es ... es tut mir *wirklich* leid, Sir. Ich wollte dich nicht enttäuschen. Ich wollte dich nicht wütend machen. Ich weiß nicht, wie ich das wieder in Ordnung bringen kann."

Henrys Gesichtsausdruck wurde sanfter. „Ich bin schon ein bisschen enttäuscht, aber nicht wütend, Jason. Du musst lernen, ruhig zu werden. Dich auf das zu konzentrieren, was du gerade tust. Nicht nur für mich, sondern für jeden, mit dem du zusammen bist. Denn diese andere Person, wer auch immer das ist, verdient deine volle Aufmerksamkeit."

„Aber das Wochenende ist doch sowieso schon so kurz", protestierte Jason. Er hätte sich lieber von Henry mit dem Paddel verdreschen lassen als eine Stunde in der Ecke zu verbringen. Denn am kommenden Sonntag würde Henry wieder nach Ohio zurückfahren und Jason musste wieder nach Hause zu seinem Vater nach Ithaca bei Lansing. Erneut blinzelte er seine Tränen weg.

„Und das ist auch der Grund, warum ich enttäuscht bin", erklärte Henry. „Aber ich werde drüber wegkommen. Und du auch. Darum geht es ja bei einer Bestrafung, Boy. Wenn's vorbei ist, ist es vorbei. Kein Zorn. Keine Verstimmung. Wir machen einfach weiter."

„Warum? Ich meine ..." Wie sollte das funktionieren? Sein Vater konnte ihn eine Stunde lang anschreien, und trotzdem schien er danach weder zufriedener noch weniger zornig zu sein. Dad ging einfach nach einer Weile die Puste aus.

„Wie wär's, wenn du einen Teil der nächsten Stunde nutzt, um da selber drauf zu kommen?"

„Aber wenn es erst mal vorbei ist, bist du wirklich nicht mehr böse auf mich?"

„Ich bin nicht zornig", wiederholte Henry. „Ich bin fest davon überzeugt, dass du nach einer Stunde in der Ecke sehr viel besser gelernt haben wirst, dich zu konzentrieren. Die Haube wird dir dabei helfen. Wir können hinterher drüber reden, wenn du willst. Aber wenn ich dir erst einmal meinen Standpunkt klar gemacht habe, wüsste ich nicht, warum ich noch sauer sein sollte – außer natürlich, falls du dich nicht besserst."

„Nein, Sir. Ich meine ... ich meine, ich werde ... ich möchte mich ja bessern."

„Daran habe ich keinen Zweifel, Boy. Jetzt dreh dich bitte mit dem Gesicht zur Wand und nimm die Hände hinter den Rücken."

„Sir, wirst du ... das heißt, wenn ich fragen darf, was machst du, solange ich das Ding da aufhabe?"

„Was ich tun werde, geht dich nichts an." Henrys Tonfall blieb freundlich. „Du brauchst nur zu wissen, dass ich das Zimmer nicht verlassen werde."

Obwohl ihm das allenfalls ein schwacher Trost war, drehte Jason das Gesicht zur Wand und legte die Hände auf den Rücken. Er schloss die Augen; sein Herz pochte. Henry hakte die Manschetten aneinander. Gleich darauf umhüllte dick gepolstertes Leder Jasons ganzen Kopf.

Henry zog die Verschnürungen an der Rückseite gleichmäßig fest. Jasons Herz raste, als das Leder sich immer enger um sein Gesicht schloss, bis er schier zu ersticken glaubte. Obwohl die Schnallen noch offen waren, konnte er kaum den Kiefer bewegen. Verzweifelt rang er nach Luft; er hatte entsetzliche Angst davor, nicht mehr atmen zu können, wenn die Maske erst ganz geschlossen war. Er versuchte „Nein, Stopp!" zu sagen, brachte aber nur gedämpfte, unverständliche Laute zustande.

Eine starke Hand packte ihn an der Schulter und brachte ihn zum Verstummen. Henry neigte sich zu ihm und sprach direkt in sein Ohr, sodass Jason ihn durch das dicke Leder hindurch hören konnte. „Ruhig, Boy. Atme einfach. Es ist alles okay. Ich würde nie zulassen, dass dir was zustößt."

Jason holte zittrig einmal tief Luft und atmete wieder aus. Henry hatte recht. Es war alles okay. Die Maske schnürte ihm nicht die Luft ab. Höchstwahrscheinlich würde er eher dann Probleme mit dem Atmen bekommen, wenn die Maske *nicht* fest geschlossen war.

„Ich verspreche dir, dass ich das Zimmer wirklich nicht verlassen werde", sagte Henry. „Falls du ernsthaft Panik bekommst, mache ich dich los und wir können drüber reden. Das würde ich dir auch nicht übel nehmen. Ich bestrafe dich hier zwar für deine Tagträumerei, aber ich würde dir nie absichtlich etwas zuleide tun. Ich will dir nur eine Lektion erteilen. Und dazu gehört, dass du lernen sollst, mir zu vertrauen. In Ordnung?"

Jason nickte. Er holte noch einmal langsam und gleichmäßig Atem und nahm sich fest vor, es zu erdulden.

Henry zog die Verschnürung vollends fest, dann schloss er die schweren Schnallen. Jason zwang sich, erneut tief Atem zu holen, um nicht wieder in Panik zu verfallen. Er konnte nicht sprechen. Er war sich nicht einmal sicher, ob er den Kopf drehen konnte. Aber Henry war da. Er sorgte dafür, dass ihm nichts passierte. Und wenn es vorbei war, hatten sie immer noch eine halbe Stunde Zeit. Wie oft hatte Jason schon jemandem in kürzerer Zeit einen geblasen? In dreißig Minuten konnten zwei Menschen eine Menge miteinander anstellen.

Henry drückte ihm leicht die Schulter, dann ging er weg und ließ Jason im Dunkeln alleine. Jason horchte angestrengt auf jedes Geräusch von Henry. Was tat er gerade? Saß er auf dem Bett? Hatte er den Fernseher an? Falls ja, musste er den Ton abgestellt haben. Vielleicht hatte Henry ein Buch in seiner Sporttasche gehabt, in dem er jetzt las. Oder vielleicht hatte er sich Jasons Laptop vorgenommen. Dagegen hatte Jason nichts einzuwenden. Er wollte nur wissen, wo Henry gerade war. Er wollte wissen, ob Henry ihn wirklich im Auge hatte. Aber alles, was er hörte, war das Blut, das ihm in den Ohren rauschte.

Jason rutschte unbehaglich herum. Wie viel Zeit war wohl schon vergangen? Wahrscheinlich erst ein paar Minuten. Gott. Und das jetzt eine ganze Stunde lang? Wie konnte ein Gefangener es tage- und monatelang in Einzelhaft aushalten, ohne komplett den Verstand zu verlieren? Jason wusste nicht einmal, ob er eine Stunde lang durchhalten würde. Sein Hintern tat weh; allmählich bekam er einen Krampf in den Schultern. Das machte keinen Spaß! Es war dumm. Dann hatte er eben vor sich hingeträumt, na und? Zorn wallte in ihm auf. Er bekam die Manschetten nicht ab, er konnte sich die blöde Haube nicht vom Kopf reißen, aber wenn er aufstand und in Richtung Bett ging, würde Henry sicher kapieren, was los war. Jason hatte genug. Er wollte raus!

Oder?

Würde Henry ihn überhaupt lassen?

Ja. Das war das Einzige, dessen Jason sich wirklich sicher war. Er brauchte nur deutlich zu machen, dass er genug hatte, und Henry würde ihn befreien. Allerdings bezweifelte Jason, dass er danach noch viel von Henry zu erhoffen hätte. Und allem Ärger und aller Demütigung zum Trotz wünschte er sich nichts so sehr wie eine Wiederholung des gestrigen Abends. Er wollte geküsst werden. In den Armen gehalten. Er wollte vor Henry knien und diesen prachtvollen Schwanz lutschen.

Er wollte so heftig kommen, dass er seinen eigenen Namen vergaß.

Da er weder sehen noch hören konnte, versuchte er, sich auf das Riechen zu konzentrieren. Auf das Fühlen. Henry hatte recht gehabt: unter der Haube hatte er nur den Duft des gutgeölten, wohlgepflegten Leders in der Nase. Es roch angenehm kräftig. Erdig. Köstlich. Das Leder fühlte sich kühl an. Weich. Die Haube war eigentlich gar nicht so unbequem, sie sah nur zum Fürchten aus.

Jason bewegte die Arme, um das Ziehen in seinen Schultern etwas zu lindern. Seine Stunde war sicher bald vorbei. Er brauchte nur noch ein paar Minuten lang durchzuhalten. Obwohl der Morgen ziemlich zum Teufel war, durfte er sich immer noch auf heute Abend freuen, und vielleicht auf morgen früh. Falls Henry es erlaubte, würde Jason den Tag mit ihm an seinem Stand verbringen. Sie konnten sich unterhalten, sich besser kennenlernen.

Wieder rutschte er herum. Er hätte sich gerne hingesetzt, aber Henry hatte ihm befohlen zu knien.

Gott, wie lange denn *noch*?

Jason hatte kapiert, worauf es Henry ankam. Was sollte das alles hier dann noch? Schließlich hatte keiner von ihnen allzu viel Spaß daran. Jason hätte seine Meinung gerne laut kundgetan, aber er brachte nur ein verzweifelt klingendes „Hmpf!" über die Lippen. *Verdammt!* Was, wenn er jetzt einen Krampf bekam oder so?

„Hmpf!", wiederholte er.

Henry ignorierte ihn weiter. Vielleicht hatte er auch gelogen, der Dreckskerl; vielleicht war er ja gar nicht mehr da. *Oh Scheiße.* Echte Panik packte ihn und Jason begann, an seinen Fesseln zu zerren. Die Krampe zwischen den Manschetten hielt. „*Hmpf!*", schrie er.

Nichts.

Vertrauen.

Henry hatte Vertrauen von ihm gefordert. Jason wurde ruhiger. Henry war da. Er musste da sein.

„Hmpf?", versuchte er es noch einmal in eher kläglichem Ton. *Bitte lass mich einfach nur wissen, dass du mich nicht allein gelassen hast.*

Ihm blieb vor Schreck fast das Herz stehen, als er die sanfte Berührung von Henrys Hand an seiner Schulter fühlte. Jason versuchte, sich an ihn zu lehnen, aber der andere Mann zog sich wieder zurück.

„Hmpf!" *Bitte!*

Henry berührte ihn erneut, drückte ihm sanft die Schulter. Er sagte Jason nicht, wie viel Zeit vergangen war. Er sagte überhaupt nichts, aber Jason wusste, dass er da war. Henry wachte über ihn, genau wie er es versprochen hatte.

Mir kann nichts passieren.

Jason ließ sich wieder ruhig nieder, entschlossen, den Rest seiner Auszeit mit mustergültiger, zerknirschter Unterwürfigkeit abzuleisten. Disziplin, ermahnte er sich. Hier ging es um Disziplin und Konzentration.

Er versuchte, in der Gegenwart zu bleiben, musste aber rasch feststellen, dass seine Gedanken in unerwünschte Gefilde abschweiften. Was würde sein Vater sagen, wenn er Jason jetzt so sehen könnte? Jesus. Würde Dad Henry k. o. schlagen oder einfach angewidert weggehen?

Wahrscheinlich letzteres. Das war keine allzu ermutigende Erkenntnis, aber die Wahrheit. *Gott, warum schickt er mich nicht einfach auf die Uni, damit er mich vom Hals hat?* Sein Vater wollte ihn zwar nicht, aber er machte es Jason trotzdem unmöglich, einfach auszuziehen. Was Jason beim Kellnern verdiente, reichte kaum für die Studiengebühren; eine eigene Wohnung konnte er sich nicht leisten. Er saß fest. Sein Leben war jämmerlich.

Bis gestern.

Jason ließ den gestrigen Abend vor seinem geistigen Auge Revue passieren. Nicht nur die „perversen" Sachen, sondern den Rest auch – worüber sie sich beim Essen und auf der Fahrt zurück zum Hotel unterhalten hatten. Wie Henry ihn geküsst hatte. Die Tatsache, dass sie trotz des Altersunterschieds vieles gemeinsam hatten. Was es für ein Gefühl gewesen war, von Henry in den Armen gehalten zu werden. Gott, hatte Jason überhaupt eine Chance auf eine echte Beziehung mit einem Mann wie ihm? Henry hatte klar und deutlich gesagt, dass es nur für das Wochenende war. Andererseits hatte er Jason auf die Dragon*Con eingeladen. Oder hatte er das nur so dahingesagt?

Wie kriege ich ihn bloß dazu, dass er mich will?

Er fuhr erneut zusammen, als Henry ihm die Hände auf die Schultern legte. Er hatte doch nicht herumgezappelt, oder? Er hatte jedes Zeitgefühl verloren. Und seine Füße spürte er auch nicht mehr.

„Bist du noch bei mir?", fragte Henry. Seine Stimme drang gedämpft durch das dicke Leder.

Jason nickte. Er zwang sich, ansonsten völlig still zu halten, obwohl er sich am liebsten an Henry gelehnt hätte, um sich von ihm umarmen zu lassen.

„Sehr gut, Boy", lobte Henry. „Du machst das großartig. Ich weiß, wie schwer das ist. Deshalb habe ich ja genau diese Bestrafung gewählt. Nur damit du's weißt, ich bin im Moment unglaublich stolz auf dich."

Bei seinen Worten schwoll Jason das Herz in der Brust vor Freude.

„Deine Zeit ist halb um", fuhr Henry fort. „Ich dachte, das hier macht den Rest vielleicht ein bisschen interessanter. Sieh's als Belohnung dafür, weil du dich so gut gehalten hast."

Etwas zog spürbar an seinem linken Nippelring, und Jason schnappte nach Luft. Das Zerren blieb konstant. Gleich darauf spürte er ein ähnliches Ziehen an der rechten Brustwarze. Gewichte? Ganz sicher. Nicht schwer genug, um ihm Unbehagen zu bereiten. Aber die Vorstellung, dass sie dreißig Minuten lang an seinen bereits schmerzenden, wunden Brustwarzen hängen würden, war nicht gerade einladend. Und wie konnte erst eine halbe Stunde vergangen sein? Ihm kam es wie Tage vor!

Jason atmete ein. Atmete aus. Er bekam das hin. Henry sollte stolz auf ihn sein.

„Zeit ist um", sagte Henry leise und fasste Jason an den Armen. Ehe er die Haube lockerte, band er Jasons Handgelenke los und massierte ihm die Verspannungen aus den Schultern. Jason seufzte zufrieden, erst recht als Henry ihn zum Hinsetzen aufforderte und er seine Knie entlasten konnte. Vor allem jedoch war Jason dankbar für Henrys Berührung. Seine Aufmerksamkeit. Für den sanften Kuss, den Henry ihm auf die Schulter drückte.

Die Haube war schneller abgenommen als aufgesetzt – *Gott sei Dank*. Jason blinzelte in der Helligkeit im Zimmer. Er neigte seinen Kopf hin und her. Henry griff um ihn herum, nahm ihm behutsam die Gewichte von den Nippelringen und befahl ihm dann, sich umzudrehen.

„Es ist üblich", fuhr Henry in kühlem, unbeteiligtem Tonfall fort, „seinem Master dafür zu danken, dass er sich die Zeit genommen hat, ein Fehlverhalten zu korrigieren." Er stand so, dass seine Stiefel praktisch unter Jasons Nase waren.

Jason schluckte. *Master?* Aber Henry hatte Jasons Schwanz und Arsch zu seinem Eigentum erklärt, jedenfalls für dieses Wochenende. Und Jason hatte zugestimmt. Also beugte er sich gehorsam vor und küsste Henry die Stiefel. „Danke, Master", flüsterte er.

„Lauter, bitte."

„Danke, Master." Die Worte klangen ihm sonderbar in den Ohren.

Henry befahl ihm, sich aufzurichten. Dann zog er sich den Sessel heran und setzte sich vor Jason hin. „Wofür *genau* dankst du mir, Boy?"

Jason knabberte an seiner Unterlippe. Er verspürte keine besondere Dankbarkeit für die vergangene Stunde – aber dann erinnerte er sich wieder an Henrys lobende Worte, wie stolz Henry auf ihn war. Dafür war es das alles irgendwie wert gewesen. Er erinnerte sich daran, was Henry vor dem Aufsetzen der Haube zu ihm gesagt hatte, dass er lernen musste, sich zu konzentrieren, disziplinierter zu sein. „Ich hätte dir zuhören sollen, aber stattdessen habe ich vor mich hingeträumt. Du hast recht, Sir. Master. Das ist eine schlechte Gewohnheit von mir. Wenn ich mit jemandem zusammen bin, hat derjenige meine volle Aufmerksamkeit verdient. Ich werde versuchen, von jetzt an daran zu denken. Ich danke dir, weil … weil du mir geholfen hast, mich besser in den Griff zu bekommen."

„So ist's gut, Boy. Also – wie fühlst du dich jetzt?"

Jason ließ sich die Frage durch den Kopf gehen, aber er wusste ehrlich nicht, wie er darauf antworten sollte. „Ganz gut, glaube ich."

Henry schaute ihn scharf an.

„Körperlich geht's mir gut", führte Jason aus. „Nur … es war schwierig. Ich fand's schlimm."

„Bestrafungen sollen weder leicht zu ertragen sein noch Spaß machen. Komm her, Boy." Er breitete einladend die Arme aus und Jason kam auf seinen Schoß.

Sofort rollte er sich in der warmen Geborgenheit an Henrys Brust zusammen, glücklich, wieder in seinen Armen zu liegen. „Danke, Sir."

„Wofür?"

„Für die Umarmung."

„Ich find's auch schön", bekannte Henry und hauchte Jason einen sanften Kuss auf den Scheitel. „Du passt gut zu mir." Dann zog er ein wenig den Kopf ein, als hätte er das eigentlich gar nicht laut sagen wollen. Henry räusperte sich. „Also dann. Müssen wir über irgendwas reden?"

„Nein, Sir. Das heißt, ich habe dort in der Ecke alle möglichen Empfindungen durchgemacht. Ich war zornig, verletzt, verängstigt. Aber jetzt geht's mir gut." Er wagte einen schüchternen Blick in Henrys Gesicht. „Und ich habe wirklich was gelernt. Du hattest recht wegen der Sache mit der Tagträumerei. Ich glaube, ich habe mir vorher noch nie Gedanken darüber gemacht, wie das bei anderen Leuten ankommt. Aber eigentlich ist es schon ganz schön unhöflich."

Henry hob ihm das Kinn noch ein wenig an und küsste ihn sanft auf die Lippen. „Wenn du magst, hätt' ich da was für dich. Es ist *nur* für das Wochenende", warnte er, „aber ich dachte, vielleicht möchtest du das hier gerne tragen." Henry griff um Jason herum und holte ein schmales blaues Lederhalsband aus seiner Sporttasche. Es war nicht halb so schön wie das graue, aber es war ein *richtiges* Halsband, kein billiges Hundehalsband.

Jasons Herz pochte so laut, dass es bestimmt die ganze Welt hören konnte – aber das war ihm egal. „Ja. Bitte. Sir – Master." Ein Halsband machte aus ihrer Abmachung etwas Echtes. Und sei es auch nur für zwei Tage.

Henry lachte leise. „Dann knie vor mir nieder, Boy. Und nimm das verdammte Gestrüpp aus dem Weg", schimpfte er.

Jason gehorchte augenblicklich, obwohl er nur sehr ungern die Geborgenheit von Henrys – nein, seines *Masters* – Schoß verließ. Er kniete sich hin und hob seine Haare hoch. Er konnte kaum atmen, als Henry ihm das dünne Lederhalsband umschnallte. Es war kein Schloss dran, aber Jason hatte nicht die Absicht, das Halsband abzunehmen, ehe Henry ihn dazu zwang. Er verschränkte die Hände fest hinter dem Rücken und küsste Henrys Stiefel, schmiegte für eine Weile glücklich seine Wange an das weiche Leder.

„Setz dich auf. Einer von uns beiden wird heute Morgen noch abspritzen. Was meinst du wohl, wer?"

„Du, Master?"

Henry grinste. „Gute Antwort, Boy." Er öffnete seinen Reißverschluss – Jason stockte der Atem beim Anblick des Leder-Stringtangas, den Henry trug. „Der gefällt dir, wie?"

„Ja, Sir. Aber was drunter ist, gefällt mir noch besser."

Henry verdrehte die Augen. „Deine große Klappe bringt dich noch mal in Schwierigkeiten."

„Dann ist es wahrscheinlich gut, dass dir gefällt, was ich damit mache."

Henry holte seinen halb-erigierten Penis heraus. „Du hast fünfzehn Minuten."

Zufrieden ging Jason ans Werk, ignorierte seine eigene Erektion und konzentrierte sich ganz darauf, Henry zum Höhepunkt zu bringen. Als er fertig war, zog Henry ihn wieder auf seinen Schoß und küsste ihn leidenschaftlich. Jason erwiderte den Kuss genauso und genoss es. Genoss die Wärme von Henrys Umarmung. Terry küsste ihn nie, nachdem Jason ihm einen geblasen hatte. Das fand er abartig; er mochte es nicht, wenn Jasons Mund nach seinem eigenen Sperma schmeckte.

Henrys Lächeln sagte Jason, dass Henry gegen den Geschmack nicht das Geringste einzuwenden hatte. Ihn vielleicht sogar mochte. „So gerne ich auch den Rest des Tages mit dir verbringen würde, ich muss zur Arbeit", sagte Henry.

Jason ließ enttäuscht den Kopf hängen. „Ja, Sir." Immerhin war es seine Schuld, dass sie heute Morgen nicht mehr Zeit füreinander gehabt hatten.

„Nichts da. Was habe ich dir über Bestrafungen gesagt?"

„Wenn's vorbei ist, ist's vorbei. Wir machen weiter."

„Sehr gut, Boy. Also. Ich möchte, dass du dich anziehst – aber kein Rollkragenshirt. Ich möchte, dass alle das Halsband sehen können."

„Ja, Sir!" Das war ein Befehl, den Jason nur zu gern befolgte.

„Ich möchte, dass du heute etwas unternimmst, was dir Spaß macht. Triff dich mit Freunden, geh zu einem Vortrag, mach Computerspiele, was auch immer. Allerdings ist es dir streng verboten, den Verkaufsraum zu betreten."

„Sir?"

„Du hast sowieso nicht viel Geld zum Ausgeben, also musst du auch nichts kaufen. Und ich will nicht, dass du den ganzen Tag nur mit mir herumhängst. Ich werde heute Nacht noch genug von deiner Zeit in Anspruch nehmen."

Henrys Bemerkung erfüllte Jason sowohl mit Enttäuschung als auch mit freudiger Erregung – aber eigentlich spielte es gar keine Rolle, wie er sich fühlte. Darauf gab es nur eine akzeptable Antwort. „Ja, Master."

Henry nickte anerkennend. „Ich erwarte, dass du um Punkt sieben Uhr dreißig an meine Tür klopfst. Wir essen gegen neun zu Abend. Plane deinen Tag entsprechend." Er gab Jason einen letzten Kuss und scheuchte ihn dann von seinem Schoß. Henry gab ihm seine Schlüsselkarte zurück. Mit der Sporttasche in der Hand blieb er an der Tür noch einmal stehen und drehte sich um. „Nur damit wir uns recht verstehen, wem gehört dein hübscher, kleiner, notgeiler Schwanz, Boy?"

Sofort stieg Jason die Hitze in die Wangen. „Dir, Master."

„Und wer ist der Einzige, der ihn zu berühren hat?"

„Du, Sir."

Zufrieden ließ Henry ihn allein.

Jason stöhnte vor lauter Frust. Notgeil war der richtige Ausdruck! Ganz gleich, wie oft er gestern gekommen war und dass er heute Morgen eine Stunde in der Ecke verbracht hatte wie ein kleiner Junge. Er war hart, geil und … glücklich. Er schloss die Augen und ließ sich das eine Zeit lang durch den Kopf gehen. Genau *das* hatte er sich immer gewünscht.

„Master", flüsterte er laut. „Master."

Jason atmete ein paarmal tief durch und ging schließlich ins Bad, um sich kaltes Wasser ins Gesicht zu spritzen. Das half nicht viel, aber wenigstens war er danach imstande, sich in eine bequeme Jeans zu zwängen. Zumindest Henrys Befehl bezüglich des Rollkragenshirts war leicht zu befolgen. Er wollte das Halsband stolz herzeigen, obwohl sich bei einer Messe wie dieser wahrscheinlich niemand etwas dabei denken würde. Für die meisten hier war ein Halsband lediglich ein Mode-Accessoire.

Er war gerade in ein schwarzes Nadelstreifen-Hemd geschlüpft, als es an der Tür klopfte. Jason runzelte die Stirn. Nur Henry wusste, dass er ein Zimmer hatte – aber der sollte im Verkaufsraum sein.

Vielleicht kommt er nach mir sehen?

Jason konnte sich nicht vorstellen, warum; es war erst halb elf.

„Jason?", rief Kendra.

Was zum Teufel …? Er linste durch den Türspion um sich zu vergewissern, dass sie alleine war. Dann öffnete er die Tür. „Woher hast du gewusst, wo ich bin, zum Teufel?"

„Schönen guten Tag auch", blaffte sie zurück.

„Sorry." Er trat zurück, damit sie hereinkommen konnte, und knöpfte sich hastig das Hemd zu. Hoffentlich hatte sie die dunkellila Blutergüsse um seine Brustwarzen herum nicht bemerkt. „Ich habe niemandem gesagt, dass ich ein eigenes Zimmer habe. Wie hast du mich gefunden?"

Kendra ließ sich auf das Bett plumpsen. Sie war ein hübsches Mädchen. Frau. Sie war ein Jahr älter als er, hatte langes, dunkles Haar und eine zierliche

Figur. Heute trug sie ein klassisches *Raumschiff-Enterprise*-Minikleid und kniehohe Stiefel. Passend dazu hatte sie klassisches Sechziger-Make-up aufgelegt.

„Das war keine große Kunst, weißt du", sagte sie. „Als du gestern Abend plötzlich in der Versenkung verschwunden warst, habe ich ein bisschen herumgefragt. Da niemand wusste, wo du steckst, dachte ich mir schon, dass du ein eigenes Zimmer haben musst – und deshalb bin ich übrigens stinksauer auf dich. Du hättest dir eins mit Sue und mir teilen können. Ich weiß doch, wie pleite du bist."

„Ich wollte mir aber nicht mit dir und Sue ein Zimmer teilen." *Und mit allen möglichen anderen Leuten, mit denen ihr es gerade treibt.* Kendra und ihre feste Freundin hatten ein seltenes Talent dafür, Männer oder sogar Pärchen abzuschleppen. Was völlig in Ordnung war, aber nicht, wenn er schlafen oder selbst jemanden abschleppen wollte. „Du hast mir immer noch nicht gesagt, wie du mein Zimmer gefunden hast."

Sie warf ihm ein anzügliches Lächeln zu. „Ich hab' mir den Empfangschef vom Hotel vorgeknöpft und ein bisschen mit den Wimpern geklimpert. Armer Kerl. Ich glaube, der hätte mir jede Nummer gegeben, wenn ich gewollt hätte." Kendra war zwar klein, aber sie hatte Beine bis zum Hals – was bedeutete, dass sie ziemliches Aufsehen erregte, wenn sie einen Minirock trug.

„Scheiße", fluchte Jason.

„Ich hab's niemandem gesagt", schwor sie. „Aber du bist mir eine Erklärung schuldig. Was zum Teufel geht hier vor? Ich bin schließlich deine beste Freundin, schon vergessen?"

Jason verzichtete darauf, sie daran zu erinnern, dass sie sich gestern eher wie Terrys beste Freundin aufgeführt hatte. Er setzte sich auf den Boden, dem Fußende des Bettes gegenüber, und lehnte sich an den Schreibtisch. Der Fußboden war hart und sein Hintern tat weh, aber trotzdem spielte ein leises Lächeln um seine Lippen. „Ich hab' gestern jemanden kennengelernt."

„Hab' ich mitgekriegt. Er soll ein echtes Arschloch sein, sagt Terry."

Jason schnaubte. „Der braucht grade das Maul aufzureißen."

„Jason –"

„Nein. Von dem und seinem Scheiß habe ich die Schnauze gestrichen voll. Terry will mich nur, wenn er einsam ist oder geil oder beides. Warum sollte ich mich weiterhin mit so was begnügen?"

„Ich weiß zwar nicht, was neulich zwischen euch beiden passiert ist, aber so wie sich's anhört übertreibst du total. Er ist ganz durcheinander."

„Und was ist mit *mir*?"

„Jason, *rede* mit ihm. Gib ihm eine Chance, alles zu erklären."

„Er hat's mir erklärt. Er sagte, er hätte ‚vergessen', dass wir was vorhatten."

Sie stieß einen genervten Seufzer aus. „Also willst du wirklich nach fünf Jahren einfach so mit deinem festen Freund Schluss machen? Und das für einen Kerl, den du eben erst kennengelernt hast?"

„Terry ist *nicht* mein fester Freund. Ich meine, vielleicht habe ich vor ein paar Jahren angefangen, ihn so zu nennen, und vielleicht war er's ja auch mal, ich weiß nicht." Er hatte Terry bei einer Science-Fiction-Messe kennengelernt – bei dieser, um genau zu sein – in dem Jahr, in dem seine Mutter gestorben war. In dem Jahr, in dem er zu seinem Vater gezogen war. Aber die Beziehung zwischen Terry und ihm hatte sich so oft geändert – erst waren sie Freunde mit gewissen Vorzügen gewesen, dann ein Liebespaar und schließlich das, was sie jetzt waren – dass Jason die Hälfte der Zeit nicht einmal genau wusste, wie sie gerade zueinander standen. „Aber eins weiß ich sicher: Ich habe es satt, nichts weiter als ein Fick für ihn zu sein. Und nicht einmal mehr der, zu dem er zuerst kommt. Ich weiß, dass er's noch mit anderen treibt."

„Hat er dir *gesagt*, dass er noch andere hat?"

„Das muss er gar nicht. Sieh mal, vielleicht ist es meine Schuld, weil ich ständig nur am Lernen oder am Arbeiten bin. Vielleicht hatte er die Nase voll davon, auf mich zu warten. Ich weiß nur, dass ich genug von dem ganzen Scheiß habe und will, dass es vorbei ist."

„Bitte rede mit ihm, bevor du etwas Unüberlegtes tust."

„*Nein.*" Er zögerte. Überlegte noch einmal. „Okay, vielleicht." Er war es Terry wohl wenigstens schuldig, ihm ins Gesicht zu sagen, dass es zwischen ihnen aus war.

Kendra sah nicht übermäßig glücklich aus, aber sie ließ das Thema ruhen, wenigstens für den Moment. „Hast du Lust auf einen Bummel durch den Verkaufsraum? Ich will mich mit Sandy treffen und mit ihr über ein neues Korsett reden. Etwas in *weiß*."

„Hab ihr endlich ein Datum festgesetzt, Sue und du?", fragte er. Kendra und ihre feste Freundin schmiedeten schon seit Monaten Pläne für eine Partnerschaftszeremonie, aber jetzt hörte er zum ersten Mal etwas Konkretes darüber.

„Oktober – vielleicht November. Welches Wochenende steht noch nicht ganz fest, aber demnächst sind wir soweit. Du musst mir versprechen, dass du auch kommst."

„Das würde ich mir um nichts in der Welt entgehen lassen."

„Gut." Sie stand auf und sah ihn erwartungsvoll an.

„Geh ruhig ohne mich. Ich will rauf in die Messelounge, was essen. Dann geh' ich vielleicht zu einem Vortrag oder so."

Kendra runzelte die Stirn, sagte aber nichts. „Wie wär's dann mit heute Abend? Ich lade dich zum Essen ein. Wir können in dieses orientalische Restaurant gehen, das du so gern magst. Wir haben tausend Dinge zu bereden."

Und was wollte er wetten, dass Terry auch da sein würde? „Ich hab' heute Abend schon was vor, sozusagen. Tut mir leid."

„Dein neuer Macker." Es war keine Frage, sondern ein Vorwurf.

„Ja."

„Jason, sei vorsichtig, ja? Ich habe ein ganz blödes Gefühl bei dem Typ."

7

ALS JASON in Henrys Zimmer kam, fielen ihm als erstes die vielen „Spielsachen" auf, die auf dem Bett lagen – unter anderem der Bärenleder-Flogger, das Paddel, ein paar Rohrstöcke und die Riemenpeitsche. Letztere erschreckte ihn zu Tode.

Aber es war der Mann selbst, dessen Anblick Jasons Herz schneller schlagen ließ. Henry hatte sich umgezogen; statt in sein Dieselpunk-Outfit war er jetzt von Kopf bis Fuß in Leder gekleidet. Ganz in schwarz. Das kurzärmlige Hemd mit Silberknöpfen und Brusttaschen erinnerte an das Uniformhemd eines Polizisten. Er trug sogar eine schwarze Lederkrawatte und Motorradhandschuhe. Die schwarzlederne Uniformhose war hauteng, die Stiefel hatten hohe Schäfte und dicke Sohlen.

Jasons Erektion drückte gegen seine Jeans.

„Zieh dich aus", sagte Henry statt einer normalen Begrüßung wie „Hallo."

Jason war das egal. Denn dass er die Klamotten loswerden sollte, hieß hoffentlich, dass Henry ihn bald flachlegen würde – dass er bald abspritzen durfte – und daher machte er sich eifrig daran, sein Hemd aufzuknöpfen, während Henry ihm mit lebhaftem Interesse dabei zusah.

Henry nahm in einem Sessel Platz, der mitten im Zimmer stand, und lehnte sich zurück. „Warst du heute brav? Oder hast du dir hinter meinem Rücken einen runtergeholt?"

„Nein, Sir. Ich meine … ja, Sir. Ich meine … nein, ich habe mich nicht angefasst, Sir." Hitze färbte seine Wangen rosa.

Henry sah amüsiert aus. „Woher sollte ich wissen, ob du gewichst hast oder nicht?"

Jason blinzelte, unwillkürlich verletzt. Er hoffte, dass Henry ihn nur auf die Probe stellte. Er wollte, dass Henry ihm auch vertraute. „Das kannst du nicht wissen, Sir." Er streifte sein Hemd ab und faltete es ordentlich zusammen. „Aber ich würde es wissen."

„Und?"

„Und mein Schwanz gehört dir, Sir. Master."

„Und wie fühlst du dich dabei?"

Scheiße, das *war* ein Test, wenn auch anders, als Jason zuerst gedacht hatte. Henry zwang ihn zum Reden. „Ich fühle mich gut, Sir." Als er schließlich nackt vor seinem Master stand, trug er nur noch das Halsband, das ihm der andere Mann heute Morgen umgeschnallt hatte.

„Gut, hm?" Henry strich mit seinen lederbedeckten Fingern leicht über Jasons Hüften, an den Schenkeln hinab und dann wieder nach oben bis zu seiner

Brust. Die Handschuhe waren glatt. Weich. Henry rieb mit den Daumen über Jasons schmerzende Nippel, bis sie strammstanden, bis sie pochten – bis Jason qualvoll erregt war. Bis er wimmerte.

„Warum, Boy? Was gefällt dir so gut daran, dass du mir gehörst?"

Jason schluckte angestrengt. Er konnte kaum noch klar denken, und da verlangte Henry von ihm, eine solche Frage zu beantworten? „Ich … also, dass … ich finde es schön, wenn du sagst, dass du stolz auf mich bist. Ich möchte dir furchtbar gern alles recht machen. Ich mag es, wenn du die Kontrolle übernimmst. Gestern hast du gesagt, dass ich mir treu bleiben soll, dass ich nur ich selbst sein soll, und ich gebe mir ja auch die größte Mühe. Nur dass ich nicht *weiß*, wer ich bin. Du … ich komme allmählich dahinter, aber das habe ich nur dir zu verdanken."

„Nein, Boy. Ich helfe dir nur, dich selbst ein wenig klarer zu sehen, sonst nichts. Ich bin nichts besonderes."

„Doch, bist du. Ohne … ohne dich hätte ich nur Angst. Noch mehr Angst als ich ohnehin schon habe."

„Wovor hast du denn Angst?"

„Vor dem allem hier. Weil ich es will. Dabei fühle ich mich wie ein totaler Freak. Nur, wenn ich mit dir zusammen bin … wenn ich mit dir zusammen bin, macht es mir keine Angst, und ich fühle mich nicht wie ein Freak. Mit dir kommt mir alles *richtig* vor."

„Verdammt."

Jason sah ihn an und überlegte, ob er etwas Falsches gesagt hatte, aber Henry lächelte. Kein schiefes Grinsen wie sonst, sondern anders. Bei diesem Lächeln pochte Jasons Herz wie wild.

„Auf die Knie", sagte Henry, und Jason kniete gehorsam nieder. „Ich möchte hören, was du heute alles unternommen hast."

Jason zuckte die Achseln. „Mich mit Freunden getroffen, hauptsächlich."

„Hat's Spaß gemacht?"

„Ja klar. Ich meine, ja, Sir."

Henry lachte leise. „So viel Wert aufs Protokoll lege ich dann auch wieder nicht, Boy. Du brauchst nicht jeden Satz mit ‚Sir' zu beenden." Er lehnte sich zurück und forderte Jason auf, ihm zu erzählen, was er seit heute Morgen alles unternommen hatte.

Jason beschloss, Kendras Besuch lieber nicht zu erwähnen. „In der Messelounge habe ich einige Leute getroffen, die ich sonst nur ein paar Mal im Jahr zu sehen bekomme. Wir sind eine Zeit lang einfach nur zusammengesessen und haben uns unterhalten. Dann bin ich runter in den Vorführraum gegangen und habe mir ein paar Folgen von *Utena* angeschaut. Das ist ein Anime. Einer, den ich besonders gerne mag." Terry hasste Animes. Genauer gesagt, er hasste die Animes, die Jason mochte und machte sich ständig über Jasons Vorliebe für japanische Schulmädchen lustig.

Falls Henry eine Meinung dazu hatte, ließ er sich jedoch nichts anmerken. „Hast du sonst noch was gemacht?", fragte er.

„Ich bin zu einer Kunstausstellung gegangen und ein bisschen herumgelaufen." Jason versuchte sich immer einzureden, dass er „nächstes Jahr" seine eigenen Werke ausstellen würde, aber „nächstes Jahr" kam nie. Er hatte einfach nicht genug Zeit zum Malen – und selbst wenn er einmal dazu kam, meckerte sein Vater nur ständig über die Schweinerei. Den Geruch. Wie teuer Ölfarben doch waren und dass Jason sein Geld lieber für wichtigere Dinge ausgeben sollte. „Wie war dein Tag?", fragte er, um Henry vom Thema Kunst abzulenken.

Henry blinzelte wie überrascht über die Frage, aber dann lächelte er erneut dieses leise, zufriedene Lächeln. „Ganz gut. Wir haben ungefähr sechshundert Dollar verdient – das ist nicht toll, aber auch nicht schlecht für unser erstes Jahr hier. Normalerweise dauert es ein paar Jahre, bis die Kunden einen kennen." Er zuckte die Achseln. „Ich habe ein paar Aufträge für meine Korsettmacherin angenommen – du hast ihre Arbeiten an meinem Stand gesehen. Mit der hiesigen Korsettmacherin bin ich auch ins Gespräch gekommen.

„Sie ist richtig gut."

Henry warf ihm einen Blick zu und zog eine Augenbraue hoch. „Ich hätte wirklich Lust, dich mal in einer von ihren Kreationen zu sehen."

Jason blinzelte. Aber dann zuckte er die Achseln. Er würde alles anziehen, was Henry ihm anziehen wollte, wenn er ihn nur wiedersehen durfte.

Henry beugte sich vor und strich Jason mit der Fingerspitze über die Wange. Jason seufzte, schoss die Augen und atmete den Duft des Lederhandschuhs ein. Wie vorhin drückte er einen sanften Kuss auf Henrys Handfläche. Dann wandte er den Kopf und begann an einem von Henrys Fingern zu lutschen – ganz so, wie er es sonst mit Henrys Schwanz gemacht hätte.

Henry lachte leise über Jasons Bemühungen. „Wenn du was willst, musst du drum bitten, Boy."

„Ich ... ich weiß."

Henry lächelte nur. „Hast du eigentlich schon mal einen Penisring getragen?"

Jason wurde feuerrot.

„Ist das ein Ja, Boy?"

„Irgendwie schon."

„Irgendwie schon?"

„Ich hab' mir letztes Jahr mal einen gekauft. Hab' ihn nur einmal zu tragen versucht. Ich fand's nicht so toll." Er konnte es Henry am Gesicht ansehen, dass das keine Rolle spielte. Henry würde ihm jetzt einen verpassen.

„Was für einer war es?", fragte Henry trotzdem.

„Nur ein schlichter Ring aus Metall, Sir."

Henry stand auf und ging zu der Ecke, in der seine Taschen gestapelt waren. Gleich darauf saß er wieder in seinem Sessel und forderte Jason auf, die Hände aufzuhalten. Er ließ etwas hineinfallen, das nicht im Entferntesten wie ein Ring aussah, sondern eher wie eine Art Zaumzeug. Die enge, geflochtene Lederröhre würde seinen halben Penis bedecken – wenigstens konnte Jason sich nicht vorstellen, dass sie für etwas anderes gedacht war, denn nie im Leben würde er seine Eier in so ein Gestell zwängen lassen! Dann gab es noch einen weiteren, viel dünneren Lederriemen, der ziemlich sicher zum Einschnüren der Hoden gedacht war. Der letzte Riemen war mit mehreren stabilen D-Ringen versehen und sah aus, als sollte er das Ganze zusammenhalten.

„Du wirkst nervös, Boy.“

Jason nickte. Nervös war stark untertrieben.

„Rede mit mir, Jason.“

Beim Klang seines Namens hob Jason den Kopf und schaute seinem Master – Henry – in die Augen. „So was habe ich noch nie gesehen, Sir.“

„Weißt du noch deine Safewörter?“

Jason nickte.

„Laut, bitte.“

„Entschuldigung, Sir. Meine Safewörter sind ‚nein‘ und ‚langsam‘.“

„In Ordnung.“ Henry nahm ihm das Ledergeschirr ab. „Steh auf. Hände auf den Rücken.“

Jason gehorchte.

Während Henry ihm das Ledergeschirr um Penis und Hoden schnallte, redete er ihm freundlich zu. „Das Ding hier ist eigentlich gar kein Penisring, sondern mehr so was wie ein Keuschhalter. Es macht dir das Kommen nicht unmöglich – nur verdammt schwierig. Und ungemütlich, aber vielleicht gibt dir das ja erst recht einen Kick.“ Er zwinkerte Jason zu. „Wenn du natürlich ohne Erlaubnis kommst, wird dir das, was als nächstes passiert, ganz bestimmt nicht gefallen. Klar?“

„Ja, Sir.“

„Wenn ich dafür sorgen wollte, dass du auf keinen Fall kommen kannst, würde ich etwas Stabileres benutzen. So, bitte.“ Er setzte sich aufrecht hin und musterte Jasons Genitalien. Allein sein anerkennender Blick war es schon wert, das Ding zu tragen. „Sitzt es gut?“

„Ich glaube schon. Es tut nicht weh, aber … es fühlt sich ein bisschen komisch an, Sir.“

Henry nickte. „Du musst mir sagen, wenn es dir irgendwann unbehaglich wird. Ich möchte auf keinen Fall deinen Schwanz beschädigen.“

„Du meinst bestimmt *deinen* Schwanz, Sir, oder?“, neckte Jason.

Das brachte ihm einen Klaps direkt auf den betreffenden Körperteil ein. Er zuckte zusammen, obwohl Henry gar nicht so fest zugeschlagen hatte – jedenfalls nicht fest genug, um ihm wehzutun. Henry war auch eindeutig nicht ärgerlich, dafür grinste er zu breit. „Was hab‘ ich dir über vorlaute Boys gesagt?“, fragte er.

„Vorlaute Boys werden geknebelt, Sir.“

„Und soll deine freche Antwort mir etwa sagen, dass du geknebelt werden *willst*?“

„Nein, Sir. Ich würde dich doch nie daran hindern, meinen Mund zu deinem Vergnügen zu benutzen. Das heißt, falls du das möchtest."

Henry machte ein finsteres Gesicht – wobei Jason das gut gelaunte Funkeln seiner wunderschönen blauen Augen nicht entging. „Auf die Knie, Boy, und gib mir einen guten Grund, dich nicht zu knebeln." Er hatte die Hand schon an seinem Reißverschluss und machte sich die Hosen auf. Er holte seinen Schwanz heraus, und Jason ging zufrieden ans Werk, nahm ihn sofort bis zum Anschlag in den Mund – aber dann reizte er ihn gnadenlos. Spielerisch. Da Henry ihm kein Zeitlimit gesetzt hatte, war Jason nicht in Eile und konnte Henrys Eiern reichlich Aufmerksamkeit widmen, ehe er sich wieder seinem Schwanz zuwandte.

Schließlich spritzte Henry ihm seine volle Ladung in den Hals; Jason schluckte gierig jeden einzelnen Tropfen und leckte Henrys Schaft gründlich sauber, ließ erst von ihm ab, als er völlig schlaff geworden war.

Jason jedoch war jetzt geil wie nie, wobei das seinem Schwanz leider nicht viel nützte. Die einschnürenden Lederriemen hielten ihn davon ab, eine richtige Erektion zu bekommen. Henry hatte recht, es war ungemütlich.

„In Ordnung", sagte Henry, nachdem Jason ihn wieder in seiner Hose verstaut und den Reißverschluss zugezogen hatte, „du hast Gnade verdient. Ich werde dich nicht knebeln. *Vorerst.* Schaff' deinen Arsch hinüber zum Bett und beug' dich über das Fußende."

Jason zögerte. Sein Arsch war schon lädiert.

Henry legte ihm eine Hand an die Wange und sagte in sanfterem Ton: „Vertrau' mir. Boy. Ich werde dir nie absichtlich mehr Schmerz zufügen, als du ertragen kannst. Ich werde dich nie ernsthaft verletzen. Auch wenn du heute vielleicht für mich bluten wirst", warnte er. „Ich habe vor, die Riemenpeitsche zu benutzen."

Jason leckte sich nervös die Lippen. Die Riemenpeitsche jagte ihm mehr Angst ein als alles andere, was Henry ihm gestern gezeigt hatte. Er fürchtete sie sogar noch mehr als die Haube.

Henry schien das vollkommen zu verstehen. „Wir werden darüber reden, falls es nötig ist", versprach er. „Aber im Moment hätte ich gerne, dass du mir einfach vertraust und tust, was ich sage."

Jason schluckte tapfer. „Ja, Master." Er stand auf und brachte sich am Fußende des Bettes in Position. Da Henry nicht gesagt hatte, was er mit seinen Armen machen sollte, stützte er die Ellbogen auf die Matratze und bettete seine Stirn auf die Unterarme.

„Beine auseinander, Boy."

Er tat es. Gleich darauf spürte er, wie sich etwas eng um seinen linken Knöchel schloss, dann um seinen rechten. Fußfesseln. Henry schubste seine Füße noch weiter auseinander, und … eine Spreizstange? Jason konnte nichts sehen, aber es fühlte sich eindeutig so an.

„Wie fühlst du dich?"

„Ganz schön hilflos", gestand Jason. Seine Hände waren zwar noch frei, aber mit der Spreizstange zwischen den Füßen würde er trotzdem nicht weit kommen. Er konnte nicht mal kriechen.

„Nicht halb so hilflos wie du dich fühlen würdest, wenn ich die richtige Ausrüstung hier hätte", bemerkte Henry.

Jason musste lächeln, da er sich fragte, wie es wohl in Henrys Spielzimmer aussah. Für seinen Schwanz wurde es in dem Ledergeschirr ungemütlich eng.

„Was hältst du davon, wenn ich Musik auflege?"

„Soll das etwa heißen, dass ich dabei was mitzureden habe?"

Henrys Hand landete unsanft auf seinem Hintern, und Jason schrie auf. „Nein. Ich habe gefragt, was du davon hältst, *Boy*."

Jason grinste trotz der stechenden Schmerzen. Sie wussten beide, dass er absichtlich den Klugscheißer spielte. „Ich hätte nichts dagegen, Sir." Er machte es sich wieder bequem, während Henry Musik auflegen ging. Eine Art Streichorchester spielte … Metallica? Jason war überrascht. „Das ist echt cool."

Henry lachte leise. „Freut mich, dass es dir gefällt. Okay. Heute Abend gilt eine wichtige neue Regel für dich", kündigte Henry an. Er setzte sich auf das andere Bett. „Du darfst nicht reden, außer wenn ich langsamer machen oder aufhören soll. Verstanden?"

Jason nagte an seiner Lippe. Diese Regel kam ihm seltsam vor, wo Henry ihn doch sonst ständig zum Reden zu bringen versuchte. War er vielleicht zu schnippisch? Aber es war schwer zu glauben, dass Henry über die eine oder andere flapsige Bemerkung ärgerlich sein sollte. Schließlich lächelte er ja auch darüber. „Sir – Master – darf ich erst noch eine Frage stellen?"

„Du darfst."

„Was passiert, wenn ich ‚Stopp' sage?"

Henry runzelte die Stirn. „Ich dachte, das hätten wir schon durch. Wenn du mir sagst, dass ich aufhören soll – wenn du's ernst meinst und nicht nur mal kurz eine Pause brauchst – dann höre ich auf."

„Nein, ich meine, was passiert, *nachdem* du aufgehört hast." Würde Henry ihn losbinden und wegschicken, ihm sagen, dass sie für dieses Wochenende fertig miteinander waren? Für immer?

Henrys Lächeln war warm. Verständnisvoll. Wie konnte ein Mann, der ihn grün und blau geschlagen hatte, nur so freundlich sein?

„Nachdem ich aufgehört habe, reden wir darüber, was los war. Warum du wolltest, dass ich aufhöre oder langsamer mache. Wenn du erst wieder zu Atem kommen musst, lasse ich dir Zeit dazu. Wenn du Durst hast, gebe ich dir zu trinken. Dann besprechen wir, ob wir weitermachen oder lieber etwas anderes versuchen wollen. Oder ob ich dich einfach losbinde und du mir sagst, ob … ob ich dich vögeln oder mich zum Teufel scheren soll. Okay?"

„Ja, okay." Jason konnte sich zwar nicht vorstellen, Henry zum Teufel zu schicken und damit durchzukommen, aber er verstand, worauf der andere Mann

91

hinauswollte. Wenn er ‚Stopp' sagte, würde Henry aufhören, und was immer sie als nächstes taten, lag ganz bei ihm. Jason holte tief Luft. Atmete aus. Er würde das schaffen. Er wollte es. Er wollte es von Henry, und nur von ihm. „Ich bin bereit, Master."

„So ist's brav." Henry stand auf und nahm den Bärenleder-Flogger in die Hand. Er ließ die Spitzen über Jasons Haut gleiten, streichelte ihm zärtlich den Rücken. „So ist es ganz, ganz brav, mein Junge", gurrte er.

Jason seufzte, bog den Rücken durch und reckte sich nach dem wunderbaren Gefühl.

Henry lachte leise. „In einer Minute gibst du keine so zufriedenen Geräusche mehr von dir."

Jason nickte. Das wusste er. Es spielte keine Rolle. Er drehte das Gesicht zur Matratze, stützte die Stirn auf seine Arme und genoss das sanfte Streicheln des Leders, solange er noch konnte.

„Ich werde mich heute mit deinem Rücken befassen, nicht mit deinem Hintern", erklärte Henry. „Wobei ich für *den* später noch eine kleine Extraüberraschung habe", versprach er. „Schläge auf den Rücken sind heikel, aber ich habe reichlich Erfahrung und weiß, worauf ich achten muss. Sowohl der Flogger als auch die Riemenpeitsche sind so kurz, dass ich gut kontrollieren kann, wo die Schläge treffen. Aber du musst trotzdem ganz still liegen." Er ließ seine Finger leicht, liebevoll an Jasons Rückgrat entlanggleiten. „Denk' dran. Nicht reden. Nicht betteln. Nichts, außer deinen Safewörtern."

Jason bestätigte mit einem Nicken, dass er verstanden hatte.

Wie am Vortag begann Henry mit langsamen, sachten Schlägen. Er arbeitete im Takt der Musik; Jasons Haut wurde mit jedem Schlag wärmer. Er seufzte und ließ sich in purer Seligkeit in die Matratze sinken, obwohl er wusste, was ihm noch bevorstand.

Als das Leder zum ersten Mal wirklich hart auf seine linke Schulter klatschte, zuckte er zusammen und hätte beinahe aufgeschrien – aber es gab eine neue Regel. Keinen Laut. Jason knirschte mit den Zähnen vor Anstrengung, sie zu befolgen. Er gab nur ein leises Wimmern von sich, als der nächste Schlag auf seiner rechten Schulter landete. Henry wechselte stetig zwischen links und rechts; die Schläge wurden von Mal zu Mal fester, lauter und schmerzhafter.

„Du machst das großartig, Boy", sagte Henry leise. „Aber von jetzt an wird es nur schwieriger werden, nicht leichter. Willst du, dass ich aufhöre?"

Jason schüttelte den Kopf.

„So ist's brav." Henry beugte sich vor und drückte Jason einen Kuss auf die Schulter.

Jason wandte den Kopf in der Hoffnung – *ja!* Henry küsste ihn auf die Lippen. Er packte Jason an den Haaren und drehte seinen Kopf gewaltsam in einen günstigeren Winkel. Sein Kuss war so brutal wie die Tracht Prügel, die er Jason eben verabreicht hatte. Jason gab sich ihm hin. Als Henry seinen Mund freigab, sah Jason ihm in die Augen. Henrys Miene war schwer zu deuten. Begehren. Stolz. Vielleicht … vielleicht mehr als das? Jasons Herz pochte.

ALS HENRY den Flogger weglegte, war Jason so high vor lauter Endorphinen, dass er die leichte Berührung einer behandschuhten Hand auf seinem Rücken kaum bemerkte. „Ich will nur mal kurz nachsehen, ob du okay bist, Boy." Henrys Atem strich sanft über sein Ohr. „Du darfst sprechen, aber nur, um meine Fragen zu beantworten. Bist du noch bei mir?"

„Ja, Sir." Jason drehte den Kopf, sodass er seinem Master ins Gesicht sehen konnte. Morgen früh würde ihm ganz bestimmt alles wehtun, aber im Moment fühlte er sich … verdammt, er hatte gar keine Worte, um das Gefühl zu beschreiben, er wusste nur, dass es gut war. Es war richtig. Das hier war sein wahres Ich.

„Ich nehme dir jetzt für ein paar Minuten die Spreizstange ab", sagte Henry. „Ich möchte, dass du dich hinsetzt und Wasser trinkst."

„Ja, Master." Die Worte gingen ihm leicht über die Lippen.

Kurz darauf saß er auf einem Kissen auf dem Boden, sorgfältig darauf bedacht, sich nirgendwo anzulehnen. Henry hielt ihm eine Wasserflasche an die Lippen. Jason trank, ohne zu zögern. Erst nachdem er die Flasche geleert hatte, wurde ihm klar, wie durstig er gewesen war.

„Bevor wir weitermachen, möchte ich dich knebeln. Ich werde jetzt die Riemenpeitsche benutzen, und ohne Knebel wird es dir schwerfallen, still zu bleiben. Wahrscheinlich wirst du auch froh sein, etwas zum Draufbeißen zu haben. Den meisten geht es so."

Jason schluckte angestrengt. Das Wort „Riemenpeitsche" hatte ihn wieder etwas auf den Boden der Tatsachen zurückgeholt. „Was, wenn ich will, dass du aufhörst? Oder eine Pause brauche?"

„Ich werde nach dir schauen, sobald es sich so anhört, als ob du in Bedrängnis gerätst. Oder wenn ich zum ersten Mal Blut sehe."

„Blut?"

„Ich werde dich nicht mit Absicht bluten lassen, aber es wird sehr wahrscheinlich dazu kommen. Ich werde dir viel zumuten, Jason, aber nicht mehr, als du verkraften kannst. Es ist nicht Sinn und Zweck des Ganzen, dich zum Gebrauch des Safewords zu zwingen, sondern du sollst lernen, deine Grenzen zu erkennen. Ich lasse es langsam angehen."

Jason holte tief Luft. Stieß den Atem aus. Die Vorstellung, bis aufs Blut geschlagen zu werden, jagte ihm schreckliche Angst ein, aber sein Vertrauen in Henry war bedingungslos. „Okay. Könntest du vorher noch was anderes machen?"

„Was brauchst du?"

„Küsst du mich noch mal?"

Henry lächelte. Er nahm Jasons Gesicht fest in beide Hände und zog ihn in einen zärtlichen, alles verzehrenden Kuss. Jason stöhnte auf, als Henrys Zunge in seinen Mund glitt. Sein Schwanz sehnte sich nach Erlösung, doch da Jason wusste, dass es ihm sowieso nichts bringen würde, fragte er erst gar nicht. Stattdessen schlang er seinem Master die Arme fest um den Hals und rieb seine lederumhüllte Erektion am Schenkel des anderen Mannes – trieb sich selbst damit zum Wahnsinn, weil er so dringend kommen wollte – bis Henry ihn wegschob und ihm befahl, wieder in Position zu gehen.

Immer noch außer Atem gehorchte Jason – und schrie auf, als er den scharfen Biss der Reitgerte auf seinem Hintern spürte.

„Das ist dafür, dass du mein Bein gebumst hast", knurrte Henry.

Jason schluckte und warf ihm einen verstohlenen Blick zu. Es war Henry nicht anzusehen, ob er wirklich sauer war.

„Hast du dazu nichts zu sagen, Boy?"

„Es wird nicht wieder vorkommen, Master."

„Falls doch, kann ich dir versprechen, dass du es bereuen wirst. Deine Lust kommt von mir, und *nur* von mir. Du verschaffst sie dir nicht selber. Du bittest nicht mal darum, wenn ich es dir nicht ausdrücklich erlaubt habe. Verstanden?"

„Ja, Sir."

Henry fesselte seine Knöchel wieder an die Spreizstange und befahl ihm, den Mund aufzumachen, damit er ihm den Ballknebel hineinschieben konnte. Jason gehorchte. Der Hartgummiball war nicht groß, aber unangenehm, und er schmeckte furchtbar. Er schloss die Augen, als Henry – nein, sein Master – ihm die Lederriemen des Knebels um den Kopf schnallte. Jason war fest entschlossen, alles anstandslos hinzunehmen. Folgsam. Sein Lohn dafür war ein zärtliches Streicheln an fast genau derselben Stelle, wo Henry ihn mit der Reitgerte gezüchtigt hatte. Jason stöhnte auf und wollte sich schon der Hand entgegendrängen, besann sich dann aber eines Besseren. Stattdessen lag er still und nahm die liebevolle Berührung einfach hin.

„Bist du bereit, Boy?" Henrys Tonfall hatte jegliche Strenge verloren.

Jason nickte. Er war sich nicht sicher, ob er wirklich bereit war. Er war sich nicht einmal ganz sicher, warum er überhaupt hier war und das alles mit sich machen ließ. Aber er war hier, und er wollte Henry stolz machen. Was er als nächstes fühlte, war kein scharfer Peitschenhieb. Henrys mit Gleitmittel bestrichene, immer noch behandschuhte Finger rieben in langsamen, kreisförmigen Bewegungen rund um seinen Anus. Jason stöhnte noch lauter in den Knebel.

„Ich wollte das Ganze für dich ein bisschen interessanter gestalten." Damit schob Henry mühelos einen Finger in Jasons gefügigen Körper. „Aber ich will, dass du still hältst. Wenn du meinen Finger zu ficken versuchst, kannst du dich auf was gefasst machen – und zwar auf nichts Gutes", warnte er.

Jason nickte. Er stöhnte auf vor Wollust, als Henry seine Prostata zu massieren begann, zwang sich aber zum Stillhalten. Jedes Mal, wenn Henrys Finger gegen die Drüse drückte, durchströmte eine neue Welle der Lust Jasons Schwanz. Das Gefühl war schmerzhaft schön; er wimmerte schon, ehe Henry mit einem zweiten und dann dritten Finger in ihn eindrang. Henry hatte recht: ohne den Knebel hätte er jetzt gebettelt. So aber konnte er nur stöhnen und still liegen, was er trotz aller Mühe kaum schaffte. Er würde verrückt werden, wenn Henry ihn nicht kommen ließ!

Er schrie auf, als Henrys Finger sich aus seinem Hintern zurückzogen.

Dann berührte etwas Kühles, Glattes seinen Anus; er drehte den Kopf um nachzusehen, was das war.

„Augen geradeaus, Boy, sonst verbinde ich sie dir."

Frustriert gehorchte Jason. Henry schob etwas in ihn hinein – einen Pflock vielleicht? Oder einen Dildo? Es tat so gut, sich wieder ausgefüllt zu fühlen, bis an die Grenzen des Erträglichen gedehnt. Gott, wie sollte er je wieder imstande sein, sich selbst zu befriedigen?

Das Sexspielzeug streifte seine Prostata – und begann plötzlich zu vibrieren! Himmelherrgott noch mal!

Henry lachte leise. „Das gefällt dir, was?"

Jason konnte nur ohnmächtig nicken. „Gut. Weil jetzt wird es nämlich erst richtig interessant." Henry begann den Vibrator hin und her zu schieben; bei jedem Rein und Raus schoss eine Welle der Lust durch Jasons Schwanz. Das hier beförderte ihn noch mal in ganz andere Dimensionen als der Endorphinrausch vorhin. Jason ballte krampfhaft die Fäuste, um nicht wild mit den Armen um sich zu dreschen, um sich nicht den Knebel aus dem Mund zu reißen und sein Verlangen hinauszuschreien. Er wollte gefickt werden. Er wollte *kommen*.

Dann klatschte plötzlich die Peitsche schmerzhaft auf seinen oberen Rücken. Er schrie in den Knebel.

„Hab's dir ja gesagt", spottete Henry. Er schob den Vibrator ganz tief hinein – und schon brannte Jasons Rücken wieder wie Feuer unter dem nächsten Peitschenhieb. Jason brüllte in den Knebel; Tränen strömten ihm über die Wangen – aber dabei surrte der Vibrator die ganze Zeit wie verrückt an seiner Prostata, und das war so ein fantastisches Gefühl!

Es war eine Reizüberflutung: Das Surren, das heftige, unaufhörliche Vibrieren, das Gefühl, so verdammt voll zu sein, ohne sich bewegen zu können, ohne sich wenigstens selbst mit dem Dildo ficken zu können – nicht zum Höhepunkt kommen zu können – und dazu der scharfe, schneidende Schmerz der Peitschenhiebe auf seinem oberen Rücken. Die Schläge kamen immer härter und schneller. Jeder einzelne ließ ihn keuchend nach Atem ringen, aufschluchzen, aber ob vor Lust oder vor Schmerz, das hätte er nicht sagen können. Die Grenzen hatten sich verwischt; Jason wusste nicht mehr, wo die eine Empfindung aufhörte und die andere begann.

Henrys Stimme drang durch den Schleier von Schmerz und Lust, doch er konnte die Worte nicht verstehen. Dann hörte das Vibrieren auf. Sein Hintern war leer. Er schrie auf vor Enttäuschung. Vor Verlangen. Die Session durfte doch noch nicht zu Ende sein. Zeit hatte jede Bedeutung verloren. Henry konnte ihn eine

Stunde lang ausgepeitscht haben oder nur ein paar Minuten. Jason blickte sich flehend nach Henry um. *Mehr. Bitte, gib mir mehr.*

„Nein, ich finde, für heute reicht es definitiv, Boy", sagte Henry freundlich, aber bestimmt. Er strich mit den Fingerspitzen über Jasons Hintern. Seine Hüften. Henrys Finger schienen jeden Teil von Jasons Körper zu berühren. „Du wirst morgen höllische Schmerzen haben."

Jason sah ihn mit Tränen in den Augen an. *Bitte, hör' nicht auf.*

„Schschscht, ich weiß. Es war ein Wahnsinnstrip, und du willst nicht, dass er schon vorbei ist." Seine Stimme war so sanft. So tröstend. „Lass dich einfach noch ein bisschen treiben. Ich hole inzwischen Verbandszeug."

Jason blinzelte, als er endlich begriff, was Henry da sagte. *Verbandszeug.* Er hatte ihn blutig geschlagen.

Henry schnallte den Knebel auf und nahm Jason vorsichtig den Ball aus dem Mund. Während er ihm den Unterkiefer massierte, erklärte er: „Ist nur ein kleiner Riss in der Haut, aber man kann nie vorsichtig genug sein. Bleib einfach liegen und genieß' es noch ein bisschen." Er streichelte Jason den Kopf, strich ihm das schweißdurchtränkte Haar aus den Augen. „Ich bin nur ein paar Meter weit weg. Du wirst mich nicht sehen können, aber ich bin da, Baby. Okay? Ich lass' dich nicht allein."

Jason nickte. Es war ihm kaum bewusst, dass er den Knebel nicht mehr im Mund hatte, dass Tränen und Speichel unter seinem Kinn eine Pfütze gebildet und die Decke durchtränkt hatten. Er schloss die Augen und ließ sich zufrieden dahintreiben. Im Hintergrund hörte er immer noch die Musik, den tiefen, kraftvolle Klang der Celli und den leidenschaftlichen Gesang der Violinen. Jason kannte den Song nicht, aber als Begleitmelodie zu dieser Session passte er perfekt. Er fühlte einen leichten Druck auf dem Rücken, etwas Weiches. Was auch immer Henry benutzte, um die Wunde zu reinigen, es brannte nicht. Eigentlich spürte er überhaupt nichts davon. Nur den Stoff. Wie leicht Henrys Berührung war. Er fühlte, wie das Pflaster aufgeklebt wurde. Nur eins. Also war es wirklich nur eine kleine Wunde, genau wie Henry gesagt hatte.

Vage nahm er wahr, wie Henry sich bewegte, ihm die Spreizstange abnahm, ihm mit einem kühlen, feuchten Lappen das Gesicht abwischte. Jason wackelte mit dem Unterkiefer, bis es im Gelenk knackte. Ansonsten regte er sich nicht. Erst als er am Einsinken der Matratze merkte, dass Henry sich neben ihn gesetzt hatte, hob er den Kopf.

„Komm rauf zu mir", ermutigte Henry ihn. „Lass mich dich ein bisschen halten."

Irgendwie schaffte es Jason, auf die Matratze zu kriechen und seinem Master den Kopf in den Schoß zu legen.

Henry deckte ihn zu. Er streichelte Jason den Kopf. Er lächelte. „Das war wunderschön. Du warst ... verdammt, du warst einfach unglaublich." Er beugte sich vor und drückte Jason einen Kuss auf die Schläfe.

Jason wandte den Kopf und Henry küsste ihn auch auf die Lippen. Es war ein sanfter, zärtlicher Kuss, aber Jason genoss ihn. Es war ein herrliches Gefühl, für einen anderen Menschen der Mittelpunkt des Universums zu sein. Er rollte sich enger zusammen, und Henry hielt ihn einige endlose Momente lang fest in den Armen. Und genau da wusste Jason, wo er hingehörte.

„Ich finde, du hast dir etwas verdient", sagte Henry freundlich. Er schob eine Hand unter die Decke und löste die Lederriemen um Jasons Genitalien. Er hatte die Lederhandschuhe ausgezogen; Jason erschauerte bei der Berührung von Henrys bloßer Hand auf seiner Haut. „Komm' für mich, Boy", flüsterte Henry.

Er brauchte ihn nur kurz zu streicheln, und schon brach der Orgasmus über Jason herein wie eine Flutwelle. Danach klammerte er sich zitternd und bebend an Henry fest. Henry küsste ihn noch einmal und hielt ihn in den Armen, bis er einschlief.

8

NACH HENRYS liebevoller Fürsorge – nach dem wohltuend kühlen Schaumbad, in das er Jason gesetzt hatte, und dem fantastischen Abendessen vom Zimmerservice, das sie miteinander geteilt hatten – hatte Jason nicht die geringste Lust, in sein eigenes Hotelzimmer zurückzugehen.

Allein.

Nur dass es keine Bitte gewesen war. Henry hatte ihn zwar nicht gerade hochkantig rausgeschmissen, hatte ihn nicht einmal ausdrücklich fortgeschickt, aber er hatte ihm – nachdem er eine weitere Schicht Salbe auf Jasons Rücken aufgetragen hatte – sehr deutlich zu verstehen gegeben, dass er seinen Schlaf brauchte und Jason daher besser in seinem eigenen Bett aufgehoben war.

Jason hatte für morgen nichts in Aussicht gestellt bekommen, nur einen sanften Gutenachtkuss.

Mit mühsam unterdrückter Enttäuschung und Niedergeschlagenheit war Jason gegangen. Es war noch früh – na ja, Mitternacht. Aber es wurde immer noch getanzt. Es liefen immer noch Leute herum. Tranken, machten Party, spielten Computerspiele. Jason wäre am liebsten noch für eine Weile runter in die Lobby gegangen, aber dort hätte er womöglich Kendra oder Terry über den Weg laufen können. Die beiden waren die letzten, denen er begegnen wollte.

Zurück in seinem Zimmer schälte Jason sich aus seinen Kleidern und schlüpfte zwischen die kühlen Laken des Bettes. Er entdeckte rasch, dass er nur auf dem Bauch schlafen konnte. Er brauchte lange, um eine bequeme Lage zu finden, und noch länger zum Einschlafen.

KRÄFTIGE HÄNDE hielten ihn fest. Stricke schnitten in seine Arme und Beine, seine Handgelenke und Knöchel. Jemand zog ihm eine Lederhaube über den Kopf.

Jason wehrte sich, versuchte zu schreien, sein Safeword zu benutzen, aber ehe er es aussprechen konnte, wurde ihm ein dicker Gummiball in den Mund gestopft. Der Knebel wurde schmerzhaft festgezurrt.

Nein! Stopp! Er wehrte sich heftiger, aber je mehr er an seinen Fesseln zerrte, desto enger wurden sie, bis sie ihm bestimmt das Blut abschnürten. Bis er nicht mehr atmen konnte.

„Du solltest dich verdammt noch mal was schämen."

Dad? Es hörte sich an wie die Stimme seines Vaters, aber was machte *der* hier?

„Was hast du denn erwartet, Greg?", fragte Alicia. „Du bist selber schuld. Was musstest du auch mit diesem Weibsbild schlafen. Aus einem Stück Dreck kannst du keinen Diamanten schleifen."

Dieses Weibsbild. Mom. Er wehrte sich heftiger als je zuvor – Alicia hatte kein Recht, so von seiner Mutter zu reden!

„Das war ein Fehler", beteuerte sein Vater. „Und der da ist auch einer. Ein tragischer, tragischer Fehler."

„Fehler können behoben werden", versicherte Alicia.

Ein scharfer Peitschenhieb traf Jasons Rücken – die Riemenpeitsche? Peitschte Alicia ihn aus? Oder vielleicht sein Vater. Die Peitsche sauste wieder und wieder auf ihn nieder, zerfetzte sein Fleisch, riss ihm die Muskeln von den Knochen.

ALS JASON erwachte, hallte ihm sein Schrei immer noch in den Ohren; er japste nach Luft, war schweißgebadet und hatte sich qualvoll im Bettzeug verfangen. Sein Herz hämmerte; sein Pulsschlag dröhnte ihm in den Ohren. Er versuchte verzweifelt, sich aus dem Bettzeug freizukämpfen, auf die Füße zu kommen – aber stattdessen fiel er aus dem Bett und landete unsanft auf dem Fußboden. Jason schluchzte. Alles tat weh. Nichts ergab einen Sinn. Er rappelte sich mühsam auf, riss das Laken vom Bett und wickelte sich zitternd hinein; es gab nur einen Ort, wo er sich sicher fühlte, und dorthin rannte er jetzt.

Nachdem er schier endlos lange an Henrys Tür gehämmert hatte, ging sie schließlich auf.

„Verfluchte *Scheiße*, wenn's hier nicht um Leben und Tod geht, reiß' ich – was zum *Teufel*?", knurrte der Fremde und funkelte Jason wütend an. Er war groß, dünn, Asiate. Sein langes schwarzes Haar hing bis über den Bund seiner rotseidenen Boxershorts herab.

„E-entschuldigung." Jason taumelte zurück. Wie hatte er sich nur im Zimmer irren können? Er blinzelte gegen seine Tränen an, um die Nummer des Nachbarzimmers ausmachen zu können. Das *war* Henrys Zimmer. „Ich ... falsches Zimmer", log er trotzdem und kehrte der offenen Tür den Rücken. Natürlich hatte Henry einen schönen Mann bei sich im Zimmer. Im Bett. Warum denn auch nicht?

„Jason?" Das war Henrys Stimme.

Jason ging weiter. Er wollte den anderen Mann nie wiedersehen. Weder den noch Henry.

„*Boy!* Bleib sofort stehen!"

Er blieb stehen. Verdammt noch mal! Er setzte sich wieder in Bewegung. Er bedeutete Henry nichts und Henry bedeutet *ihm* schon ganz und gar nichts! Aber inzwischen hatte Henry ihn eingeholt und am Arm gepackt. Er zerrte Jason zurück zu seinem Zimmer, schob ihn hinein und machte die Tür hinter ihm zu. „Jesus, Baby, was hast du denn?"

Jason wischte sich die Tränen von den Wangen. „Nichts." Nichts. Alles. In seinem Kopf ging es drunter und drüber. Was hätte er schon sagen sollen? Er konnte ja nicht einmal vernünftig denken. Er blickte sich im Zimmer um und sah den anderen Mann Kaffee machen. Irgendetwas an diesem einfachen Akt der Häuslichkeit zwang Jason in die Knie – buchstäblich.

Henry fing ihn auf und trug ihn zum Bett. Er legte ihn auf die Matratze und setzte sich neben dem Bett auf den Fußboden.

Jason blinzelte noch mehr Tränen weg. Er fragte sich, ob Henry dem anderen Mann von ihm erzählt hatte. Von ihnen.

Es gab kein „ihnen".

„Jason", drängte Henry, „komm schon, rede mit mir. Sag' mir, was los ist."

„Nichts. Ich … es tut mir leid, ich wollte nicht …" Er schaute auf die Uhr. Scheiße. Es war vier Uhr morgens. „Es tut mir leid", wiederholte er hilflos. „Ich sollte besser wieder in mein Zimmer gehen." Wo ich hingehöre.

„Immer schön langsam! Du gehst nirgendwohin, Kleiner", sagte der andere Mann. Jason nahm kaum wahr, wie er sich bewegte, er spürte nur, dass kräftige Hände ihn an den Schultern packten und wieder auf das Bett zurückdrückten. Dazu war keine große Anstrengung nötig.

„Danke –", fing Henry an.

Der andere Mann schnaubte voll offensichtlicher Verachtung. „Ich hab' euch Kaffee gemacht, alter Mann, aber jetzt bin ich weg. Bring den Murks, den du da gemacht hast, gefälligst selbst wieder in Ordnung. Ich will nichts damit zu tun haben – ist ja eh für die Katz', wenn ich dir was sage." Er schlüpfte in Jeans und T-Shirt, schnappte sich eine Lederjacke aus dem Schrank und machte sich mit den Schuhen in der Hand davon.

Jason schloss die Augen. *Lieber Gott, mach' dass das alles noch zu meinem Albtraum gehört, dass ich gleich in meinem eigenen Bett aufwache und die Chance habe, mich* nicht *lächerlich zu machen, indem ich mitten in der Nacht bei einem Wildfremden ins Zimmer platze.*

„Jason?"

So viel zum Thema Stoßgebet. Jason zwang sich, die Augen zu öffnen. „Es … es tut mir so leid, Henry. Bitte sag' deinem … Freund … dass ich …" Dass er so etwas nie wieder tun würde? Scheiße. Er würde sowieso keinen der beiden Männer je wiedersehen. „Bitte sag' ihm einfach, dass es mir wirklich sehr leidtut." Er versuchte aufzustehen, obwohl er sich nicht sicher war, ob seine Beine ihn tragen würden. Dann setzte er sich wieder hin, weil ihm etwas einfiel. „Himmel, Arsch und – Verdammte Scheiße!", fluchte er laut. „Ich hab' die Scheiß-Schlüsselkarte …" Er war aus seinem Zimmer gerannt, ohne die Schlüsselkarte mitzunehmen. Enttäuschung überwältigte ihn und brachte die Tränen erneut zum Fließen. Er wäre jetzt überall lieber gewesen als in Henrys Zimmer, aber genau dort saß er fest.

Henry schenkte sich und Jason eine Tasse Kaffee ein. Jason nahm die Tasse von ihm entgegen, ohne aufzublicken, selbst als Henry sich neben ihm aufs Bett setzte.

„Würdest du mir wenigstens sagen, was dich dermaßen durcheinandergebracht hat, dass du so aus deinem Zimmer gerannt bist?", fragte Henry.

Jason zog die Knie hoch. Er hielt die Kaffeetasse mit beiden Händen und starrte eine Zeit lang hinein. Henry hatte Zucker und Kaffeesahne hineingetan, so wie Jason es mochte. „Nur ein böser Traum", gab Jason schließlich zu. „Es war dumm von mir. Kannst du mir vielleicht ein Hemd oder so was leihen? Vielleicht kriege ich an der Rezeption einen neuen Schlüssel."

„Was hast du geträumt?"

„Nichts."

„Hatte dein Traum was mit unserer Session vorhin zu tun?"

Jason schüttelte den Kopf. Nickte. „Es lag nicht an dir. Es war nur … ich …" Er schloss die Augen. „Ich habe von meinem Vater geträumt. Dass er mich gefesselt und mir die Haube aufgesetzt hätte. Er hat ständig gesagt … er hat mir gesagt, wie wertlos ich bin." Erneut flossen die Tränen. Jason wusste nicht, wie er sie zurückhalten sollte. „Er hat mich einen Fehler genannt. Einen tragischen Fehler. Alicia war auch da … Sie haben … In Wirklichkeit hat keiner von den beiden je so was zu mir gesagt." *Auch wenn es die Wahrheit ist.*

„Du bist *kein* Fehler."

Jasons Lachen war bitter. „Das sieht dein Freund aber anscheinend anders. Was hat er noch gesagt? Dass ich ein ‚Murks' bin, den du gefälligst in Ordnung bringen sollst? Dass er's dir gleich gesagt hat?" Jesus, wie viel hatte Henry dem Kerl erzählt?

„Derrik kann manchmal ein echtes Arschloch sein. Hör' nicht auf ihn, okay?"

Derrik. Natürlich war das Derrik. Und natürlich sah Derrik umwerfend gut aus. „Ich sollte versuchen, wieder in mein Zimmer zu kommen."

„Bitte geh' nicht so."

„Warum nicht?"

Henry zögerte. „Ich hab' Scheiße gebaut. Wir hatten schließlich nur den einen Abend – vielleicht heute Abend auch noch, je nachdem, wann du heimfährst. Ich wollte dir etwas geben, damit du mich nicht vergisst. Eine gute Erinnerung", fügte er bedauernd hinzu. „Ich dachte, du wärst schon wieder ganz runter, aber ich habe mich geirrt. Ich hätte dich in dem Zustand nicht einfach in dein Zimmer schicken dürfen. Es tut mir leid, Jason."

Jason zuckte die Achseln. „Mir geht's gut. Außerdem, du musstest ins Bett. Du hast schließlich deinen Stand. Und heute musst du zusammenpacken. Das ist bestimmt eine Menge Arbeit."

„Das spielt keine Rolle. Ich hätte auf dich aufpassen müssen. Mich um dich kümmern müssen. Ich hatte die Verantwortung für dich übernommen, weißt du noch?"

Jason schnaubte. „Wenn man meinem Vater glauben darf, bin ich alt genug, um selbst auf mich aufzupassen."

„Vielleicht draußen im wirklichen Leben. Aber hier war das mein Job. Ich habe versagt."

Henry sah ihm in die Augen. Jason hielt seinem Blick stand. Er schüttelte den Kopf. „Schon okay. Außerdem ist es jetzt ja wohl sowieso vorbei. Es ist Sonntag." Er griff nach dem Verschluss des Halsbands, um es abzunehmen und Henry zurückzugeben.

Henry hielt ihn davon ab. „Wir haben immer noch ein paar Stunden Zeit, wenn du willst. Wieso bleibst du nicht eine Weile? Du könntest hier schlafen."

„Ich will dir nicht im Weg sein."

Henry streckte die Hand aus und legte sie Jason behutsam aufs Bein. „Bleib." Es war keine Bitte, aber auch kein Befehl.

Jason knabberte an seiner Unterlippe. Er *wollte* bleiben. Vor allem wollte er sich in Henrys Armen zusammenrollen und sich geborgen fühlen. Warm. „Was bin ich?"

„Wie meinst du das?"

„Wenn ich nicht dein Murks bin, was dann? Bin ich ‚Jason' oder ‚Baby' oder ‚Boy' oder … oder überhaupt nichts?"

„Oh, Baby." Henry zog ihn an sich und nahm ihn fest in die Arme. „Boy. Jason. Du bist etwas ganz besonderes. Ich wünschte, wir hätten mehr Zeit – dann könnte ich dir zeigen, wie besonders du bist." Er küsste Jason auf den Kopf.

Erneut flossen Tränen, als Jason sich an ihm festhielt, an ihm festklammerte wie an einem Rettungsseil. „Wir könnten. Ich meine, ich wohne ungefähr zwei Stunden nördlich von hier, aber …" *Bitte?* „Ich will dich wiedersehen. Ich will nicht, dass es vorbei ist."

„Schschscht, jetzt ist nicht der passende Moment, um über so was zu reden. Komm, lass uns einfach schlafen, okay?"

Jason nickte. Er wollte hier bleiben. Und vielleicht fand Henry ja eine achtstündige Fahrt gar nicht zu weit, vielleicht … Gott, bitte. Henrys Anweisungen folgend schlüpfte er unter die Decke und versuchte, es sich bequem zu machen. Er konnte nicht auf dem Rücken liegen, also rollte er sich auf die Seite, mit dem Gesicht zur Wand.

„Kann ich das Licht ausmachen?", fragte Henry.

„Ja. Klar." Gleich darauf war es dunkel. Dann kroch Henry unter die Decke und schmiegte sich an Jasons Rücken, so wie er es am Freitag getan hatte.

„Ist das okay?"

Jason nickte. Er rückte näher an Henrys Wärme heran. Seine Stärke. „Das findest du vielleicht dumm, aber der einzige Mensch, mit dem ich je einfach nur geschlafen habe, war meine Mutter. Als ich noch klein war. Wenn ich Albträume hatte. Oder … später. Als sie krank wurde und wir beide Albträume hatten."

„Warum sollte ich das dumm finden?"

„Ist es nicht dumm?" Er war fünf Jahre lang mehr oder weniger fest mit Terry zusammengewesen, aber sie hatten nach dem Sex kaum ein halbes dutzend Mal noch die Nacht zusammen verbracht.

„Nein, das ist nicht dumm." Henry legte ihm die Arme um die Schultern, und Jason entspannte sich allmählich. „Was hatte deine Mom?"

„Diabetes. Sie hat ihr Bestes getan. Aber wie dieses Arschloch in der Notaufnahme schon sagte, arme Leute sterben eben."

„*Was?*"

Jason zuckte die Achseln. „Keine Versicherung. Im Krankenhaus wollten sie sie nicht aufnehmen. Der Arzt hat zu uns gesagt: ‚Arme Leute sterben'."

„Scheiße."

„Ja." Er drehte sich in Henrys Armen herum und kuschelte sich an seine Brust. „Kaum ein Jahr später ist sie gestorben, also hat das wohl gestimmt."

„Wie alt warst du da?"

„Siebzehn. Mein letztes Highschooljahr hatte grade angefangen. Meine beste Freundin …" Er schluckte heftig. Kendra. „Sie hatte ihren Abschluss im Jahr zuvor gemacht. Ich … wir waren immer unzertrennlich. Als sie nicht mehr da war … aber am Ende war das dann auch egal. Nachdem Mom gestorben war, wurde ich zu meinem Vater geschickt und musste von da an bei ihm leben. Bevor ich bei ihm eingezogen bin, kannte ich ihn nicht einmal. Ich weiß, dass jemand ihm Bescheid gegeben haben muss, aber er hat sich nie bei mir gemeldet, nicht mal angerufen und ‚Hallo' gesagt oder … oder so. Ich weiß, dass ich nichts weiter als eine Riesenbelastung für ihn war."

„Du bist sein Sohn."

„Wie gesagt. Ich war eine Riesenbelastung."

Henry seufzte. „Ich werde jetzt nicht sagen, dass es okay ist. Es ist nicht okay. Aber das Schlimmste hast du ja hinter dir."

„Manchmal bin ich mir da nicht so sicher."

„Oh doch. Vertrau mir."

Jason nickte. Er vertraute Henry. Selbst wenn das nicht so gewesen wäre, er war zu müde, um über Dinge zu streiten, die nicht wichtig waren, die er nicht kontrollieren konnte. Stattdessen schloss er die Augen und lauschte auf Henrys Atmen, auf das leise Pochen seines Herzens. „Danke übrigens", flüsterte er nach einer Weile.

„Wofür?"

„Dass du nicht ‚es ist okay' gesagt hast. Nach dem Tod meiner Mutter haben das immer alle gesagt. Nur dass es nicht okay war. Ich hab's gehasst. Ich habe meinen Vater gehasst. Ich habe sogar meine Mutter gehasst. Ich habe alles und jeden gehasst."

„Hast du dir damals die Nippel piercen lassen?"

Jason versuchte ihm trotz der Dunkelheit in die Augen zu sehen. „Woher weißt du das?"

Henry lachte leise. „Hab' nur geraten."

Jason kuschelte sich enger in seine Umarmung. „An meinem achtzehnten Geburtstag. Ich hab' die Schule geschwänzt und bin nach Lansing gefahren. Mein Vater konnte nichts dagegen tun. Meine Lehrer konnten mich mal."

„Das ist bestimmt angekommen wie ein Furz in der Kirche."

Jason lachte. „Oh ja. Ich… Henry, ich, äh, ich möchte heute in den Verkaufsraum mitkommen. Ich meine, ich werde dich nicht nerven oder so, aber ich … ich möchte mir unbedingt etwas kaufen."

„Ich dachte, du bist so knapp bei Kasse."

„Bin ich auch. Aber manche Dinge sind's einfach wert."

Henry drückte ihm einen weiteren sanften Kuss auf den Kopf. „Ja. Manche Dinge schon."

Jason gab sich die allergrößte Mühe, da nichts hineinzulesen.

BEIM ERWACHEN war er desorientiert. Nicht, weil er in einem fremden Bett lag – in Hotelbetten fühlte Jason sich immer fremd. Es lag am Rauschen der Dusche nebenan und an dem sandigen Gefühl in seinen Augen.

Dann erinnerte er sich wieder.

Verdammt, war das Henry oder Derrik in der Dusche? *Bitte, lass es Henry sein.*

Er warf einen Blick auf die Uhr. Neun Uhr dreißig. Zu wissen wie spät es war half ihm auch nicht dabei, zu erraten, wer da im Bad war.

Das Wasser wurde abgestellt. Jason schloss die Augen und stellte sich schlafend. Falls das Derrik war … Jesus, nach letzter Nacht wollte er dem Mann nicht wieder gegenübertreten. Er wusste kaum, wie er Henry gegenübertreten sollte. Er wollte nur unter den nächstbesten Stein kriechen und sterben.

Leise Schritte kamen aus dem Bad. Stoff raschelte. Dann beugte sich jemand über ihn und drückte ihm einen sanften Kuss auf die Schläfe. Jason lächelte. Es war Henry. Er öffnete die Augen.

„Tut mir leid, wenn ich dich geweckt habe."

Jason schüttelte den Kopf. „Wie spät ist es?"

„Kurz vor zehn. Sollen wir mal zusammen runtergehen an die Rezeption und zusehen, dass du wieder in dein Zimmer kommst?"

„Ja. Klar. Ich meine … du musst nicht …" Henry brauchte zwar bestimmt nicht um Punkt zehn im Verkaufsraum zu sein, wenn dort geöffnet wurde, aber er würde bald hin müssen.

„Ich möchte mitkommen, Jason. Ich würde dich auch gern zum Frühstück einladen, falls du Lust auf meine Gesellschaft hast."

„Was ist mit deinem Stand?"

„Derrik springt heute Morgen für mich ein."

Gott. „Der hasst mich bestimmt. Oder er hält mich für die größte Niete der Welt." Oder beides.

Henrys Lächeln überraschte ihn. „Stimmt schon, er hat sich heute Nacht wie ein echtes Arschloch benommen –"

„Ich war derjenige, der morgens um vier heulend hier aufgetaucht ist und wie ein Irrer an eure Tür gehämmert hat."

„Das war nicht deine Schuld, Jason. Es war mein Fehler. Ich hätte mir darüber im Klaren sein müssen, dass du emotional immer noch ziemlich labil warst, als du weggegangen bist. Ich hätte dich bei mir behalten sollen."

Jason zuckte die Achseln. Darüber wollte er nicht streiten. „Kannst du mir vielleicht ein Hemd oder so was leihen?"

„Ich habe wohl kaum etwas, worin du nicht ertrinken würdest, aber das hier müsste gehen." Er reichte Jason einen königsblauen Frottee-Bademantel.

„Danke."

DIE EMPFANGSDAME nahm ihm seine Story bereitwilliger ab, als Jason befürchtet hatte. Sie wollte zwar seinen Ausweis sehen, ehe sie ihn in seinem Zimmer alleine ließ, aber wenigstens hatte sie ihn überhaupt erst mal hineingelassen. Jason ließ sich auf sein zerwühltes Bett sinken; er fühlte sich kindischer als je zuvor.

„Bist du okay?"

„Ich muss nur gerade daran denken, wie idiotisch ich mich letzte Nacht benommen habe. Du brauchst wirklich nicht zu bleiben." Er griff nach dem Halsband, um die Schnalle zu öffnen.

„Lass mich das machen", sagte Henry. „Ich habe es dir angelegt. Ich sollte es dir auch wieder abnehmen."

Jason unterdrückte gewaltsam einen frischen Schwall von Tränen. Das war es dann also. Das Ende seines Wochenendes. Und es war noch nicht mal halb elf. „Danke", murmelte er und schloss die Augen. Gleich darauf lag das schmale Lederband nicht mehr um seinen Hals und er fühlte sich völlig nackt.

„Warum behältst du es nicht?", schlug Henry vor, woraufhin Jason vor lauter Verblüffung die Augen wieder aufmachte.

„Sir?" Er schüttelte sich. Diese Rollen spielten sie jetzt doch nicht mehr. Oder?

„Behalt' es einfach." Er drückte Jason das Halsband in die Hand. „Wenn du loszichst, um dir jemanden zum Spielen zu suchen – was du übrigens wirklich tun solltest, wenn du mich fragst – kannst du es verwenden."

„Ich bin nicht sicher, ob ich das verstehe."

Henry setzte sich auf die Bettkante. „Falls dich mal irgendwer unter Druck zu setzen versucht, sagst du ihm einfach, dass du schon jemanden hast, der auf dich aufpasst. Dass du unter meinem Schutz stehst."

Jason machte große Augen, als er die Tragweite von Henrys Worten erfasste.

105

Henry lächelte. „In der wirklichen Welt mag das nicht viel bedeuten. Aber wenn jemand aus der Szene das hört, wird er dich in Ruhe lassen. Falls nicht, sorgt schon irgendein anderer Dom dafür, dass er schnell auf den Trichter kommt. Unter jemandes Schutz zu stehen ist nicht dasselbe wie sein Halsband zu tragen. Aber es bedeutet, dass dir jemand Rückendeckung gibt, selbst wenn er körperlich nicht da ist. Wir sind eine kleine Gemeinde. Bei uns kümmern sich alle umeinander.“

„Ich danke dir, Sir.“

Henry beugte sich vor und gab ihm einen sanften Kuss auf die Stirn. Nachdem er sich wieder aufgerichtet hatte, zog er sein Portemonnaie aus der Hosentasche und holte eine braungoldene Visitenkarte daraus hervor. Er schnappte sich einen Stift vom Nachttisch und schrieb eine Nummer auf die Rückseite. „Das ist meine Privatnummer“, erklärte er. „Falls du mal was brauchst – ganz egal was – dann rufst du mich an, okay?“

Jason schluckte. Er hatte einen Kloß in der Kehle. Er versuchte, sich keine zu großen Hoffnungen zu machen. „Ja. Ja, okay. Danke. Ich … das Wochenende mit dir war fantastisch, Henry. Ich … ich kann dir gar nicht sagen, wie froh ich bin, dass ich dich kennengelernt habe.“

„Gleichfalls.“

Für einen kurzen Moment herrschte verlegenes Schweigen, dann schlüpfte Jason aus Henrys Bademantel und zog sich an. Henrys Visitenkarte verstaute er sorgsam in seinem Portemonnaie, wo er sie nicht verlieren würde.

IM HOTELEIGENEN Restaurant wiederholte Henry seine Einladung zum Frühstück und forderte Jason auf, sich etwas auszusuchen. Doch kaum hatte die Kellnerin gefragt, ob sie Kaffee wollten, begann Henry für beide zu bestellen. Dann zog er entschuldigend den Kopf ein. „Mach nur“, sagte er zu Jason und gab ihm damit zu verstehen, dass er heute für sich selbst sprechen sollte.

Okay, das beantwortete jedenfalls eine Frage: Sie waren nun nicht mehr Master und Boy, sie waren nur noch … was? Freunde? Ein Liebespaar? Bekannte, die miteinander vögelten? Jason hatte keine Ahnung. Aber wenigstens unterhielten sie sich bald wieder genauso ungezwungen miteinander wie neulich Abend in dem orientalischen Restaurant. Nach dem Frühstück bezahlte Henry die Rechnung, widersprach aber nicht, als Jason das Trinkgeld übernahm.

„Leider muss ich mich jetzt von dir verabschieden“, fing Henry an, als sie vom Tisch aufstanden.

„Du musst zur Arbeit“, sagte Jason. „Das verstehe ich. Ähm, ich sollte dann mal besser meine Einkäufe erledigen und mich ans Packen machen. Checkout ist in einer Stunde.“

Henry nickte. Sie gingen zusammen in den Verkaufsraum und blieben direkt hinter dem Eingang stehen. „Komm noch tschüss sagen, ehe du gehst, okay?“, bat Henry.

„Mach' ich. Also ..." Jason zögerte. Sollte er Henry die Hand geben? Ihn küssen? Ihn einfach umarmen?

„Also bis dann." Henry beendete Jasons innerliche Debatte, indem er einfach wegging.

Jason sah ihm nach und versuchte, sich nicht zu sehr gekränkt zu fühlen. Henry ging zu seinem Stand, aber Jason folgte ihm nicht. Er war fest entschlossen, das graue Halsband zu kaufen, aber das brauchte Henry ja nicht zu wissen. Womöglich würde er sich weigern, ihm das Halsband zu verkaufen. Obwohl das wahrscheinlich eine kindische Befürchtung war. Warum sollte es Henry kümmern, wofür Jason sein Geld ausgab? Trotzdem drehte er erst einmal gemächlich eine Runde durch den Verkaufsraum und unterhielt sich mit einigen Bekannten, wobei er stets Henrys Stand im Auge behielt. Als jemand dort stehenblieb und Henry eine Frage stellte, sah Jason seine Gelegenheit gekommen. Inzwischen war Derrik mit dem Kunden fertig, den er beraten hatte, also war das Timing perfekt.

Allerdings würde er jetzt mit Derrik reden müssen. Na ja, eigentlich brauchte er Derrik ja lediglich das Halsband und seine Kreditkarte zu geben, um seine Absichten deutlich zu machen.

Mit raschem Blick suchte Jason die Auslage ab. Scheiße. Er sah es nicht. Und Henry hatte bereits zweimal zu ihm herübergeschaut, seit er an den Stand getreten war. Falls Henry seinen Kunden loswurde, bevor Jason gefunden hatte, was er suchte ... es blieb ihm nichts anderes übrig. Er musste Derrik um Hilfe bitten.

Derrik warf ihm einen düsteren, fragenden Blick zu. „Brauchst du was?", erkundigte er sich.

„Äh, ja. Hi. Tut mir leid wegen gestern Abend."

„Meinst du nicht eher heute Morgen?", korrigierte Derrik.

Erst jetzt fiel Jason auf, dass Derriks Unterarme rundum mit Tribal-Mustern tätowiert waren. Außerdem hatte er gar nicht bemerkt, wie fantastisch der Mann wirklich gebaut war. Was für ein wunderschönes Gesicht er hatte.

Jason fuhr sich mit einer Hand über den Nacken. Er fühlte sich völlig nackt. „Ja. Tut mir leid. Hör mal. Ich war am Freitag hier, und ..."

Derrik zog eine Augenbraue hoch.

„Und da gab's hier so ein Halsband. Ein graues. Vier handgeschmiedete D-Ringe. Das möchte ich kaufen, aber ich seh' es nirgends."

Derrik zuckte die Achseln. „Wenn du's nicht siehst, ist es wohl schon verkauft. Tut mir leid, Kleiner."

Jason wurde es ganz schwer ums Herz. Eigentlich hätte er froh sein müssen, dass jemand anders es gekauft hatte. Ihm graute auch so schon vor seiner Kreditkartenabrechnung, aber er hatte sich das Halsband *so* sehnlich gewünscht. Es war *sein* Halsband.

Henry wimmelte seinen Kunden ab und kam zu Jason. „Hey. Fährst du jetzt?"

Jason rang sich ein Lächeln ab. „Ja, ich wollte nur ... ja. Ich mach' mich jetzt auf den Weg." Lügen war einfacher als Henry zu sagen, warum er wirklich hier war. Außerdem würde Jason sich sowieso auf den Weg machen, sobald er vollends gepackt hatte. Nur – sich jetzt zu verabschieden würde bedeuten, dass er nicht noch mal zurückkommen konnte. Um sich noch einen Kuss zu holen. Irgendwas. Gott, das war es jetzt wirklich.

Henry stellte Jasons Behauptung nicht infrage, er nahm ihn einfach nur an den Händen, beugte sich vor und gab ihm einen zärtlichen Kuss auf die Wange. „Fahr vorsichtig, okay?"

„Ja. Du auch. Ich meine ... du weißt schon. Morgen. Wenn du nach Hause fährst." Er hätte *alles* für eine weitere Nacht mit Henry gegeben.

Aber er bekam keine Einladung.

„Ich, äh ... ich nehme an ... bist du nächstes Jahr wieder hier?", fragte Jason. Er war einfach noch nicht bereit zum Loslassen.

„Ich glaube schon. Hier hat's mir ganz gut gefallen. In mancher Hinsicht besser als erwartet", fügte er mit einem Grinsen hinzu.

Hitze durchflutete Jasons Wangen. „Kommst du auch zur Penguicon?" Bis April war es noch eine gefühlte Ewigkeit, aber immerhin besser als Januar.

„An dem Wochenende sind wir in Chicago auf einer Ledershow."

„Ah." Jason unterdrückte seine Enttäuschung. „Also ... also dann, bis nächstes Jahr."

„Verlass' dich drauf, Boy."

JASON SCHULTERTE behutsam seine Tasche – sein ganzer Rücken tat weh – und ging in Richtung Lobby. Kendra erwischte ihn, als er gerade aus dem Aufzug kam. „Gut, dass ich dich treffe. Gehst du schon?", sagte sie.

Er lächelte. Es kostete ihn einige Mühe. „Du nicht?"

„Wir wollten nicht heute Abend den ganzen Weg bis Houghton zurückfahren. Hey, willst du nicht auch noch eine Nacht bleiben? Bei uns ist Platz."

Für einen Moment hätte Jason am liebsten „Ja" gesagt, aber falls er bleiben würde, dann nur wegen Henry. Und das würde Kendra bestimmt gar nicht in den Kram passen – sie versuchte ihn wahrscheinlich nur deshalb zum Bleiben zu überreden, damit sie ihn wieder mit Terry zusammenbringen konnte. „Ich muss nach Hause. Ich hab' morgen Unterricht."

„Sieh mal, es tut mir leid wegen gestern, okay? Ich weiß, dass es mich eigentlich nichts angeht, es ist nur ... du und Terry, ihr passt einfach so gut zusammen."

„Ja." Er hatte keine Lust, ihr zu sagen, wie unrecht sie hatte; sie wollte ihm ja anscheinend sowieso nicht zuhören.

„Wie läuft's zuhause?", wechselte Kendra das Thema.

„Dad ist ein Arsch, Alicia ist eine Zicke. Status quo also, nehme ich an."

„Das wird schon. Halt' einfach durch, okay?" Sie umarmte ihn stürmisch – Jason zischte vor Schmerz, wich zurück und ließ dabei seine Tasche fallen. „Jason, mein Gott, was hast du denn?"

„Nichts." Er hob seine Tasche auf, hängte sie sich aber nicht mehr über die Schulter.

„Sieh mal, falls irgendwas nicht stimmt, falls du Hilfe brauchst –"

„Mir geht's *bestens*", fauchte er. Sie sah nicht so aus, als glaubte sie ihm. „Hör mal, ich find's ja auch schade, dass wir dieses Wochenende nicht mehr Zeit miteinander verbringen konnten, aber ich muss los. Ich muss nach Hause."

„Ruf mich an, okay?"

„Ja. Klar."

9

NACH DEM besten Wochenende seines Lebens erschien ihm „zuhause" noch trostloser als sonst.

Jason wusste, dass es dumm war; das Haus seines Vaters hätte ihm eigentlich richtig gut gefallen müssen. Das Dreizimmer-Einfamilienhaus lag in einer guten Wohngegend am Stadtrand von Ithaca, und es war tausendmal schöner als der schäbige Wohnwagen seiner Mutter, in dem Jason in Troy gewohnt hatte. Und bei Dad gab es viel mehr Luxus: einen Breitbildfernseher, Kabel, DVR und eine schicke, kaum genutzte Küche. Aber Jason hasste es, hier zu leben.

„Hallo?", rief er, als er durch die Haustür kam. Dads Auto stand nicht in der Auffahrt, aber das hatte nicht viel zu sagen. Er stellte es normalerweise in die Garage. Jasons Auto „brauchte keine Garage", laut seinem Vater. Der kleine Kombi war sowieso schon voller Rostflecken; es hatte keinen Zweck, ihn noch vor Regen oder Schnee schützen zu wollen.

„Dad?", rief er etwas lauter. Immer noch keine Antwort. Das hieß, dass sein Dad wahrscheinlich bei Alicia war.

Jason schnappte sich einen Apfel aus der Obstschale auf dem Küchentresen. Der Zettel, den er seinem Vater geschrieben hatte, hing immer noch am Kühlschrank. Jason fragte sich, ob sein Vater ihn überhaupt gelesen hatte. Oder ob es ihm egal war.

Jason stapfte den Flur entlang in sein Zimmer und aß dabei seinen Apfel. Er packte seine Taschen aus und ließ sich dann bäuchlings auf sein Bett fallen. Er widerstand dem Drang, Henry anzurufen, obwohl er sich danach sehnte, die Stimme des anderen Mannes zu hören. Der Verkaufsraum würde inzwischen geschlossen sein, aber Henry war wahrscheinlich noch am Zusammenpacken. Oder vielleicht machte er sich auch gerade fertig, um zum Abendessen auszugehen.

Mit Derrik.

Mit Derrik, der so schön war.

Mit Derrik, der eher in Henrys Alter war.

Mit Derrik, der sein Freund war, der wusste, was Henry auf seiner Pizza mochte und welche Sorte Eiscreme er am liebsten aß.

Mit Derrik, der hoffentlich nur sein Geschäftspartner war.

Lieber Gott, bitte ...

Jason stieß einen Seufzer aus. Es machte keinen Unterschied, wie Henry und Derrik zueinander standen. Derrik war bei Henry. Jason war zuhause. Allein. Einsam.

Er setzte sich auf, holte das Web-Design-Lehrbuch aus seinem Rucksack und versuchte, den Stoff für die Arbeit am Donnerstag noch mal nachzulesen. Doch trotz aller Mühe konnte er sich nicht auf kaskadierende Stylesheets und HTML-Code konzentrieren. Nachdem er eine Stunde lang dieselben paar Seiten wieder und wieder gelesen hatte, gab er es auf und kramte seinen Skizzenblock hervor. Den Rest des Abends verbrachte er damit, Männer in Bondage zu zeichnen und dabei Streichquartett-Versionen seiner Lieblingssongs auf YouTube zu hören.

Vor dem Schlafengehen legte Jason das blaue Halsband unter sein Kopfkissen. Seine Träume waren erfüllt von Leder und Seilen. Mitten in der Nacht erwachte er mit dem schlimmsten Ständer aller Zeiten und holte sich einen runter, wobei er sich wünschte, statt seiner eigenen Henrys Hand auf seinem Schwanz zu spüren. Er fragte sich, ob er ihn je wiedersehen würde.

IN EINEM alten Flanellhemd und Jogginghosen kam Jason in die Küche spaziert. „Morgen", sagte er zu seinem Vater.

Greg Saunders blickte von seiner Zeitung auf und runzelte die Stirn. „Willst du etwa so ins College gehen?"

Jason zuckte die Achseln. „Warum nicht? Die Hälfte von meiner Klasse kommt in Schlafanzughosen oder Jogginganzügen." Jason schenkte sich eine Tasse Kaffee ein.

„Deine Generation hat keinen Respekt für die Bildung, die sie bekommt."

„Was haben denn Klamotten mit Respekt zu tun?"

Greg seufzte und las weiter.

Jason rührte Milch und Zucker in seinen Kaffee. Manchmal war es schwer zu glauben, dass er überhaupt mit diesem Spießer verwandt war, der dort in Anzug und Krawatte am Frühstückstisch saß, Kaffee trank und den Wirtschaftsteil las. Jason war nur froh, dass sich der männliche Haarausfall über die mütterliche Linie vererbte und dass Moms Vater auf jedem Foto, das Jason von ihm gesehen hatte, volles, buschiges schwarzes Haar hatte. Jasons Vater bekämpfte seine Glatze mit den teuersten Shampoos auf dem Markt, aber er kämpfte eindeutig auf verlorenem Posten.

Jason setzte sich an den Küchentisch. Er achtete darauf, sich nicht auf seinem Stuhl zurückzulehnen. „Können wir uns über das nächste Semester unterhalten?"

Sein Vater blickte erneut von seiner Zeitung auf, diesmal mit säuerlicher Miene. „Was ist damit?"

„Bei der Arbeit war in letzter Zeit nicht viel los, und ich muss mir neue Reifen kaufen, bevor das Wetter richtig schlecht wird." Bisher war der Winter mild gewesen, aber es war erst Januar. Letztes Jahr hatten sie im Februar zwei Schneestürme gehabt und noch einen im März. „Auf der Heimfahrt von Detroit ist meine Motorkontrollleuchte angegangen. Falls das was Größeres sein sollte, kann ich es mir vielleicht im nächsten Semester nicht leisten, mehr als ein oder zwei Fächer zu belegen."

„Du hast doch sowieso nur zwei Fächer."

„Ich hab' drei –"

Greg stieß einen rauen, zornigen Seufzer aus. Richtig, das hätte Jason beinahe vergessen. Zeichnen zählte ja nicht als „richtiges" Fach. Kunst war ein Wahlfach – und ja, Jason musste eine gewisse Anzahl von Wahlfächern belegen, um seinen Abschluss machen zu können, aber er hätte Japanisch oder wenigstens Spanisch machen sollen. Oder vielleicht Chinesisch, das jetzt überall forciert wurde.

„Jedenfalls", sprach er weiter, „wollte ich dich fragen, ob du mir die Studiengebühren für das nächste Semester vorschießen könntest."

„Nein."

„Ich rede von einem *Darlehen*, Dad", flehte Jason. „Vielleicht brauche ich das Geld nicht mal. Ich will nur sicher sein, dass ich mich fürs nächste Semester einschreiben kann."

„Vielleicht", sein Vater faltete die Zeitung zusammen und stand auf, „hättest du dir das überlegen sollen, *bevor* du übers Wochenende zu so einer blödsinnigen Messe verschwindest."

„Ich brauche nur sieben- oder achthundert Dollar –"

„Das Thema ist erledigt, Jason. Ich bin keine Bank. Wenn du ein Darlehen willst, empfehle ich dir, dich an die Finanzhilfe zu wenden." Beim Hinausgehen rief er Jason noch über die Schulter hinweg zu: „Und vergiss nicht, dein Geschirr zu spülen. Ich habe zwei Teller im Spülbecken gefunden, als ich am Samstag von Alicia nach Hause gekommen bin. Wir haben eine Spülmaschine. Man sollte doch meinen, dass du inzwischen gelernt hast, wie die funktioniert. Schließlich lebst du seit fünf Jahren hier."

Jason blinzelte die Zornestränen weg, die ihn zu überwältigen drohten. Es wäre etwas anderes, wenn sein Vater es sich nicht leisten könnte, ihm etwas zu pumpen, aber er *hatte* Geld. Er war nicht arm wie Mom. Was zum Teufel hatte sie überhaupt je in seinem Vater gesehen? Jasons Mutter war warm. Kreativ. Lustig. Sie was alles, was sein Vater nicht war. *Hast du mir etwa deshalb nie von ihm erzählt?*

Mit ungefähr zehn, elf Jahren hatte Jason seine Mutter nach seinem Vater gefragt – er hatte schon vorher gefragt, aber da hatte er endlich einmal eine Antwort bekommen, jedenfalls soweit sie dazu bereit gewesen war. Sie hatte gelächelt, als sie ihm die Geschichte erzählt hatte. Sie hatte seinen Vater auf dem College kennengelernt – sie war Kunststudentin und Greg, sein Vater, studierte im Hauptfach Politikwissenschaften. Eines Tages, als sie mit ihrem Skizzenblock unter einem Baum saß, kam dieser arme, verloren aussehende Kerl daher und fragte sie nach dem Weg zur Barnard Hall. Das war am anderen Ende des Campus. Anstatt ihm den Weg zu erklären, ging sie mit ihm dorthin; sie unterhielten sich. Am nächsten

Tag war er in dem Café aufgetaucht, wo sie arbeitete – nur um einen Kaffee zu trinken, wie er behauptete. Einen Monat später hatte er sie zum Essen eingeladen.

Sie waren eine Zeit lang miteinander gegangen, dann hatten sie sich getrennt. Jason hatte nie erfahren, warum; sie hatte immer nur gesagt: „Manches soll eben einfach nicht sein." Dann hatte sie Jason angelächelt und gesagt: „Vielleicht warst du das einzige, was wirklich sein sollte."

„Gott, Mom, du fehlst mir so."

Jason trank seinen Kaffee und achtete darauf, seine Tasse zu spülen und aufzuräumen, bevor er zum Unterricht ging. Das orange Glühen der Motorkontrollleuchte begleitete ihn auf der ganzen Fahrt.

Nach dem Unterricht fuhr er in die nächstbeste Werkstatt, wartete dort über eine Stunde und bekam dann zu hören, dass es sechs Probleme gäbe, aber mindestens eins davon müsse er sofort reparieren lassen, sonst käme er nicht einmal mehr um den Block, geschweige denn nach Hause. Die Reparaturkosten machten sein Girokonto komplett platt, aber wenigstens kam er so zur Arbeit, ohne am Straßenrand liegenzubleiben. Der Mechaniker staunte sowieso, dass das nicht längst passiert war.

Bevor Jason die Werkstatt verließ, vereinbarte er einen weiteren Termin in ein paar Wochen, um das zweitdringendste Problem beheben zu lassen. Hoffentlich würde er dann wieder genug Geld haben, um auch dafür bezahlen zu können. Der Mechaniker prophezeite ihm für seinen nächsten Besuch eine Rechnung über mindestens tausend Dollar.

WÄHREND DER folgenden zweieinhalb Wochen schob Jason soviele Schichten, wie er nur bekommen konnte; er schwänzte deswegen sogar ein paarmal den Unterricht. Darunter würden zwar seine Noten leiden, aber das Argument zog auch nicht, wenn er keine Möglichkeit mehr hatte, ins College zu fahren. Außerdem, je mehr Zeit er bei der Arbeit verbrachte, desto weniger verbrachte er zuhause. Wenn er arbeitete, machte er sich weder Gedanken um Derrik noch um die Frage, ob er Henry anrufen sollte – und er starrte auch nicht sehnsüchtig sein Telefon an und traute sich dann doch nicht.

Wenn er arbeitete, hatte er keine Zeit, um darüber nachzugrübeln, was mit ihm nicht stimmte. Warum er auf den Knien liegen und sich von einem Mann herumkommandieren lassen wollte, den er kaum kannte.

„ERNSTHAFT, MANN, kaufen Sie sich lieber ein neues Auto, statt noch mehr in diese Rostlaube reinzustecken", sagte der Mechaniker zu ihm. „Ihre Karre steht mit drei Reifen im Grab."

„Ja, ich weiß."

„Mein Kumpel, der hat grade 'nen alten Trans Am zu verkaufen. Die Karosserie hat schon'n paar Meilen runter, aber wir haben erst letztes Jahr 'nen neuen Motor eingebaut. Für fünftausend ist er Ihrer."

Jason konnte nur den Kopf schütteln. „Tut mir leid. Ich hab' kaum genug, um die heutige Rechnung zu bezahlen." Er hatte genau achthundertzweiundzwanzig Dollar im Portemonnaie. Damit konnte er heute nicht alles reparieren lassen, wie er gehofft hatte, aber wenigstens einiges. Danach würden ihm zum Tanken noch fünf Dollar bleiben – und die Münzen, die er vielleicht noch unter den Sitzen hervorklauben konnte.

„Bis zum Sommer werden Sie noch mehr als fünf Riesen in das Ding da stecken müssen", warnte der Mechaniker.

Jason seufzte. Die Prognose überraschte ihn nicht. „Reparieren Sie einfach, was Sie können, und ich komme in ein paar Wochen wieder."

„Ist Ihr Geld."

„Ja." Er setzte sich mit seinem Laptop und dem Web-Design-Lehrbuch in den Wartebereich, um Hausaufgaben zu machen. Sein Rücken tat nicht mehr weh. Die blauen Flecken waren alle verblasst. Selbst die Striemen waren verschwunden.

Er fand ein ungesichertes WLAN – schon erstaunlich, wie Leute ihr WLAN-Netz ungesichert ließen – und ging auf Henrys Website. Jason hatte ihn immer noch nicht angerufen, aber manchmal schaute er sich die Website an, nur um Henrys Gesicht zu sehen und sich an das Wochenende zu erinnern, das er zu Füßen des Mannes verbracht hatte.

Sein Schwanz drückte unbequem gegen seine Jeans.

Jason schloss Henrys Website und machte sich an seine Hausaufgaben. Nichts konnte einen schneller von einem Ständer kurieren als kaskadierende Stylesheets.

Dreißig Minuten später wurde er vom Klingeln seines Handys unterbrochen. Er warf einen Blick auf das Display – Kendra. Seit mehr als zwei Wochen drückte er sich nun schon vor ihren Anrufen, und wenn er ehrlich war, wollte er auch jetzt nicht mit ihr reden. Aber Hausaufgaben machen wollte er auch nicht. Er klappte sein Handy auf. „Ja, hallo?"

„Jetzt hätte ich mich dann bald ins Auto gesetzt und wäre zu dir gefahren! Bist du okay?" Sie klang hektisch.

„Mir geht's gut. Hab nur viel zu tun." In seiner E-Mail vorgestern hatte er ihr dieselbe Story erzählt, von wegen irre viel los bei der Arbeit und haufenweise Hausaufgaben. Das war zwar die Wahrheit, aber nicht der wahre Grund, warum er ihr aus dem Weg ging, und er war sich auch ziemlich sicher, dass sie das wusste.

„Wie läuft's denn so mit deinem großen Projekt in Webdesign?", fragte sie trotzdem.

„Ich arbeite grade dran."

„Sieh mal, Jason, ich weiß, dass du mir deshalb böse sein wirst, aber ich hab' mich mal ein bisschen über den Typen umgehört, mit dem du bei der Messe was hattest."

„Was?"

„Tut mir leid, aber ich hab' mir eben Sorgen um dich gemacht. Also habe ich mit Sandy geredet. Sie hatte ihren Stand direkt gegenüber von seinem und war mit ihm ins Gespräch gekommen. Und worum es dabei ging, das ist schon ganz schön krank. Ich meine, sieh mal, ich weiß ja, dass ihr euch schon mal zum Spaß gegenseitig fesselt, Terry und du, und das ist ja auch okay."

Jasons Wangen wurden heiß. Er hatte mit Kendra seit ihrer Kindheit nicht mehr über Bondage gesprochen – damals hatten sie Superhelden gespielt, und sie hatte sich kategorisch geweigert, ihn zu fesseln, obwohl Robin in der letzten *Batman*-Folge auch gefesselt worden war. Wenn Kendra also wusste, dass er sich immer noch gerne fesseln ließ, dann musste Terry ihr das erzählt haben.

„Kendra, mein Sexleben geht dich überhaupt nichts –"

„Bei dem, was du mit Terry treibst, mische ich mich ja auch gar nicht ein. Ich will nur nicht zusehen müssen, wie du von irgend so einem Perversen verletzt wirst."

„Wovon redest du überhaupt?"

„Das weißt du doch ganz genau. Er hat dich geschlagen."

„Du stellst das als etwas hin, was es gar nicht war."

„Wusste ich's doch! Jason, hör mir zu, ich weiß, was dein Dad dir für eine Gehirnwäsche verpasst hat. Und vielleicht glaubst du ja sogar, dass du's nicht anders verdient hast wegen dem ganzen Scheiß, den er dir ständig erzählt, aber das ist doch wirklich alles nur Scheiße! Dein Dad kennt dich nicht, und du brauchst dich nicht von so einer Ersatz-Vaterfigur als Punchingball oder … oder *Fußabtreter* benutzen lassen, nur um ihn dazu zu kriegen, dass er dich mag! Da draußen laufen jede Menge Typen herum, die dich genau so mögen, wie du bist. Dieser ganze BDSM-Quatsch ist doch einfach nur krank. Das ist nur was für Leute, die ein echtes Problem haben, Jason."

„Du hast keine Ahnung, wovon du da redest." Er wusste genau, wie abwehrend sich das anhörte, aber das kümmerte ihn nicht. „Du verstehst das nicht", beharrte er.

„Jason, Schatz, bitte hör mir zu. Wenn sich einer für so was begeistern kann, dann ist er entweder ein brutaler Schläger oder ein Kontrollfreak. Oder vielleicht geht ihm einfach nur einer ab, wenn er jemanden quälen kann. Das ist Misshandlung. Dieser Typ ist … was, doppelt so alt wie du? Was will der überhaupt von einem Zweiundzwanzigjährigen? Er *benutzt* dich. Für den bist du doch nur leichte Beute, weiter nichts. Du *darfst* ihn nicht wiedersehen."

„Kendra, soweit ich weiß, liegt meine Mutter immer noch auf dem St. Anna-Friedhof begraben. Du bist nicht sie. Also halt' mir gefälligst keine Vorträge und versuch' mir auch nicht vorzuschreiben, mit wem ich ausgehen darf."

„Ich will mich hier bestimmt nicht als deine Mutter aufspielen. Ich sage das als deine Freundin. Du bist so lieb, aber du kannst so naiv sein. Ich will nur nicht, dass dir irgend so ein Freak etwas antut."

„Ich muss jetzt Schluss machen, ich hab' noch einiges zu tun –"

„Bitte, Jason, ruf' Terry einfach mal an. Er vermisst dich so sehr. Er weiß, dass er Mist gebaut hat. Er will das zwischen euch wirklich wieder in Ordnung bringen."

„Da ist er der Einzige. Also bis dann." Er wartete nicht, bis sie sich verabschiedet hatte, sondern legte einfach auf. Wenn Kendra wirklich um sein Wohlergehen besorgt wäre, würde sie nicht versuchen, ihn wieder mit Terry zusammenzubringen. Dann würde sie Henry nicht „Freak" nennen, weil … *weil ich genauso ein Freak bin wie er. Ich hab' es gewollt.* Er wollte es immer noch. Er wollte Henry.

Jason stand auf und holte sich einen Schluck Wasser aus dem Trinkwasserspender an der Wand gegenüber. Er brauchte etwas deutlich Stärkeres. Sobald er wieder an seinem Platz war, holte er sein Portemonnaie aus der Tasche, suchte Henrys Visitenkarte heraus und wählte die Nummer, bevor ihn wieder der Mut verließ.

„Hallo?", meldete sich eine Frau.

Jason blinzelte, sprachlos vor Überraschung.

„Hallo?", wiederholte sie.

„Ähm. Hi. Entschuldigung. Ist Henry da?"

„Moment."

Jason hörte Bewegung am anderen Ende der Leitung und dann ein gedämpftes: „Hank! Telefon." Stille. „Woher soll ich das wissen? Los, nimm schon ab!" Noch eine Pause. „Oh, ver…! Na gut. Aber ich leg's einfach hin." Stampfende Schritte. Ein weiterer Moment der Stille. Dann ein leises Bumsen.

Schließlich: „Hallo?", meldete sich Henry.

„Henry?"

„Ja."

„Hi. Ich – tut mir leid, hier ist Jason. Jason Kennly? Von der ConFusion? In Detroit?"

„Hey." Sein Tonfall war reserviert. Vielleicht sogar ein wenig kühl.

Jason kaute an seiner Lippe. „Hab' ich … hab' ich einen ungünstigen Moment erwischt?"

„Eigentlich nicht."

„Ich … ich wollte nur … hast du Zeit zum Reden?"

„Wenn du willst. Wie geht's dir denn so?"

Beschissen? Einsam? Ich vermisse dich? „Okay, denke ich. Und dir?"

„Viel zu tun."

„Ja", stimmte Jason zu und rieb sich mit einer Hand das Genick. „Ich auch. Viel zu tun, meine ich."

Für eine Weile herrschte unbehagliches Schweigen.

Jason zog die Knie an die Brust. „Wie läuft's denn sonst so? Ich meine, außer dass du viel zu tun hast."

„Jason, wolltest du eigentlich was *Bestimmtes* von mir?"

„Nur mit dir reden."

„Okay. Dann rede."

„Ich … es ist nur … stimmt irgendwas nicht?"

Am anderen Ende der Leitung seufzte Henry. „Es ist jetzt schon fast drei Wochen her, Kleiner. Ich konnte mir irgendwie schon denken, dass du's dir anders überlegt hast – oder vielleicht hast du ja auch meinen Rat befolgt und triffst dich jetzt mit jemandem aus deiner Gegend. Ist wahrscheinlich besser so, nehme ich an." Verletzt. Henry klang *verletzt*.

„Nein, Sir! Ich …" Er senkte die Stimme. „Ich meine, nein, ich treffe mich nicht mit jemand anderem. Es ist nur … ich hätte ja schon eher angerufen, aber ich wollte dich nicht nerven."

„Wie hättest du mich nerven sollen, wo ich dich doch ausdrücklich gebeten hatte, mich anzurufen?"

„Ich weiß. Oder vielmehr, ich hätte es wissen müssen. Während der letzten drei Wochen wollte ich bestimmt an die hundert Mal deine Nummer wählen. Ich wollte … Gott, findest du's bescheuert, wenn ich sage, dass ich dich vermisst habe?"

„Wieso sollte ich das bescheuert finden?"

Weil ich grade mal halb so alt bin wie du, wie du schon gesagt hast. Wie Kendra gesagt hat. „Ich weiß nicht", log Jason.

Henry drängte nicht auf eine bessere Erklärung. Seine nächste Frage war jedoch auch nicht leichter zu beantworten. „Also, was bedrückt dich?"

Jason holte tief Luft und atmete langsam wieder aus, während er versuchte, die verstreuten Scherben seiner Gedanken wieder zusammenzuklauben. „Eigentlich eine ganze Menge. Aber am meisten, dass meine beste Freundin … das heißt, ich kenne sie schon ewig, aber im Moment weiß ich einfach nicht mehr …" Er schüttelte den Kopf, um ihn freizubekommen, aber das funktionierte nicht. „Mir ist eine ganze Menge unklar. Ich weiß nur, dass Kendra Nachforschungen über dich angestellt hat. Sie hat mit einigen von den anderen Messehändlern gesprochen. Sie weiß … ich meine, du weißt schon. Worauf du stehst und so."

„Es ist durchaus kein Geheimnis, dass ich zur Lederszene gehöre und auf BDSM stehe, Jason. Wenn dir das unangenehm ist, tut es mir leid." Allerdings hörte er sich etwas verschnupft an.

„Nein. Ich meine, eigentlich nicht. Nicht direkt. Es ist nur … sie denkt … sie hat da ein paar Sachen zu mir gesagt, und die sind mir wohl unter die Haut gegangen. Ich weiß, dass du recht hast und dass ich ausgehen und andere Leute kennenlernen sollte. Andere Subs."

„Aber?", soufflierte Henry.

„Ich habe furchtbare Angst."

117

„Wovor?"

„Ein Freak zu sein. Neu zu sein. Naiv zu sein. Meinem Mathelehrer aus der achten Klasse über den Weg zu laufen."

„Was?", prustete Henry.

„Das ist nicht witzig!"

„Doch, ist es, aber es tut mir leid, dass ich gelacht habe. Deinem Mathelehrer aus der achten Klasse zu begegnen wäre wohl ziemlich schrecklich – für euch beide", fügte er hinzu. „Okay, also wenn du dich nicht in der Lage dazu siehst, auszugehen und Leute kennenzulernen – *noch nicht* – wie wär's mit Lesen?"

„Das hab' ich schon gemacht."

Henry schnaubte. „Ich weiß, was alles für Mist im Umlauf ist, Kleiner. Was hältst du davon: Geh auf meine Website – die URL steht auf meiner Visitenkarte. Da findest du eine Liste mit empfehlenswerten Büchern. Ich weiß, dass du knapp bei Kasse bist –"

„Nein, das ist schon okay. Ich meine, stimmt, ich hab' nicht viel Geld, aber … ich komm' schon klar. Ich meine, ein paar Bücher kann ich mir schon leisten. Was meinst du, welche sollte ich zuerst lesen?" Er wollte nicht zugeben, dass er sich Henrys Buchempfehlungen schon angeschaut hatte. Aber auf der Liste standen so viele Bücher, dass er einfach nicht gewusst hatte, wo er anfangen sollte.

„Am besten fängst du mit irgendwas von Jack Rinella oder David Stein an; beide sind schwule Männer, das hilft vielleicht. Es gibt auch ein paar lesenswerte Hetero-Geschichten; geh einfach nach den Titeln und lies, was dich anspricht. Alle Bücher auf meiner Liste sind gut, ich habe alle gelesen. Und ruf mich ruhig an, wenn du Fragen hast, Jason. Ich bin für dich da." Es war unmöglich zu ignorieren, wie aufrichtig seine Stimme klang. Sie gab Jason ein Gefühl von Wärme. Sicherheit.

Verbundenheit.

„Danke. Ich … ist es okay, wenn ich weiter Sir zu dir sage?"

„Ich nehme an, das hängt davon ab, was du willst. *Boy.*"

Jasons Herz pochte wie wild, und er konnte nicht anders als über das ganze Gesicht lächeln. Der Mechaniker kam durch die Tür. „Ich habe mir anscheinend so ziemlich den ungünstigsten Moment für meinen Anruf ausgesucht, Sir." Er senkte die Stimme nicht, behielt aber einen ruhigen Gesprächston bei. „Ich fürchte, ich muss jetzt auflegen."

„Oh?"

„Ich bin gerade in der Werkstatt und lasse mein Auto reparieren. So wie's aussieht, ist der Mechaniker fertig – oder hat noch mehr schlechte Nachrichten."

„Verschwende ja dein Geld nicht für Bücher, wenn du es für anderes dringender brauchst, Boy."

„Bestimmt nicht", log er.

„*Boy.*"

„Ich werde wirklich nicht mehr ausgeben, als ich mir leisten kann."

Henry seufzte. „Warte nicht noch mal drei Wochen mit deinem nächsten Anruf."

„Bestimmt nicht, Sir." Das wenigstens konnte er guten Gewissens versprechen. Er legte auf.

Jason beglich die Rechnung und vereinbarte einen neuen Termin mit seinem Mechaniker. Als er zur Arbeit fuhr, fühlte er sich so wohl wie seit drei Wochen nicht mehr.

10

Es WAR fast Mitternacht, als Jason von der Arbeit nach Hause kam. Alicias Auto stand in der Einfahrt, genau dort, wo Jason normalerweise parkte. Er seufzte; das war schließlich nichts Neues. Er parkte auf der Straße, stapfte durch den Schnee und schloss die Haustür auf.

„Zieh bitte deine Schuhe *an* der Tür aus", rief Alicia aus der Küche. Als sie in die Diele trat, hielt sie eine Tasse in der Hand, in der wahrscheinlich Tee war. Sie trug einen grünen Bademantel über weißseidenen Schlafanzugshosen und hatte ihr langes, rotgefärbtes Haar mit einem weißen Seidenschal zusammengebunden.

Jason nickte ihr grüßend zu und trat aus seinen Arbeitsschuhen.

„So ruinierst du dir nur die Schuhe, Jason", mahnte sie – nicht zum ersten Mal. „Und würdest du *bitte* deine Jacke zur Abwechslung einmal in den Flurschrank hängen? Mir ist schon klar, dass deine Mutter ein wenig … unkonventionell war, aber du lebst inzwischen lange genug hier, um zu wissen, wozu Schränke da sind."

„Ich nehme meine Jacke mit in mein Zimmer." Er sagte ihr nur, was sie längst wusste.

Sie schaute ihn über den Rand ihrer Tasse hinweg böse an. *„Alle anderen* benutzen den Flurschrank."

„Ich bin nicht alle anderen." Sein Albtraum ging ihm immer noch nach; er erschauerte bei der Erinnerung daran. *Aus einem Stück Dreck kannst du keinen Diamanten schleifen.* Das einzige Dreckstück, das er sehen konnte, starrte ihn von der anderen Seite des Zimmers her verachtungsvoll an. Ja, Alicia war schön, aber soweit es Jason anging, war ihre Schönheit ausschließlich oberflächlich.

„Deine Manieren bringen dich eines Tages noch in ernsthafte Schwierigkeiten", sagte Alicia.

„Ich weiß wirklich nicht, was ich dir je getan habe, aber heute Abend bin ich nicht in Stimmung für deinen Scheiß. Gute Nacht." Er drängte sich an ihr vorbei und ging in sein Zimmer. Morgen würde er von seinem Vater bestimmt was zu hören bekommen, aber das war ihm egal.

Er schloss die Tür hinter sich und ließ sich dagegensinken. Er vermisste das Gefühl von blauen Flecken auf seinem Rücken. Oder Striemen. Na ja, vielleicht vermisste er nicht direkt die *Striemen*, aber er vermisste den Mann, der sie ihm verpasst hatte. War das nicht völlig durchgeknallt?

Er war sich nicht sicher.

Jason ließ seine Büchertasche neben dem Schreibtisch auf den Fußboden fallen; sie landete mit einem dumpfen Bums. Seinen Laptop legte er deutlich sanfter auf das Bett. Vermutlich war es zu spät für einen Anruf bei Henry, aber er konnte ihm ja wenigstens eine SMS schicken und Hallo sagen. Er überlegte kurz, tippte dann einige sorgfältig gewählte Worte und drückte „Senden". Lächelnd machte er sich auf ins Badezimmer am anderen Ende des Flurs, um eine Dusche zu nehmen. Er mochte beinahe alles an seinem Job, außer dass er jeden Tag beim Nachhausekommen nach Knoblauch und Tomatensoße roch.

Als er fünfzehn Minuten später in sauberen Jeans und frischem T-Shirt in sein Zimmer zurückkam, wartete auf seinem Handy eine neue SMS auf ihn.

Sein Herz pochte – aber die SMS war von Terry. *Ruf mich an. Bte. Ich machs wieder gut. Ich würd alles tun, um deine Stimme zu hören.*

Jason verbiss sich seine Enttäuschung – die sowieso ungerechtfertigt war, wie er sich sagte, Henry schlief bestimmt längst oder so – und fuhr seinen Laptop hoch. Wie immer schaute er zuerst in seinen E-Mail-Briefkasten. Die üblichen Junkmails, ein paar Newsletter, eine E-Mail von Kendra mit Anhang. Er klickte auf „öffnen".

Jason, bitte lies das. Es ist zwar eine erfundene Geschichte, aber geschrieben von einer Frau, die unbedingt ihren Liebhaber beeindrucken wollte. Ich weiß nicht, was das für ein Mann gewesen sein muss, wenn sie glaubte, ihn mit einer solchen Geschichte beeindrucken zu können. Ich weiß nur, dass solche Männer mich krank machen. So was hast du nicht nötig, Jason. Du hast was Besseres verdient. Du bist nicht schwach. Lass dir das von diesem Henry bloß nicht einreden. Und falls dir von diesem sogenannten „Klassiker" nicht schlecht wird, weiß ich nicht mehr, was ich sagen soll.

Stirnrunzelnd klickte Jason auf den Anhang. *Die Geschichte der O.* Okay, davon hatte er schon gehört. Es war ein erotischer BDSM-Klassiker, und er hatte das Buch sowieso auf seiner Liste. Er war nur noch nicht dazu gekommen, es zu lesen. Was *du heute kannst besorgen* ... und er hatte jetzt sowieso nicht die geringste Lust, HTML- Kodierung zu lernen.

Nur dass Kendra recht hatte – es war widerlich. In der Geschichte ging es um eine willenlose Frau namens O, die von ihrem sogenannten „Geliebten" in ein fremdes Haus gebracht wurde. Dort wurde sie hübsch zurechtgemacht, von mehreren Männern gleichzeitig vergewaltigt, ausgepeitscht, noch mal vergewaltigt und dann in eine Zelle gesperrt, bis wieder irgendeiner mit ihr „spielen" wollte. Jason war es jetzt schon beinahe schlecht – und er hatte die Geschichte noch nicht einmal zu einem Viertel gelesen.

Er fuhr zusammen vor Schreck, als sein Handy ein Zirpen von sich gab. Er hatte eine SMS von Henry. *Hab ich dir schon mal erzählt, dass ich oft nicht schlafen kann? Ruf mich an, wenn du willst.*

Jason leckte sich die Lippen und schluckte krampfhaft. Natürlich wollte er Henry anrufen und mit ihm reden. Aber was, wenn Henry ihm nun sagte, dass die *Geschichte der O* viele Aspekte von BDSM korrekt wiedergab? Was, wenn dies eins von Henrys Lieblingsbüchern war? Was, wenn Henry ihn mehr wie O haben wollte?

Jason drückte auf „Rückruf", ehe er noch völlig die Nerven verlor.

Henry nahm beim ersten Läuten ab. „Hallo, Boy", begrüßte er Jason. Seine Stimme klang sinnlich. Sanft.

Zu jeder anderen Zeit hätte Jason sofort einen Ständer bekommen. Heute rollte er sich nur zusammen und zog die Knie an die Brust. „Hi, Sir."

„Was hast du denn?"

„Ich ... nichts", log er. „Ich meine ... etwas. Es ist nur ... vielleicht ist es ja nichts, ich weiß nicht."

„Möchtest du mir sagen, was ‚es' ist?"

„Kendra hat mir ‚Die Geschichte der O' geschickt und ich hab' angefangen, sie zu lesen."

„Jesus. Sieh mal, Jason, bei der Geschichte musst du den Kontext mit berücksichtigen."

„*Was* für einen Kontext? O wehrt sich nie. Sie hat nicht einmal ein Safeword. Er zwingt sie, ‚ich liebe dich' zu ihm zu sagen, und dann muss sie ihm auch noch in einem Zimmer voller fremder Männer einen blasen – vor den gleichen Männern, die sie schon vergewaltigt und ausgepeitscht haben!"

„Willst du reden oder willst du mich anschreien?" Henrys Tonfall war schneidend.

„Tut mir leid, Sir."

„So ist's besser. Also dann. Wie gesagt, du musst den Kontext berücksichtigen. Außerdem darfst du nicht vergessen, dass es sich um einen Roman handelt – geschrieben von einer Frau, übrigens."

„Und das verstehe ich am allerwenigsten. Wie ist sie nur auf die Idee gekommen, dass ihrem Freund so etwas gefallen könnte? Was für ein Mann war *er*?"

„Darum geht es bei der Geschichte eigentlich gar nicht. Sieh mal, dieses Buch mag nicht jeder."

„Und du?", wollte Jason wissen.

„Wenn ich in der richtigen Stimmung bin, ja. Es ist ein guter Roman." Er klang kein bisschen entschuldigend. „Aber die Geschichte ist nicht real. Das darfst du nicht vergessen, falls du dich dazu entschließt, sie zu Ende zu lesen. Außerdem würde ich dir empfehlen, dich über die Autorin schlauzumachen. Ich nehme an, deine Freundin Kendra hat die Fakten ein wenig zurechtgebogen, um dir etwas zu beweisen. So wie sich's anhört, ist ihr das auch gelungen. Aber nur deshalb, weil du deine Hausaufgaben nicht gemacht hast. Du hast ihre Interpretation einfach für bare Münze genommen."

Jason ließ schuldbewusst den Kopf hängen. „Du hast recht. Es ist nur ... Kendra war schon immer viel schlauer als ich."

„Jason, du und ich, wir haben uns gerade erst kennengelernt. Du kennst mich eigentlich überhaupt nicht. Mit Kendra bist du schon ewig befreundet. Im Moment habe ich vielleicht eine gewisse Vorstellung von ihr, und sie hat eindeutig eine von mir. Aber die Sache ist die, ihr zwei habt eine gemeinsame Vergangenheit, und ich möchte mich auf keinen Fall zwischen euch drängen. Und auch nicht zwischen dich und sonst jemanden, was das betrifft."

„Nein! Ich meine … Gott, ich weiß gar nicht mehr, was ich meine oder was ich will."

„Ich fürchte, da kann ich dir nicht helfen, Kleiner. Nur du kannst dir über dein Leben klar werden. Nur du kannst es leben."

Jason schloss die Augen. „Mein Vater sagt mir ständig, wie ich mein Leben leben soll. Er. Alicia. Jetzt auch noch Kendra. Ich weiß nicht mehr, auf wen ich hören soll."

„Es ist *dein* Leben, Jason. Was willst *du*?"

Jason schwieg lange. „Sir", sagte er schließlich. Er ließ das Wort eine Zeit lang zwischen ihnen in der Luft hängen, während er darüber nachgrübelte. „Es kommt mir richtig vor, dich so zu nennen, Henry. Sir." *Master.* „Ich mag den Klang. Das Gefühl, das ich dabei habe."

„Und das macht dir Angst."

„Ja, Sir. Ich will niemandes Fußabtreter sein."

„Gut, weil so einen habe ich schon. Liegt direkt vor meiner Hintertür. Was ich will, ist …" Er zögerte.

„Ist?", soufflierte Jason.

„Was ich will, ist kompliziert."

Jasons Herz hämmerte. „Schließt das mich mit ein?"

„Das hängt schon auch davon ab, was *du* willst. Da wir uns hier nicht in einem Roman befinden, kann ich dich nicht einfach so auf ein einsames Schloss verschleppen. Und selbst wenn ich das könnte, ein Schloss würde ich mir nicht aussuchen."

„Sondern?", fragte Jason.

„Ein schönes, ruhiges Plätzchen, wo wir alleine sind. Einen Ort, wo ich dich fesseln kann, wo ich dich züchtigen kann, bis du dich krümmst – bis du schreist – ohne befürchten zu müssen, dass jemand zu deiner ,Rettung' herbeigeeilt kommt."

Jasons Schwanz drückte sich heftig gegen seinen Reißverschluss. „Was ist mit Ficken?"

„*Willst* du gefickt werden, Boy?"

„Nur von dir." Die Worte waren heraus, ehe Jason klar wurde, dass er sie ausgesprochen hatte. Er griff unter sein Kissen, holte das Halsband hervor und legte es sich auf den Schoß, um es ansehen zu können. Es war wahr. Seit er Henry kannte, hatte er keinen anderen mehr angeschaut, jedenfalls nicht ernsthaft. An Henry dachte er, wenn er sich einen runterholte.

„Also", sagte Henry mit tiefer, rauer Stimme, „wenn ich jetzt bei dir wäre oder wenn du hier bei mir wärst, worum würdest du mich jetzt bitten?"

„Was … wie meinst du das?"

„Würdest du mich bitten, dich zu fesseln? Dich zu schlagen? Würdest du mich bitten, den Rohrstock zu benutzen? Den Flogger? Die Gerte?"

„Nicht die Gerte!"

Henry lachte. „Ich glaube, es ist gut, dass du jetzt nicht hier bist, Boy. Für eine solche Respektlosigkeit hättest du dir ein paar Striemen verdient – die ich dir mit der Gerte verpassen würde, und zwar eben *weil* ich weiß, dass du die nicht magst."

Jason zog den Kopf ein. Dann: „Sir, darf ich dich was fragen?"

„Was immer du willst, Boy."

„Ich wollte nur … was wäre denn die *richtige* Antwort?"

„Wie meinst du das?"

„Ich meine, wenn ich was nicht möchte, aber auch nicht ‚Nein' sagen oder mein Safeword benutzen will, wenn ich dir nur sagen will, was ich davon halte – wie sage ich dir, was ich möchte, ohne Ärger zu bekommen?"

Henrys leises Lachen war ein tiefes, boshaftes Grummeln in seinem Ohr. „Erst einmal, ich bin nur sehr schwer zufriedenzustellen. Meine Boys kriegen immer Ärger wegen irgendwas."

Seine Boys?

„Aber um deine Frage zu beantworten, die ‚richtige' Antwort ist immer eine respektvolle Antwort."

„Bitte nicht die Gerte?", versuchte Jason seine Antwort umzuformulieren.

Henry lachte erneut. „Besser."

„Aber nicht perfekt?"

„Niemand ist perfekt, Boy. Hör dir das mal an." Er räusperte sich. Als er weitersprach, klang er kein bisschen mehr wie er selbst. Er hörte sich an wie ein Sub. „Master, falls es dir gefällt, Sir, könntest du bitte heute Abend etwas anderes wählen?"

„Wow."

„Was, dass ich einen auf ‚devot' machen kann?"

„So was in der Art. Okay. Danke, Sir. Ich werde … ich weiß zwar nicht, ob ich mich so gewählt ausdrücken kann, aber ich werd's versuchen."

„Es kommt nicht auf die Worte an, Boy, sondern auf den Ton. Obwohl Formulierungen wie ‚wenn es dir gefällt' oder ‚mit deiner Erlaubnis' ganz nützlich sind."

„Ja, Sir."

„Okay, zurück zu meiner ursprünglichen Frage. Wenn wir jetzt zusammen wären, worum würdest du mich bitten?"

Jason öffnete den Mund. Machte ihn wieder zu. Knabberte an seiner Lippe. Er dachte an *Die Geschichte der O*, an Kendra. An Henry und das Wochenende, das sie zusammen verbracht hatten. „Wenn ich wirklich eine Wahl hätte – das heißt, Sir, Master, wenn es dir recht wäre, Sir – würde ich dich bitten, mich an dein

Andreaskreuz zu fesseln und mich mit dem Flogger zu schlagen." Sein Schwanz zuckte schon allein beim Gedanken daran.

„Sehr schön gesagt. Also, warum ausgerechnet diese beiden Dinge?"

„Ich war noch nie an etwas gefesselt, außer vielleicht mal an einen Stuhl, wenn wir als Kinder Superhelden gespielt haben", gestand Jason. Er leckte sich die Lippen und seine Wangen wurden ganz heiß. Aber zugleich stand sein Schwanz stramm wie ein Zinnsoldat bei der Vorstellung, sich von Henry fesseln zu lassen, Arme und Beine weit gespreizt, Handgelenke und Fußknöchel festgebunden, sodass er sich kaum bewegen konnte.

„Und ich nehme an, es hat dir gefallen, an einen Stuhl gefesselt zu sein, Boy?" Henrys Stimme war zu einem rauchigen Flüstern geworden.

„Ich glaube, das Andreaskreuz wäre mir lieber, Sir."

„Hast du genug Vertrauen zu mir, um so etwas zu versuchen? Du wärst völlig hilflos", warnte Henry.

„Ich vertraue dir, Sir. Du bist kein bisschen so wie dieses Arschloch in dem Buch."

„Das ist der Unterschied zwischen Dichtung und Wahrheit, Boy. Außerdem hab' ich lieber jemanden, mit dem ich wirklich reden kann. Der eine eigene Meinung hat. Bei dem mein Verstand gefordert ist. Wenn ich eine Gummipuppe wollte, würde ich mir eine kaufen."

Jason lächelte. Er rieb sich durch den Stoff seiner Jogginghose hindurch den Schwanz, aber davon wurde er nur noch geiler.

„Bist du schon hart, Boy?"

„Ja, Sir."

„Bist du noch rasiert oder hast du deine Körperhaare wachsen lassen?"

„Ich hab' sie wachsen lassen."

„*Tz.* Faul. Sag mir eins, Boy. Wenn ich dir befehlen würde, etwas zu tun – oder *nicht* zu tun – würdest du gehorchen?"

Ja! „Ich … falls ich kann, Sir. Ich würde alles tun, um dir … um dich zufriedenzustellen, aber –"

„Schscht, nur keine Sorge, Boy. Ich werde mein Bestes tun, nichts Unmögliches von dir zu verlangen. Falls ich mich mal verschätzen sollte, sagst du mir das, und ich werde dir glauben, okay?"

„Ja, Sir. Danke, Sir."

„So ist's brav. Also dann – Faulheit dulde ich keinesfalls. Solange du dich nicht rasieren kannst – Achseln und Scham – ist es dir auch nicht erlaubt, zu masturbieren."

„Oh, Gott", hauchte Jason und zog seine Hand zurück.

„Du warst eben schon dabei, was?"

„Ja, Sir", bekannte er kleinlaut.

Henry lachte nur leise. „Aber jetzt hast du aufgehört. Oder?"

„Ja, Sir!" Jason umklammerte das Halsband. Er holte tief Luft. Er atmete aus. „Sir, darf ich fragen … du hast gesagt, dass ich masturbieren darf, sobald ich mich rasiert habe. Darf ich auch kommen?"

„Sehr gute Frage, Boy. Ja, du darfst kommen. Aber danach heißt es wieder Hände weg, außer zum Waschen."

Jason fuhr mit dem Daumen über das weiche Leder des Halsbands. Das graue Halsband war viel weicher gewesen. Beinahe wie Seide. Dicker. Aber dieses hier war ein Geschenk des Mannes, dem er um alles in der Welt gefallen wollte. „Ja, Sir."

„Du machst das ganz großartig, Jason. Ich weiß, dass du nicht ‚schummeln' wirst. Du wirst genau das tun, was ich sage."

„Ja, Sir."

„Übrigens – du wirst dir zwar so bald keinen runterholen, aber ich schon. Ich habe meinen Schwanz in der Hand und bin schon am Wichsen."

„Du bist gemein." Aber dabei grinste er.

Henry lachte. „Kommst du da jetzt erst dahinter, Boy?"

„Nein, Sir. Ich wollte das wohl nur mal festgestellt haben." Erneut leckte Jason sich die Lippen. So etwas hatte er noch nie gemacht, aber … „Sir … wenn ich jetzt bei dir wäre, würde ich dich um Erlaubnis bitten, vor dir knien zu dürfen, sodass du dich nicht selber streicheln müsstest. Ich würde dir lieber … das heißt, falls es dir gefällt, Master, würde ich dich sehr gerne in den Mund nehmen. Ich würde gerne mit der Zunge an deinem Schaft entlangstreichen und deine Eichel lecken. Gibt es dort etwas für mich zu schmecken, Sir? Triefst du schon?"

„Oh ja. Das weißt du, Boy."

„Ich würde dich gerne schmecken, Sir. Ich würde gern deinen Schwanz schlucken. Deine Eier küssen. Sie im Mund herumrollen. Ich …" Er wusste nicht weiter. Was noch? Jason schloss die Augen und versuchte, es sich bildlich vorzustellen, versuchte sich daran zu erinnern, wie es gewesen war, Henry einen zu blasen. „Du bist so gut zu mir, wenn ich deinen Schwanz lutsche, Sir. Wenn du mir den Kopf streichelst, möchte ich dich nur umso besser befriedigen. Ich möchte diese Stelle direkt unter deiner Eichel suchen und mit der Zunge umkreisen, weil du dich dann windest vor Lust. Ich möchte meine Zunge über den Schlitz gleiten lassen. Ich möchte deinen Schwanz ganz tief in den Mund nehmen und –" Ein lautes Ächzen am anderen Ende der Leitung ließ ihn verstummen.

„Scheiße, Boy."

„Ich hoffe, *dazu* hab' ich dich eben nicht angeregt."

Für einen Moment herrschte verblüfftes Schweigen. Jason befürchtete schon, diesmal zu weit gegangen zu sein – da brach Henry in Gelächter aus. „Bei Gott, Boy – ich weiß nie, ob ich dich bewusstlos peitschen oder küssen soll, wenn du so einen Scheiß daherredest!"

„Na ja, du weißt ja, was mir lieber wäre, Sir. Das heißt, falls es dir gefällt. Deine Küsse sind zum Sterben schön."

„Frechdachs. Okay. Ich muss mich jetzt waschen gehen und du musst ins Bett."

„Ja, Sir."

„Und Boy ... danke."

„Gern geschehen, Sir." *Master.* Er legte auf; ihm taten die Eier weh, aber wenn er jetzt noch mal ins Bad ging, würde das womöglich jemand – schlimmstenfalls Alicia – merken und ihn fragen, warum er schon wieder duschte. Widerwillig schlüpfte er unter die Decke und machte das Licht aus. Beim Einschlafen hielt er das Halsband immer noch fest in der Hand.

EINE SCHWARZE Limousine wartete an der Ecke.

„Steig ein."

Jason blinzelte. Henry? Wo kam der denn plötzlich her?

„Steig ein, Boy."

Jason gehorchte und schlüpfte auf den Rücksitz. Henry war schließlich sein Master, oder nicht?

„Du hast zuviel an. Zieh deine Jeans aus. Die Boxershorts auch."

„Ich –"

„Schweig, Boy! Es sei denn, du möchtest das hier tragen." Wie aus dem Nichts zauberte Henry einen bösartig aussehenden Knebel mit einem grapefruitgroßen Mundstück herbei. „Willst du mir etwa den Spaß an deinem Mund vorenthalten?"

„Nein, Sir." Jason zog den Kopf ein. Er hatte das befohlene Schweigen gebrochen.

Henry packte ihn an den Haaren und begann ihm den Knebel in den Mund zu zwängen.

„Nein! *Bitte!* Ich kann still sein. Ich will auch ganz brav –" Aber ehe er ein weiteres Wort sagen konnte, klemmte der ekelhafte Gummiball fest zwischen seinen Zähnen und renkte ihm fast den Kiefer aus.

Tränen strömten ihm über die Wangen, während er sich weiter auszog. Grobe Hände zerrten ihn aus dem fremden Auto und fesselten ihm die Hände auf den Rücken. Seine Augen wurden fest verbunden. Er wurde in ein Zimmer gebracht und über etwas Hartes gebeugt, einen Hocker vielleicht. *Einen gepolsterten Sitzhocker.*

„Oh, wie nett", sagte eine Stimme. „Das will ich schon so lange." Es hörte sich an wie Terry.

Jason zappelte, doch die Fesseln hielten.

Jetzt hörte er noch weitere Stimmen. Andere Männer, die er nicht kannte, beschrieben ihm ganz genau, was sie alles mit ihm machen würden. Und Henry würde *dabei zusehen.*

JASON ERWACHTE in einem wirren Durcheinander von Bettzeug und Schweiß. Er umklammerte das Halsband fester und unterdrückte seine Tränen. So etwas würde Henry ihm nie antun.

Allmählich atmete er wieder ruhiger. Sein Herzschlag normalisierte sich.

Zu aufgewühlt, um wieder einzuschlafen, setzte Jason sich mit seinem Laptop aufs Bett. Er machte gar nicht erst das Licht an – niemand brauchte zu merken, dass er wach war. Er öffnete Henrys Website und ging zu der Liste empfohlener BDSM-Bücher. Sie zum vollen Preis zu kaufen konnte er sich nicht leisten, aber er hatte schon oft genug Lehrbücher online gekauft, um zu wissen, wo es gebrauchte Bücher gab.

Als er mit Einkaufen fertig war, hatte Jason seine Kreditkarte mit dem Preis für sechs Bücher belastet. Er überlegte, ob er Kendra eine E-Mail schreiben und sich bei ihr für den Albtraum bedanken sollte. Aber sie konnte ja eigentlich gar nichts dafür, dass er so durch den Wind war.

Nach einigen Minuten der Überlegung tappte er leise barfuß den Flur entlang ins Bad. Er stellte sich nicht unter die Dusche, sondern begnügte sich mit einem dünnen Rinnsal aus dem Hahn am Waschbecken. Statt Rasierschaum nahm er Seife und rasierte sich erst die Achselhöhlen, dann die Schamhaare. Dann holte er sich so leise er nur konnte einen runter und fragte sich dabei, wie es wohl wäre, von Henry einen geblasen zu bekommen.

Zwar bezweifelte er, dass ein Master seinem Sklaven überhaupt je den Schwanz lutschen würde. Trotzdem, von Henry gewichst zu werden, Henrys Schwanz im Arsch zu haben … Gott, *war das schön.* Jason kam mit einem lauten Ächzen. Er hielt sich am Waschbecken fest, holte zittrig Luft und betete, dass ihn niemand gehört hatte.

„Master", flüsterte er laut. Er lächelte. Wie *richtig* das klang. Bis das Bad wieder sauber und Jason wieder in seinem Zimmer war, begann es draußen bereits zu dämmern.

Er schickte Kendra rasch noch eine SMS: *Hab das Buch gelesen. Botschaft angekommen.*

Es war keine Lüge. Sie hatte ihre Meinung klar und deutlich gesagt. Er teilte die nur zufällig nicht.

„DA IST ein Päckchen für dich gekommen", rief Alicia aus dem Wohnzimmer, als Jason draußen vorbeiging. Sie und Dad hatten sich etwas vom Chinesen geholt und saßen vor dem Fernseher beim Abendessen.

„Ach?", fragte er gespielt lässig und schickte dabei ein Stoßgebet zum Himmel. Hoffentlich fing sein Vater jetzt nicht plötzlich auch noch an, in Jasons Post herumzuschnüffeln.

„Küchentisch", sagte Dad.

„Danke." Es war erst eine Woche her; er hatte nicht erwartet, so bald schon etwas zu bekommen.

„Jason", hielt Alicias Stimme ihn zurück.

Er steckte noch einmal den Kopf ins Wohnzimmer. „Ja?"

Sie fixierte ihn mit einem missbilligenden Blick. „Ich muss mich doch sehr wundern, wie du dir paketeweise ... Sachen ... schicken lassen kannst, wo du doch angeblich so viele Probleme mit deinem Auto hast."

Lieber Gott, bitte mach, dass sie *da nicht reingeschaut hat.* „Ich hab' ein paar Bücher fürs Studium gebraucht", log er. „Die waren online billiger zu haben als im Laden. 'Nacht zusammen."

Beim Anblick des ungeöffneten braunen Pappkartons, der in der Küche auf ihn wartete, stieß er einen erleichterten Seufzer aus. Ausnahmsweise einmal war er dankbar für die Gleichgültigkeit seines Vaters.

Er machte sich ein Sandwich und nahm das Paket mit in sein Zimmer.

Als sein Dad und Alicia den Fernseher ausmachten, hatte Jason das erste Buch schon halb durch. Als er ihre Schritte den Flur entlang tappen hörte – gefolgt vom verräterischen Quietschen von Sprungfedern aus dem Schlafzimmer seines Vaters – war er schon fast damit fertig. Als es im Haus wieder still wurde, hatte er das ganze Ding gelesen und war ... verstört. *Entsetzt.* Verwirrt.

Ihm schwirrte der Kopf vor lauter Fragen, aber er war sich gar nicht so sicher, ob er die alle beantwortet haben wollte. Denn was, wenn ihm nicht gefiel, was Henry zu sagen hatte?

Jason griff nach seinem Handy. Henrys Nummer kannte er inzwischen auswendig – er hatte ihn in der vergangenen Woche fast täglich angerufen. Meistens hatten sie sich einfach nur über das Leben, sein Studium, die Arbeit unterhalten, und meistens übernahm Jason das Reden, während Henry zuhörte. Manchmal machten sie Telefonsex – Jason sagte versaute Sachen, und Henry masturbierte dazu. Außer zum Waschen hatte Henry ihm seither nicht mehr erlaubt, seinen Schwanz anzufassen. Es war frustrierend. Fantastisch. Beängstigend, weil es ihm so richtig vorkam. Weil er sich dabei so wohl fühlte. Und jetzt hatte er Angst –

Henry nahm nach dem vierten Läuten ab. „Jason?"

Er blinzelte. Die ganze letzte Woche über hatte Henry ihn nicht einmal beim Namen genannt. Normalerweise sagte er Boy, gelegentlich Baby. Jason schaute auf die Uhr. „Scheiße. Entschuldige bitte." Es war kurz vor Mitternacht. „Mir war nicht klar, dass es schon so spät ist."

„Bist du okay?", fragte Henry.

„Ja. Ich, äh, ich hab' mir ein paar von den Büchern besorgt, die du empfohlen hast."

„Ah." So wie es sich anhörte, setzte Henry sich anscheinend gerade auf und machte es sich bequem. „Und?"

„Ich glaube, ich bin ein bisschen überfordert", gestand Jason. „Ich meine … totaler Machtaustausch?" Er verwendete den Begriff aus dem Buch.

„In jeder Art von Beziehung findet irgendwie ein Machtaustausch statt, Jason. Ich bin einfach nur – okay, das hört sich jetzt an, als ob ich ein echtes Arschloch wäre, aber ich sage es trotzdem. Ich bin ehrlich genug zu mir selbst und zu den Leuten, mit denen ich mich einlasse, um zu wissen, was ich will. Um ausdrücklich zu *sagen*, was ich will, mit *Worten*, ohne blöde Psychospielchen. Und ich bin Arschloch genug, um zu erwarten, dass ich *bekomme*, was ich will."

„Einen Sklaven. Einen echten Sklaven. Nicht nur im Schlafzimmer. Wie in *Die Geschichte der O.*" An der Jason immer noch keinen Gefallen finden konnte, obwohl er das Buch zu Ende gelesen und sich dabei sehr bemüht hatte, objektiv zu bleiben. „Du willst jemanden, der dir rund um die Uhr, sieben Tage die Woche zur Verfügung steht." Das klang bitter, aber er konnte nichts dagegen tun. Er war zornig. Fühlte sich betrogen, weil Henry ihn glauben gemacht hatte, dass es eben darum gerade *nicht* ging. „Du willst jemanden, der alles stehen- und liegenlässt, nur weil *du* es sagst. Jemanden … jemanden, der immer kuscht und dir nie widerspricht, jemanden … Jesus, Henry! Du hast mich *angelogen*!"

„Ich habe dich *nie* angelogen." Henrys Tonfall war erschreckend ruhig. „Der Sklave ist das natürliche Gegenstück zum Master, Jason. Und niemand lebt sein Leben ausschließlich im Schlafzimmer."

„Ja. Ja, Sir. Tut mir leid." *Fuck,* was tat ihm eigentlich leid? Dass er vergessen hatte, Henry „Sir" zu nennen? Dass er wütend geworden war? Dass er den ganzen Schwachsinn geglaubt hatte?

„Warum lassen wir den ‚Sir' nicht mal für eine Weile weg und unterhalten uns einfach nur?", schlug Henry vor.

„Ich dachte, das könnten wir gar nicht."

Henry schnaubte. „Erstens gehörst du mir nicht, und zweitens, selbst wenn es so wäre, würde die Antwort immer noch ‚ja' lauten. Wir können tun, was immer wir wollen."

„Was wohl heißen soll: Wir können tun, was immer *du* willst."

„Kann ich dich was fragen?"

Jason blinzelte. Nickte. Merkte, wie dumm das war. „Ja. Klar."

„Wenn wir essen gegangen sind oder beim Zimmerservice was bestellt haben, wer hat da bestellt?"

„Du. Außer am Sonntagmorgen." Nachdem Henry ihm das Halsband abgenommen hatte, hatte Jason für sich selbst bestellt.

„In Ordnung. Und wie hast du dich dabei gefühlt? Wenn ich für dich bestellt habe?"

„Das war …" Er zögerte. „Ich glaube, das hat mir schon irgendwie gefallen", gab er zu. „Aber du hast mir ja auch was bestellt, was mir geschmeckt hat. Du hast mich sogar gefragt, ob ich irgendwas nicht mag."

„Warum hätte ich dir absichtlich etwas bestellen sollen, was du nicht magst?"

„Weil du es gekonnt hättest."

„Nicht, wenn ich wollte, dass du noch mal mit mir ausgehst."

„Ja, aber vielleicht ist es das ja gerade. Wir hatten doch so was wie ein Date, oder? Also musstest du schon nett zu mir sein, wenn du mich noch mal wiedersehen wolltest. Aber wenn ich … wenn *jemand* dein Sklave wäre, dann könnte dir das doch egal sein. Du würdest was bestellen, und er würde es essen. Er hätte keine Wahl."

„Glaubst du das, ja?"

„Totaler Machtaustausch", wiederholte Jason. Total. Völlig. Absolut.

Henry seufzte. „Wie wär's damit: Nehmen wir mal an, ich hätte einen Sklavenboy und würde ihm befehlen, Mathe zu studieren und Buchhalter zu werden, weil ich möchte, dass er mir im Geschäft die Bücher führt. Aber was, wenn mein Sklave lieber Kunst studieren und Künstler werden will? Was glaubst du wohl, würde er machen? Vor allem, wenn er keine Begabung für Mathe hätte."

„Ich weiß nicht. Wenn er dein Sklave ist, muss er doch machen, was du sagst, oder?"

„Was würdest *du* machen? Und ich erwarte eine ehrliche Antwort."

Jason knabberte an seiner Unterlippe. „Ich wäre gezwungen, dir zu sagen, dass ich das nicht schaffe." Und dabei kam er sich wie ein Versager vor. „Ich bin total mies in Mathe, und als Buchhalter wäre ich eine Niete." Und mehr als alles andere wünschte er sich, Kunst studieren zu können. Er hasste Webdesign wie die Pest.

„Ich danke dir."

„Wofür?"

„Ehrlich zu sein ist nicht immer einfach, Jason. Vor allem nicht … na, es ist eben nicht einfach. Okay, spinnen wir das Gedankenspiel noch ein bisschen weiter: Mein Sklave hat mir gerade gesagt, dass es ihm furchtbar leidtut, aber er ist total mies in Mathe und wäre als Buchhalter eine Niete. Was soll *ich* jetzt deiner Meinung nach machen?"

„Aber das weiß *ich* doch nicht. Wenn du immer alle Entscheidungen triffst, kann er ja nicht einfach ‚Nein' sagen."

„Und ob er das kann! Wenn ich die Limits und Wünsche meines Boys komplett ignoriere und ihn zu etwas zu zwingen versuche, was nicht gut für ihn ist, dann habe ich seine Dienste nicht verdient. Wenn er schlau ist – und ich weiß, dass *du* das bist – dann würde er jetzt mein Halsband nehmen und es mir ins Gesicht schmeißen. Er würde mir unmissverständlich sagen, wohin ich mich scheren soll und wie tief ich mir meine beschissene Arroganz wohin stecken kann."

„Aber dann wäre ich – er – doch nicht mehr dein Sklave!"

„Darauf will ich hinaus, Jason. Wenn ich dich so unter Druck setzen würde, dann würdest du mich einfach verlassen. Ich könnte dich nicht mehr besitzen. Und daran wäre ich verdammt noch mal selber schuld, weil ich das Geschenk deiner Unterwerfung missbraucht habe."

„Warum nennt man es dann überhaupt Sklaverei, wenn der Sklave jederzeit gehen kann?", fragte Jason.

„Warum heiraten, wenn man sich scheiden lassen kann?"

Jason blinzelte. „Ich … ich weiß nicht. Ich nehme an … weil es ein Versprechen ist. Es bedeutet, dass man sich liebt und zusammenbleiben will, egal was kommt."

„Was glaubst du, was ein Halsband bedeutet?"

„Ich … dabei geht's doch nicht um Liebe. Oder?"

„Manchmal schon. Jedes Paar – jede Vereinbarung – ist anders. Die beteiligten Personen legen ihre Regeln selber fest. *Ihre Regeln*, Jason", wiederholte er. „Nicht die Regeln des Masters. Es sei denn, du hast die ganzen Kapitel über Verhandlungen übersprungen."

„Nein, Sir. Henry. Ich hab' nur … Scheiße." Er wischte sich mit der freien Hand über das Gesicht.

„Warum nimmst du dir nicht ein bisschen Zeit, um dich damit auseinanderzusetzen? Um darüber nachzudenken, was du wirklich willst."

Jason ließ sich gegen das Kopfteil seines Bettes sinken. „Ja, okay. Und danke. Noch mal. Du musst mich ja für komplett durchgeknallt halten."

„Nein, Jason. Ich glaube, du findest gerade einige beängstigende Wahrheiten über dich heraus. Und die Sache ist die: Diesen ganzen Kram kannst du nur selbst herausfinden. Ich kann dir nicht sagen, was du tun sollst. Das kann niemand. Ich möchte dich nur um einen Gefallen bitten, bevor wir auflegen."

„Was immer du willst", versprach Jason ohne zu zögern.

„Ich will nur eins: morgen früh immer noch dein Freund sein. Ich möchte, dass du weißt, dass du mich jederzeit anrufen kannst, ganz egal, warum. Okay?"

Jason leckte sich die Lippen. „Okay. Danke."

„Gute Nacht."

„Nacht, Henry." *Sir.* Master.

Es kam ihm richtig vor. Und das machte ihm eine Heidenangst.

11

Als Jason am anderen Morgen aufwachte, wartete auf seinem Handy eine SMS von Henry auf ihn.

Wollte nur kurz nachfragen, wie es dir geht. Bist du okay? XO Henry.

Jason blinzelte. XO? Was sollte denn das – *Kuss und Umarmung*. Mit einem Flattern im Magen schrieb er rasch zurück:

Wieder besser. Immer noch am Denken aber nicht mehr so panisch. Danke fürs Melden. Er zögerte, dann tippte er *XO, Jason.* Er drückte „Senden" bevor er noch die Nerven verlor.

Er ging in die Küche, um sich Kaffee und etwas zu essen zu holen. Es war schon so spät, dass sowohl sein Vater als auch Alicia schon weg waren. Dennoch nahm er die Tasse und seinen Teller mit in sein Zimmer, machte die Tür zu und vertiefte sich in das andere Buch, das gestern gekommen war. Er hatte es zu ungefähr einem Viertel gelesen, als sein Handy ihn piepsend darauf aufmerksam machte, dass er eine SMS bekommen hatte.

Sie war nicht von Henry. Sie war von Terry.

Ich geb nicht auf bis du mit mir redest. Ich komm zu dir zur Arbeit. Nach Hause. Ich komm immer wieder.

Verdammter Mist. Zornig schrieb Jason zurück: *Na schön. Hab den Abend frei. Wir können reden. Sag du wo.*

Einen Moment später antwortete Terry: *Applebee's. Cedar St., Lansing.*

Jason blinzelte. Applebee's war sein Lieblingsrestaurant – wenn er „amerikanisch" essen wollte – und Terry bat auch nicht um ein Treffen auf halber Strecke. Er war bereit, den ganzen Weg bis nach Lansing zu fahren.

Gleich darauf piepste sein Handy erneut. *Uhrzeit?,* hatte Terry geschrieben.

7, tippte Jason und drückte „Senden". Gott, hoffentlich machte er hier keinen Fehler.

Sein Handy piepste. *Werde da sein. Vermiss dich.*

Jason schrieb zurück: *Muss lernen. Bis heut Abend.* Er schaltete das Handy aus und widmete sich wieder seinem Buch.

Jasons Magen schnürte sich noch mehr zusammen, als er auf den Parkplatz vor dem Applebee's fuhr. Er entdeckte Terrys Auto und parkte so weit wie möglich davon entfernt, damit sie beim Verlassen des Restaurants nicht „zufällig" in die gleiche Richtung mussten. Er wusste gar nicht mehr, wie oft

Terry das schon als Ausrede benutzt hatte – und am Ende waren sie immer auf dem einen oder anderen Rücksitz gelandet und hatten herumgeknutscht. Gevögelt.

JASON MUSSTE zweimal hingucken, als er an den Tisch kam und Terry in einem Button-Down-Hemd statt in einem seiner üblichen T-Shirts dort sitzen sah. Terry lächelte ihm entgegen. Er stand auf und umarmte Jason kurz. „Ich hab' dich vermisst."

„Ich hab' dich auch vermisst", hörte Jason sich lügen. War es überhaupt eine Lüge? Wie es in letzter Zeit – vielleicht schon das ganze letzte Jahr über – zwischen ihnen gelaufen war, ging ihm zwar gegen den Strich, aber irgendwann einmal musste er doch gerne mit Terry zusammengewesen sein. Warum hätte er sich sonst so lange immer wieder mit ihm getroffen, selbst nachdem es nicht mehr gut lief? „Tut mir leid, dass ich so schwer zu erreichen war", sagte Jason. „Ich hatte ein bisschen viel um die Ohren."

„Kendra hat mir gesagt, dass du Sonderschichten schiebst. Tut mir leid wegen deinem Auto."

„Ja, ist echt beschissen", stimmte Jason zu. Er schlüpfte aus seiner Jacke und setzte sich. „Wie war's bei dir so? Was macht die Arbeit?"

„Hab' gekündigt."

„Du willst mich wohl verarschen."

Terry lächelte. „Nein. Ich hab' den Job gekriegt, um den ich mich beworben hatte. Geschäftsführer im Videoladen klingt zwar nicht gerade berauschend, aber dafür hab' ich eine Vierzig-Stunden-Woche, festes Gehalt und Sozialleistungen."

„Das freut mich", sagte Jason. Er meinte es ernst.

Die Kellnerin kam, um Jasons Getränkebestellung aufzunehmen.

„Nur Wasser, danke", sagte er zu ihr.

„Bestell dir, was du willst", sagte Terry. „Ich hab' dich eingeladen. Das Essen geht auf mich."

Jason leckte sich die Lippen. Er hatte nicht vor, aus diesem Treffen ein Date werden zu lassen. „Schon okay. Und ich möchte wirklich nur Wasser", sagte er zu der Kellnerin, die sich gleich darauf wohlweislich zurückzog.

„Komm schon", sagte Terry. „Ich hab' mich schon so darauf gefreut, mit dir zu feiern. Ich hab' einen richtigen Job."

„Und das freut mich sehr für dich", wiederholte Jason, „aber ich kann selber für mein Essen bezahlen."

Terrys Kiefermuskeln spannten sich an – aber nur ganz kurz. „Vielleicht lässt du dich ja nächstes Mal von mir einladen."

Jason runzelte die Stirn. Zuckte die Achseln. Er war sich nicht sicher, ob er ein nächstes Mal wollte.

DAS ESSEN verlief angenehm. Sie unterhielten sich über alles Mögliche und nichts Besonderes: die neuesten Folgen von *Doctor Who*, Filme und Serien, die sie sich ansehen – oder nicht ansehen wollten.

Terry erwähnte weder Henry noch die Messe.

Als die Kellnerin kam, teilten sie sich die Rechnung und das Trinkgeld. Terry gab zur Abwechslung einmal ein anständiges Trinkgeld, ohne dass Jason ihn erst dazu drängen musste.

„Es war ein netter Abend", musste Jason zugeben, als sie zur Tür gingen.

„Das freut mich." Als sie draußen waren, wandte sich Terry ihm zu. „Vielleicht könnten wir das bald mal wieder machen?", fragte er zurückhaltend.

Jason knabberte an seiner Unterlippe. „Ich … ja. Klar. Gern."

Terry lächelte. „Schön. Also, äh, dann gute Nacht. Fahr vorsichtig."

„Danke. Du auch." Jason ging zu seinem Auto. Bei jedem Schritt schnürte sich ihm der Magen fester und fester zu. Er hatte erwartet, sich heute im Zorn von Terry zu trennen und ihn nie wiedersehen zu wollen. Stattdessen hatte es ihm gefallen, und er wollte Terry wiedersehen. Der Abend hatte ihn an ihre ersten Dates erinnert, wie lustig Terry sein konnte, wie gut man sich mit ihm unterhalten konnte, jedenfalls, wenn er sich nicht gerade wie ein Idiot benahm.

Aber was bedeutete das nun für ihn und Henry?

Als Jason gerade auf den Highway fuhr, klingelte sein Handy. Sofort piekte ihn das schlechte Gewissen – aber es war nicht Henry, sondern Kendra. Er ließ die Mailbox rangehen und rief sie zurück, als er zuhause in die Einfahrt fuhr. Kendra wollte alles über das „große Date" wissen und schien überglücklich zu sein, dass mit Terry „wieder alles ins Lot kam".

„Bis zu den Frühlingsferien ist es zwar noch eine Weile hin", fuhr sie fort, als Jason auf dem Weg zu seinem Zimmer war, „aber wollt ihr uns da nicht mal besuchen kommen, Terry und du? Wir würden uns unheimlich freuen. Schließlich haben Sue und ich jetzt eine eigene Wohnung. Mit Gästezimmer", fügte sie hinzu. „Und ohne nervige Mitbewohner."

Jason zuckte die Achseln. Was zwecklos war, da sie ihn nicht sehen konnte. „Ich muss erst mal sehen, wie hier alles so läuft", antwortete er ausweichend. Er ließ sich auf sein Bett fallen und griff nach dem Halsband unter seinem Kopfkissen – was ihm aber erst bewusst wurde, als er es schon in der Hand hielt. Das Leder fühlte sich so angenehm an. Er vermisste Henry.

„Jason, ich weiß ja, dass ich dir wegen diesem Kerl von der Messe ganz schön die Hölle heiß gemacht habe. Aber wenn du das nächste Mal hier bist, möchte Sue dir von ihrem Ex erzählen. Der war genau wie Henry, und er hat ihr echt wehgetan. Nicht nur körperlich, sondern … er hat sie wie Dreck behandelt, hat ihr das Gefühl gegeben, als hätte sie es nicht anders verdient. Das hatte sie zuhause schon so oft zu hören bekommen – so wie du von deinem Dad – dass

135

sie ihm geglaubt hat. Bis er mit ihr fertig war, hatte sie kaum noch Freunde, weil er sie von allen abgeschnitten hatte mit den ganzen blöden Regeln, die sie befolgen musste. Sie hat mit diesem Widerling die Hölle durchgemacht, Jason, und ich will nicht mit ansehen müssen, wie dir dasselbe passiert. Was du mit dem Diabetes von deiner Mom und dem ganzen Mist von deinem Dad durchgemacht hast, war schon scheiße genug. Du brauchst jemanden, der dich anständig behandelt."

„Ja, ich weiß." Er drückte sich das Leder an die Nase und atmete tief ein. „Ich muss jetzt Schluss machen. Muss noch für die Klausur nächste Woche lernen." In Wirklichkeit musste er sich darüber klar werden, was er wollte. *Wen* er wollte. Denn er war drauf und dran, sich in Henry zu verlieben, und das wusste er.

Nur dass Henry in Ohio lebte. War die Fernbeziehung mit Terry nicht schon schwierig genug gewesen? Dabei fuhr man bis zu Terry nur zwei Stunden. Wie sollte so etwas dann erst mit jemandem funktionieren, der so weit weg war wie Henry?

Aber Terry würde ihn nie so fesseln, wie Jason es wollte. Terry würde ihn nie –

Jasons Handy piepste erneut. Sein Vater erinnerte ihn per SMS an das Essen am Sonntag mit Alicia und deren Familie.

Bitte vergiss nicht, dass Amanda Geburtstag hat. Ein Geschenk von dir wäre nett. Sie wird 22. Besorg ihr was Hübsches.

Seufzend schrieb Jason eine Antwort-SMS, in der er versprach, Amanda ein „hübsches Geschenk" mitzubringen. Sie war Alicias jüngste Tochter. Nicht hinzugehen würde ihm mit Sicherheit einen Haufen überflüssigen Ärger einbringen, und ohne Geschenk aufzutauchen wäre noch schlimmer. Er hätte nur gerne gewusst, was zum Teufel er Amanda zum Geburtstag schenken sollte. Er hatte sie erst ein paarmal getroffen und nicht die leiseste Ahnung, was ihr gefiel.

Bevor er ins Bett ging, schickte er Henry noch rasch eine SMS. Terry erwähnte er nicht. Er steckte das Handy unter sein Kopfkissen, sodass das Klingeln ihn wecken würde, falls Henry anrief.

DEN GANZEN nächsten Tag über spielten Jason und Henry per Telefon Fangen; immer wenn der eine anrief, war der andere gerade beschäftigt und umgekehrt. Jason spielte auch mit Terry per Telefon Fangen, aber in dem Fall nicht ganz so unabsichtlich.

DER VORORT von Lansing, in dem Alicia wohnte, war der reinste Irrgarten. Jason verfuhr sich jedes Mal, wenn er sie besuchte – was zugegebenermaßen nicht oft vorkam. Als er endlich dort ankam, servierte Alicia bereits das Essen. Ihre älteste

Tochter Valerie machte Jason die Tür auf; sie nahm ihm naserümpfend seine Lederjacke ab, führte ihn ins Wohnzimmer und stellte ihm ihren Verlobten Lawrence Belamy vor, der an der University of Michigan in Ann Arbor Jura studierte.

„Freut mich." Jason streckte die Hand aus.

Lawrence drückte ihm mit einem knappen Lächeln die Hand. „Du bist also Gregs Sohn."

Ach nee. „Ja. Hi", sagte er zum Rest der Tischgesellschaft. „Tut mir leid, dass ich zu spät komme. Ich hab' dein Haus nicht gleich gefunden", fügte er mit einem entschuldigenden Lächeln zu Alicia hinzu.

„Also wirklich. Wie lange bin ich jetzt schon mit deinem Vater zusammen?"

Jason zuckte die Achseln. *Zu lange?* Vermutlich nicht die beste Antwort. Er setzte sich schweigend auf seinen Platz. Heute trug er ein seidenes Button-Down-Hemd aus dem Secondhandladen, dunkle Jeans und gute Halbschuhe; sein Haar hatte er zu einem ordentlichen Pferdeschwanz frisiert. Sowohl Lawrence als auch Jasons Vater trugen Anzüge. Krawatten. Blütenweiße Baumwollhemden. Auch Alicia und ihre Töchter waren elegant gekleidet, und der Klunker an Valeries Finger war bestimmt kein Modeschmuck.

Jasons Mutter hatte sich für Familientreffen nie besonders fein gemacht; bei ihr hieß es immer „Komm, wie du bist". Der Familie sollte es nicht wichtig sein, *wie* du kommst, nur *dass* du kommst, hatte sie immer gesagt. Alicia schien anderer Ansicht zu sein. Immer, wenn sie Jason anschaute, wirkte sie angewidert von seinem Anblick. Er trug es mit größtmöglicher Fassung. Sie war Dads Freundin, nicht seine. Sie brauchte ihn ja nicht zu mögen, genauso wenig wie er sie. Sie mussten einander lediglich tolerieren.

Jason wandte sich Amanda zu. „Herzlichen Glückwunsch zum Geburtstag übrigens", sagte er.

Verglichen mit ihrer Schwester war Amanda eher unscheinbar; sie trug weniger Make-up, und ihr blondes Haar schien seine natürliche Farbe zu haben. Auch ihr Lächeln wirkte echter. „Danke. Hast du nicht auch bald Geburtstag?", fragte sie.

Jason nickte. „Am zweiten März."

„Schon?" Amanda wirkte überrascht. „Mir war gar nicht bewusst, dass das schon so bald ist. Da müssen wir uns unbedingt treffen und was ganz Besonderes für dich machen."

Er zwang sich zu einem Lächeln. Das wäre ja mal ganz was Neues.

„Reden wir nicht über Jasons Geburtstag, Amanda. Heute ist dein großer Tag, nicht seiner", sagte Alicia mit einem missbilligenden Blick in Jasons Richtung – als ob er irgendwas dafür könnte, dass er so kurz nach Amanda Geburtstag hatte. „Greg, würdest du bitte das Tischgebet sprechen?"

Apropos ganz was Neues ... Dad betete nie vor dem Essen, zumindest soweit Jason wusste. Aber als sein Vater den Kopf beugte und laut zu beten begann, folgte Jason seinem Beispiel und tat schweigend so als ob. Er hatte zwar eigentlich nichts gegen Religion, aber damit anfreunden konnte er sich auch nicht. Zu viele Menschen benutzten ihre Religion als Vorwand, um Männer wie ihn oder Frauen wie Kendra und Sue zu verdammen. Jasons Mom hatte keiner bestimmten Glaubensrichtung angehört, daher war Religion bisher für ihn kein Thema gewesen. *Bis jetzt.* Als sein Vater fertig war, murmelte Jason zusammen mit den anderen ein „Amen."

Als dann Schüsseln und Platten herumgereicht wurden, meldete sich Lawrence zu Wort. „Also, Jason, dein Vater sagt, du studierst Webdesign?"

„Ja." Jason musterte die Speisen. Es gab Rinderschmorbraten mit Gemüse – Karotten, rote und gelbe Kartoffeln, alles offensichtlich mit dem Fleisch mitgegart – dazu Soße, warme Hefebrötchen und Salat. Okay. Also für ihn Salat mit Brot.

„Wie bist du auf Computer gekommen?", fragte Lawrence leutselig und reichte Jason die Kartoffeln.

Jason gab die Schüssel weiter an Amanda, die neben ihm saß. „Eigentlich wollte ich ja Kunst studieren –", begann er.

Sein Vater, der ihm gegenübersaß, räusperte sich.

„Aber mit Kunst ist kein Geld zu verdienen", wiederholte Jason zu Lawrence, was sein Vater bei ihrer ersten Diskussion über das Thema „Studium" zu ihm gesagt hatte. „Deshalb habe ich – haben *wir*", er nickte seinem Vater kurz zu, der über Jasons Worte erfreut wirkte, „uns gedacht, Webdesign wäre doch ein guter Kompromiss. Jeder braucht schließlich eine Website, und ich kann trotzdem kreativ sein."

„Jason, warum in aller Welt isst du denn nichts?", schaltete Valerie sich ein, als er die Karotten ebenfalls unberührt weiterreichte.

„Ich bin Vegetarier", sagte er in bewusst neutralem Tonfall.

Valerie runzelte die Stirn. „Karotten sind doch kein Fleisch."

„Mir reicht Salat", versicherte er ihr. Es war zwecklos, darüber eine Diskussion anzufangen.

„Ach, das tut mir jetzt aber leid", sagte Alicia, wobei sie sich in Jasons Ohren keineswegs so anhörte. „Ständig vergesse ich, dass du kein Fleisch isst. Wenn du möchtest, mache ich dir gerne eine Dose Gemüse auf oder so. Ich hätte Mais da und vielleicht auch noch grüne Bohnen."

„Es ist nicht schlimm", log er. Das mit dem Essen war nicht schlimm; das Schlimme war, dass sie nie daran dachte.

„Aber es macht mir wirklich keine Mühe", beharrte sie. „Ich möchte nicht, dass du dich ausgeschlossen fühlst."

„Lass gut sein, Alicia", sagte Jasons Vater.

Jason warf ihm ein halb dankbares, halb entschuldigendes Lächeln zu. Eigentlich war gar nichts gut – weder für Alicia noch für ihn, nicht einmal für seinen Dad – aber wenigstens war das Gespräch beendet.

ALS JASON auf dem Nachhauseweg war, piepste sein Handy mit einer neuen SMS. Er warf einen Blick auf das Display – sein Herz pochte. Henry. Er fuhr bei der nächsten Kreuzung von der Schnellstraße ab, um die Nachricht lesen zu können.

Fang mich. XO.

Ein Lächeln breitete sich auf seinem Gesicht aus. Henry beendete jede SMS mit XO.

Jason überlegte, ob er weiterfahren und vom Haus aus anrufen sollte. Aber nach den letzten paar Stunden sehnte er sich mehr denn je danach, Henrys Stimme zu hören. Er wählte die Nummer und wartete.

„Allmählich dachte ich schon, du weichst mir aus, Boy", neckte Henry, als er am anderen Ende der Leitung abnahm.

Jason versuchte zu lachen, aber er fühlte sich zu ausgelaugt. „Nie im Leben, Sir."

„Bist du okay?"

„Ja. Ich komme nur gerade von Alicia. Ihre Tochter hatte Geburtstag. Amanda, die jüngere. Die, die beinahe menschlich ist."

Henry kicherte über seine Beschreibung. „Wie schlimm war es?"

„Für mich gab's Salat, Brot und Kuchen."

„Nicht gerade ein Festmahl."

„Ja, na ja." Jason zuckte die Achseln. „Das Schlimmste ist, dass ich sicher nachher noch was zu hören kriegen werde. Von meinem Vater."

„Wegen …?", forschte Henry.

„Er hat mir mehr oder weniger befohlen, Amanda etwas zum Geburtstag zu schenken – als ob ich es mir leisten könnte, einer wildfremden Person einfach irgendwas zu kaufen. Ich meine, ich habe Alicias Töchter schon ein paarmal getroffen, aber so kenne ich sie kaum. Ich habe keine Ahnung, was sie für Musik mag oder ob sie Hobbys hat oder was."

„Und was hast du ihr dann letztendlich gekauft?"

„Einen Fünfzig-Dollar-Gutschein für Bed, Bath & Beyond."

„Hört sich gut an. Meine Schwester und meine Mom lieben den Laden. Sie hoffen ständig, dass bald einer bei uns in der Nähe aufmacht. Den nächsten gibt es dort, wo meine Tante wohnt – das ist über eine Stunde zu fahren. Mein Stiefvater ist da gar nicht so unglücklich darüber. Er sagt, wenn sie könnten, wären die zwei jede Woche dort einkaufen."

„Na, dann weiß ich ja wenigstens, wo ich hingehen muss, wenn ich je ein Geschenk für jemanden aus *deiner* Familie brauche", sagte Jason säuerlich. Und dann wurde er rot. Das war eine ziemlich anmaßende Bemerkung. Außerdem wurde ihm klar, dass Henry eben zum ersten Mal über seine Familie gesprochen hatte. Bisher wusste Jason nur, dass es Henrys Schwester gewesen war, die sich damals am Telefon gemeldet hatte. Und ja, sie war es, die HIV-positiv war. Henry hatte ihm nicht gesagt, wie sie sich angesteckt hatte, und Jason hatte nicht gefragt.

Aber jetzt fragte er sich, warum Henry so selten etwas über sich erzählte. Behielt er vielleicht sein Privatleben allgemein lieber für sich? Oder vielleicht bedeutete es auch, dass es ihm nicht wirklich ernst war mit dem, was sie hier taten – was auch immer das war. Jason bezweifelte, dass Henrys Familie überhaupt von seiner Existenz wusste. Warum sollten sie auch?

„Darf ich annehmen, dass dein Geschenk nicht besonders gut angekommen ist?", fragte Henry.

„Wahrscheinlich habe ich nicht genug ausgegeben." Mit einem Hundert-Dollar-Gutschein oder einem für einen anderen Laden, wie Niemen Marcus oder so, wäre sein Dad vielleicht zufriedener gewesen.

„Bei einem Geschenk geht es nicht darum, was es gekostet hat."

Er schnaubte. „Dad hat Amanda einen Gutschein für einen ganzen Tag in so einem schicken Wellnessstempel in East Lansing geschenkt. Dafür hat er bestimmt fünf-, sechshundert Mäuse hingeblättert. Dann hat Alicia ihr versprochen, hinterher mit ihr schön einkaufen zu gehen – und ich meine nicht bei Wal-Mart."

„Neid steht dir nicht, Jason."

„Ich bin nicht neidisch! Es ist nur … denen kann ich es nie recht machen. Nie. Ich hätte mehr Geld ausgegeben, wenn ich gewusst hätte, dass sie das von mir erwarten, aber ich wusste es eben nicht. Keiner hat mir gesagt, wie viel ich ausgeben soll oder was ich kaufen soll oder was ich anziehen soll und nichts!"

„Du hörst dich an wie ein Sechsjähriger."

Jason bremste sich gerade noch, bevor er zu schmollen begann. Henry hatte schon irgendwie recht. „Sie sagen mir nie was, Henry", sagte er in gemäßigterem Ton. „Es ist, als ob … manchmal glaube ich, Alicia *will*, dass ich alles falsch mache, und Dad … Dad sieht immer nur meine Fehler."

„Na komm, fünfzig Dollar verdienst du doch grade mal an einem guten Tag. Dein Vater weiß das bestimmt, und ich bin sicher, dass Amanda es zu schätzen weiß. Niemand lässt dich absichtlich Fehler machen. Wenn du nicht wusstest, was du Alicias Tochter schenken solltest – und wenn es dir *wirklich* wichtig gewesen wäre – dann hättest du doch deinen Vater oder Alicia um Rat fragen können, statt einfach irgendwas zu kaufen."

Henry kannte die alle eben nicht, sonst würde er das nicht sagen. Aber wie hoch war die Wahrscheinlichkeit, dass Henry Jasons „Familie" überhaupt je kennenlernen wollte? „Vielleicht", sagte er, anstatt zu widersprechen. „Aber es kommt mir so vor, als wäre ich denen allen scheißegal. Mein Dad hat mehr mit Lawrence gesprochen – das ist Valeries Verlobter – als mit mir. Ich habe nur in der Ecke gesessen, hab' ständig auf die Uhr gesehen und gewartet, bis ich endlich wieder gehen konnte, ohne unhöflich zu wirken."

Henry blieb für einen Moment still. „Dann bist du wohl jetzt allein?"

„Ich … sozusagen. Ich bin im Auto."

„Nicht auf der Straße, hoffe ich."

„Nein, Sir. Ich hab' angehalten, weil … weil ich mit dir reden wollte." Henry hätte ihn aufmuntern sollen, nicht dafür sorgen, dass es ihm noch schlechter ging.

„Wo bist du?"

Jason runzelte die Stirn. Das hatte er doch eben beantwortet. „Auf so einem kleinen Seitenweg neben der Schnellstraße."

„Jemand in deiner Nähe?"

„Eigentlich nicht." Das Gebiet um die Schnellstraße zwischen Lansing und Ithaca war ziemlich leer, bis auf ein paar Farmen und einen Country Club. Jede Menge Landschaft.

„Perfekt. Ich möchte, dass du etwas für mich tust, Boy. Fühlst du dich dazu in der Lage?"

Das lüsterne Grinsen war Henry beinahe anzuhören. „Sir?", fragte Jason.

„Schieb deinen Sitz ein Stück nach hinten, damit du mehr Platz hast. Dann mach deine Hose auf und hol deinen Schwanz raus."

Jason leckte sich die Lippen.

„Hörst du schlecht, Boy?"

„N-nein, Sir." Jason schob rasch seinen Sitz zurück und öffnete den Reißverschluss seiner Hose. Sein Schwanz wurde bereits steif. Er befreite ihn aus seinen Boxershorts.

„Du wirst schon hart, oder?" Es war kaum eine Frage.

„Ja, Sir. Was, wenn mich jemand sieht?"

„Ist jemand in der Nähe?"

„N-nein, aber –"

„Dann machst du gefälligst genau das, was ich dir sage. Verstanden, Boy?"

„Ja, Sir."

„Gut. Kannst du mich auf Lautsprecher stellen, damit du beide Hände frei hast?"

Jason schluckte krampfhaft. Seine Kehle war vor Angst wie zugeschnürt. „Ja, Sir. Sekunde mal." Was ängstigte ihn nur so an der Vorstellung, das Handy auf Lautsprecher zu stellen? Schließlich würde außer ihm niemand Henry hören. Er drückte den Lautsprecher-Knopf. „Kannst du mich so noch gut hören?"

„Laut und deutlich, Boy. Zieh dir die Hosen bis über die Hüften runter. Dann lehn dich zurück und leg das Telefon auf deinen Schoß. Ich will direkt neben deinem hübschen kleinen Pimmel sein."

Jasons Gesicht brannte, aber er gehorchte. „Alles bereit, Sir", sagte er, als er soweit war.

„Ich glaube, ich muss dir mal so ein Videohandy besorgen", gurrte Henry. „Ich würde dich jetzt für mein Leben gern sehen können, mit heruntergelassenen Hosen und triefendem Schwanz … er trieft doch, oder?"

„Oh ja", hauchte Jason, als sich milchige Flüssigkeit an der Spitze seines Schwanzes zu sammeln begann.

„Gut. Ich möchte, dass du deinen Schwanz anfasst, Boy. Nur an der Spitze. Nur diese süße, klebrige Flüssigkeit. Streich mit dem Finger über die Spitze, über den Schlitz."

Jason konnte ein Stöhnen nicht unterdrücken; sich so zu berühren, war die reine Wonne. Henry hatte ihm schon ewig nicht mehr erlaubt zu masturbieren. „Oh Gott, bitte sag mir, dass ich kommen darf."

„Master heißt das, nicht Gott. *Soviel* Verehrung brauch' ich dann doch nicht."

Jason lachte unwillkürlich auf. „Ja, Sir. Master." Das war doch gar nicht so schwer auszusprechen, oder?

„Warst du brav? Bist du immer noch schön glatt rasiert?"

„Ja, Sir. Ich rasiere mich alle paar Tage."

„So ist es gut. Reibst du dir immer noch den Schlitz?"

„Ja, Sir."

„Gut. Dann möchte ich, dass du jetzt diesen Finger in den Mund steckst."

Jason schreckte zurück.

„Was, hast du etwa noch nie dein eigenes Sperma probiert?"

„Ich ... nein." Hitze flutete seine Wangen.

„Dann mach's jetzt."

Nervös blickte Jason nach links, dann nach rechts. Keine Polizei. Niemand, der mit seinem Hund spazieren ging. Nur er. Und Henry. Er streckte die Zunge heraus und leckte versuchsweise an dem Finger, mit dem er sich gestreichelt hatte. Es schmeckte ... na ja, seine Lusttropfen schmeckten auch nicht anders als die von allen anderen.

„Wenn ich jetzt da wäre, würde ich dir die Finger ablecken, Boy. Ich hab' dein Sperma schon einmal gekostet, weißt du."

„Wirklich?"

Bei Jasons schockiertem Tonfall lachte Henry leise. „Du warst wohl etwas zu beschäftigt, um was davon mitzukriegen. Aber ja. Ich wollte wissen, wie du schmeckst. Und eins kann ich dir sagen, ich habe ja schon viele Schwänze gekostet, und reichlich Sperma, aber du ... verdammt. Vielleicht liegt das ja an deiner vegetarischen Ernährung, aber so gut wie du hat mir noch keiner geschmeckt. Ich könnte dir den ganzen Tag den Schwanz lutschen."

„Du ... du würdest ... ich dachte ..."

„Was? Hast du etwa gedacht, nur weil ich ein Top bin, lutsch' ich nicht auch mal gern einen Schwanz? Bei dir bin ich nur noch nicht dazu gekommen. Sag, Boy, soll ich dir einen blasen? Soll ich deinen Schwanz in den Mund nehmen, ganz tief rein, und dich aussaugen?"

Jason erschauerte. „Oh Gott. Master. Ja, Sir, bitte." Er konnte es fast sehen, konnte fast spüren, wie Henrys Mund seinen Schwanz umschloss, heiß und samtig. „Das wäre so schön."

142

„Ja, das wäre es. Du bist so ein guter Junge, Jason. So leicht zufriedenzustellen. Also. Ich möchte, dass du deinen Finger ganz in den Mund nimmst und kräftig daran saugst. Mach ihn schön nass. Wo du ihn als nächstes hinstecken sollst, geht er besser rein, wenn er nass ist."

Jason machte große Augen. Das konnte Henry doch nicht ernst meinen!

Henry lachte, tief und grollend, als könnte er Jasons Gesichtsausdruck sehen. „Oh doch, Boy. Du wirst gleich für mich deinen Arsch damit ficken. Aber solange du noch an deinen Fingern saugst, möchte ich, dass du mit der anderen Hand dein Hemd aufknöpfst."

„Ja, Schir", sagte Jason mit den Fingern im Mund.

Henry lachte erneut. „Ich möchte, dass du mit deinen Nippelringen spielst, Boy. Zieh dran. Verdreh' sie. Zwick dich in die Nippel. Ich möchte, dass du so mit dir spielst, wie ich gerne mit dir spiele. Ich bin nicht da, also musst du meine Hände sein. Verstanden?"

Dieses Mal nahm Jason erst die Finger aus dem Mund, bevor er antwortete. „Ja, Sir." Dann saugte er weiter und stellte sich dabei vor, es wären Henrys Finger, Henrys Schwanz. Mit der anderen Hand zog er an seinen Nippelringen. Verdrehte sie. Zwickte sich so gnadenlos in die Brustwarzen wie Henry es an seiner Stelle tun würde. Henry ließ ihn weitermachen, bis er wimmerte. Keuchte. Stöhnte, weil sein Verstand Schmerz und Lust nicht mehr auseinanderhalten konnte.

„Jetzt nimm den Finger, den du so schön nass und glitschig gemacht hast, und fick dich damit. Leg das Telefon woanders hin, falls nötig."

Jasons Herz pochte so laut, dass Henry es bestimmt auch hören konnte – aber er gehorchte ohne Zögern. Er legte das Handy auf die Armlehne und schob die Hand zwischen seine Beine, an seinem schmerzhaft erregten Glied vorbei. Er rutschte auf dem Sitz weiter nach vorn, um besser an seinen Anus zu kommen.

„Mach' ganz langsam, Boy", befahl Henry. „Entspann dich. Sag mir Bescheid, wenn du drin bist."

„Das habe ich noch nie gemacht", gestand Jason. „Jedenfalls noch nie mit der Hand."

„Womit fickst du dich denn *sonst*, Boy?"

Jason errötete. „Mit einem Pflock, Sir."

„Wie viele hast du davon?"

„Drei, Sir."

„Und Dildos?"

„Zwei."

„Gut zu wissen, Boy."

Jason leckte sich die Lippen. Dann stieß er einen leisen Seufzer aus, als sein Finger durch den straffen Ringmuskel drang. „Ich ... oh ..."

„Fühlt sich's gut an, Boy?"

„Ja. Es brennt ein bisschen ohne Gleitmittel, aber ich wollte, du wärst es. Ich wünschte, du wärst jetzt in mir."

„Ich auch, Boy. Wenn's bis zu dir nicht so verdammt weit wäre, könnt' ich's sein. Aber ich bin hier und du bist dort, also wirst du eben deine Fantasie benutzen müssen. Tu so, als wär ich es, der dich fickt, Boy. Mein Finger. Mein Schwanz."

„Kann ich zwei Finger nehmen, Master?" Diesmal kam ihm das Wort ganz leicht über die Lippen.

„Verträgst du zwei?"

„Ja, Sir."

„Dann mach nur – aber langsam, Boy. Ich würde dich nie verletzen, also ist es dir auch verboten, dich selbst zu verletzen."

Jasons Herz pochte noch heftiger. Er verdrehte die Augen und krümmte die Zehen, als er mit dem zweiten Finger in sich eindrang. Er schob beide Finger tiefer hinein ... noch tiefer ... und schrie auf, als sie auf seine Prostata trafen. Als er über die Stelle rieb, rauschten Wellen von heißer Lust durch seinen Schwanz. „Bitte, Master ... bitte ... ich ... falls es dir gefällt, dürfte ich bitte meinen Schwanz anfassen?"

„Sehr gut, Boy", lobte Henry. Er hörte sich sehr zufrieden an. „Und ja, du darfst deinen Schwanz anfassen, solange du dich mit der anderen Hand weiter fickst. Aber du bittest mich um Erlaubnis, bevor du kommst, verstanden, Boy?"

„Ja, Sir. Oh, Gott, Sir ... das ist so schön. Ich hab' schon so lang nicht mehr ... Gott ... Scheiße ... kurz davor ... bitte?"

„Noch nicht."

Jason erschauerte. Er wichste sich mit der einen Hand und rieb sich mit zwei Fingern der anderen die Prostata. Er war *so* dicht davor. „Bitte, Master, ich halt's nicht mehr aus ... bitte, bitte, darf ich kommen? Bitte, Sir!", heulte er.

„Komm für mich, Boy."

Der Orgasmus rüttelte ihn gründlich durch. Er kam laut und heftig und fickte sich weiter, bis er zitterte. Schließlich sackte er auf seinem Sitz zusammen, keuchend und befriedigt. Dann öffnete er die Augen und schaute aus dem Fenster. „Oh, Fuck."

„Alles okay?"

„Ja. Bloß ... jetzt muss ich die Windschutzscheibe putzen."

Henry lachte. „Gut so, mein Junge. Hat's dir gefallen?"

„Ja, Sir. Master. Ich danke dir."

„Gern geschehen, Boy. Also, dann mach' mal sauber und fahr nach Hause. Koch' dir einen schönen heißen Kakao und nimm eine schöne lange Dusche – aber vorher schickst du mir noch eine SMS, damit ich weiß, dass du gut angekommen bist."

Jason lächelte. Selbst aus hunderten von Meilen Entfernung kümmerte Henry sich gut um ihn. „Ja, Sir."

Erst als er wieder auf dem Highway war, bekam Jason erneut ein schlechtes Gewissen. Er hätte Henry von seinem Treffen mit Terry erzählen sollen ... aber ...

es war ja nicht so, als ob sie deshalb jetzt wieder zusammen waren. Es war nur ein Abendessen. Jason hatte sein Essen selbst bezahlt. Terry und er waren nur Freunde.

JASON BLINZELTE überrascht, als er nach dem Unterricht auf den Parkplatz kam und Terry dort an seinem Auto lehnen sah. „Alles Gute zum Geburtstag!"

„Hi. Ich …" Er wusste nicht, was er sagen sollte. Terry überreichte ihm eine einzelne rote Rose. Jason nahm sie entgegen. „Ich … Dankeschön."

Terry lachte. „Na, da gewinnt aber jemand keinen Blumentopf mit seiner Eloquenz, das ist mal sicher", neckte er.

Jason zog den Kopf ein. „Ja. Tut mir leid. Es ist nur … ich hätte nicht gedacht, dass du kommst."

„Ich weiß. Aber ich weiß auch, dass dein alter Herr einen Scheiß auf deinen Geburtstag gibt. Ich wollte dich nur wissen lassen, dass jemand an dich denkt."

„Danke." Er hatte gestern eine Karte von Sue und Kendra bekommen. Seine Tante in Kalifornien hatte ihm einen Scheck über zwanzig Dollar geschickt, und zu seiner großen Überraschung war von Amanda eine Karte mit einem Amazon-Gutschein über fünfzig Dollar gekommen. Sie hatte etwas Nettes dazu geschrieben: *Ich weiß zwar nicht, was dir gefällt, aber bei Amazon gibt es alles*, und ein Smiley. Weder Alicia noch Valerie hatten ihm etwas geschenkt, aber das hatte er auch gar nicht erwartet. Sein Vater hatte ihm heute Morgen drei Fünfzigdollarscheine in die Hand gedrückt – ohne Karte – und erwähnt, dass sie ja am Wochenende neue Reifen kaufen gehen könnten, falls Jason immer noch welche brauchte. Das war zwar nicht ganz dasselbe wie eine Tageskarte für einen Wellnesstempel, aber Jason brauchte neue Reifen dringender als eine Massage.

Jason wandte seine Aufmerksamkeit wieder Terry zu. „Sollen wir einen Kaffee trinken gehen oder so? Ich muss erst in ein paar Stunden zur Arbeit."

„Nur wenn ich dich einladen darf."

Jason knabberte an seiner Lippe.

„Komm schon. Du hast schließlich Geburtstag."

„Ja, okay. Danke, Terry."

ALS JASON von der Arbeit nach Hause kam, erwartete ihn auf dem Küchentisch ein weiteres Bücherpaket. Darunter lag ein dick gepolsterter, übergroßer Briefumschlag aus New Marshfield, Ohio. Der Umschlag war zu klein für ein Buch, und außerdem war sich Jason ziemlich sicher, dass er bei niemandem in Ohio etwas bestellt hatte. Er kannte nur einen Menschen, der in Ohio lebte.

Mit heftig pochendem Herzen öffnete er den Brief gleich dort in der Küche.

Der Umschlag enthielt eine durchsichtige CD-Hülle mit einer CD drin. Sie war von Hand mit schwarzem Marker beschriftet. In geschwungener, krakeliger Schrift stand darauf:

145

Streichquartett Tribute to Metallica und mehr. Happy Birthday. XO Henry.

Jason wurde es vor lauter Rührung ganz warm ums Herz, und ein Lächeln erblühte auf seinem Gesicht. Als er mit den Paketen unter dem Arm in sein Zimmer ging, wählte er Henrys Nummer.

Henry hob nach viermal Läuten ab. „Alles Gute zum Geburtstag", sagte er statt einer Begrüßung.

Jason lächelte immer noch. „Ich hab' die CD bekommen. Vielen Dank, Sir."

„Ich weiß ja, dass es keine Tageskarte für einen schicken Wellnesstempel ist." Henry klang beinahe entschuldigend.

„Nein, Sir, aber ich liebe diese Musik." *Und dich liebe ich auch, glaube ich.*

„Das freut mich, Boy. Wie war's bei der Arbeit?"

Jason streifte sich mit einer Hand die Hosen ab. „Ganz okay. Ich habe etwas über fünfzig Dollar verdient. Und ich habe heute in Geschichte eine Klausur geschrieben."

„Wie hast du abgeschnitten?"

„Bestanden, glaube ich."

Henry lachte leise. „Doch so gut, hm?"

„Ja. Na ja." Er wollte Henry nicht sagen, wie oft er den Unterricht geschwänzt und wie viele Hausaufgaben er nicht gemacht hatte, um öfter und länger arbeiten gehen zu können.

„Muss ich dir einen Extra-Anreiz geben, damit du es beim nächsten Mal besser machst?"

Jason leckte sich nervös die Lippen. „An was für eine Art von Anreiz hattest du dabei gedacht, Sir?"

„Nun …", begann Henry nachdenklich. „Ich weiß ja, dass Webdesign nicht dein stärkstes Fach ist, also wäre ein B oder C wohl akzeptabel. Aber in Geschichte musst du nur nachplappern, was du gelesen hast. Du bist viel zu intelligent, um das nicht hinzukriegen."

„Scheiße", murmelte Jason unwillkürlich.

Henry räusperte sich.

„Das heißt, ich … Sir … ich meine … Ich glaube, ich halte lieber einfach die Klappe."

„Gute Entscheidung, Boy. Also. Wie wäre es mit einer Woche in einem Keuschhalter – einem richtigen, nicht so einem, wie du bei der Messe für mich getragen hast – für jede Note, die schlechter ist als akzeptabel?"

„Und akzeptable Noten wären …?"

„Es gibt keinen Grund, warum du in Kunst kein A bekommen solltest. Ich habe mir mal deine deviantART-Seite angesehen. Deine Arbeiten sind wirklich beeindruckend."

Trotz der Drohung mit dem Keuschhalter strahlte Jason vor Stolz bei Henrys Kompliment. „Danke, Sir." Auf Henrys Bitte hin hatte Jason ihm den Link letzte

Woche gemailt, damit Henry sich seine Kunstwerke einmal ansehen konnte. „Das meiste davon ist schon ziemlich alt, aber es freut mich, dass es dir gefällt."

„Du bist ein begabter Künstler, Jason. Falls du's dir je anders überlegst und statt Webdesign lieber Kunst machen willst, würde ich dich gern ein paar Leuten vorstellen."

Jason wusste kaum, was er sagen sollte. „Hältst du mich wirklich für so gut?" Seiner Mom hatten seine Arbeiten immer gefallen, und seine Freunde und sogar seine Lehrer fanden sie gut, aber hätten sie das nicht auf jeden Fall gesagt?

„Du hast wirklich Talent, Boy. *Und* ich glaube, du versuchst mich hier abzulenken."

Hitze stieg Jason in die Wangen, sammelte sich in seinem Unterleib. „Nein, Sir. Nicht mit Absicht."

Henry lachte leise. „Gut, weil das würde dir ein paar Hiebe einbringen."

Jason erschauerte. „Die Gerte, Sir?"

„Ja."

„Ja, Sir. Es tut mir leid, Sir. Was sagtest du eben wegen meiner Noten?"

„Es gibt keinen Grund, warum du in Kunst kein A schaffen solltest", wiederholte Henry. „Keinen Grund, in Geschichte kein B zu bekommen und nicht mindestens ein C in Webdesign."

Jason leckte sich die Lippen. In Geschichte stand er auf C, und in Webdesign würde er vielleicht sogar ganz durchfallen. Dennoch: „Ja, Sir", war alles, was er darauf antwortete, und dann: „Ich glaube, ich muss jetzt lernen gehen."

„Ich glaube, das wäre vernünftig." So wie es sich anhörte, hatte Henry alle Mühe, sich das Lachen zu verbeißen. „Alles Gute zum Geburtstag, Boy", wiederholte er. Seine Stimme klang warm und aufrichtig.

Trotz allem lächelte Jason. Er fühlte sich wohl. „Danke, Sir." Und immer noch erwähnte er Terry nicht.

12

JASON BIBBERTE vor Kälte und wünschte, er hätte sich eine Jacke angezogen, ehe er sich draußen eine kurze Pause gönnte, nachdem der mittägliche Ansturm *endlich* etwas nachgelassen hatte. Normalerweise hätte er um diese Zeit schon Feierabend gemacht und wäre auf dem Weg nach Hause. Aber gleich bei Schichtbeginn hatte ihn Melissa, die neue Hostess, gefragt, ob er bis zum Abendgeschäft bleiben könnte. Zwei Angestellte hatten sich krankgemeldet, und das Restaurant war den ganzen Abend ausgebucht. An einem Freitagabend war gutes Geld zu machen, und das würde Jason sich nicht entgehen lassen, obwohl er nächste Woche in Webdesign eine Klausur schrieb und *wirklich* lieber darauf lernen sollte. Nur dass er sich nicht sicher war, ob es überhaupt eine Rolle spielte; selbst wenn er in dieser Klausur ein A bekam, würde er in Webdesign bestenfalls mit D abschließen. Aber eine Woche lang einen Keuschhalter tragen zu müssen war ja nicht so schlimm. Oder?

Wenigstens hatte er sich in Geschichte verbessert.

Und obwohl ihn auch deswegen das schlechte Gewissen piesackte, rief er Terry an – schließlich hatte er es ihm versprochen – und als Terry vorschlug, morgen Abend tanzen zu gehen, stimmte Jason zu.

Während der letzten paar Wochen waren sie ein paarmal miteinander essen oder ins Kino gegangen. Terry fand immer neue Vorwände, um Jason einzuladen: Er verdiente mehr als Jason, sein Einkommen war verlässlicher, da er nicht auf Trinkgelder angewiesen war, an Jasons Auto war noch so viel zu reparieren, Terry brauchte im Gegensatz zu Jason keine Studiengebühren zu zahlen … Manchmal war es einfacher, Terry die Rechnung bezahlen zu lassen als sich mit ihm zu streiten. Außerdem hatte Jason im vergangenen Jahr so oft für Terry mitbezahlt, dass es ihm nur fair vorkam, sich von Terry gelegentlich mal einladen zu lassen. Er wusste, dass das nur eine Ausrede war, aber er mochte diese Seite an Terry. Er wollte mehr davon sehen.

HINTER IHM ging die schwere Sicherheitstür auf, und Melissa kam aus dem Restaurant. Noch ehe die Tür ins Schloss gefallen war, hatte sie sich schon eine Zigarette angezündet. Sie inhalierte tief, lehnte sich an die Ziegelmauer und bot Jason wortlos eine an. Ausnahmsweise einmal wäre er gerne Raucher gewesen – vielleicht würde er sich nach einer Kippe besser fühlen – aber er schüttelte den Kopf. Heute war nicht der Tag, um sich eine Sucht zuzulegen, die er sich nicht leisten konnte. Ins Telefon sagte er: „Ich muss Schluss machen. Bis morgen."

„Ich kann's kaum erwarten, dich zu sehen, Jason."

„Ja, gleichfalls." Er wusste nicht einmal mehr, ob er log oder die Wahrheit sagte.

Jason legte auf und steckte sein Handy ein. „Wie läuft's da drin?", fragte er seine Kollegin.

„Ruhe vor dem nächsten Sturm. Gott sei Dank. Wenn ich nicht bald eine Kippe gekriegt hätte, wär ich da drin noch zur Mörderin geworden."

Jason kicherte. Melissa war ungefähr in seinem Alter, hübsch, zierlich und blond. Sie arbeitete erst seit ungefähr einem Monat im Restaurant, aber er mochte sie. Sie hatten zwar nicht die üblichen gemeinsamen Interessen – Fernsehserien, Bücher, Filme – aber sie mochte oft dieselbe Musik wie er. Sie hatten nach der Arbeit ein paarmal miteinander Kaffee getrunken, und er war gern mit ihr zusammen. Aber wenn sie ihn nach dem Mann in seinem Leben fragte, hatte er bisher immer nur „Das ist kompliziert" gesagt und das Thema gewechselt. „Kann ich dich mal was fragen, auch wenn's vielleicht komisch klingt?", wagte er sich jetzt behutsam vor.

„Klar – schieß los."

„Stell dir mal vor, du bist mit einem Typen zusammen, einem echten Wichser, und dann triffst du plötzlich einen anderen … jemanden … wahrscheinlich ist ja niemand perfekt, aber was, wenn du jemanden kennenlernen würdest, der *alles* ist, wovon du je geträumt hast?"

„Ich würde sagen: ‚Wo liegt das Problem?‘ Schick‘ den Wichser in die Wüste und schnapp‘ dir Mr. Wunderbar."

„Das ist es ja grade. Manchmal … Ich meine, Henry ist … Gott. Er ist so unglaublich toll, und ich glaube, ich möchte wirklich mit ihm zusammen sein. Aber manchmal will er Dinge von mir … die gehen mir so verdammt tief rein, vielleicht tiefer, als ich ertragen kann. Und meine beste Freundin hält ihn für einen totalen Freak, und dann komme ich mir immer vor …" Er zögerte. Wegen Kendra zweifelte er schon an seiner geistigen Gesundheit. „Sie sagt, dass Henry mich nur benutzt, dass er ein Spinner ist und nur seinen Spaß mit mir haben will. Und ich kann nicht einmal sagen, dass sie unrecht hat, aber es gefällt mir." Er schloss die Augen. Er konnte Melissa nicht ansehen. „Und obendrein will Terry – der Wichser – jetzt wieder mit mir zusammen sein. Was viel, viel einfacher wäre als mit Henry zusammen zu sein, weil das, was Henry will, so kompliziert ist. So schwer. Aber dann reden wir miteinander und ganz egal, was er von mir verlangt, ich mach‘ es. Ich will es tun." Und das jagte ihm mehr Angst ein als alles andere. Er wollte Henry so unbedingt gefallen, dass er sich nicht sicher war, ob er je zu etwas Nein sagen würde.

Melissa zog kräftig an ihrer Zigarette. „Kannst du vielleicht ein klein bisschen deutlicher werden, Schätzchen?", fragte sie zurückhaltend.

Jason wandte ihr das Gesicht zu. „Es ist nur … ich will nicht, dass du mich für durchgeknallt hältst."

„Wie durchgeknallt?"

„Ich … das ist schon ziemlich persönlich."

„Wie persönlich – reden wir hier von Windeln und Plüschtierkostümen?"

„Nein! Jesus."

Sie kicherte. „Damenunterwäsche?"

„Nein." Außer dass Henry ihn gerne in einem Korsett sehen wollte, aber das würde er Melissa nicht erzählen.

Sie zuckte die Achseln. „Na, dann kann's ja nicht *so* durchgeknallt sein. Spuck's aus."

„Ich … Ketten und Peitschen sind schon irgendwie persönlich."

Sie grinste wieder. „Klasse, Mädel! Red' weiter."

Jason fixierte den Mülleimer auf der anderen Seite der Gasse mit starrem Blick. „Es ist nur … okay, ich hatte schon immer … du weißt schon…"

„Eine schmutzige Fantasie?"

Sein Gesicht war ganz heiß. „Ja. Und Henry … oh mein Gott, Melissa. Er kann in mir lesen wie in einem verdammten Buch. Aber ich wollte immer nur … ich meine, wie du sagst, ich habe 'eine schmutzige Fantasie'. Aber er nimmt das alles viel, viel ernster, und ich meine, es ist eine Sache, sich so zum Spaß mal fesseln zu lassen, aber so zu *leben*? Ich weiß nicht, ob ich das könnte."

„Will er denn, dass du bei ihm einziehst?"

„Das wäre zu schön."

Sie zog eine Augenbraue hoch, äußerte sich aber nicht weiter zu dem, was er gerade gesagt hatte. „Also, wo genau liegt jetzt das Problem?", fragte sie stattdessen.

Jason seufzte und sah ihr wieder in die Augen. „Ich hänge in letzter Zeit wieder öfter mit Terry ab, und … und wir sind nur Freunde, aber ich weiß, dass er mehr will. Und er verhält sich … er ist richtig *nett*. Er ist jetzt wieder viel mehr so, wie er ganz am Anfang war, wie der Typ, mit dem ich früher immer so gern zusammen war. Und … und vielleicht hat Kendra ja recht und man lässt nicht fünf Jahre Beziehung einfach so hinter sich wegen einem neuen Kerl. Würdest du das machen?"

„Kommt auf den neuen Kerl an. Außerdem hast du nur gesagt, dass du immer gern mit Terry zusammen warst. Aber du hast nichts von Liebe gesagt."

Jason biss sich auf die Lippe. „Ich weiß. Ich meine, ich habe *gedacht*, dass ich ihn liebe. Er war der erste, mit dem es mir wirklich ernst war. Aber dann … irgendwann lief's einfach nicht mehr gut zwischen uns. Oder vielleicht hatte ich zu viel mit Studium und Arbeit zu tun, und da ist er losgezogen und hat sich eben anderweitig beschäftigt."

„Anderweitig?"

„Ich weiß, dass er mit anderen was hatte – das hätte mich ja gar nicht so sehr gestört, aber er hat's immer abgestritten, wenn ich ihn danach gefragt habe. Wenn er mir einfach die Wahrheit gesagt hätte, wär's mir egal gewesen. Ich meine … Scheiße, ich weiß nicht mehr, was ich meine."

„Also, wenn du meine Meinung hören willst, es läuft darauf hinaus, dass Tiger nicht über Nacht andere Flecken kriegen."

„Tiger haben Streifen."

„Sag' ich doch." Sie drückte ihre Zigarette an der Wand aus. „Wenn dein Ex jetzt plötzlich so nett zu dir ist, nachdem er's so lange nicht war … wie lange eigentlich?"

„Ungefähr ein Jahr, glaube ich."

„Wenn er sich dann jetzt plötzlich wie der reinste Märchenprinz benimmt, würde ich an deiner Stelle anfangen, nach dem Frosch zu suchen."

Jason musste lachen. „Kann schon sein."

„Sieh mal, Jason, vielleicht kann er ja gar nichts dafür, genauso wenig wie du. Mit der Zeit setzt man andere Schwerpunkte. Du bist wahrscheinlich auch nicht mehr derselbe Mensch, der du einmal warst."

Jason leckte sich die Lippen. Das war noch untertrieben. „Was ist mit dem ganzen anderen Kram?"

„Was, meinst du das mit dem Fesseln?"

„Da ist schon noch ein bisschen mehr dabei."

„Schätzchen, macht er dich denn glücklich?"

Ein Lächeln breitete sich über Jasons Gesicht aus, und sein anschwellender Schwanz beulte seine Hose aus.

Melissa grinste anzüglich. „Ein gewisser Körperteil von dir ist jedenfalls glücklich, so wie's aussieht."

„Es ist nicht nur der Sex", sagte Jason. „Es ist … wie ich mich fühle, wenn ich nur seine Stimme höre, und wenn er mich küsst … Gott, sein Küsse sind zum Sterben schön." Henrys Küsse vermisste er am meisten.

„Also, wo liegt dann das Problem?"

„Er ist vierzig."

„Na und?"

Jason blinzelte. Sie war völlig unbeeindruckt. „Manchmal weiß ich nicht, ob ich ihn überhaupt kenne. Ich meine, er ist doppelt so alt wie ich, und ich weiß nicht mal, welche Eissorte er am liebsten isst!"

„Ja, und warum *fragst* du ihn nicht einfach?"

AUF TERRYS Drängen hin fuhr Jason direkt von der Arbeit aus zu ihm nach Hause, damit sie vor dem Tanzen erst noch etwas essen gehen konnten. Terry schlug das orientalische Restaurant vor, das Jason so gerne mochte.

„Wir können auch gerne näher bei deiner Wohnung bleiben", hielt Jason dagegen, als sie darüber sprachen. Irgendwie kam es ihm merkwürdig vor – *falsch* – mit Terry in dasselbe Restaurant zu gehen, auf dessen Parkplatz Henry ihn bewusstlos gevögelt hatte. Er konnte bestimmt keinen Fuß in das Lokal setzen, ohne rot zu werden – und in die Herrentoilette schon gar nicht.

151

Vielleicht ignorierte er deshalb die SMS, in der Henry ihn bat, bei Gelegenheit zurückzurufen.

Terrys Wohnung nach so langer Zeit wieder zu betreten, bereitete ihm kein Unbehagen. Er fühlte sich dort sogar unerwartet wohl. Es schadete nicht, dass Terry endlich entdeckt zu haben schien, wozu Staubsauger gut waren, und auch nicht, dass sich kein schmutziges Geschirr im Spülbecken in der Küche stapelte. In der Wohnung roch es nach Lavendel-Raumspray, und im CD-Player drehte sich eine Adele-CD.

„Na, was sagst du jetzt?", fragte Terry, der ihn mit einem warmen Lächeln begrüßte.

„Sieht gut aus." Terry sah auch gut aus. Er trug ein Button-Down-Hemd und enge Jeans – sexy, aber nicht sein üblicher „Fick-mich"- Stil.

„Warum hüpfst du nicht kurz unter die Dusche?", schlug Terry vor. „Danach kannst du dich gerne an meinem Kleiderschrank bedienen, wenn du willst. Und im Bad kannst du ruhig auch alles benutzen. Lass dir Zeit."

Jason nickte. Zögerte. Tappte barfuß ins Bad. Früher, wenn sie sich vor dem Ausgehen in Terrys Wohnung getroffen hatten, waren sie oft genug miteinander im Bett gelandet; manchmal hatten sie ihre eigentlichen Pläne einfach ganz sausen lassen und lieber gevögelt, statt auszugehen. Und deshalb wartete Jason nur darauf, dass Terry gleich hereinplatzen und sich zu ihm unter die Dusche stellen würde. Doch das geschah nicht.

Nach einer sehr langen, sehr heißen Dusche rasierte Jason sich und stylte seine Frisur. Er ließ sich Zeit. Terry versuchte ihn weder von draußen mit Gebrüll zur Eile zu treiben, noch kam er herein, um sich vor dem Abendessen einen blasen zu lassen. Er ließ Jason komplett in Ruhe.

Vielleicht konnten Tiger ja doch ihre Flecken ändern.

Jason blutete das Herz. Aber Henry hatte es selbst gesagt – Jason war nicht „sein". Er wusste nicht, ob er dem anderen Mann etwas bedeutete. Sie hatten Telefonsex – oft sogar – na und? Und ja, wahrscheinlich würde er eine Woche lang einen Keuschhalter tragen, sollte Henry ihm das befehlen – aber falls er es nicht tat, wie sollte Henry je davon erfahren? Sie hatten sich zwar über die Dragon*Con und das Andreaskreuz unterhalten, das Henry bei sich zuhause hatte, aber trotzdem deutete bisher nichts darauf hin, dass Henry ihn wirklich wiedersehen wollte. Er hatte Jason nicht zu sich nach Ohio eingeladen, und er kam erst im Januar wieder nach Michigan.

Und außerdem hatte Jason heute Abend nichts weiter vor, als mit einem Freund essen zu gehen und hinterher in eine Bar. Er wusste, dass Terry mehr wollte, aber darauf war Jason nicht eingegangen. Er hatte Terry nicht einmal geküsst.

Jason zog sich im Schlafzimmer an und ging dann zu Terry ins Wohnzimmer.

Sobald er ins Zimmer kam, stellte Terry den Fernseher stumm. „Verdammt. Ich hatte schon fast vergessen, wie sexy du bist." Terry blickte grinsend zu ihm auf. „Also, bist du soweit?"

152

„Ja. Klar."

„Alles okay?"

„Ja. Es ist nur … ich weiß nicht, was ich von all dem hier halten soll."

„Von was? Dass ich dir beweisen möchte, dass ich kein komplettes Arschloch bin? Okay, vielleicht bin ich ja manchmal eins." Er trat zu Jason und nahm ihn an den Händen. „Ich weiß nur zu gut, dass ich mir das mit dir fast versaut hätte. Aber das wollte ich nicht, ich schwör's. Du warst und bist immer der wichtigste Mensch in meinem Leben. Ich liebe dich. Vielleicht musste ich dich erst mit diesem anderen Kerl sehen, um zu begreifen, wie sehr ich dich brauche."

Jason schluckte mühsam. Er wusste nicht, was er darauf sagen sollte. „Ich –"

„Du brauchst mir keine Antwort zu geben. Ich weiß, dass ich mir die erst verdienen muss." Er beugte sich vor und drückte Jason einen sanften, zärtlichen Kuss auf die Wange. Dann trat er zurück und holte Jasons Jacke. „Komm, essen wir erst mal was, und dann gehen wir uns amüsieren."

SECHS STUNDEN, eine Flasche Wein und ein halbes Dutzend Cosmopolitans später fand Jason sich in Terrys Wohnung wieder – auf den Knien, mit Terrys Schwanz im Mund. Er wusste nicht einmal genau, wie er dorthin gekommen war. Er wusste nur, dass seinen eigenen Schwanz die Sehnsucht quälte. Er wollte …

Henry. Er wollte Henrys Stimme hören, die ihm sagte, was er zu tun hatte. Er wollte Henrys glühende Blicke auf sich fühlen. Er wollte Henrys Lippen schmecken.

Aber Henry war zig Meilen weit weg, und Henry hatte klar und überdeutlich gesagt, dass Jason ihm nicht gehörte. Doch Terry war hier, und er hatte Jason versprochen, ihm heute Abend alle Wünsche zu erfüllen.

„Oh ja", stöhnte Terry und riss Jason damit gewaltsam aus seinen Gedanken. „Oh Gott, was hab' ich das vermisst. Oh, *Fuck*." Er packte Jason mit beiden Fäusten an den Haaren, hielt seinen Kopf fest und rammte ihm seinen Schwanz wieder und wieder in den Mund. „Oh fuck … Scheiße, ja", murmelte er und stieß noch heftiger zu.

Jason blickte auf. Terry hatte die Augen zu und den Kopf in den Nacken gelegt. Er schaute den Mann nicht einmal an, den er in den Mund fickte!

In seinem Inneren krampfte sich alles zusammen. Irgendwas lief hier gerade furchtbar schief. Aber da spritzte Terry ihm schon seine Ladung in den Hals, und Jason konnte nur noch schlucken.

„Jesus. Du kannst das echt verdammt gut."

Jason blinzelte. Was konnte er gut? Auf den Knien liegen und sich in den Mund ficken lassen? Das konnte jeder!

Terry lehnte sich auf dem Sofa zurück. „Warte mal einen Moment, bis ich mich erholt habe, dann hab' ich was für dich."

Jason sagte nichts. Er merkte, dass er beim Niederknien ganz unbewusst die Hände hinter dem Rücken verschränkt hatte. Terry war das anscheinend gar nicht aufgefallen. Jason nahm die Hände nach vorn und legte sie auf seine Knie. Er wäre jetzt gerne gegangen, aber er war zu betrunken zum Fahren. Hatte Terry ihn etwa absichtlich so abgefüllt? Den ganzen Abend über hatte Jason keinen einzigen Drink selber bezahlt - aber Terry würde ihn doch nicht betrunken machen, nur damit er hier festsaß. Oder?

„Komm." Terry stand wieder auf. „Gehen wir ins Schlafzimmer."

Jason folgte ihm stumm. Im Schlafzimmer sah alles aus wie immer – aber dann holte Terry eine Rolle Hanfseil unter dem Bett hervor.

„Mach's dir doch bequem", gurrte Terry. „Dann kann ich's dir schön *un*bequem machen."

Jason zögerte. „Weißt du ... weißt du überhaupt, wie das geht?"

„Was gibt's da zu wissen? Das ist ein Seil. Da macht man Knoten rein. Soll ich dir die Augen verbinden?"

Jason schluckte mühsam. Er beugte sich vor, um Terry zu küssen, aber Terry wich zurück. Er machte keine große Sache daraus, aber es war kein Geheimnis, dass er Jason nicht gerne küsste, nachdem Jason ihm einen geblasen hatte. Er fand es eklig, sein eigenes Sperma im Mund seines Sexpartners zu schmecken.

Terry küsste ihn auf die Wange. „Zieh dich aus. Ich will, dass es schön für dich ist, Jason. Ich schwöre, heute Nacht mach' ich alles, was du willst. *Jede* Nacht. Ich will dich unbedingt. Ich liebe dich so sehr. Wenn du mir sagst, was ich vorher falsch gemacht habe, tu' ich's nie wieder, das schwöre ich."

Jasons Magen krampfte sich zusammen; bittere Galle brannte ihm in der Kehle. Er rannte ins Bad und erbrach seinen Mageninhalt in die glatte Porzellanschüssel.

„Jesus! *Jason!*" Terry war ihm auf den Fersen. „Was ist denn los, zum Teufel? Bist du okay?"

Jason richtete sich wieder auf. Er drückte die Klospülung. Sein Atem kam in rauen Zügen. „Kannst du mich mal kurz allein lassen? Bitte?"

Terry blinzelte. Nickte. Er ging wortlos hinaus und machte die Tür hinter sich zu.

Jason sackte an der kühlen, gefliesten Wand zusammen und schloss die Augen. Heiße Tränen liefen ihm über die Wangen; er zitterte vor Anstrengung, nicht laut hinauszuschluchzen. Er wusste nicht einmal, wen von den beiden er gerade betrog, zu wem er unfairer war.

Terry liebte ihn, wollte ihn. Er gab sich Mühe, wenn auch vergebens.

Terrys Mühe war vergebens, weil Jason *Henry* wollte. Gegen *ihn* kam Terry unmöglich an.

Nur dass Henry zweifellos nie wieder mit ihm reden würde, wenn Jason ihm erzählte, was heute Abend passiert war.

Immer noch zitternd rappelte Jason sich auf. Er spülte sich den Mund mit Mundwasser aus. Trotzdem schmeckte er noch Galle. Sperma. Er würgte erneut. Glücklicherweise hatte er nichts mehr im Magen. Er holte tief Luft. Atmete aus. Er wusch sich das Gesicht mit kaltem Wasser und fand sich damit ab, sowohl Terry als auch Henry zu verlieren. Vielleicht sogar Kendra, weil er sie glauben gemacht hatte, dass er den Kontakt zu Henry abgebrochen hätte. Er musste ihr die Wahrheit sagen. Er musste allen die Wahrheit sagen, um jeden Preis.

Jason überquerte den Flur und zog sich im Schlafzimmer wieder seine eigenen Sachen an, ehe er zu Terry ins Wohnzimmer zurückging. Der Fernseher lief, aber Terry machte ihn aus, sobald Jason ins Zimmer kam.

„Fühlst du dich wieder besser?"

Jason schüttelte den Kopf. „Ich geh' nach Hause."

„Bitte nicht. Ich schlaf' auf dem Sofa, du kannst mein Bett haben. Oder was auch immer. Wenn du auf dem Sofa schlafen willst, kannst du das Sofa haben und ich geh' ins Schlafzimmer. Wir können morgen früh darüber reden."

„Da gibt's nichts zu reden, Terry. Es tut mir leid. Bitte ruf mich nicht mehr an."

„Was? *Warum?*"

„Weil ich dich nicht mehr wiedersehen will."

„Ist es wegen diesem anderen Kerl?"

„Ja. Nein. Es gibt viele Gründe. Ich bin nicht mehr der, der ich vor fünf Jahren war. Du auch nicht. Ich bin sicher, dass ich dich mal geliebt habe, aber … jetzt liebe ich dich nicht mehr. Schon lange nicht mehr."

Eine Zeit lang blieb Terry stumm. Schließlich sagte er: „Ruf' mich bloß nicht an, wenn er dir wehtut, Jason." Seine Stimme war ganz heiser vor Zorn. „Wenn du mich nicht mehr wiedersehen willst, schön und gut, aber wag' es *ja* nicht, mich anzurufen, wenn er dir verdammt noch mal wehtut."

„Abgemacht."

ER KAM nicht weit. Nur ein paar Blocks von Terrys Wohnung entfernt hielt er am Straßenrand. In dem Zustand konnte er unmöglich Auto fahren, obwohl er bestimmt nicht mehr allzu viel Alkohol im Leib hatte. Vor allem sehnte er sich danach, Henrys Stimme zu hören, aber er konnte ja auf keinen Fall morgens um zwei bei ihm anrufen. Er konnte überhaupt niemanden anrufen. Also saß er eine Stunde lang einfach nur da und sah dem Schnee beim Fallen zu, bis er sich imstande fühlte, nach Hause zu fahren.

JASON ZÄHLTE mit, wie oft es klingelte … sechsmal … es war noch früh, nicht einmal neun Uhr morgens, aber bestimmt –

„Hey, du bist aber früh auf", begrüßte ihn Henry.

„Hi. Ja."

„Bist du okay?"

„Nein. Ich … ich muss dir was sagen." Er war um sieben nach Hause gekommen; um diese Zeit waren die Straßen weder geräumt noch gestreut, und bei dem dichten Schnee hatte er für die zweistündige Fahrt letztendlich beinahe vier Stunden gebraucht.

Als er durch die Haustür kam, musste er feststellen, dass sein Vater zur Abwechslung einmal zuhause war. Und wach. Und auf ihn wartete. Er las Jason die Leviten rauf und runter, weil er die ganze Nacht weggeblieben war, nannte ihn unverantwortlich, respektlos. Arrogant. Jason war angeblich kein bisschen besser als seine Mutter, bildete sich ein, er könne tun und lassen, was er wolle, ohne je die Konsequenzen tragen zu müssen. Gott, wenn sein Vater nur wüsste … Schließlich konnte Jason entkommen, aber nur, weil seinem Vater die Zeit knapp wurde; er war mit Alicia zum Frühstück verabredet, und danach wollten sie zum Sonntagsgottesdienst in ihrer Kirche. Jason wusste nicht, seit wann sein Vater so religiös war, aber es war ihm egal. Dads Abgang bedeutete, dass er duschen, sich einen Kaffee kochen und dann in sein Zimmer verschwinden konnte. Inzwischen war Henry bestimmt auf – oder hoffentlich nicht? Aber Henry war wach. Und das war es jetzt.

„Ich glaube, das wird jetzt unser letztes Gespräch", sagte Jason und unterdrückte nur mit Mühe ein weiteres Schluchzen.

„Baby, rede mit mir. Was ist denn los?"

„Ich … ich hab's total verkackt, Henry." Er saß auf seinem Bett, umklammerte das Telefon mit der einen Hand und Henrys Halsband mit der anderen. „Bitte hass' mich nicht."

Bitte sag, dass du mir trotzdem noch eine Chance gibst.

„Ich könnte dich nie hassen, Boy, ganz gleich, was du getan hast. Jetzt komm schon, was ist passiert?"

„Ich … vor ungefähr einem Monat war ich mit Terry essen. Wir … wir haben uns seither öfter getroffen."

Henry blieb viel zu lange viel zu still. „In Ordnung", sagte er schließlich mit erschreckend ruhiger Stimme. „Du hast schließlich jedes Recht, auszugehen mit wem du willst, Jason."

Jason kniff die Augen zu. Henrys Hass wäre leichter zu ertragen. „Bis letzte Nacht ist nichts zwischen uns passiert", versicherte er, als ob das irgendwas besser machen würde.

„Also dann seid ihr jetzt wieder zusammen?" Es war kaum eine Frage.

„Nein. Ich habe ihm gesagt, dass er mich nicht mehr anrufen soll. Er hat es akzeptiert."

Henry stieß einen langen, tiefen Seufzer aus. „Was also sagst du mir hier grade *nicht*?"

Ehe Jason antworten konnte, piepste sein Telefon. Noch jemand versuchte ihn anzurufen. „Bleib dran. Bitte?"

„Ich geh' nicht weg."

Jason nickte, obwohl Henry ihn nicht sehen konnte. Er schaute auf das Display. Kendra. Scheiße. Er drückte „Anruf abweisen" und nahm das Telefon wieder ans Ohr. „Ich bin wieder da."

„Ich immer noch."

Jason ließ das Halsband los, um einen Schluck Kaffee zu trinken. „Gestern Abend wollte Terry mit mir tanzen gehen. So wie früher. Ich ... ich war ... im letzten Monat haben wir wirklich wieder zueinander gefunden. Es war wie früher. Er ist an meinem Geburtstag hergekommen, *nur* weil er mich sehen wollte. Nur weil er mich auf einen Kaffee einladen wollte, und ich weiß, davon hätte ich dir erzählen sollen. Es tut mir leid." Tränen strömten ihm über die Wangen.

„Du bist mir keine Erklärung schuldig, Jason. Ich will nur wissen, ob es dir gut geht."

„Ich bin gestern Abend ziemlich abgestürzt. Wir haben zusammen eine Flasche Wein getrunken, und dann sind wir in die Bar gegangen. Und ... ich wollte mich eigentlich gar nicht betrinken, aber dann ... Terry hat mir einen Cosmo nach dem anderen spendiert, und ich habe ihn gelassen, und als wir wieder in seiner Wohnung waren, da ... ich weiß gar nicht mehr genau, was passiert ist. Ich konnte nicht mehr klar denken. Oder vielleicht wollte ich's ja auch. Ich weiß nur, dass ich mich hingekniet und ihm einen geblasen habe." Er hatte sich in seinem ganzen Leben noch nie so sehr für etwas geschämt.

Am anderen Ende der Leitung herrschte Schweigen.

„Sonst ist nichts passiert, das schwöre ich. Mir ist schlecht geworden, und ich musste kotzen. Danach bin ich gegangen."

„Bitte sag mir, dass du nicht betrunken nach Hause gefahren bist."

„Nein. Ich bin nur ein paar Häuserblocks weit gefahren, dann habe ich geparkt und einfach nur dagesessen."

„Wie fühlst du dich jetzt?"

Jason hätte beinahe gelacht. „Als hätte ich alles total versaut. Das Beste, was mir je ..." Er erschauerte. Wie konnte er Henry „das Beste, was mir je passiert ist" nennen? Er wusste ja nicht einmal, wie es wirklich zwischen ihnen stand.

„Hast du geschlafen?", fragte Henry.

„Nein."

„Okay. Dann besorgst du dir jetzt eine Riesenflasche Gatorade oder so was in der Art und trinkst sie leer."

„Ich hasse das Zeug."

„Mir egal. Du trinkst es trotzdem. Außerdem machst du dir drei Rühreier und Toast. Dann gehst du schlafen."

„Wenn ich was esse, muss ich bloß kotzen."

„Wenn du nichts im Magen hast, ist es noch schlimmer. Stell dir eine Flasche Wasser neben das Bett, bevor du schlafen gehst. Du hast wahrscheinlich Durst, wenn du aufwachst."

„Soll das heißen, dass du gar nicht böse auf mich bist?", fragte Jason hoffnungsvoll.

„Ich bin verdammt noch mal *stinksauer* auf dich." Sein Tonfall ließ keinen Zweifel daran, *wie* zornig er war. „Nicht, weil du mit Terry ausgegangen bist. Und auch nicht, weil du mir nichts davon erzählt hast. Ich bin nicht deine Mutter und ich bin nicht dein Vater. Mit wem du ausgehst, und was du mit demjenigen machst, das ist deine Sache und geht mich nichts an. Aber es war verdammt noch mal unglaublich leichtsinnig von dir, mit jemandem auszugehen und dich zu betrinken, von dem du *wusstest,* dass er dich ins Bett kriegen will. Ob er dich nun absichtlich betrunken gemacht hat oder nicht, er hat dich auch ganz bestimmt nicht davon abgehalten. Es ist das reinste Wunder … Jesus, Boy, dir hätte gestern Nacht wirklich ernsthaft was passieren können."

„Ja, Sir." Jason wischte sich die Feuchtigkeit von den Wangen. „Was … wenn ich alles gemacht habe, was du gesagt hast, was soll ich dann tun?"

„Ruf mich an, wenn du aufwachst. Ganz egal, wie spät es ist. Dann reden wir über den Rest. Ich glaube, es wird Zeit, einige Dinge beim Namen zu nennen."

„Ja, Sir. Sir, ich –"

„Nein", schnitt ihm Henry das Wort ab. „Kümmere du dich erst mal um dich selbst. Wir reden später, wenn du dich besser fühlst."

„Ja, Sir. Danke."

JASON BESCHLOSS, das Auto stehen zu lassen; bis zur Tankstelle war es eine knappe Meile zu laufen, und die frische Luft würde seinem Kopf wahrscheinlich guttun. Auf dem Weg nach Hause würgte er die halbe Flasche von dem ekelhaft schmeckenden Sportgetränk hinunter.

Beim Gehen dachte er darüber nach, was Henry über Terry gesagt hatte. Er war sich nicht sicher, ob er glauben wollte, dass Terry ihn absichtlich betrunken gemacht hatte. Aber er hatte es zugelassen. Vor allem aber gab Jason sich selbst die Schuld: Er hätte gar nicht erst mit Terry ausgehen dürfen. Als er wieder zuhause war, machte er sich drei Rühreier und eine Scheibe Toast. Er aß. Er trank die Flasche vollends leer. Alles blieb drin.

Kendra rief noch dreimal an, ehe er schließlich das Telefon ausschaltete, die Gatorade-Flasche mit Wasser füllte und ins Bett kroch. Er fühlte sich völlig ausgelaugt, als wäre er innerlich ganz leer – als wäre sein Inneres eine einzige, blutende Wunde. Aber Henry sorgte immer noch für ihn. Das musste doch etwas zu bedeuten haben.

13

Es WAR dunkel, als er die Augen wieder aufmachte. Er war untertags ein paar Mal aufgewacht und hatte Wasser getrunken. War wieder eingeschlafen. Er fühlte sich immer noch beschissen, aber jetzt war er wach und wusste, dass er nicht noch länger schlafen konnte. Er schaute auf die Uhr; es war halb sieben.

Fuck.

Er hatte den ganzen Tag verschlafen. Sein Magen knurrte, aber noch dringender als etwas zu essen wollte er Henrys Stimme hören, wollte ihn sagen hören, dass zwischen ihnen alles okay war. Oder irgendwann wieder sein würde. Nur, dass es keine Garantie gab, dass Henry das sagen würde. Vielleicht würde er Jason zum Teufel schicken.

Er wischte sich die Feuchtigkeit von den Wangen und wählte Henrys Nummer. Die Dutzende von Nachrichten in seiner Mailbox ignorierte er. Aller Wahrscheinlichkeit nach waren die alle von Kendra.

Henry nahm nach qualvollen sechs Mal Läuten ab. „Eben erst aufgestanden?"

„Ja, Sir."

„Gut, dass du anrufst. Ich hatte schon befürchtet, ich müsste dich wecken."

„Sir?"

„Wenn meine Richtungsangaben korrekt waren, müsste ich in zwanzig Minuten bei dir in die Einfahrt fahren."

Jason hätte beinahe das Handy fallen lassen. „Aber ... aber das ist eine achtstündige Fahrt!"

„Sieben", korrigierte Henry. „Manche Gespräche sollten persönlich geführt werden, Boy."

„Ich ..." Er wusste nicht, was er sagen sollte.

„Warum gehst du nicht unter die Dusche und ziehst dir saubere Sachen an? Ich bin am Verhungern. Du wahrscheinlich auch. Ich hol' dich ab und wir gehen was essen."

Millionen Dinge gingen Jason durch den Kopf, aber aus seinem Mund kamen nur zwei Worte: „Ja, Sir."

„Soll ich an die Tür klopfen oder einfach anrufen, wenn ich da bin?"

„Ich ..." Jason zögerte. Er schlüpfte hinaus in den Flur. Im Haus war alles still, und als er nachschaute, lagen die Autoschlüssel seines Vaters weder auf dem Tisch noch hingen sie am Haken neben der Hintertür. „Du kannst ruhig an die Tür kommen, wenn du willst. Es ist niemand zuhause. Außer, falls du lieber einfach anrufen –"

„Jason", sagte Henry scharf. „Wenn ich dir eine Frage stelle, dann weil ich eine Antwort haben will. Klar?"

„Ja, Sir."

„Wenn du mich weiter so nennen willst, wirst du loswerden müssen, was dich so an dir zweifeln lässt. Jetzt geh und mach' dich fertig."

„Ja, Sir." Jason legte auf. Er duschte. Er rasierte sich. Er band sein nasses Haar zu einem Pferdeschwanz zusammen, weil er für mehr keine Zeit hatte. Er zog sich gerade an, als es an der Haustür läutete; beim Klang der Türglocke wurde ihm ganz flau im Magen. Mulmig. Henry war hier. Henry war sieben Stunden lang gefahren, nur um ihn zu …

Wahrscheinlich nicht, um ihn zu vögeln.

Hoffentlich auch nicht, um ihre … was immer es auch war … zu beenden.

Jason steckte sein Hemd in den Hosenbund und ging an die Tür. Das Herz pochte ihm bis zum Hals.

„Komm her, Boy." Henry nahm ihn sofort in die Arme, hüllte ihn in seine Wärme und Stärke.

Jason klammerte sich an ihm fest. „Es tut mir leid. Es tut mir so leid", schluchzte er.

Henry umarmte ihn noch fester. „Schschscht. Du brauchst dich nicht zu entschuldigen."

„Ich hab' Mist gebaut."

Henry seufzte. Nickte. Jason spürte, wie sich sein Kopf bewegte. „Ja. Hast du. Und ich auch. Jetzt hol deine Jacke – und das Halsband."

Jason blickte erschrocken zu ihm auf. Verängstigt. „Bitte nimm es nicht zurück."

„Wir reden nach dem Essen."

„Henry … Sir … *bitte* …"

„Schschscht, schon gut. Vertrau mir. Ich bin nicht fast vierhundert Meilen weit gefahren, nur um mir mein Halsband zurück zu holen, Boy. Ich bin hier, damit wir klären können, was falsch gelaufen ist, wo wir *beide* Mist gebaut haben. Und damit wir überlegen können, wie wir das wieder hinbiegen."

Jason schluckte krampfhaft, tat aber, was Henry ihm befohlen hatte. Er ging in sein Zimmer und holte das Halsband unter seinem Kopfkissen hervor. Henry nahm es von ihm entgegen und steckte es in seine Manteltasche. Obwohl Henry etwas von „die Sache wieder hinbiegen" gesagt hatte, kämpfte Jason schon wieder blinzelnd mit den Tränen.

„Vertraust du mir?", fragte Henry.

„Ja."

„Dann lass uns jetzt was essen gehen. Danach werden wir reden. Versprochen. Ich möchte zusammen mit dir versuchen, eine Lösung zu finden, Boy. Okay?"

Jason nickte stumpf. Er würde zwar nichts essen können – und das lag nicht daran, dass er sich gestern Abend betrunken hatte – aber er wollte auch nicht mit

160

Henry streiten. Daher folgte er ihm hinaus zu seinem Van und stieg ein. Er erklärte Henry den Weg zum nächsten Restaurant – eines der wenigen in der Stadt, wo es nicht nur Fast Food gab.

KEINE ZEHN Minuten später saßen sie in einer kleinen Pizzeria in der Innenstadt von Ithaca. Henry trank Eistee und Jason Wasser, während sie auf das Essen warteten. Henry hatte bestellt, ohne Jason zu fragen – groß war die Auswahl ja nicht. Er hatte einen Vorspeisensalat ausgesucht, mit dem Fleisch auf einem Extrateller, und eine Pizza mit Pilzen und Oliven.

„Also", brach Henry das unbehagliche Schweigen, das sich über sie gesenkt hatte. „Möchtest du von vorne anfangen und mir erzählen, was passiert ist?" Es war keine Bitte.

Jason rührte mit dem Strohhalm zwischen den Eiswürfeln in seinem Wasserglas herum. „Terry sagte, er würde mich nicht in Ruhe lassen, bis ich mit ihm rede. Also hab' ich mich mit ihm zum Essen verabredet. Ich … es war richtig nett."

„Und du fühlst dich schuldig, weil es dir gefallen hat?"

„Sollte ich nicht?"

„Nein."

Da blickte Jason dann auf. „Trotzdem. Es kommt mir so vor … Gott. Es ist, als hätte ich …" Er zögerte und nagte an seiner Lippe. Er fühlte sich, als hätte er Henry betrogen. Terry vielleicht auch. „Ich fühl' mich beschissen."

Ihre Salate kamen. Henry wartete, bis die Kellnerin wieder weg war, dann sagte er: „Du und Terry, ihr habt eine gemeinsame Vergangenheit. Du wolltest wissen, ob der Funke noch da ist –"

„Nein, Sir. Ich wollte mir beweisen, dass er immer noch ein Arschloch ist. Dann hätte ich ihm sagen können, dass es aus ist zwischen uns. Um es mir leichter zu machen, eben weil … eben weil wir eine gemeinsame Vergangenheit haben. Und Kendra hat recht, ich konnte die letzten fünf Jahre nicht einfach hinter mir lassen, als wäre nichts gewesen. Aber ich dachte … ich war so sicher, dass er mich mies behandeln würde, dass er versuchen würde, mir die Zunge in den Hals zu stecken oder sich von mir auf seinem Rücksitz einen blasen zu lassen oder so was. Aber er hat's nicht getan. Er hat mich nicht mal angefasst. Ich … es war nett.

Ich habe ziemlich wenig Freunde", gestand Jason. „Als ich hierhergezogen bin, habe ich den Kontakt zu den meisten verloren, und … und, na ja, ich habe wohl noch nie richtig in dieses beschissene Kaff gepasst. Ich komme mir vor wie der einzige Schwule weit und breit. Deshalb war es … es war schön, Terry wieder zum Freund zu haben. Von da ab haben wir uns öfter getroffen. Ich hätte es dir erzählen sollen. Ich hatte dich gerade angerufen und wir haben … du weißt schon. Am Telefon. Und das fand ich auch schön. Ich *finde* es so schön", sagte er kläglich, weil er sich nichts sehnlicher wünschte, als sein Halsband von Henry zurückzubekommen.

Doch Henry nickte nur, also redete Jason weiter.

„Gestern Nacht habe ich mich betrunken. Und ich habe ihm einen geblasen. Terry. Und dabei konnte ich immer nur an dich denken." Er senkte den Kopf und schaute in sein Wasserglas. Die Eiswürfel waren beinahe geschmolzen. „Aber du hast gesagt, dass ich dir nicht gehöre. Deshalb bin ich eben mitgegangen, als Terry dann ins Schlafzimmer wollte. Es ist nichts passiert", wiederholte er. „Mir ist schlecht geworden, und ich bin gegangen. Aber ich weiß nicht, was passiert wäre, wenn ich geblieben wäre."

„Ich schätze es sehr, das zu hören."

„Was?"

„Ich lege großen Wert auf Ehrlichkeit, Boy. Ehrlichkeit ist so ziemlich das Wichtigste für mich, selbst wenn sie wehtut. Deshalb will ich auch nicht versuchen, dir etwas vorzumachen. Von dir zu hören, dass du gestern Abend mit Terry aus warst, hat verdammt wehgetan. Und dass du schon vorher öfter mit ihm ausgegangen bist und mir nichts davon erzählt hast. Nein", er hob die Hand, ehe Jason sich erneut entschuldigen konnte. „Du hast recht, ich habe dir einmal gesagt, dass du mir nicht gehörst. Und wir haben zwar einige ziemlich wilde Telefonate geführt, aber ich habe nie … ich habe so einiges nicht gesagt, was ich vielleicht hätte sagen sollen. Ich habe dir nie gesagt … vermutlich hätte ich dir eine ganze Menge sagen müssen", gab er zu. „Die Wahrheit ist, ich schwanke schon seit einiger Zeit ständig hin und her, ob ich lieber dein Master sein will oder der Mentor, den du meiner Meinung nach brauchst – ohne dich auch nur ein einziges Mal zu fragen, was *du* willst. Ich war unfair uns beiden gegenüber. Ich bitte dich, mir das zu verzeihen."

Eine ganze Weile saß Jason nur sprachlos da. Zum ersten Mal seit Henrys Ankunft wurde ihm bewusst, wie erschöpft Henry aussah. Wie matt seine Stimme klang. Wie zutiefst verletzt er wirklich war. „Ja, natürlich verzeihe ich dir. Ich … wenn ich nicht mal selber weiß, was ich brauche, woher sollst du es dann wissen? Wirst du … kannst du mir verzeihen?", flehte er.

„Schon geschehen, Boy."

Die Kellnerin kam mit ihrer Pizza; sie schenkte Jason Wasser nach. Er hatte gar nicht gemerkt, dass er das Glas leer getrunken hatte.

„Was jetzt?", fragte Jason, als sie wieder allein waren.

„Jetzt frage ich dich, ob du bereit – imstande – bist, mich noch mal von vorn anfangen zu lassen. Ich frage dich, ob du mit mir über einen Vertrag reden möchtest."

Jason stockte der Atem. Gott, ja, er wollte einen Vertrag! „Für wie lange?"

„Befristet auf drei Monate."

Schon wurde ihm das Herz wieder schwer. „Das ist aber schrecklich kurz. Könnten wir nicht vielleicht lieber über etwas Längeres reden? Sechs Monate –"

„Ich verhandle einen Vertrag nicht gern mittendrin neu, wenn ich es verhindern kann", unterbrach Henry. „Ich würde lieber einige kurze Verträge hintereinander abschließen, dann vielleicht einen über sechs Monate und dann … dann können wir weitersehen. Ganz kleine Schritte, okay?"

Jason kaute an seinem Strohhalm. „Ja, okay. Klingt einleuchtend. Aber können wir vielleicht reinschreiben, dass ich dich vor Januar noch mal zu sehen kriege?"

Henry grinste. „Ich wollte dich sowieso zum Ende der drei Monate für eine Woche oder so zu mir auf Besuch einladen. Auf diese Weise können wir persönlich neu verhandeln. Und ich kriege dich endlich mal in mein Spielzimmer."

„Das wäre mir sehr recht."

Henry lachte leise. Jetzt wirkte sein Gesichtsausdruck etwas weniger angespannt. „Gut. Sobald wir wissen, wann du Semesterferien hast, sehen wir weiter."

„Ich glaube, ich werde das Sommersemester aussetzen und nur arbeiten gehen."

Henry blieb eine Weile stumm. Schließlich nickte er. „In Ordnung. Das gefällt mir zwar nicht, aber vorerst werde ich meine Kontrolle über dein Leben beschränken."

„Sir?"

„Jeder Idiot kann sehen, dass du nicht glücklich bist, Jason. Aber einige Entscheidungen musst du nun mal selbst treffen. Du sollst nur wissen, dass ich für dich da bin und dich unterstützen werde, wenn du entscheidest, was du mit deinem Leben anfangen willst."

„Ist das nicht ein bisschen widersprüchlich? Ich meine … wenn du Vertrag sagst, gehe ich doch davon aus …" *Der Sklave ist das natürliche Gegenstück zum Master.* Und wie Jason wusste, wartete Henry nur darauf, dass er es aussprach. „Ich gehe davon aus, dass du einen Sklavenvertrag meinst, Sir."

„Ein Master hat die Pflicht, sich um sein Eigentum zu kümmern. Dazu gehört, dir Raum zum Wachsen zu lassen."

Jason nickte widerwillig. Er wusste, dass Henry recht hatte, auch wenn ihm das nicht unbedingt gefiel. Es wäre viel leichter, wenn Henry ihm einfach sagen würde, was er tun sollte. „Darf ich … ich meine, ich habe doch auch etwas mitzureden, oder? Ich meine, was den … unseren … Vertrag betrifft?"

„Was schwebt dir denn vor?"

„Ich hoffe, damit überschreite ich nicht meine Grenzen oder so, aber … ich möchte nicht … das heißt … ich muss wissen, dass du nicht noch mit jemand anderem zusammen bist. Bitte." Er schluckte mühsam. Hoffentlich verlangte er nicht zuviel.

„Ich habe und werde auch weiterhin spielen mit wem ich will, aber nur damit du Bescheid weißt, Boy: Seit ich dich kenne, habe ich sonst mit niemandem gevögelt. Ich habe nicht vor, jetzt damit anzufangen."

Jason blinzelte. Jetzt schämte er sich mehr als je zuvor.

Henry fuhr fort: „Du hingegen wirst ohne meine Erlaubnis weder mit jemandem spielen noch vögeln. Und außerdem ist es dir verboten, dich noch mal zu betrinken. Haben wir uns verstanden?"

„Ja, Sir. Klar und deutlich."

„So ist's gut. Jetzt habe ich eine Frage an dich: Musst du heute Abend noch irgendwohin? Oder morgen früh?"

„Nein, Sir." Er hatte Unterricht, aber den konnte er schwänzen, ohne seinen Zensuren zu schaden. Davon sagte er Henry nichts.

„Dann nehme ich mir für heute Nacht ein Zimmer, und du kommst mit mir. Wir sprechen den Rest vollends durch und sehen zu, dass wir was zu Papier bringen."

„Ich … ich hoffe, dass du mehr als nur Schreiben und *Reden* im Sinn hast, Sir", sagte Jason geziert.

Henry unterdrückte ein Kichern und setzte eine strenge Miene auf. „Ich glaube, wir müssen uns demnächst mal ausführlich darüber unterhalten, was mit zudringlichen Boys passiert."

„Ja, Sir." Jason gab sich alle Mühe, zerknirscht dreinzuschauen; Henry lachte.

Trotz der entspannteren Stimmung und allgemeinen Ungezwungenheit der vergangenen halben Stunde zögerte Jason an der Tür des Motelzimmers. Henry hatte ihm befohlen, die Sporttasche hereinzubringen und den anderen Koffer selbst genommen. Er wirkte schwer, und Jason fürchtete sich fast vor dem Inhalt. Für sein Zögern gab es jedoch einen anderen Grund.

„Stimmt was nicht, Boy?", fragte Henry mit einem Blick über die Schulter.

„Ich … Sir, ich habe das nicht verdient."

Henry hielt inne. Nickte. „Komm rein und schließ die Tür, dann reden wir."

Jason tat wie befohlen. Er stellte die Sporttasche neben das Bett, während Henry den Stuhl hinter dem Schreibtisch hervorzog und in die Mitte des Zimmers stellte. Henry setzte sich. Jason blieb stehen.

„Hände auf den Rücken, Boy."

Jason gehorchte.

„Höher. Leg' sie ins Kreuz, Ellbogen nach außen."

Schweigend passte Jason seine Haltung an, bis Henry zufrieden war.

„Jetzt rede mit mir."

Jason holte tief Luft. Atmete aus. Er versuchte seine Gedanken zu sammeln, aber es war, als versuchte er eine Handvoll Sand festzuhalten. „Sir. Mit allem Respekt, Sir, ich verdiene es nicht … Sir, ich habe dich betrogen. Ich … ich habe Terry betrogen. Ich weiß, dass du heute Abend spielen möchtest, aber das habe ich nicht verdient. Und das macht es wahrscheinlich noch schlimmer, weil du den ganzen Weg bis hierher gefahren bist, und wenn ich es nicht verdient habe, mit dir … dass du mich … Scheiße." Er schniefte. Tränen sammelten sich in seinen Augenwinkeln.

„Sag einfach, was du sagen willst, und dann machen wir weiter."

„Ich habe Mist gebaut. Und dafür müsstest du mich ja jetzt eigentlich bestrafen, weil ich wusste schließlich auch ohne Vertrag und ohne ausdrückliche Abmachung, dass das, was ich getan habe, falsch war. Aber wenn du mich bestrafst, dann kannst du mich nicht so benutzen, wie du's sicher gerne möchtest. Ich weiß nicht, ob du mich dafür bestrafen kannst, dass du mich bestrafen musst oder wie so was funktioniert, aber … aber es ist beschissen, und es tut mir leid."

Henry lehnte sich zurück und blieb lange stumm. „In Ordnung. Du hast Mist gebaut, das will ich dir zugestehen und dafür wirst du bestraft werden. Heute. Du hast mich betrogen, und du hast Terry betrogen. Und ganz gleich, was ich von ihm halte – du hast recht, das hatte er nicht verdient. Aber das heißt nicht, dass ich deinen Körper nicht benutzen werde, Boy. Es bedeutet nur, dass ich nicht so viel Freude daran haben werde wie sonst. Ob für dich überhaupt etwas daran erfreulich sein wird, ist noch nicht entschieden."

Jason schluckte, doch der Kloß in seinem Hals rührte sich nicht vom Fleck. „Ja, Sir."

„Master", korrigierte Henry.

„Ja, Master."

„Von jetzt an erwarte ich von dir, dass du mich mit ‚Master' ansprichst, wenn wir alleine sind. Nicht weil ich das brauche, sondern weil du dich dabei immer noch unwohl fühlst. Ich erwarte, dass du dich an dieses Wort gewöhnst. Und an das Wort ‚Sklave'."

„Ja, Master."

„In Ordnung. Zieh dich aus. Und dann stell dich da in die Ecke. Frag mich nicht, wie lange. Wenn ich entscheide, dass die Zeit um ist, bekommst du die Gerte. Zehn Hiebe, weil du mich betrogen hast. Und zehn, weil du Terry betrogen hast. Und es werden keine leichten Hiebe sein."

Jason erschauerte. Nickte. „Ja, S-Master."

„Eins möchte ich klarstellen, Sklavenboy: Du hast immer noch deine Safewörter. Die werde ich dir auf gar keinen Fall wegnehmen, aber ich erwarte, dass du sie mit Bedacht einsetzt. Verstanden?"

„Ja, Master. Danke."

Henry nickte, und Jason legte seine Kleidung ab. Er faltete sie ordentlich zusammen, legte sie auf den Schreibtisch und wandte sich der Ecke zu.

„Ich möchte, dass du vorher zu mir kommst", sagte Henry.

Jason drehte sich um – und sein Herz begann zu pochen als er sah, was Henry in der Hand hielt. Es war das graue Halsband. Sein Halsband. Das er sich an jenem ersten Tag so sehnlich gewünscht hatte, das er für sich verloren geglaubt

165

hatte, an jemand anderen verkauft. Henry musste es ... Gott, hatte er es wirklich zur Seite gelegt? *Für mich?*

„Knie dich hin", wies Henry ihn an.

Von Gefühlen überwältigt fiel Jason auf die Knie und legte die Hände auf den Rücken. „Das steht mir nicht zu", flüsterte er heiser.

„Von jetzt an lässt du mich entscheiden, was dir zusteht oder nicht –was nicht heißt, dass du dabei nichts mitzureden hast oder dass ich deine Meinung nicht hören will. Ich erwarte, dass du mir sagst, was du willst. Was du nicht willst. *Respektvoll.* Aber von jetzt an habe ich in allem das letzte Wort. Das ist kein Geschenk, Boy ... oder vielleicht doch. Aber der Preis dafür ist verdammt hoch."

„Sir?"

„Der Preis bin ich, und ich bin kein Gewinn."

„Darf ich da – mit allem Respekt – anderer Meinung sein?"

„Du darfst. Und übrigens bekommst du noch einen Hieb mehr, weil du mich ‚Sir' statt ‚Master' genannt hast", sagte Henry, während er Jason das schwere graue Halsband umschnallte.

„Ja, Master." Ehe er sich aufrichtete, beugte Jason sich vor und küsste Henry die Füße, aber er schmiegte nicht seine Wange daran. Das stand ihm nicht zu, noch nicht.

Jason stand auf und ging in die hintere Ecke des Zimmers. Dort blieb er stehen, die Hände wie zuvor hinter dem Rücken verschränkt.

„Während du dort stehst, möchte ich, dass du darüber nachdenkst, wofür genau ich dich hier bestrafe. Ich möchte, dass du in dich gehst und dir überlegst, was genau du falsch gemacht hast und warum. Du sollst begreifen, dass du das hier brauchst, aber auch, dass die Sache danach endgültig erledigt ist. Du sollst begreifen, dass ich das für dich tue, nicht für mich. Ich werde nie im Zorn die Hand gegen dich erheben. Du brauchst mir jetzt keine Antwort zu geben", sagte Henry. „Ich möchte, dass du still bist. Denk' einfach darüber nach, was du dort in der Ecke machst und warum ich nachher einundzwanzig Striemen auf deinem Arsch hinterlassen werde."

Jason schloss die Augen. Das graue Halsband lag schwer um seinen Hals. Es war so viel schwerer als das andere Halsband. Es fühlte sich so richtig an. Aber beim Gedanken an die einundzwanzig Hiebe mit der Reitgerte hatte er gehörig Fracksausen. Dabei hatte er ausdrücklich darum gebeten – oder jedenfalls um seine verdiente Strafe.

War er ein Masochist?

Nein. Sexuell konnte er dem Ganzen definitiv nichts abgewinnen; er war nicht erregt. Und Henry auch nicht.

Warum taten sie es dann?

Das war die Frage, auf die er eine Antwort finden musste. Er entspannte die Schultern und versuchte seinen Geist ganz still werden zu lassen ...

„Es IST Zeit, Boy." Henrys Tonfall war freundlich, bestimmt. Er schien direkt hinter ihm zu stehen; ob zehn Minuten vergangen waren oder eine Stunde hätte Jason nicht sagen können. „Einen halben Schritt zurück. Stütz' die Hände gegen die Wand und streck den Hintern raus."

Schweigend befolgte Jason die Anweisungen seines Masters.

„Ich werde dir einundzwanzig Hiebe geben. Du zählst sie laut mit. Du brauchst mir nicht für jeden einzelnen zu danken oder um den nächsten zu bitten, aber du wirst mich bei jedem Hieb mit ‚Master' ansprechen. Bevor wir beginnen, sagst du mir, warum ich das tue."

„Ja, Master. Ich habe dich betrogen, Master, indem ich mit Terry ausgegangen bin, ohne dir etwas davon zu sagen. Du hattest etwas Besseres verdient. Ich habe auch Terry betrogen, und das war nicht fair ihm gegenüber. Ich habe ihn in dem Glauben gelassen, dass er noch eine Chance bei mir hätte, obwohl ich in Wirklichkeit nie etwas anderes wollte, als dir zu gehören. Noch dazu habe ich gelogen. Ich habe euch beide angelogen, denn die Wahrheit zu verschweigen ist auch eine Lüge, Master. Ich wusste, dass es falsch war und habe es trotzdem getan. Ich … ich habe sogar Kendra belogen. Ich habe sie in dem Glauben gelassen, dass ich den Kontakt zu dir abgebrochen hätte."

„Warum hast du gelogen, Boy?"

„Weil es einfacher war, als die Wahrheit zu sagen, Master."

„Hast du deiner Meinung nach zusätzliche Hiebe verdient, weil du es dir leicht gemacht hast? Weil du deine beste Freundin belogen hast?"

Jason holte tief Luft. Atmete aus. „Ja, Master, aber bei allem Respekt, ich bin mir nicht sicher, ob ich viel mehr als einundzwanzig aushalten kann." Falls Henry ihm für jede Lüge zehn weitere Hiebe geben wollte …

„Vier dazu macht fünfundzwanzig. Meinst du, du schaffst das?"

Jason schluckte mühsam. Leckte sich die Lippen. Nickte. „Ja, Master."

„Nur noch eine Frage. Wie hast du dir den einundzwanzigsten Schlag verdient?"

„Indem ich dich nicht mit ‚Master' angesprochen habe, obwohl du mir klar und deutlich gesagt hattest, dass ich diese Anrede benutzen soll. Du hast recht, ich fühle mich nicht wohl dabei. Aber das ist keine Entschuldigung. Ich brauche es. Es gefällt mir nicht, ich will es nicht, aber ich brauche es. Ich muss … ich muss lernen, loszulassen."

„So ist's gut. Fertig?"

„Ja, Master." Er spannte sich an – wartete. Der erste harte Schlag landete quer über beiden Hinterbacken; er zischte, als der brennende Schmerz sich in den Muskeln ausbreitete. „Eins, Master." Der zweite Schlag landete direkt unterhalb des ersten. Er war kein bisschen schwächer. Genauso wenig wie der dritte und vierte. Bei „fünf" rannen ihm die Tränen über die Wangen, und bei „zehn" gönnte ihm Henry eine kurze Atempause.

„Fast die Hälfte geschafft", sagte Henry freundlich und wischte ihm die Feuchtigkeit von den Wangen. „Ich bin stolz auf dich, Boy."

„Danke, Master." Er zitterte am ganzen Körper. Fühlte sich schwach. Hoffte, dass Henry beschließen würde, dass es genug war.

Weit gefehlt. Henry ließ ihn dieselbe Haltung einnehmen wie vorhin und befahl ihm, tief Luft zu holen. So ruhig wie möglich zu atmen. Henry stellte erneut klar, warum sie das taten und erinnerte ihn daran, dass sie bei „elf" waren. Er achtete sorgfältig darauf, nur unverletzte Haut zu treffen und arbeitete sich Hieb für Hieb über Jasons Hintern weiter nach unten, ohne jemals zweimal hintereinander auf dieselbe Stelle zu schlagen.

Bei „zwanzig" schluchzte Jason und wand sich vor Schmerzen; sein ganzer Hintern brannte wie Feuer. Als er um eine weitere Atempause bettelte, gewährte Henry ihm eine und wartete, bis Jason zum Weitermachen bereit war. Jason musste alle Kraft zusammennehmen, um still zu halten, um die letzten fünf Schläge auf den empfindlichsten Teil seines Hinterteils – den Übergang zwischen Hinterbacken und Oberschenkeln – zu ertragen, aber irgendwie schaffte er es.

Dann drehte Henry ihn herum und nahm ihn in die Arme. Jason klammerte sich an ihm fest und Henry ließ ihn weinen, bis er aufhören konnte. „Wie fühlst du dich, Boy?", fragte Henry leise, als Jason sich endlich ausgeweint hatte.

„Sicher, Master. Wenn du mich in den Armen hältst, fühle ich mich sicher. Sogar als du … während du die Gerte benutzt hast … selbst da habe ich mich sicher gefühlt. Ich wusste, dass du nicht böse auf mich bist. Ich wusste, dass ich nur … ich musste es durchstehen. Nicht für dich. Für mich."

Henry drückte ihm einen sanften Kuss auf den Scheitel. „Gut gemacht." Er gab Jason ein Papiertaschentuch, damit er sich die Nase putzen konnte, und schob ihn dann Richtung Bett. „Deine Haut ist heil geblieben, aber ein paar ziemlich üble Striemen hab' ich dir schon verpasst. Magst du dich vielleicht hinlegen, damit ich einen besseren Blick darauf werfen kann?"

Jason nickte. Er streckte sich mit Henrys Hilfe bäuchlings auf dem Bett aus. Er zischte vor Schmerz, als Henry seine zerschlagene Haut berührte.

„Ich mach' dir was drauf, das gegen die Schmerzen und blauen Flecken hilft."

„Die blauen Flecken machen mir nichts aus, Master."

„Ich weiß. Aber irgendwann willst du auf diesem Arsch ja wieder sitzen können." Nachdem er ihm behutsam eine Salbe aufgetragen hatte, ging Henry ins Bad, holte einen kühlen Waschlappen und wischte Jason das Gesicht sauber. Er gab ihm ein Glas Wasser zu trinken, dann setzte er sich aufs Bett und zog Jason auf seinen Schoß. Er machte Jasons Pferdeschwanz auf und fuhr ihm mit den Fingern durch die Haare.

Jason schloss die Augen und kuschelte sich enger an Henry. Er fühlte sich ...
wohl. Er hatte sowohl Henry als auch Terry betrogen, er hatte beide angelogen, und
Kendra auch, aber ... *aber ich bin bestraft worden, und jetzt ist es vorbei.*

„Fühlst du dich besser?", fragte Henry.

Jason nickte. „Ja, Master."

„Gut. Ich werde ihn dir jetzt noch nicht zeigen – du bist nicht in der
Verfassung dafür – aber als du in der Ecke gestanden hast, habe ich einen Vertrag
aufgesetzt. Über den reden wir morgen", sagte er, als Jason zum Sprechen ansetzte.

„Also was jetzt?", fragte Jason.

Henry lächelte auf ihn herab, so voller ... Liebe? Gott, wie Jason das hoffte.
„Jetzt kuscheln wir hier im Bett ein bisschen miteinander und schauen einen Film.
Bevor wir schlafen gehen, gibst du mir einen von deinen fantastischen Blowjobs.
Du kommst heute Nacht nicht. Und du fasst dich auch nicht an. Aber wenn mir
gefällt, was du mit mir machst, schicke ich dich morgen mit einem Lächeln auf den
Lippen nach Hause."

„Das hast du schon, Master", versicherte Jason. „Nur mit dir zusammen zu
sein, macht mich ... ich hab' dich so vermisst."

„Ich hab' dich auch vermisst, Boy." Henry beugte sich vor und drückte
Jason einen warmen, willkommenen Kuss auf den Mund.

JASON LAS sich den Vertrag an Henrys Laptop Wort für Wort durch. Seine Rolle
als Sklave war klar, wenn auch knapp definiert: Obwohl sie nicht zusammen
lebten, konnte Henry zu jeder Tages- und Nachtzeit per Telefon oder Internet
nach Belieben über ihn verfügen, es sei denn, Jason war bei der Arbeit oder
im Unterricht. Er würde Henry in allem gehorchen, aber falls er infolge eines
Befehls Probleme mit der Arbeit oder im College befürchtete, hatte er Henry das
mitzuteilen. Er würde stets ein Halsband tragen – *sein* Halsband, das graue – falls
nicht wichtige Gründe ihn daran hinderten. Beim Unterricht war das auch gar
kein Problem, wie Jason Henry versicherte – auf dem College hatte er seinen
Ruf als „komischer Typ" sowieso schon weg – aber bei der Arbeit leider schon.
Unter seiner Uniform konnte er es auf keinen Fall verstecken. Was sein Vater
davon halten würde, war ihm jedoch scheißegal; er würde es zuhause tragen und
auch sonst so ziemlich überall. Henry zog eine Augenbraue hoch, gab aber keinen
Kommentar dazu ab.

Jason hatte Henry mit „Master" anzusprechen, es sei denn, besondere
Umstände machten den Gebrauch seines Vornamens oder der Anrede „Sir"
erforderlich. Er würde seinen Master zweimal täglich anrufen – öfter, falls Henry
es anordnete. Er brauchte keine Erlaubnis einzuholen, um mit seinen Freunden
auszugehen, aber seinem Alkoholkonsum waren Beschränkungen auferlegt. Falls
er Alkohol trinken wollte, hatte er vorher anzurufen und zu fragen. Im Übrigen

sollte er einfach seinen gesunden Menschenverstand gebrauchen und sich so verhalten, dass sein Betragen ihm und Henry zur Ehre gereichte.

Jason würde entsprechend seiner bisherigen Anweisungen weiterhin glattrasiert bleiben, und er würde sämtliche weitere Anordnungen Henrys in Bezug auf Hygiene und äußere Erscheinung befolgen. Henry konnte ihn jedoch ohne sein Einverständnis nicht zu bleibenden Veränderungen oder Piercings zwingen. Jason hatte für weitere Piercings oder andere bleibende Veränderungen an seinem Körper vorher die Erlaubnis seines Masters einzuholen.

Jason durfte nur mit Erlaubnis seines Masters einen Orgasmus haben; ebenso war es ihm verboten, sich ohne die Erlaubnis seines Masters im Intimbereich zu berühren, es sei denn zum Waschen oder um dem Ruf der Natur zu folgen.

Darüber hinaus waren keine Rahmenbedingungen für Sexspiele festgelegt. „Über harte und weiche Limits unterhalten wir uns, wenn du mich besuchen kommst", sagte Henry. „Für die nächsten drei Monate sind wir sowieso aufs Telefonieren beschränkt. Deshalb sehe ich keinen Grund, jetzt schon alles mit Vereinbarungen und Klauseln vollzupacken, mit denen wir vorerst ja doch nichts anfangen können."

Jason nickte. Das leuchtete ihm ein.

Henrys Rolle als Master war ebenfalls umrissen, und Jason strahlte, als er diesen Teil las. Henry war für das Wohlergehen seines Sklaven verantwortlich; er hatte Jason als seinen wertvollsten Besitz zu schätzen und auch so zu behandeln. Er würde Jason helfen, in seine Rolle als Sub – in sein devotes Selbst – hineinzuwachsen und Kraft daraus zu ziehen, und ihn bestrafen, sofern er es für notwendig erachtete, damit Jason lernte, loszulassen. Er versprach, die Bedürfnisse seines Sklaven stets über seine eigenen zu stellen und sein Bestes zu geben, um Jason nicht nur zu tadeln, wenn er Mist baute, sondern ihn auch zu loben, wenn sein Master mit ihm zufrieden war. „Du sollst nicht nur aus deinen Fehlern lernen, Boy. Du sollst auch stolz auf deine Erfolge sein."

Henry würde nie absichtlich etwas tun, oder Jason etwas befehlen, was seinem Wohlergehen, seinen Zensuren oder seinem Job schaden könnte. Er erklärte sich dazu bereit, Jasons Grenzen sowohl zu respektieren als auch weiter auszudehnen, erteilte Jason aber die Erlaubnis zum Gebrauch seiner Safewörter und dazu die ausdrückliche Verpflichtung, Henry zu sagen, wenn er offen über etwas reden musste.

„Ich dachte, wenn ein Sklave ,Nein' sagt …" Jason verhaspelte sich und suchte nach den richtigen Worten. „Ich meine, darf ein Sklave denn überhaupt ,Nein' sagen oder offen reden? Das Recht gibt er doch auf. So steht's jedenfalls in den ganzen Büchern, die ich gelesen habe."

„Jede Beziehung ist anders, Jason. Es ist so, wie ich gesagt habe: *Wir* definieren unsere Rollen, nicht irgendein Buch. Ich werde zwar eine Erklärung von dir verlangen, wenn du etwas verweigerst", betonte er nachdrücklich, „aber wenn du ,Nein' sagst, bricht das unseren Vertrag nicht. Es heißt nur, dass wir reden müssen. Mir ist es lieber, wenn du mir sagst, was du empfindest, als dass du sauer wirst und mir mein Halsband vor die Füße wirfst wegen etwas, das mit ein paar offenen Worten leicht zu beheben gewesen wäre, das kannst du mir glauben. So lange du respektvoll bleibst, werde ich dich nie dafür bestrafen, dass du mir die Wahrheit sagst. Falls du nicht die richtigen Worte findest, werde ich tun, was ich kann, um dir zu helfen."

„Dafür bin ich dir dankbar", sagte Jason ernst. Er saß auf Henrys Schoß; sein Hintern tat weh, nicht nur die Haut, sondern die Muskeln darunter auch. Trotzdem war er glücklich, weil er sich in Henrys Armen so wohl fühlte.

Der gestrige Abend war wunderbar einfach und unkompliziert verlaufen. Sie hatten stundenlang gekuschelt; anstatt eines Films schauten sie dabei *Revolutionary Girl Utena* auf einer Website, die Henry gefunden hatte. Dann und wann spielte Henry mit Jasons Nippelringen oder zupfte sanft daran. Die meiste Zeit streichelte er Jason das Haar. Hielt ihn in den Armen. Irgendwann blies ihm Jason einen; dann duschten sie und gingen schlafen. Am Morgen dann – nach einem weiteren Blowjob von Jason – ging Henry los und besorgte Frühstück. Es war nicht viel – in der näheren Umgebung gab es nicht viel – aber er brachte Dinge mit, die Jason essen konnte: Eier, Obst, Kaffee. Sie frühstückten nebenher, während Jason den Vertrag durchlas; wo er es für nötig hielt, machte Henry kleinere Änderungen, aber im Großen und Ganzen hatte Henry bereits alles völlig richtig gemacht. Jason wusste, wem er gehörte. Er wusste genau, was Henry von ihm wollte. Henry wusste genau, was Jason wollte und war bereit, es ihm schriftlich zu geben. Henry würde auch weiterhin spielen, mit wem er wollte – als aktives Mitglied der BDSM-Szene leitete er häufig Gesprächsrunden oder gab Demonstrationen – aber er würde mit niemandem außer Jason Sex haben. Jason war es natürlich nicht erlaubt, mit anderen zu spielen, aber das wollte er auch gar nicht, deshalb hatte er nichts dagegen.

„Soll ich sonst noch etwas hinzufügen oder ändern, Boy?"

Jason las den Vertrag ein letztes Mal durch. „Nein, Master."

„In Ordnung." Henry griff um Jason herum; er schickte per E-Mail je eine Kopie des Vertrags an sich, an Jason und an zwei weitere Personen. „Nur zur Sicherheit. Ich erwarte zwar keine Probleme, aber es ist immer gut, ein paar ‚Zeugen' zu haben."

Jason nickte, obwohl ihm bei der Vorstellung, anderen Leuten Einblick in ein so intimes Dokument zu gewähren, die Hitze in die Wangen stieg.

„Wenn du zu mir kommst, wirst du Lilianna und David kennenlernen. Oder vielmehr Mistress Lilianna und Master David für dich, Boy", stellte er klar. „Also … ich glaube, ich habe dir versprochen, dich mit einem Lächeln auf den Lippen nach Hause zu schicken. Außerdem hast du, glaube ich, etwas davon gesagt, dass du gefesselt und mit dem Flogger geschlagen werden willst."

Jason blinzelte. „Ich … ja … aber …"

Henry ließ ein boshaftes Grinsen aufblitzen. „Warum gehst du nicht ins Bad und erledigst alles Nötige. Du wirst eine Weile gefesselt sein. Komm' erst wieder raus, wenn ich dich rufe."

Jasons Herz schlug schneller und sein Schwanz rührte sich. „Ja, Master."

Kaum war er im Bad, begann draußen sein Lieblings-Streichquartett zu spielen.

14

WAS JASON sah, als er aus dem Bad kam, brachte sein Herz zum Pochen. Es war eine einfache Konstruktion: auf dem Boden lag ein dickes, ungefähr ein Meter langes Brett mit je einem knapp dreißig Zentimeter weit überstehenden Querbalken an beiden Schmalseiten. Die vier O-Ringe waren eindeutig dazu da, um Jasons Knöchel und Handgelenke an den Querbalken festzumachen. Aber was das Ganze erst richtig interessant machte, waren zwei kurze, senkrecht angebrachte Zapfen am oberen und unteren Ende der Vorrichtung. Er ahnte, dass einer davon zum Einhängen seines Halsbands gedacht war, aber der andere …? Dann sah er in Henrys Hand einen Penisring, der ihm bekannt vorkam.

„Ist der Groschen gefallen, Boy?"

Jason schnappte nach Luft. „Ja, Sir. Master. Scheiße."

Henry lachte leise. „Auch wenn's kein Andreaskreuz ist, wirst du wohl kaum noch groß rumzappeln, wenn dein Schwanz erst mal an dem Zapfen da hängt. Hände hinter den Kopf, Boy."

Jason gehorchte, und Henry befestigte die breiten Lederriemen um seine Genitalien. Dann streichelte er ihm zärtlich die Hoden, und Jason erschauerte. Wimmerte.

„Nicht fair, Sir, Master", stieß er keuchend hervor, als Henry mit dem Daumen über seine Penisöffnung strich.

Henry grinste lediglich. Er beugte sich vor und küsste Jason, bis sie beide außer Atem waren. Irgendwie schaffte es Jason, stillzuhalten, anstatt Henry die Arme um den Hals zu schlingen.

„Sehr gut, Boy", lobte Henry und trat zurück. Er nahm einen breiten Ledergurt vom Bett und zeigte ihn Jason. „Hauptsächlich zu deinem Schutz", erklärte er, während er Jason den Gurt um die Taille legte. „Deinen Hintern werde ich nicht berühren – außer beim Ficken – aber dafür kann ich mich ja an deinem Rücken austoben. Das hier hält die Peitsche von deinen Nieren fern."

Jason hatte so den Verdacht, dass der Gurt auch noch zu anderen Zwecken benutzt werden konnte – er hatte D-Ringe vorne, hinten und an den Seiten. Als wollte er seinen Standpunkt in Bezug auf Jasons Sicherheit noch zusätzlich unterstreichen, holte Henry den Bärenleder-Flogger aus seinem Koffer und dazu eine mittellange zweischwänzige Peitsche. „Da du dich unter der Riemenpeitsche so gut gehalten hast, fand ich, wir könnten ruhig noch einen draufsetzen."

Jason grinste. „Wenn ich jetzt ‚danke, Master' sage, kriege ich dann Ärger?", fragte er schelmisch.

Henrys Grinsen war mindestens genauso lausbübisch. „Wahrscheinlich. Man könnte fast meinen, dass du gern Ärger kriegst."

„Oh nein, Master", sagte Jason, immer noch grinsend.

Henry verdrehte die Augen. Er zeigte Jason die Hand- und Fußfesseln – breite Manschetten aus weichem, grauem Leder mit je vier D-Ringen wie sein Halsband. „Die habe ich extra gemacht, nur für dich."

„Sie sind wunderschön, Master. " Jason hätte am liebsten gesagt, dass er so etwas nicht verdient hätte, aber er hatte Henrys Worte nicht vergessen: Von jetzt an würde *er* entscheiden, was Jason verdiente und was nicht. Er stand still, während Henry ihm die Manschetten anlegte; sie fühlten sich gut an. Schwer. Solide. Er genoss den Duft des Leders.

„Jetzt habe ich noch etwas Neues für dich." Henry beugte sich über seine Sporttasche und holte einen silberglänzenden, hakenförmig gebogenen Metallgegenstand heraus. Am kürzeren Ende des Hakens war eine Metallkugel ungefähr von der Größe einer dicken Murmel angebracht, das andere Ende lief in eine Öse aus, durch die ein Seil oder sogar eine Kette gezogen werden konnte.

Jason riss Mund und Augen auf.

„Deinem Gesicht nach zu schließen weißt du also schon, was ein Analhaken ist", bemerkte Henry.

„J-ja. Ich … ich weiß nur nicht, was ich von dem Ding da halten soll, Sir. Master." *Fuck.*

Seine Reaktion schien Henry unberührt zu lassen. Er reichte ihm den Haken. „Schau' ihn dir mal ganz objektiv an, Boy. Ist er etwa dicker als ich?"

Jason blinzelte. Errötete. „Nein, Master." Er fuhr prüfend mit der Hand daran entlang; der wichtige Teil – der Teil, der später in seinem Arsch stecken würde – war auch nicht länger als Henrys Penis. „Der ist wahrscheinlich harmloser, als er aussieht. Okay." Er gab den Analhaken zurück.

„Du berufst dich also nicht auf dein Safeword?"

„Nein, Master. Damit komme ich zurecht."

„So ist's gut, Boy. Runter mit dir."

Jason ließ sich auf alle Viere nieder, und Henry befestigte seine Hand- und Fußfesseln mit einfachen Metallclips an der hölzernen Rahmenkonstruktion. Ein weiterer Clip verband das Halsband mit dem kürzeren der beiden Zapfen, und mit dem letzten wurde der Penisring an dem längeren Zapfen befestigt. Infolge dessen waren seine Beine weit gespreizt, sein Arsch ragte in die Luft und seine Eier waren ganz und gar ungeschützt.

„Wie fühlst du dich, Boy?"

„Ziemlich wehrlos, Master."

Henry lachte leise. „Gut." Dann strich er Jason leicht mit der Hand über den Rücken. „Aus diesem Winkel kann ich dir nicht am Gesicht ablesen, ob du in Schwierigkeiten bist. Deshalb kneble ich dich diesmal nicht. Ein andermal allerdings vielleicht schon. In Ordnung?"

„Ja, und danke, Master."

„Danke mir noch nicht, Boy", sagte er und schob zugleich einen mit Gleitmittel bestrichenen Finger in Jasons Anus.

Jason stöhnte auf. Er versuchte seinen Hintern noch weiter nach oben zu strecken – und erstarrte sofort, als er den Druck auf Penis und Hoden spürte. Er entspannte sich und unterwarf sich Henrys liebevoller Fürsorge. „Oh Gott, das ist viel, viel schöner wenn du es machst als wenn du's mich selber tun lässt. Bitte, Sir, Master, fickst du mich?", bettelte er und konnte dabei nicht einmal den Kopf drehen, um Henry anzusehen.

„Du wirst aber nicht kommen dürfen", warnte Henry.

„Ich weiß. Aber trotzdem? Lass mich bitte deinen Schwanz fühlen, bevor du mir den Haken reinsteckst. Bitte, Master. Ich hab' dich so vermisst. Ich brauche nicht zu kommen, ich muss dich nur in mir spüren."

„Moment, ich zieh' mir nur einen Gummi über."

Jason wimmerte, als Henry seine Hand wegnahm. Aber gleich darauf zwängten sich zwei Finger durch den straffen Ringmuskel, und Jason entspannte sich, als sie in ihn eindrangen. „So gut, Master. So richtig … so muss es sein. Das will ich, genau das, hier vor dir auf den Knien liegen … ich hab' immer gewusst, dass ich anders bin, aber … oh, *fuck*!", schrie er auf, als Henry gegen seine Prostata drückte. „Oh, bitte!", flehte er.

Dann war er wieder leer, aber nur so lange, bis Henry seinen Schwanz in Position gebracht hatte. Jason hätte sich ihm entgegengedrängt, wenn er gekonnt hätte, aber er konnte sich nicht bewegen. Er war völlig hilflos und konnte nur betteln und an seinen Fesseln zerren. „Bitte … ja, bitte", wimmerte er, als Henry in ihn eindrang. „Bitte, mehr, Sir. Mehr, Master. *Bitte*. Ich will dich ganz! *Bitte!*"

„Seit wann bist du bloß so geschwätzig, zum Teufel?" Henry lachte beinahe. „Dem Burschen, den ich damals abgeschleppt habe, musste ich noch jedes Wort aus der Nase ziehen."

Jason lächelte ebenfalls, obwohl er vor Begehren wahre Höllenqualen litt. Vor Hilflosigkeit. „Deine Schuld, Sir. Du hast mich zum Reden gezwungen. Hättest mich eben den Mund halten lassen sollen – oder mir öfter was reingesteckt."

Henry gab ihm einen Klaps auf den Hintern. Jason zuckte zusammen – grinste. Er stöhnte, als dieselbe Hand sein Hinterteil zärtlich streichelte; er versuchte das Kreuz durchzudrücken, sich Henry noch verführerischer anzubieten, aber er konnte sich nicht bewegen.

„Genießt du's?"

„Ja, Master."

Henry streichelte ihn weiter und zog sich gleichzeitig ganz langsam aus ihm heraus. „Ich find's auch schön mit dir, Boy. Genau richtig." Erneut tauchte er ein und richtete sich dabei so aus, dass er Jasons Prostata streifte. Jason stöhnte noch lauter. Henry fickte ihn unerträglich langsam und traf bei jedem Stoß die empfindliche Drüse.

„Grausam, Sir", murmelte Jason. Sein Schwanz stand in Flammen, genau wie sein Hintern gestern, aber die breiten Lederriemen hielten ihn davon ab, eine richtige Erektion zu bekommen, einen Orgasmus zu bekommen. Er wimmerte, so weh tat das.

„Du wolltest ja unbedingt gefickt werden", rief Henry ihm ins Gedächtnis. Er packte die D-Ringe an Jasons Gurt und wurde schneller, rammte sich brutal in Jasons Hintern. Jetzt war es eine andere Art von Schmerz, die Jason zum Schreien brachte.

Vielleicht aus Barmherzigkeit – oder vielleicht, weil es ihm einfach zu gut gefiel – kam Henry schon ein paar Minuten später mit einem lauten, befriedigt klingenden Ächzen. Für einen kurzen Moment umarmte er Jason fest; seine Wange ruhte auf Jasons Rücken. Dann zog er sich langsam aus ihm zurück. Stattdessen nahm etwas Kühles, Hartes seinen Platz in Jason ein. „Jetzt hältst du das mal so, während ich mich sauber mache", befahl Henry.

Jason merkte rasch, dass er den Hintern sehr fest zusammenkneifen musste, damit der Analhaken nicht herausrutschte. Er war ausgesprochen dankbar, als er Henry aus dem Badezimmer kommen hörte. Was Henry als nächstes tat, konnte Jason nur vermuten; so wie es sich anfühlte, fädelte er Nylonseil durch die Öse am Ende des Hakens und knotete das andere Ende an einen der D-Ringe an Jasons Halsband. Es war straff genug, dass Jason den Zug spüren würde, falls er den Kopf senkte, aber nicht so straff, dass es wehtat.

„Gut?", fragte Henry.

Jason grinste. „,Gut' würden die meisten anderen Leute das wahrscheinlich nicht nennen, Master, aber … ja. Sehr gut."

„Schlingel." Henry packte Jason mit der Faust an den Haaren und zerrte seinen Kopf zurück; der Winkel war ungeschickt, aber er schaffte es, Jason einen herzhaften Kuss auf den Mund zu drücken. „Ich sollte dich eigentlich verprügeln, bis dir dein vorlautes Mundwerk vergeht. Aber es wäre gelogen, wenn ich sagen würde, dass ich kein Vergnügen daran habe. Du hältst mich auf Trab, Boy, und das habe ich schon lange zu keinem mehr gesagt."

Jason lächelte. „Es freut mich, dass ich dich glücklich mache, Master."

„Mal sehen, wie froh du in einer Stunde noch bist", spöttelte Henry. „Oder wie es dich freut, wenn ich dir den Haken und den Penisring mit nach Hause gebe. Wenn ich dir befehle, beides unter deinen Kleidern zu tragen und den ganzen Tag so zusammengeschürt herumzulaufen."

Jason starrte ihn mit großen Augen an.

„Traust du mir das etwa nicht zu?"

„N-nein, Sir. Master. Ganz im Gegenteil."

„Und du würdest es für mich tun, oder?"

„Ja, Master." Er stimmte ohne Zögern zu.

Henry lächelte und küsste ihn noch mal. Für Henrys Küsse würde Jason alles tun.

Henry stand auf und nahm den Flogger zur Hand. Das dicke, schwere Leder landete mit einem wuchtigen Schlag auf Jasons Rücken, aber es tat kaum weh, jedenfalls nicht gleich. Nach und nach legte Henry immer mehr Kraft hinter seine Hiebe, bis Jason sich wand vor Verlangen, gefickt zu werden, kommen zu dürfen. Bis er vor lauter Endorphinen wie auf Wolken schwebte.

Er erschrak fast zu Tode, als er ein Surren an seiner Prostata fühlte. Dann wurde ihm klar, dass Henry einen Vibrator an den Haken hielt. „Jesus, Sir."

Henry kicherte. „Nicht Jesus, nur dein Master."

Jason lächelte. Er stöhnte. Er bog den Rücken durch, so weit er nur konnte – und dann wimmerte er, als Henry den Vibrator an dem Haken entlang nach unten führte bis zu Jasons Anus und ihn dort ruhen ließ, während Jason an seinen Fesseln zerrte. Und dann berührte Henry damit seine Eier, und Jason schnappte nach Luft. Henry lachte leise, während er den Vibrator eine gefühlte Ewigkeit lang über Jasons Hoden und an seinem Penis entlanggeistern ließ. Dann rieb er damit sanft über Jasons Perineum, bis Jason ihn anflehte, kommen zu dürfen.

„Nein."

Jason weinte fast. „Fickst du mich noch mal?"

„Später."

„Versprochen?", bettelte er.

Henry lächelte. „Versprochen, Boy." Mit seiner freien Hand streichelte er ihm zärtlich über Hinterbacken, Schenkel und Hoden bis Jason zitterte. „Wem gehörst du, Boy?", fragte Henry. „Wem gehört dieser Körper?"

„Dir, Master. Nur dir. Ich bin dein. Ich gehöre dir."

„So ist's recht, Boy." Henry machte den Vibrator aus und küsste Jason sanft zwischen die Schulterblätter. „Ich mache jetzt mit der Zweischwänzigen weiter. Ich werde nicht versuchen, dich bis über deine Grenzen zu treiben – wir wissen ja immer noch nicht genau, wo die liegen – also benutzt du dein Safeword, falls nötig. Hörst du?"

„Ja, Master."

JASON WAR so erschöpft, so high vor lauter Endorphinen, dass er gar nicht richtig mitbekam, wie Henry sanft die Verbindung zwischen dem Penisring und dem Holzgestell trennte und den Zapfen abschraubte. Dasselbe tat er auch bei Jasons Halsband. Dann entfernte er auch diesen Zapfen, sodass Jason sich etwas entspannen konnte. Als ihm schließlich bewusst wurde, dass er den Hals bewegen konnte, fühlte Jason sich ganz benommen. Verwirrt.

„Ganz ruhig, Baby", sagte Henry beschwichtigend und legte ihm eine Hand auf die Schulter. „Bleib einfach still. Ich bin ja da. Möchtest du einen Schluck Wasser?"

„Es geht schon." Seine Kehle war ganz wund. Es überraschte ihn nicht, ungeachtet seiner Worte ein kühles Glas an die Lippen gedrückt zu bekommen.

Er trank unbefohlen. Als Henry ihm das leere Glas vom Mund nahm, ließ Jason seinen Oberkörper zu Boden sinken, behielt aber den Hintern oben, für seinen Master zum Gebrauch bereit. Henry machte seine Handgelenke los, und Jason bettete den Kopf auf die Arme und sagte leise „Danke" zu dem Mann, dem sein Körper gehörte. Es war ein köstliches, berauschendes Gefühl.

„Wie geht's dir da unten?", fragte Henry.

„Ich schwebe. Ist schön."

Henry lachte leise. Der Laut klang seltsam fern. Gedämpft. Dann fühlte Jason plötzlich etwas Warmes und Feuchtes an seiner Eichel.

„Oh Gott." Eine Zunge? Lippen? Henry? Jason hob den Kopf von den Armen und sah Henry auf dem Boden liegen, den Kopf auf einem Kissen unter Jasons Hüften. Seine Zunge spielte an der Spitze von Jasons Schwanz. „Jesus."

„Ich hab dir doch gesagt, dass ich dir mal einen blasen will. Das war mehr als heiße Luft, jedenfalls wenn du ein bisschen zu mir runterkommen würdest." Er wandte grinsend den Kopf, sodass sie einander in die Augen sehen konnten. „Na komm. Gib mir mehr von dir." Mit einer Hand packte er einen der D-Ringe an Jasons Gurt und zog ihn zu sich herab; mit der anderen löste er den Penisring.

Jasons Schwanz wurde so blitzartig steif, dass ein Ruck durch seinen ganzen Körper ging. „Bitte ... sag, dass ich kommen darf", wimmerte er.

„Du darfst kommen, Boy. Aber lass mich dich erst noch eine Weile genießen."

Jason stöhnte vor Frust und Lust zugleich, als Henry gemächlich an seinem Schaft leckte, um die Eichel herum und über den Schlitz.

„Gott, machst du das gut ... das ist ... himmlisch, Sir. Master. Oh bitte ... Oh Gott, mehr davon", krächzte er, als Henry mit den Zähnen über seine Hoden schabte, als er mit beiden Händen über Jasons schmerzenden Hintern fuhr. Lust und Schmerz waren miteinander verwoben, ein wirres Durcheinander, aber *so* schön. Henry behielt ihn fest im Griff, behielt die volle Kontrolle. Er nahm Jason langsam, aufreizend, leckte an seinen Eiern, zwickte ihn mit den Zähnen innen am Oberschenkel. Saugte dort, bis Jason aufschrie, bis er sicher war, dass Henry einen Bluterguss hinterlassen hatte.

Jason drückte den Rücken durch, als Henry sich endlich wieder seinem steifen Schwanz zuwandte, ihn ganz tief in den Mund nahm und an ihm saugte, als meinte er es ernst. „Oh, Fuck", brachte er nur noch als Warnung heraus, dann ergoss er sich schon in den Mund seines Masters. Er bebte immer noch unter den Nachwirkungen des Orgasmus, als er schon um einen Kuss zu betteln begann.

Er bekam nicht mit, wie Henry sich bewegte, aber gleich darauf pressten sich warme Lippen auf seinen Mund. Jason zwängte seine Zunge energisch zwischen Henrys Lippen, und Henry schien zu verblüfft zu sein, um sich gegen den fordernden Kuss zur Wehr zu setzen. Jason schlang seinem Master einen Arm um den Hals, um ihn festzuhalten, und setzte den Kuss gewaltsam fort, bis er völlig außer Atem war. Bis er loslassen musste, ehe er umfiel.

Henry wischte sanft mit dem Daumen über Jasons zerbissene Lippen. „Erst mal sagst du mir, was zum Teufel das eben sollte. Dann ficke ich dich um den Verstand."

„Hab' sowieso schon keinen mehr", murmelte Jason. „Aber ich will trotzdem von dir gefickt werden."

„Und meine Erklärung, Boy?" Echter Zorn blitzte in Henrys Augen auf.

Rasch senkte Jason respektvoll den Blick. „Es tut mir leid, Master, Sir, aber ich … ich wollte … wenn ich Terry einen geblasen habe, wollte er mich hinterher nie küssen. Für mich war das immer so … keiner soll sich so fühlen müssen, wie ich mich dabei gefühlt habe. Bitte sei nicht böse auf mich. Ich konnte nicht klar denken."

Augenblicklich wich der Zorn aus Henrys Gesicht. Er hob Jasons Kinn an und hauchte ihm einen sanften Kuss auf die Lippen. Den machte er langsam tiefer, zwang Jason behutsam dazu, hinzunehmen, statt zu fordern. Er umfasste Jasons Gesicht mit beiden Händen und wischte ihm die Tränen von den Wangen. „Ich danke dir, Boy."

„Wofür?"

„Dass du *du* bist." Er küsste ihn erneut, ganz zart, dann ließ er ihn los und griff nach einem Kondom. „Also. Kommst du noch mal für mich?"

„Ja, Master. Falls … falls es dir gefällt, Sir."

Henry lachte. „Oh, es gefällt mir außerordentlich, Sklavenboy."

Ganz benommen vor Lust – und ein bisschen Schmerz – lag Jason auf der Seite, den Rücken an Henrys Brust geschmiegt. Sie hatten geduscht; dann hatte Henry sich mit ihm auf dem Bett zusammengerollt, um noch ein paar Folgen *Utena* zu gucken. Als die zweite Folge endete, wälzte Jason sich auf den Rücken. Henry hätte schon längst auschecken müssen. „Bleibst du noch eine Nacht?"

Henry schüttelte den Kopf. „Ich muss nach Hause, und du auch. Außerdem, wenn ich noch länger bleibe, will ich womöglich gar nicht mehr fort."

Jason lächelte. „Ich will sowieso schon, dass du nie wieder fortgehst."

„Ja." Henry strich mit dem Daumen über Jasons Wange. Seine Lippen. „In ein paar Monaten sehen wir uns wieder", versprach er mit einem sanften Kuss. „Und du rufst mich an."

„Jeden Tag, zweimal am Tag", bestätigte Jason. Er blickte auf und schaute dem anderen Mann in die Augen. „Henry, ich –"

„Schscht. Nicht, Baby."

Jason hielt die Worte zurück, die er beinahe ausgesprochen hätte: *Ich liebe dich*. Bestimmt konnte Henry ihm ganz genau am Gesicht ansehen, wie weh er ihm mit seiner Reaktion getan hatte, mit seiner Weigerung, ihm zuzuhören.

„Wenn mal was gesagt ist, kannst du's nicht mehr ungesagt machen, Boy. Im Moment schwebst du auf Wolke sieben, und die Gefühle haben dich voll im Griff.

Lass dir Zeit und komm erst mal noch ein bisschen runter, bevor du was zu mir sagst, was du vielleicht später lieber nicht gesagt hättest."

„Woher willst du denn wissen, was ich sagen wollte?"

„Weil's mich selber auch ganz schön erwischt hat."

Jason machte den Mund auf. Machte ihn wieder zu. Drei Monate. In drei Monaten würde er Henry wiedersehen. Dann würde er es sagen. „In Ordnung. Kann ich dich was fragen?"

„Was du willst."

„Welche Eissorte magst du am liebsten?"

Henry schaute ihn merkwürdig an, aber dann lachte er. „Butter Pecan. Und du?"

„Ananas."

„Ich glaube nicht, dass ich die Sorte bei Baskin Robbins schon mal gesehen habe", bemerkte Henry.

„Als meine Mom die ersten Probleme mit ihrem Zucker bekam, hat sie angefangen, selber Eis zu machen. Ananas mochten wir beide am liebsten."

„Daran muss ich denken, wenn du mich besuchen kommst."

Jason lächelte und kuschelte sich enger an ihn. „Meinst du, wir haben noch Zeit für eine Folge, bevor du mich nach Hause bringst?"

Letztendlich schauten sie noch zwei weitere Folgen *Utena*, ehe sie den Laptop herunterfuhren und sich anzogen. Jason half Henry beim Auseinandernehmen der Holzkonstruktion und beim Zusammenpacken seiner Ausrüstung. Sie gingen etwas zu Mittag essen. Und dann war es Zeit, nach Hause zu fahren. Jason verschwieg Henry, wie gern er einfach mit ihm davongelaufen wäre. Und auch, wie ungern er in sein eigenes Leben zurückkehrte.

Er hatte das College. Die Arbeit.

Er musste Kendra anrufen.

Jason blieb an der Haustür stehen, bis Henrys Van um die Kurve verschwunden war. Er fühlte sich … leer. Allein. Er strich mit der Hand über das dicke graue Leder seines Halsbands. „Ich liebe dich, Master", sagte er laut. Er bereute es nicht.

JASON MACHTE sich auf in sein Zimmer; es war noch so früh am Tag, dass sein Vater noch bei der Arbeit war. Wie es aussah, war er die Nacht zuvor nicht zuhause gewesen. Jason war dankbar; eine weitere Standpauke von seinem Vater, weil er die ganze Nacht weggeblieben war, hätte er wahrscheinlich nicht ertragen. In seinem Zimmer schälte er sich aus seinen Klamotten und warf mithilfe des großen Spiegels innen an der Tür seines Kleiderschranks einen Blick auf seinen Hintern und seinen Rücken. Henry hatte zwar die Haut nicht verletzt, aber einige spektakuläre Striemen auf Jasons Rücken hinterlassen. Sie hatten sich innerhalb der vergangenen paar Stunden von feuerrot zu lila verfärbt. Sein Hintern wies eine Reihe von länglichen tiefblauen Blutergüssen von der Reitgerte auf. Es sah schrecklich aus, aber Jason strahlte vor Freude. Vor Stolz. Er schlüpfte behutsam in eine weite Jogginghose und ein weiches, bequemes Flanellhemd.

Henry hatte ihm ein kleines BDSM-Carepaket dagelassen: den Analhaken, das lederne Penisgeschirr und einen furchterregend aussehenden Keuschhalter. Henry hatte ihm gezeigt, wie man das Teil anlegte und ihm versichert, dass die Edelstahl-Penishülse auch über längere Zeit völlig ungefährlich zu tragen war. Sie hatte eine Öffnung, sodass Jason problemlos Wasser lassen konnte, und er würde sie zum Duschen abnehmen dürfen – allerdings musste er vorher anrufen und um Erlaubnis bitten, und dann noch mal anrufen, sobald er sie wieder trug. Der Keuschhalter war zwar nicht direkt unbequem, aber Jason würde unmöglich vergessen können, dass er ihn trug, nicht mal für eine Sekunde. Die Vorstellung, dieses Ding eine ganze Woche lang tragen zu müssen – vielleicht zwei – war grauenvoll. Er überlegte, ob er seinen Webdesign-Lehrer nicht um irgendwelche Extra-Aufgaben bitten konnte, um seine Note auf ein C zu heben. Er würde seinem Lehrer natürlich auf keinen Fall von dem Keuschhalter erzählen, aber vielleicht konnte er sagen, dass er sich um seinen Gesamtnotendurchschnitt Sorgen machte …?

Jason steckte den Keuschhalter und die anderen Sachen in die Schuhschachtel unter seinem Bett, in der er seine „Spielsachen" hatte: ein paar Dildos, Analpflocks und Gleitmittel.

Er setzte sich ganz vorsichtig auf die Matratze und nahm sein Handy vom Nachttisch, wo er es gestern liegen gelassen hatte. Auf seiner Mailbox waren mehr als ein Dutzend Nachrichten, und alle von Kendra. Schicksalsergeben rief er sie zurück.

„Wo zum Teufel warst du?"

„Schönen guten Tag auch", erwiderte Jason auf ihre giftige Begrüßung

„Lass die blöden Witze. Terry hat mir erzählt, dass du mit ihm Schluss gemacht hast. Was ist passiert?"

„Nichts."

„Komm mir bloß nicht mit dem Scheiß. Er sagt, du hättest ihm verboten, dich je wieder anzurufen. Nachdem du dir die Kante gegeben und ihm das ganze Badezimmer vollgekotzt hast."

Für einen Moment stieg Zorn in ihm hoch. Aber selbst wenn Henry mit seiner Vermutung richtig lag und Terry ihn absichtlich abgefüllt hatte, Jason hatte nicht Nein gesagt. „So wie sich's anhört, weißt du ja schon, was passiert ist, Kendra", sagte er.

„Einfach so? Du hast dich betrunken und … was? Beschlossen, die letzten fünf Jahre deines Lebens einfach so wegzuwerfen?"

„Ich werfe hier gar nichts weg. Terry war mein erster richtiger Freund, und das bedeutet mir viel. Aber zwischen uns war es schon lange aus. Es tut mir leid, dass ich dich – euch beide – in dem Glauben gelassen habe, dass das mit Terry und mir noch mal was werden könnte. Aber in Wirklichkeit bin ich nicht mehr in ihn verliebt."

„Und was jetzt?"

„Ich habe mich gestern Abend mit Henry getroffen."

Am anderen Ende der Leitung gab es eine Pause. „Und?", drängte Kendra.

„Wir sind zusammen. Offiziell."

„Wie zusammen, Jason? Bist du sein Boy? Sein Prügelknabe? Sein verdammter Fußabtreter?"

„Stell keine Fragen, auf die du die Antworten gar nicht wissen willst."

„Du musst hier rauf kommen. Du musst mit Sue reden und dir anhören, was sie zu sagen hat."

„Es tut mir wirklich leid, dass Sue in ihrer früheren Beziehung missbraucht worden ist, aber das hat nichts mit Henry und mir zu tun."

„Und *ob* es das hat!"

„War Henry der Typ, mit dem sie zusammen war?", fragte Jason.

„Nein –"

„Dann hat es nicht das Geringste mit uns zu tun."

„Er *schlägt* dich."

„Er schlägt mich nicht. Er tut nichts, was ich nicht will. Oder jedenfalls nichts, was ich nicht brauche."

„Jesus –"

„Keine Diskussion. Ich hab' nicht angerufen, um mich mit dir zu streiten. Ich brauche keine Erlaubnis von dir, und ich bitte dich nicht um Rat. Ich wollte mich nur bei dir melden und Bescheid geben, dass es mir gut geht. Ich ruf' dich später noch mal an", log er. Oder vielleicht würde er sie ja tatsächlich später noch mal anrufen, aber von nun an war zwischen ihnen nichts mehr wie früher.

15

„DAS ANDERE Links, Boy." Henry konnte sich anscheinend nur mit Mühe das Lachen verbeißen, während er Jason über Webcam beobachtete. Gegen Mitte April hatten sie beschlossen, zusätzlich zu ihren täglichen Telefongesprächen einmal pro Woche miteinander zu skypen, was Jason im Moment verfluchte, so dankbar er auch sonst dafür war. Das heutige Gespräch hatte jedoch nichts mit ihren üblichen Sessions zu tun; weder fickte sich Jason zum Vergnügen seines Masters mit einem Dildo und bettelte darum, kommen zu dürfen, noch schaute er Henry hungrig beim Masturbieren zu und wünschte sich, bei ihm zu sein und ihn berühren zu können. „Mach alles noch mal auf und fang von vorne an", sagte Henry schließlich.

Mit einem frustrierten Knurren zerrte Jason sich die Fliege vom Hals; fast hätte er sie auf den Boden geworfen. Nur das Wissen, dass das alles nur noch schlimmer machen würde, hielt ihn davon ab. Sein Temperament hatte ihm sowieso schon eine Woche im Keuschhalter eingebracht – was hieß, dass Henry diese Woche wahrscheinlich mehrere Video-Sessions mit ihm abhalten würde, nur um ihn noch mehr zu quälen. Gnädigerweise brauchte Jason das verhasste Ding erst anzulegen, wenn er den heutigen Abend hinter sich hatte. Henry konnte so gemein sein wie der Grand Canyon breit, aber er war nicht ohne Barmherzigkeit. Ein Dinner mit Alicias Familie war schon schlimm genug, ohne dass sein Schwanz in einer Edelstahlhülse steckte.

„Tief Luft holen, Boy."

Jason tat es. Atmete aus. „Bei allem Respekt, Master, ich kann das einfach nicht!"

„Jason!", brüllte sein Vater aus dem Flur. „Wir müssen langsam los!"

„*Fuck!*"

Henry funkelte ihn zornig an. „Das macht dann acht Tage Keuschheitsgürtel."

Jason biss die Zähne zusammen, blieb aber stumm, bis er sicher war, dass er in ruhigem Ton antworten konnte. „Ja, Master." In letzter Zeit hatte Henry auch noch beschlossen, dass Jason zu viel fluchte.

Henry grinste nur über Jasons offensichtlichen Jammer. „Dann wollen wir dich mal anständig zusammenschnüren."

„Schön wär's."

Henry lachte. „Na komm, streich das Ding glatt und fang noch mal an. Gut. Also –"

„Jason!" Jasons Vater stand direkt vor der Tür.

„Moment noch, Dad!", rief Jason zurück, wobei er sich alle Mühe gab, einen respektvollen Ton beizubehalten.

„Mach endlich den verdammten Computer aus und komm jetzt!"

„Beherrsch' dich", warnte Henry, als Jason die Fäuste ballte.

„Ich muss nur noch meine Fliege binden", antwortete Jason – immer noch in gemäßigtem Ton – seinem Vater.

„So ist's brav, Boy. Also, linkes Ende über rechtes Ende … na bitte …"

Mehrere qualvolle Minuten später hatte er das blöde Ding endlich zu Henrys Zufriedenheit gebunden. War ja typisch, dass sein Master nicht nur wusste, wie man so eine Scheiß-Fliege band, sondern auch noch verdammt noch mal nicht locker ließ, bis das Resultat perfekt war.

„Danke, Henry", sagte er aufrichtig. So genervt er auch war, dankbar war er trotzdem.

„Gern geschehen, Boy. Ruf mich an, wenn du wieder zuhause bist."

„Ja, Master." *Ich liebe dich.*

Henry lächelte nur.

Jasons Vater machte ein finsteres Gesicht, als Jason aus seinem Zimmer kam. „Dein Anzug sieht aus wie von der Heilsarmee."

Das lag daran, dass Jason ihn dort gekauft hatte. Aber das sagte er seinem Vater lieber nicht. „Ich trage eben gern Vintage-Sachen."

„Der ist nicht Vintage, der ist einfach nur alt." Er musterte Jason kritisch von Kopf bis Fuß. „Na, wenigstens sind deine Schuhe geputzt. Und die Fliege sitzt auch gut."

„Danke." Er folgte seinem Dad hinaus in die Garage.

Draußen war es endlich wieder wärmer geworden, und in den Beeten des Nachbarn sprießten schon die ersten Tulpen und Narzissen. Frühlingsblumen erinnerten Jason an seine Mutter. Er wollte nicht darüber nachdenken, er nahm sich nur vor, es für Henry auf die Liste zu schreiben. Denn sein Master wollte ganz genau von ihm wissen, was er mochte. Nicht nur in Bezug auf Sex, sondern wirklich *alles*: Lieblingsspeisen, Lieblingsfarbe, Lieblingsdüfte.

Natürlich wollte Henry auch wissen, was Jason *nicht* mochte, wie die Reitgerte, in der Ecke stehen zu müssen, den Keuschhalter. Rosenkohl. Er wollte auch wissen, was Jason nervös oder neugierig – oder beides – machte, obwohl er es noch nie ausprobiert hatte: Extrem-Bondage, Reizentzug. Eine Bullenpeitsche.

Jason stieg auf der Beifahrerseite in das neue Auto seines Vaters. Dad bekam fast jedes Jahr einen neuen Firmenwagen; in diesem saß Jason heute zum ersten Mal. „Nett", sagte er anerkennend.

Greg warf ihm ein halbes Lächeln zu.

„Sieh mal, Dad, du hast zwar gesagt, dass ich keine Karte oder so was zu besorgen brauche, aber ich komme mir schon ein bisschen komisch vor." Er kannte Alicias Eltern nicht einmal.

„Das ist schon geregelt."

Jason runzelte die Stirn. „Was meinst du damit?"

„Wir schenken ihnen etwas im Namen der ganzen Familie."

Jason blinzelte. „Wir?"

„Ich und Alicia, ihre Töchter, Lawrence und du."

„Und was schenken ‚wir' ihnen?"

Greg stieß einen genervten Seufzer aus. „Das braucht dich nicht zu kümmern. Dein Name steht auf der Karte, nur darauf kommt es an."

Da er nicht wusste, was er sonst sagen sollte, bedankte sich Jason bei seinem Vater für seine Beteiligung. Von allein wäre ihm sowieso kein passendes Geschenk eingefallen. Über Alicias Eltern wusste er nur, dass sie seit fünfzig Jahren verheiratet waren und zwei Kinder hatten, Alicia und ihren Bruder Ted.

Sein Vater nickte. „Ich wollte nur nicht, dass du wieder so dumm da stehst wie bei Amandas Geburtstag."

Jason verbiss sich eine giftige Antwort und konzentrierte sich stattdessen auf die Landschaft draußen vor dem Fenster. Henry hatte recht; er hätte sich eben die Mühe machen müssen, jemanden zu fragen, was er Amanda schenken sollte.

Die nächsten zehn, fünfzehn Minuten vergingen in fast behaglicher Stille. Schließlich brach Jasons Vater das Schweigen: „Ich weiß, dass du's manchmal nicht ganz leicht hattest."

Jason schaute ihn verwundert an. Erneut verkniff er sich eine bissige Antwort; falls Henry ihn dazu aufforderte, würde Jason ihm den heutigen Abend in allen Einzelheiten schildern – einschließlich der Tatsache, dass er seinem Vater bei dieser schamlosen Untertreibung ins Gesicht gelacht hatte. Ein solches Benehmen hätte Henry inakzeptabel gefunden, und da Jason keine Lust hatte, den Keuschhalter deswegen noch länger tragen zu müssen, behielt er einen neutralen Tonfall bei. „Das Leben ist nicht immer leicht. Du nimmst eben, was du kriegst und machst das Beste draus, oder?"

Die Antwort schien seinen Vater zu überraschen. Jason verbarg ein zufriedenes Lächeln. „Ich habe über das Sommersemester nachgedacht", fuhr sein Vater fort. „Falls du dir immer noch das Geld für die Studiengebühren von mir leihen möchtest, können wir die Bedingungen für einen Kredit miteinander besprechen."

Jetzt war es Jason, der überrascht war. „Danke. Aber du musst wissen, dass ich auch lange darüber nachgedacht habe, und ich werde vor Beginn des nächsten Semesters zum Dekan gehen und mein Hauptfach ändern."

„Ach?"

„Du hast recht, mit Computerkenntnissen hat man bessere Berufschancen als mit Kunst. Aber ich komme schon im Grundkurs Webdesign kaum mit, und das wird meinen Notendurchschnitt dieses Semester gewaltig runterziehen. Ich habe sogar schon meinen Webdesign-Lehrer gefragt, ob es später leichter wird. Aber das wird's nicht. In der Computerbranche habe ich keine Zukunft, da ist er mit mir einer Meinung."

„Was also willst du dann machen?", fragte sein Vater in deutlich kühlerem Tonfall.

Jason zögerte. „Ich glaube, ich werde einfach meine Pflichtfächer hinter mich bringen und mir inzwischen etwas überlegen. Ich habe am Mittwoch einen Termin bei der Studienberatung. Vielleicht können die mir dabei helfen, mich zu entscheiden, was ich künftig machen soll." Und ihm hoffentlich auch zu irgendeiner Art von finanzieller Unterstützung verhelfen. Er wünschte sich nichts sehnlicher, als vom Community College auf eine richtige Universität wechseln zu können.

Sein Vater verharrte eine Zeit lang in nachdenklichem Schweigen. „Daran ist wohl nichts auszusetzen. Ich bin immer noch bereit, dir das Geld für zwei Fächer über den Sommer zu leihen, aber ich erwarte *vollständige* Rückzahlung", betonte er. „Falls du es schaffst, mir das Geld vor September zurückzuzahlen, werde ich dir keine Zinsen berechnen. Und ich wäre vielleicht sogar bereit, dir noch mal auszuhelfen, falls nötig."

Jason war überwältigt. „Ich danke dir. Und du kriegst es bis September zurück, kein Problem. Die Reparaturen an meinem Auto sind fast alle gemacht." Das hieß zwar, dass er Henry erst in den Semesterferien besuchen konnte, aber das würden sie schon hinbekommen. Henry würde es verstehen. „Danke, Dad", wiederholte er. „Ich weiß das wirklich zu schätzen. Es macht einen gewaltigen Unterschied."

Sein Vater nickte lediglich.

Das Dinner für Alicias Eltern fand in Holly statt. Bis dahin waren es beinahe zwei Stunden Fahrt; Jason kannte den Ort vom Michigan Renaissance Festival her, aber er war zuvor noch nie in der Innenstadt gewesen.

Jason blickte sich unbehaglich in dem schicken Restaurant um. Das Holly Hotel war eigentlich gar kein Hotel mehr, weil hier nur Essen serviert wurde. Sehr teures Essen, so wie es aussah. Er brauchte nicht für das Essen zu bezahlen – Alicias Bruder Ted übernahm die Rechnung – aber trotzdem fühlte er sich unwohl. Vielleicht lag es daran, dass er niemanden kannte. Am Kopfende der Tafel, zwischen Alicia und Ted, saß ein gut gekleidetes älteres Paar; das waren vermutlich die Ehrengäste. Zusätzlich waren noch einige weitere ältere Paare – Freunde oder Geschwister vielleicht – und einige Personen im Alter von Dad und Alicia gekommen. Die Dame neben Ted war vermutlich dessen Frau, aber da sie niemand miteinander bekannt gemacht hatte, war Jason sich da nicht sicher. Sein Vater begrüßte Alicia mit einem leichten Kuss auf die Wange und nahm dann seinen Platz neben ihr ein. Die jüngeren Mitglieder der Familie saßen am anderen Ende der Tafel. Amanda winkte Jason zu sich; sie hatte ihm einen Platz neben sich freigehalten.

„Gut siehst du aus heute Abend", sagte sie leise, als er sich hinsetzte.

„Danke, du auch", erwiderte er mit einem freundlichen Lächeln. Ob ihr heutiges Outfit wohl die Ausbeute ihres Einkaufsbummels mit Alicia war? Es entsprach eher Alicias Stil als Amandas Geschmack, jedenfalls soweit Jason das sagen konnte. Er hatte Amanda bisher immer nur in Seidenröcken oder weiten Pullis und Leggins gesehen, aber heute Abend trug sie ein Kostüm, das Jackie O. alle Ehre gemacht hätte; es war hübsch, machte aber aus Amanda eine fast perfekte

Kopie ihrer Mutter und ihrer Schwester. „Übrigens danke für den Amazon-Gutschein", fügte Jason hinzu.

„Was hast du dir dafür gekauft?" Obwohl sie weiterhin mit gedämpfter Stimme sprach, schien sie aufrichtig interessiert an seiner Antwort zu sein.

„Musik. Ein Freund von mir hat mich da auf was richtig Cooles gebracht. Ich hoffe … ich meine, ich wusste leider nicht, was ich dir zum Geburtstag schenken sollte. Ich hoffe, der Gutschein war okay."

„Machst du Witze, der war perfekt! Hat dir meine Mutter nicht gesagt, dass ich demnächst in eine eigene Wohnung ziehe und dafür noch so ziemlich *alles* brauche?"

„Äh, nein." Sie scherzte wohl – Alicia sagte ihm nie etwas. Oder jedenfalls nie etwas nützliches.

Amanda warf ihm ein strahlendes Lächeln zu. „Na, dann war es eben gut geraten. Also … deine Freundin konnte wohl nicht kommen?"

Jason blinzelte. „Freundin?"

„Dein Dad sagte, dass du mit einer Arbeitskollegin zusammen bist."

Er runzelte. Wen …? Ach ja. „Melissa ist nur eine gute Freundin", erklärte er. Sie hatte ihn einige Male zuhause besucht, also hatte sein Vater wahrscheinlich angenommen …? Oder vielleicht fühlte er sich wohler dabei, zu lügen und seinem Sohn eine Freundin anzudichten als jemandem sagen zu müssen, dass Jason schwul war.

„Also hast du *keine* Freundin?", fragte Amanda.

„Nein." Er zögerte. „Mein Freund lebt in einem anderen Staat."

Amanda wirkte sprachlos. Ebenso wie der junge Mann neben ihr – einer ihrer Cousins, wie Jason annahm. Er sah ihrem Onkel Ted unheimlich ähnlich. Wer auch immer er war, er starrte Jason mit großen Augen an.

„Ich wusste nicht, dass du *schwul* bist", flüsterte Amanda. Der glotzäugige Cousin neben ihr drehte sich zu Lawrence um, der neben ihm saß, und murmelte ihm etwas zu, was Jason nicht verstehen konnte.

Als Antwort auf Amandas Frage zuckte Jason nur mit den Achseln. Er hatte aus seiner sexuellen Orientierung nie ein Geheimnis gemacht, schon gar nicht vor seinem Vater. Dad hatte ihn und Terry sogar einige Male bei einem Gutenachtkuss vor der Haustür erwischt. Damals hatte er sich jedoch mehr darüber aufgeregt, was die Nachbarn wohl denken mochten.

„Wie lange hast du schon einen festen Freund?", fragte Amanda. Die Worte „fester Freund" schienen ihr mehr Unbehagen zu bereiten als Jason bei den Worten „Sklave" und „Master" je empfunden hatte.

„Ich habe Henry im Januar kennengelernt, aber wir sind erst seit März offiziell zusammen."

Lawrence reckte den Hals und starrte Jason an, als wäre ihm eben ein zweiter Kopf gewachsen.

Valerie beugte sich über den Tisch und sagte etwas von „sich um seine eigenen Angelegenheiten kümmern" zu ihm. Den Rest konnte Jason nicht verstehen, aber ihre rot geschminkten Lippen waren geschürzt.

Er beschloss, das Gespräch von sich und Henry auf andere Themen zu lenken. „Was ist mit dir, hast du einen Freund?", fragte er Amanda.

„Ich … nein. Entschuldige mich, bitte." Sie verließ den Tisch; Valerie stand auf und folgte ihr.

Ehe sie wieder zurück waren, kam ein Kellner um die Ecke, der ein großes, ovales Tablett auf der Schulter trug. Er stellte es in der Nähe ab und begann die Vorspeise zu servieren. Jason schaute die gefüllten Champignons an, die vor ihn hingestellt wurden. „Entschuldigung", wandte er sich höflich an den Kellner, „was ist da drin?"

Sein Vater warf ihm über den Tisch hinweg einen stechenden Blick zu. Er hatte zwar von der vorherigen Unterhaltung nichts mitbekommen, beobachtete Jason aber anscheinend mit Argusaugen, als das Essen kam.

„Shrimps und –"

Jasons Gesichtsausdruck reichte, um den Kellner zum Schweigen zu bringen. „Danke. Ähm. Ich esse kein Fleisch. Es gibt wohl nicht zufällig heute Abend auch ein vegetarisches Gericht?" Denn anstatt die Gäste aus der Speisekarte wählen zu lassen, hatte Alicias Bruder alles vorausgeplant, und anscheinend hatte er entweder nicht gewusst oder es hatte ihn nicht gekümmert, dass einer seiner Gäste kein Fleisch aß.

Der Kellner wirkte zutiefst beschämt, als sei es irgendwie seine Schuld, dass einer der Gäste nichts essen konnte. „Nur den Salat, Sir." Es war ein merkwürdiges Gefühl, mit *Sir* angesprochen zu werden. „Aber ich bin sicher, dass der Küchenchef etwas für Sie machen kann. Würden Sie sich wohl einen Moment gedulden, bis ich hier fertig bin? Dann werde ich sofort in der Küche Bescheid geben, dass in Bezug auf das heutige Dinner offenbar ein Missverständnis vorliegt."

Jason lächelte den jungen Mann mitfühlend an. „Lassen Sie sich Zeit. Ich arbeite auch in der Gastronomie."

Der Kellner war sichtlich erleichtert, dass ihm wenigstens eine Person am Tisch heute Abend nicht das Leben schwer machen würde.

Als sein Vater ihn zu sich winkte, stand Jason auf. Inzwischen waren Valerie und Amanda wieder da; Valerie sprach mit Alicia.

„Jason", fragte sein Vater mit leiser, zorniger Stimme, „was war mit deinem Essen?"

„Nichts."

„Warum hast du's dann zurückgehen lassen? Shrimps sind kein Fleisch."

„Doch. Sieh mal, das ist doch halb so wild. Die Küche wird mir schon etwas machen, was ich essen kann."

„Was ist denn *daran* halb so wild?"

„Dafür sind Restaurants schließlich da."

Inzwischen hatte der Kellner etwas an seinen Platz gebracht, was nach einer Obst-Käse-Platte aussah. Jason bedankte sich mit einem Lächeln bei dem jungen Mann und wandte sich seinem Vater zu. „Siehst du? Kein Problem."

„‚Kein Problem' wäre es dann, wenn du einfach essen würdest, was auf den Tisch kommt, anstatt ständig allen anderen Leuten mit deinen *Launen* zur Last zu fallen."

Jason verzichtete darauf, seinen Vater daran zu erinnern, dass er seit fast acht Jahren Vegetarier war – und auch, dass er eigentlich gegen seinen Willen hier war. „Ich wollte wirklich keine Umstände machen." Er lächelte seinem Vater, Alicia und Alicias Eltern entschuldigend zu, ehe er wieder an seinen Platz ging. Auf halbem Wege hielt Alicias Bruder ihn auf.

„Justin …?"

„Jason."

„Richtig. Entschuldige bitte. Stimmt irgendwas nicht?"

„Nein, Sir. Ich bin Vegetarier, das ist alles. Anscheinend hat es da irgendwie ein Missverständnis gegeben." Er beschloss, die Taktik des Kellners zu übernehmen.

„Das tut mir leid, Jason. Ich bin sicher, dass Alicia mir das gesagt hat, und ich hab's nur vergessen." Die Entschuldigung wirkte aufrichtig, obwohl er den Rest eher selbst nicht zu glauben schien. „Hast du in der Küche schon Bescheid geben lassen?"

„Ja. Danke." Okay, vielleicht gab es ja doch einige menschliche Wesen in dieser Familie. Jason setzte sich wieder auf seinen Platz.

NACHDEM DIE Salatteller abgetragen waren, entschuldigte Jason sich. Mehrere von den Rauchern in der Gruppe waren vor die Tür gegangen, also schien es der passende Moment für einen Anruf zu sein. Er musste die Stimme seines Masters hören.

„Wie läuft's, Boy?", fragte Henry, nachdem sie Hallo gesagt hatten.

„Grauenhaft", stöhnte er. Anstatt beim Restaurant herumzulungern, schlenderte er die Kopfsteinpflasterstraße entlang. Die Sonne war untergegangen, aber es war immer noch warm genug, um nur in der Anzugjacke draußen herumzulaufen. „Gott, diese Leute. Alicia hat sich nicht einmal die Mühe gemacht, ihrem Bruder zu sagen, dass ich kein Fleisch esse, und mein Vater hat Amanda erzählt, dass ich mit Melissa zusammen bin."

Henry lachte leise an seinem Ohr. „Machst du mir Ehre da drin? Oder verdienst du dir gerade noch mehr Zeit im Keuschheitsgürtel?"

„Ich tue mein Bestes, damit du stolz auf mich sein kannst, Sir. Und es hat auch was Gutes. Falls mein Vater jetzt nicht zu sauer auf mich ist, weil ich keine mit Shrimps gefüllten Champignons essen wollte, und es sich anders überlegt, hat er versprochen, mir Geld für das Sommersemester zu leihen. Allerdings … würde das unsere Pläne durchkreuzen."

„Die können wir ändern, Boy. Dein Studium hat Vorrang."

„Danke, Master." Er warf einen Blick über die Schulter und stellte fest, dass die Raucher allmählich wieder hineingingen. „Ich muss langsam los. Ich ruf' dich noch mal an, falls ich dazu komme, aber ich … danke dir", wiederholte er. Worte reichten wohl kaum aus, um seine Gefühle auszudrücken.

„Wofür?"

„Für … für alles. Ich …" *Ich liebe dich.* „Ich bin dir wirklich sehr dankbar."

„Ich vermisse dich auch, Baby."

Lächelnd legte Jason auf und steckte sein Handy ein; als er wieder ins Foyer kam, sah er dort seinen Vater und Alicia in ein angespanntes Gespräch vertieft. Er ging rasch an ihnen vorbei, da er sie nicht belauschen wollte.

Amanda blickte auf, als er wieder an den Tisch zurückkam. Sie warf ihm ein dünnes Lächeln zu. „Das vorhin war keine Absicht. Ich habe nur …" Sie zuckte die Achseln. „Dein Vater hat erwähnt, dass du eine Freundin hast. Also bin ich eben davon ausgegangen, dass das stimmt."

„Ihm wäre es wahrscheinlich einfach lieber, wenn ich mehr wie alle anderen wäre. Oder weniger wie meine Mutter."

„War sie …?"

„Nein, sie war nicht lesbisch", stellte er rasch klar. „Sie war Künstlerin, und ich möchte auch Künstler werden."

„War sie gut?"

„Als ich noch klein war, hat sie in Galerien ausgestellt. Bevor … bevor sie erblindet ist."

Amanda blinzelte. „Ich hatte ja keine Ahnung. Was ist passiert?"

„Sie hatte Diabetes, und sie hat nicht auf sich aufgepasst. Als allererstes hat sie ihr Augenlicht verloren."

Amanda öffnete den Mund zu einer Antwort, aber da kamen ihre Mutter und Jasons Vater über das ganze Gesicht strahlend an den Tisch zurück und baten um Aufmerksamkeit, weil sie etwas Wichtiges zu verkünden hätten.

„Wir möchten euch ja nicht an eurem großen Tag die Show stehlen." Alicia lächelte entschuldigend auf ihre Eltern hinab; sie hatte ihrer Mutter eine Hand auf die Schulter gelegt und die andere auf die ihres Vaters.

„Unsinn", beteuerte ihr Vater und tätschelte ihr die Hand. „Wir hatten schon genug große Tage." Er nickte seiner Frau zu. „Also, was habt ihr für Neuigkeiten für uns?"

Jasons Vater strahlte vor offensichtlicher Freude. Dann zögerte er. „Ich glaube, ich habe etwas vergessen."

Alicia schaute ihn blinzelnd an. „Greg?" Sie wirkte aufrichtig perplex.

Greg trat zu ihrem Vater. „Sir, darf ich um die Ehre – und das Vorrecht – bitten, Ihre Tochter meine Frau nennen zu dürfen?"

Jason und Amanda starrten einander überrascht an, während Alicias Mutter ihre Tochter umarmte und mit ihr die Hochzeit zu planen begann.

„Ich glaube, ich brauche einen Drink", murmelte Jason. Ob eine SMS wohl genügte, um seinen Master um Erlaubnis für ein Glas Wein zu bitten? Er bezweifelte, dass Henry ihm etwas stärkeres gestatten würde.

„JASON."

Beim Klang seines Namens drehte er sich um – es war sein Vater. Jason war zwischen Hauptgang und Dessert im Schlepptau der Rauchergruppe noch einmal vors Haus gegangen. Er lächelte seinen Vater an. „Hey. Glückwunsch, Dad."

„Danke", sagte sein Vater, als Jason ihm die Hand schüttelte. „Wir ... ich muss mit dir über etwas reden."

„Klar." Er steckte sein Handy in die Tasche. Er brauchte sich eigentlich nicht zurückzumelden. Er hatte das eine Glas Wein getrunken, das Henry ihm per SMS zugestanden hatte, und fühlte sich jetzt wieder etwas entspannter.

„Sieh mal, Jason, Alicia und ich hatten schon länger vor zu heiraten. Das kommt jetzt nicht wie aus heiterem Himmel."

„Es freut mich, wenn du glücklich bist", sagte Jason. Er meinte es ernst. Ob er Alicia nun leiden konnte oder nicht, offensichtlich machte sie seinen Vater glücklich.

„Das bin ich wirklich. Die Sache ist nun die, dass wir nach der Hochzeit zusammenleben werden."

„Das dachte ich mir schon fast."

„Eins sollst du wissen: Das Folgende hat absolut nichts damit zu tun, was du heute Abend zu Amanda gesagt hast. Alicia hat sich noch nie ... nun ja. Sie fühlt sich eben einfach nicht wohl mit deinesgleichen."

„Wie bitte?"

„Es ist ja nicht so, als ob du diskret wärst, Jason. Nicht jeder ist so liberal wie deine Mutter. Einige Menschen mögen ... nun ja. Es geht darum, dass sie sich bei dem Gedanken nicht wohlfühlt, mit dir unter einem Dach leben zu müssen."

Jason blinzelte heftig. In seinem Inneren krampfte sich alles zusammen. „Soll das jetzt etwa heißen, du schmeißt mich raus?"

„Sei nicht so melodramatisch! Ich schwöre, du bist genau wie ..." Er zögerte, aber Jason wusste, was er hatte sagen wollen: *Du hörst dich genauso an wie deine Mutter.* Sein Vater sah ihm fest in die Augen. „Alicia und ich heiraten erst Ende Juni. Somit hast du Zeit genug, dir etwas zu überlegen. Ich habe versprochen, dir das Geld für das Sommersemester zu leihen. Falls du es mir wie vereinbart zurückzahlst, wäre ich vielleicht bereit, dir für den Herbst wieder etwas zu leihen. Danach können wir immer noch weitersehen."

„Wo zum ... und wo genau soll ich *leben*? Ich bin dein Sohn!"

„Darf ich dich daran erinnern, dass ich nicht einmal von deiner *Existenz* wusste, bis mich vor fünfeinhalb Jahren irgendein Anwalt angerufen hat um mir zu sagen, dass ich nicht nur einen Sohn *habe*, sondern dass dessen Mutter, eine

Frau, an die ich seit dem College nicht einmal *gedacht* hatte, gerade gestorben war? Es tut mir leid, wenn ich deinen Erwartungen nicht gerecht geworden bin!" Er schüttelte den Kopf und fuhr sich mit der Hand über den Scheitel, als ob er dort noch Haare zum Raufen hätte. „Es tut mir leid. Für mich ist das auch nicht leicht, Jason. Ich wollte nie Kinder. Als ich dann erfuhr, dass ich eins habe … nun, ich habe dich bei mir aufgenommen, oder etwa nicht? Aber du bist jetzt erwachsen. Du hast einen Job. Du kannst dir eine eigene Wohnung suchen. Amanda ist erst kürzlich zuhause ausgezogen, und sie ist ein Jahr jünger als du. Ich habe dir mehr als genug Zeit gegeben, um das zu regeln."

Tränen brannten Jason in den Augen, aber er weigerte sich zu weinen. Nicht vor seinem Vater.

„Ich glaube, alle werden dafür Verständnis haben, falls du lieber aufs Dessert verzichten möchtest. Warum nimmst du nicht mein Auto und fährst nach Hause? Ich übernachte heute sowieso bei Alicia." Er gab Jason die Autoschlüssel.

Jason nahm sie. Er hörte sich kaum „Danke" sagen, als er schon auf dem Absatz kehrt machte und flüchtete.

ERST AUF dem Highway wurde ihm allmählich bewusst, dass er in diesem Zustand gar nicht fahrtüchtig war. Er fuhr bei der nächstbesten Abfahrt raus und fummelte mit tränenüberströmtem Gesicht nach seinem Handy. Millionen von Fragen – Ängsten – gingen ihm im Kopf herum.

Henry nahm nach dem dritten Läuten ab. Bevor er auch nur ein Wort sagen konnte, heulte Jason los. „Mein Dad will … er wird heiraten. Er zieht mit Alicia zusammen. Die beiden … sie … *er* will mich dort nicht haben! Ich verstehe ja, dass er nie Kinder wollte, und selbst wenn, dass ich nicht der Sohn bin, den er sich gewünscht hätte, aber … aber zwei Monate. Er gibt mir zwei Monate! Ich habe grade mal dreihundert Dollar auf der Bank, und das weiß er ganz genau, verdammte Scheiße!" Zum Teufel mit Henrys Erlass gegen das Fluchen. Er würde den blöden Keuschheitsgürtel einen Monat lang tragen. Es war ihm inzwischen egal.

„Sie wissen seit Weihnachten, dass sie heiraten werden, und er sagt es mir erst jetzt?" Jason wischte sich die Tränen von den Wangen, aber das hatte keinen Zweck. Es kamen immer mehr. „Ich weiß, dass Kendra mich aufnehmen würde, aber …" Sie wohnte so weit weg, und sie würde es ihm unmöglich machen, seine Beziehung mit Henry aufrechtzuerhalten. „Es tut mir leid, ich muss Schluss machen. Ich muss mir überlegen, was ich jetzt machen soll."

„Wag es *bloß* nicht, jetzt aufzulegen!", fauchte Henry, bevor Jason die Verbindung unterbrechen konnte. „In dem Zustand gehst du mir nirgendwohin, Boy."

Jason schluchzte nur. „Ich muss jemanden anrufen. Ich muss doch was tun!"

„Du hast jemanden angerufen, und du tust schon etwas."

„Ich finde nicht, dass es mir viel hilft, wenn ich heulend mitten im Nirgendwo am Straßenrand sitze."

„Wie wär's dann damit: Wenn du dich wieder so weit unter Kontrolle hast, dass du fahren kannst, fährst du nach Hause, packst deine Sachen und kommst her."

„W-was?" Kommst her? „Du meinst, zu … zu dir?" Er konnte Henry doch unmöglich richtig verstanden haben.

„Wir treffen uns in Findlay."

„Findlay?"

„In deinem Zustand kannst du auf keinen Fall die ganze Nacht durchfahren, und allein würdest du sowieso nicht zu mir finden, glaub mir. Findlay liegt ziemlich genau in der Mitte. Geh einfach auf die I-75 und fahr nach Süden, bis du dort bist. Ich suche uns ein Hotel und ruf' dich an, sobald ich was für uns gefunden habe. Wir übernachten dort. Dann bringe ich dich nach Hause."

Nach Hause? „Bitte, Henry, bitte sag so was nicht, wenn es dir nicht wirklich ernst damit ist."

„Ich mein's ernst. Du kannst hier bleiben."

„Für wie lange?"

„So lange du willst."

Jason konnte nicht aufhören zu zittern. „Meinst … meinst du das wirklich ernst?" Es klang viel zu schön um wahr zu sein. Seine Tränen flossen mit ungeminderter Heftigkeit.

„Schscht, Baby. Ich mein's ernst. Ganz so hatte ich es mir zwar nicht vorgestellt, aber … aber du kannst so lange hier wohnen, wie du willst, okay? Oder … Baby, wenn du lieber zu Kendra willst, ist das auch okay. Ich komme und geb' dir moralische Unterstützung, helf' dir beim Packen, was auch immer du brauchst –"

„Nein. Bitte, nicht. Ich will nicht zu Kendra. Ich will *dich*."

„Okay, dann bleibt's dabei. Wir sehen uns in ein paar Stunden."

16

JASON WARTETE, bis das Zittern aufhörte; erst dann fuhr er auf den Highway zurück und nach Hause. In das Haus seines Vaters. Er nahm kaum etwas wahr. Ihm war nur kalt.

Aber als er in die Einfahrt fuhr, begann er wieder zu zittern. Auf der Verandatreppe stolperte er und wäre beinahe hingefallen. Das konnte nicht passieren. Das konnte nicht real sein. In Wirklichkeit hatte sein Vater ihn gar nicht hinausgeworfen, und Henry ... Jason setzte sich auf die oberste Treppenstufe. Er konnte sich nicht bewegen. Vor einem Monat hätte er noch alles drum gegeben, mit Henry davonlaufen zu können, und jetzt, wo es wirklich passierte, war er starr vor Angst! Sie kannten einander kaum.

Blödsinn.

Henrys Lieblingsfarbe war rot. Er aß am liebsten Butter Pecan-Eiscreme. Er mochte Pilze und Oliven auf seiner Pizza; er mochte sie lieber rund als eckig, lieber mit dünnem als mit dickem Teig. Lieber selbst gemacht als gekauft. Er aß am liebsten italienisch, und sein Lieblingsdessert war Tiramisu. Er hatte am siebzehnten November Geburtstag. Er lebte mit seiner Halbschwester zusammen, die elf Jahre jünger war als er und HIV positiv. Seine Mutter hieß Delilah. Sie schien Jasons Mutter recht ähnlich zu sein.

Aber das Wichtigste an Henry war, dass Jason ihn liebte.

Jason stand auf und ging ins Haus. Er ging schnurstracks in sein Zimmer, zerrte seine Sporttasche unter dem Bett hervor und fing an, Kleider hineinzustopfen. Jeans. T-Shirts. Unterwäsche. Socken. Seine High-Tops. Eine Jeansjacke. Er nahm kaum wahr, was er tat, was er einpackte. Er fühlte sich ... ausgehöhlt. Aus der Realität gerissen. Zu betäubt, um noch zu weinen.

Er wurde langsamer, als er zu den Fotoalben kam. Bilder von seiner Mutter. Von seinen Großeltern. Von ihm als Baby. Gott, wollte er wirklich, dass Henry die zu Gesicht bekam?

Besser, als sie hier bei dem Mann zu lassen, der nie Kinder wollte.

Er nahm den Ring seiner Mutter aus seinem Schmuckkasten. Er war nicht viel wert, nur ein Smaragdring, aber er hatte ihr gehört. Ebenso wie die Skizzenblocks unter seinem Bett, die einige ihrer letzten Arbeiten enthielten. Auf keinen Fall würde er die für seinen Vater zurücklassen. Er suchte seine eigenen Skizzenblocks zusammen, seine Malutensilien.

Sein Halsband lag unter dem Kopfkissen, wo es immer lag, wenn er es nicht trug. Jason zerrte sich die blöde Fliege vom Hals. Er riss sich den Anzug und das Hemd vom Leib. Fast hätte er sich das Halsband um den Hals gelegt. Aber das

194

sollte Henry für ihn tun, also packte er es ebenfalls in die Sporttasche und zog sich dann ein T-Shirt über den Kopf.

Gott, meinte Henry es wirklich ernst? Wollte er wirklich und wahrhaftig, dass Jason zu ihm zog? Was, wenn er es sich anders überlegte? Was, wenn …?

Jason verbannte die fieberhafte Panik aus seinen Gedanken und ging barfuß den Flur entlang ins Badezimmer, seinen Rucksack in der Hand. Er warf seine Zahnbürste und seinen Rasierapparat hinein, gefolgt von seiner Haarbürste. Shampoo. Spülung. Haarschaum. Fön. Rasierwasser.

Scheiße, das konnte nicht wahr sein.

Wieder zurück in seinem Zimmer schaute Jason sich um, ob, und wenn ja was, er vergessen hatte. Nichts fiel ihm ins Auge.

Jesus, war das *alles*? Ein paar Kleider und Toilettenartikel? Sein Laptop?

Er würde auch sein Handy-Ladegerät brauchen. Kopfhörer. Und er hatte einige DVDs, die zwar nicht unersetzlich waren, aber zu teuer, um sie einfach zurückzulassen. Er hatte auch einige signierte CDs. Abney Park. The Clockwork Dolls. Heather Alexander. Das signierte Pat Benatar Album, das seiner Mutter gehört hatte. Gott, Vinyl. Damit musste er besonders vorsichtig umgehen. Er durchstöberte sein „Bücherregal" (sechs aufeinandergestapelte Milchkisten neben der Stereoanlage) und packte die wenigen Bücher, die signiert waren, zusammen mit seinen BDSM-Büchern, der Schallplatte und seinen DVDs in eine Kiste. Und sein Highschool-Jahrbuch. Das von Troy Athens, *nicht* das von der Ithaca Highschool. Das ließ er zurück.

Jason warf einen letzten prüfenden Blick durch sein Zimmer. Das war alles. Sein ganzes Leben passte in eine Sporttasche, eine Milchkiste, einen Rucksack und die Laptop-Tasche. Er fühlte sich erbärmlicher denn je, als er seine Doc Martens zuschnürte, sich die Lederjacke um die Schultern hängte und mit seinen kümmerlichen Habseligkeiten das Haus seines Vaters verließ – wie er wusste, zum letzten Mal. Er hinterließ keine Nachricht. Wozu auch? Der Haustürschlüssel, den er von seinem Schlüsselring nahm und neben die Autoschlüssel seines Vaters legte, sagte es deutlich genug: Er hatte keinen Grund mehr, noch einmal wiederzukommen und sein Vater brauchte nicht zu wissen, wo er hingegangen war.

Sein Auto zu beladen war ein … surreales Gefühl. Als ob er einen Film sehen oder ein Buch lesen würde, denn das wirkliche Leben konnte doch nicht so schnell so total im Arsch sein. Jetzt würde er jeden Moment aufwachen. Er würde lachen und Henry anrufen und ihm von dem verrückten Traum erzählen, den er eben gehabt hatte.

Henry.

Jesus, Henry wollte wirklich … Jason warf einen Blick auf sein Handy, aber er hatte keine Nachrichten. Wahrscheinlich war es noch zu früh, als dass Henry bereits in einem Hotel eingecheckt haben konnte. Als Jason das Ende der Straße erreicht hatte, weinte er schon wieder. Fast hätte er Henry angerufen, nur um jemanden zum Reden zu haben, aber in seinem Zustand konnte er sicher nicht reden und fahren gleichzeitig. Und tat Henry nicht ohnehin schon genug für ihn, indem er ihn bei sich einziehen ließ? War es da fair, Henry zu bitten, ihm auch noch telefonisch das Händchen zu halten?

Jason fuhr bei McDonalds durch das Drive-in und holte sich den größten Kaffee, den sie dort auf der Karte hatten. Er brauchte nicht nur das Koffein, sondern auch die Wärme. Er machte das Radio an, um sich auf andere Gedanken zu bringen. Er begann sich erst wieder Sorgen zu machen, als sein Kaffeebecher leer war und er die ersten Hinweisschilder für Ann Arbor sah. Bis zur Grenze nach Ohio waren es nur noch fünfundvierzig Minuten. Von dort würde er noch eine Stunde bis Findlay brauchen.

Henry würde es sich nicht anders überlegen. Das *konnte* er nicht. Jason kaute sich die Unterlippe blutig.

Es war spät. Er war erschöpft. Die Wirkung des Koffeins ließ allmählich nach. Er hatte schreckliche Angst. Was, wenn Henry nicht das war, wozu Jason ihn in Gedanken hochstilisiert hatte? Was, wenn er keinen Job fand? Was, wenn Henrys Freunde ihn nicht leiden konnten oder ihn für zu jung und unreif hielten? Was, wenn Henrys Schwester ihn hasste? Wo sollte er hin, falls – wenn – Henry ihn rauswarf?

Und was war mit dem College? Jason war sich nicht sicher, ob er so spät im Semester noch wechseln konnte. Selbst wenn, würde er von seinen Studiengebühren nichts zurückbekommen. Daran hatte er vorher gar nicht gedacht. Er war einfach … weggelaufen. Und er hatte auch weder an die Arbeit noch an Melissa noch an sonst etwas gedacht.

Schon wieder begannen die Tränen zu rinnen. Laut dem Hinweisschild an der Straße waren es noch sieben Meilen bis Bowling Green, dreißig bis Findlay. Was, wenn Henry nicht wie versprochen auf ihn wartete? Wenn sein eigener Vater ihn auf die Straße setzen konnte …

Plötzlich klingelte sein Handy. Jason schnappte es vom Beifahrersitz. „Hallo?"

„Ich bin's", sagte Henry.

Jason holte tief und zittrig Atem. „Ich … ich hatte mir schon langsam Sorgen gemacht."

„Schscht. Ich bin hier, genauso wie ich's gesagt habe. Sag mir, wo du bist."

„Kurz vor Bowling Green."

„Du bist fast da, Baby. Ich habe eben im Drury Inn eingecheckt. Du kannst es vom Highway aus sehen. Fahr bei der Ausfahrt Trenton Street raus und dann immer der Straße nach."

„Trenton Street", wiederholte Jason. „Ja. Okay." Er wusste, er hätte auflegen sollen, aber dann würde Henry womöglich … Gott, das war doch absurd. Henry würde sich doch nicht einfach in Luft auflösen, wenn Jason auflegte!

„Hast du Hunger?", fragte Henry, glücklicherweise ohne etwas von Jasons dämlicher Paranoia bemerkt zu haben.

„Ich weiß nicht. Kann sein. Ich habe Kaffee getrunken."

„Na, falls du doch was essen möchtest, ich hab' uns was geholt. Falls du nur schlafen willst, ist das auch okay. Das Essen hält sich bis morgen."

„Warum tust du das?"

„Was?"

„Warum bist du … Jesus, Henry. Du kennst mich erst seit vier Monaten. Mein Vater kennt mich seit fünf Jahren!"

„Ich habe dir zugesagt, für dich zu sorgen, weißt du noch?"

Jason unterdrückte ein Schluchzen. Er brauchte die Gewissheit, dass es hier um mehr ging als um einen Scheiß-Sklavenvertrag.

„Komm einfach her, Baby. Die Details klären wir morgen. Im Moment will ich dich nur in Sicherheit wissen."

In Sicherheit. „Ja, okay. Danke", fügte er schwach hinzu. „Danke" schien ihm bei Weitem nicht angemessen.

„Gern geschehen. Bis gleich."

Da ihm nichts mehr zu sagen einfiel, legte Jason auf. Er konzentrierte sich aufs Fahren, darauf, in seiner Spur zu bleiben. Die Geschwindigkeitsbegrenzung einzuhalten, wo er doch nichts lieber getan hätte, als das Gaspedal durchzutreten und die letzten dreißig Meilen so schnell wie möglich hinter sich zu bringen.

Das letzte Mal – das einzige Mal – dass Jason sich so verloren, so völlig ausgelaugt gefühlt hatte, das letzte Mal, dass er so viel geweint hatte, war nach dem Tod seiner Mutter gewesen, als er erfahren hatte, dass er künftig bei einem Mann leben musste, den er nie zuvor gesehen hatte. Seinem Vater. Und ja, vielleicht war das für seinen Vater auch nicht leicht gewesen. „Aber der hat wenigstens noch ein *Zuhause*, verdammte Scheiße." Jason wischte sich die Zornestränen vom Gesicht. Vom vielen Weinen war sein ganzes Gesicht schmerzhaft verschwollen. Glaubte sein Vater ernsthaft, dass es den Rausschmiss wieder wettmachen würde, wenn er Jason das Geld für die Semestergebühren lieh?

Endlich entdeckte er die leuchtendrote Neonbeschriftung des Drury Inn. Gleich darauf sah er das Hinweisschild für die Abfahrt Trenton Street und verließ den Highway. Er folgte der hell erleuchteten Straße bis zum Parkplatz, stellte sein Auto ab, stieg aus und schnappte sich seine Sporttasche. Dann wurde ihm klar, dass Henry ihm die Zimmernummer nicht genannt hatte. Nun, er konnte schließlich am Empfang fragen. Doch als Jason in die Lobby kam, stand Henry dort und wartete auf ihn. Er nahm Jason sofort in die Arme und drückte ihn fest an sich. Jason erwiderte die Umarmung genauso fest.

„Danke", murmelte er, als er schließlich seiner Stimme wieder traute. „Ich danke dir so sehr." Er weinte schon wieder.

„Schschscht, ich bin ja da. Ich hab dich." Henry umfasste Jasons Gesicht mit beiden Händen und drückte ihm einen stürmischen Kuss auf die Lippen. Er küsste ihn auf die Wangen. Auf die Stirn. Dann flüsterte er ihm ins Ohr: „Da trägt ja jemand sein Halsband nicht."

Hitze durchflutete Jasons Wangen. „N-nein, Sir. Ich ... Anzug und Krawatte ...", stammelte er und biss sich auf die Lippe.

Henrys Lachen war freundlich. Er war nicht sauer. „Hast du's in deiner Tasche?"

„Ja, Sir." Jason wischte sich die restlichen Tränen weg, in der Hoffnung, dass jetzt wirklich keine mehr kamen.

„So ist's recht. Dann wollen wir dich mal raufbringen." Er legte Jason den Arm um die Schultern und führte ihn zum Aufzug.

Jason stützte sich auf ihn, ließ Henry sein ganzes Gewicht tragen. Er fühlte sich so schwer. So müde. Er schloss die Augen, als der Aufzug sich in Bewegung setzte.

„Falls du hungrig bist, ich hätte Spinat-Pie und Hummus mit Pita", bot Henry an.

Jason schüttelte den Kopf. „Ich kann nichts essen. Vielleicht später?"

„Was immer du brauchst."

Beim „Ping" der Aufzugtüren machte Jason die Augen auf, aber er achtete kaum auf seine Umgebung, als sie den Flur entlang gingen. Henry öffnete die Tür zu ihrem Zimmer und zog Jason hinein. „Warum gehst du nicht duschen?", schlug Henry vor. „Heißes Wasser wird dir guttun."

„Ja. Okay, das klingt gut. Danke." Wieder erschien ihm das Wort kaum angemessen.

Aber Henry schien das nicht zu stören. „Gern geschehen. Übrigens erwarte ich, dass du da nackt wieder rauskommst, Boy", stellte er klar.

Jason lächelte. „Ja, Master."

Henry küsste ihn rasch noch einmal, ehe er ihn gehen ließ.

JASON STAND mit geschlossenen Augen unter der heißen Brause. Er blieb dort, bis seine Finger ganz schrumpelig waren und sein Magen sich beruhigt hatte. Bis in seinem Kopf nicht mehr so ein Durcheinander herrschte. Bis er kaum noch dachte. Bis ihm durch und durch warm war.

Sobald er das Wasser abgestellt hatte, hörte er Harfenmusik aus dem anderen Zimmer, aber kein klassisches Stück. Jason erkannte Bon Jovis „It's My Life" beinahe sofort. Nun, das passte ja eigentlich ganz gut. Er lächelte und band sich das Haar im Nacken zu einem Knoten zusammen. Als er aus dem Badezimmer kam, saß Henry in karierten Flanell-Schlafanzugshosen auf dem Bett. Das graue Halsband lag auf dem Nachttisch neben ihm.

„Nicht besonders sexy, was?", bekannte Henry mit einem beinahe betretenen Grinsen.

„Ich finde, du siehst bezaubernd aus."

Henry zog eine Augenbraue hoch. „Bezaubernd, hm?" Der strenge Blick schien ihm nicht leicht zu fallen. „Mach, dass du herkommst, Boy."

Lächelnd kniete Jason vor ihm nieder, und Henry schnallte ihm das Halsband um. Er entschuldigte sich nicht dafür, dass er Jasons Tasche danach durchwühlt hatte.

Da Henry mit untergeschlagenen Füßen auf dem Bett saß, begnügte Jason sich damit, den Kopf an das Knie seines Masters zu lehnen. Der weiche Stoff der Schlafanzugshose war so angenehm auf der Haut, wie er gedacht hatte, aber Henrys sanftes Streicheln war noch angenehmer.

„Wir müssen uns morgen unseren Vertrag noch mal anschauen", sagte Henry freundlich. „Und ein paar Sachen ändern."

„Sir?" Jason konnte nicht noch mehr Veränderungen in seinem Leben ertragen.

„Den haben wir aufgesetzt, als wir noch vierhundert Meilen voneinander entfernt gelebt haben, Boy. Jetzt wird so einiges anders sein … na ja, so lange du bei mir wohnst, jedenfalls."

Jason schloss die Augen und hoffte verzweifelt, dass Henry es sich nicht anders überlegt hatte. Womöglich … „Findet deine Schwester es okay, dass ich bei euch wohnen soll?"

„Das geht für sie völlig in Ordnung. Glaub mir, ich habe ihr erzählt, was passiert ist, und … nun ja. Sie findet es mehr als okay, dass du bei uns einziehst."

„Was ist mit dem anderen Kram?"

„Anderer Kram?", forschte Henry.

„Du weißt schon. Die, äh … die Bedingungen …?"

„Sie weiß, dass ich ein perverser Drecksack bin, falls du das fragen wolltest."

„Also, äh, was für Änderungen hattest du im Sinn? Für unseren Vertrag, meine ich."

„Darüber sollst du dir im Moment nicht den Kopf zerbrechen, du sollst nur schon mal drüber nachdenken. Warum kommst du nicht rauf hier und streckst dich aus? Hinterteil nach oben."

Jason nickte. Gehorchte. Er wollte … aber was er wollte, spielte keine Rolle. Schließlich war er ja ein „Sklave", richtig? Er würde sich eben daran gewöhnen müssen, zu tun, was man ihm befahl, seine eigenen Bedürfnisse zurückzustellen, selbst wenn er emotional so ausgelaugt war, dass er nur noch kuscheln wollte. Schlafen. „Wie möchtest du meine Arme haben, Master?"

„Mach's dir einfach bequem."

Jason bettete den Kopf auf die Arme und schloss die Augen. Er fühlte, wie Henry aufstand, hörte ihn herumlaufen. Kurz darauf senkte sich die Matratze erneut, als Henry sich wieder hinsetzte – und dann kneteten zwei gut geölte Hände seine Schultern. Jason stöhnte auf. „Oh, Gott."

Henry lachte leise. „Sag' ich dir nicht ständig, dass ich soviel Verantwortung gar nicht brauche, Boy?", fragte er und bearbeitete dabei weiter die Knoten in Jasons Schultern. Es war der Himmel. Und ein bisschen auch die Hölle. Henry schien genau zu wissen, wo die Knoten waren und wie man sie loswurde; immer wieder tat es kurz weh, aber dann war es die reine Wonne.

Nach einer Weile drehte Jason den Kopf und blickte zu ihm auf. „Kannst du mir das beibringen?"

„Was, Massage?"

„Ja, Sir."

„Warum willst du das lernen?", fragte Henry. Er hörte sich völlig verdutzt an.

„Weil es sich gut anfühlt und weil ich mir denken kann, dass du auch manchmal ganz schön verspannt bist."

Henrys Gesichtsausdruck war unmöglich zu deuten, und für einen Moment fürchtete Jason, irgendetwas falsch eingeschätzt zu haben. Aber er wollte doch nur imstande sein, dafür zu sorgen, dass Henry sich auch so wohl fühlte wie er sich jetzt dank des anderen Mannes. Was konnte daran verkehrt sein?

„Henry?"

„Ich bringe dir alles bei, was du wissen willst. Du brauchst einfach nur zu fragen", versprach Henry mit leiser Stimme. „Aber wie wär's, wenn du dich fürs Erste einfach mal ein bisschen von mir verwöhnen lässt?"

Jason nickte und drehte das Gesicht wieder zur Matratze.

„Kannst du die Arme seitlich ausstrecken? Gut. Jetzt entspann dich." Er nahm Jasons linken Arm und beugte ihn im Ellbogen, sodass Jasons Handgelenk auf seinem unteren Rücken ruhte.

„Und ich dachte schon, heute Abend passiert nichts Perverses mehr – oh Gott", stöhnte er auf, als Henry ihm fachmännisch die Finger unter das Schulterblatt drückte. „Verdammt, tut das weh."

„Gut weh oder schlecht weh?"

„Woher soll ich wissen, was da der Unterschied ist?" Er grinste Henry über die Schulter hinweg anzüglich an.

„*Boy.*"

„Gut weh, glaube ich, Master", sagte Jason gehorsam. Henry drückte noch etwas fester, und Jason stöhnte. „*Fuck.* Nein, immer noch gut … Jesus. Woher weißt du … ooooh … scheiße, ja, genau da. Gott, *genau* da." Henry hatte irgendwie exakt die schmerzhafteste Stelle in seinem Rücken gefunden.

„Meinst du, du bist der erste Kellner, den ich je massiert habe?"

„Ich … ooooohhh … ich wusste nicht, dass Kellner sich Massagen leisten können. Und ich dachte, das machst du nicht mehr. *Scheiße.* Aua!"

„Ruhig atmen … na also …" Er lockerte den Druck etwas und rieb sanfter. „Entspann dich und atme einfach. Und ich mache immer noch gelegentlich Massagen, hauptsächlich um einen Gefallen zu erwidern."

Jason funkelte ihn zornig an.

„Eifersucht ist ein unschönes Gefühl, Jason. Und außerdem eins, das ich nicht dulden werde. Sebastian ist ein Freund von mir. Und ja, er ist devot, und ja, wir haben schon miteinander gespielt", fügte er hinzu. Dann legte er Jasons Arm behutsam wieder an seine Seite. „Sagst du mir, wo es am meisten gezogen hat?"

„In meiner Schulter. Und ich bin nicht eifersüchtig."

„Wenn du lügst, bekommst du nur Ärger. Ich habe nicht vergessen, dass du mir noch acht Tage im Keuschhalter schuldest. Möchtest du neun draus machen?"

Jason schluckte mühsam und senkte den Blick. „Nein, Master. Wenn es dir gefällt, würde ich lieber nicht neun daraus machen. Vielleicht bin ich ja doch ein bisschen eifersüchtig." Es war schwer, nicht eifersüchtig zu sein. Er wusste ja nicht, wer dieser Sebastian war, ob er gut aussah. Ob er Henry begehrte.

„Du bist sehr eifersüchtig. Ich empfehle dir, das sein zu lassen. Leg den Kopf auf die Arme, damit ich an deinen Nacken komme."

So gern Jason ihm auch gesagt hätte, dass er seine Eifersucht nicht einfach nach Belieben an- und abstellen konnte, er mochte sich mit niemandem streiten, der dafür sorgte, dass er sich so wohlfühlte. Außerdem wollte er Henry nicht in Versuchung führen, ihm noch mehr Zeit im Keuschhalter aufzuerlegen. „Hast du je mit ihm geschlafen?", fragte er in möglichst neutralem Ton, weil das das einzige war, was er wirklich wissen musste.

„Ja."

Es war nicht die Antwort, die Jason hören wollte, aber er konnte ja wohl kaum etwas dagegen tun. Er schloss die Augen und versuchte, sich einfach nur zu entspannen.

„Du bist mein wertvollster Besitz, Jason", erklärte Henry, „aber du bist nicht der einzige Mensch in meinem Leben. Ich bin auch nicht der einzige Mensch in deinem."

„Im Moment kommt's mir aber so vor." Er hörte sich jämmerlich an.

„Ich weiß. Und ich weiß auch, dass sich alles wieder einrenken wird. Ich weiß, das sagen alle ständig, und mir geht es auch immer gewaltig auf den Sack. Deshalb würde ich's auch nicht sagen, wenn ich's nicht glauben würde. Das wird schon wieder."

„Danke."

Nachdem Henry ihm die schlimmsten Knoten aus Nacken und Schultern massiert hatte, sorgte er dafür, dass Jason ein großes Glas Wasser trank. Er brachte ihn dazu, etwas zu essen. Dann steckte er ihn ins Bett und rollte sich schützend um ihn zusammen. Fast ehe sein Kopf das Kissen berührte, war Jason schon eingeschlafen.

ER ERWACHTE desorientiert und allein in einem fremden Bett. Die Laken waren weiß. Sie rochen leicht nach Weichspüler und Bleiche. Irgendwo lief eine Dusche. Er wälzte sich auf die andere Seite – die Vorhänge waren zugezogen. Kein Licht drang herein. Ein Hotelzimmer.

Henry. Gestern war Jasons ganze Welt in sich zusammengebrochen, und Henry war da gewesen und hatte ihn aus den Trümmern gezogen. Jason lächelte, als seine Hand wie von selbst nach dem ledernen Halsband griff. Er würde wirklich mit Henry nach Hause gehen.

Im Badezimmer ging die Dusche aus. Gleich darauf kam Henry heraus, mit tropfnassem Haar, stoppelfreiem Gesicht und nichts als einem weißen Handtuch um die Taille. „Wie lange bist du schon wach?"

„Erst seit ein paar Minuten. Tut mir leid, falls ... falls du gewollt hättest, dass ich zu dir reinkomme oder ..."

Henry schüttelte den Kopf. „Ich bin froh, dass du noch ein Weilchen länger geschlafen hast. Du hattest gestern einen harten Tag." Er setzte sich auf das Bett und lockte Jason auf seinen Schoß. „Gestern ist ganz schön viel passiert, und furchtbar schnell für uns beide."

Jason nagte an seiner Unterlippe und kuschelte sich enger an ihn, dankbar, als Henrys Arme sich fester um ihn schlossen.

„Ich weiß nicht, wo ich jetzt wäre, wenn du nicht ... wenn ich nicht hier wäre, Sir."

Bitte hab nicht inzwischen deine Meinung geändert.

„Wenn du nicht hier wärst, würdest du jetzt im Haus deines Vater sitzen und dir überlegen, wer von deinen Freunden ein Sofa hat, auf dem du übernachten kannst." Sein Tonfall war sachlich aber ansonsten unmöglich zu deuten. „Du würdest zur Arbeit gehen. Dort müsstest du sowieso mal anrufen und deinem Boss Bescheid sagen, was los ist."

„Ja ... ja, richtig."

„Hast du's dir anders überlegt, Boy?"

Jason blinzelte ihn verblüfft an. „Nein." Litt Henry etwa unter denselben Befürchtungen wie er?

Henry lächelte. Er strich mit dem Daumen über Jasons Wange. „Jason, du würdest es auch alleine schaffen. Du brauchst mich nicht. Es ist nur ... es ist irgendwie so wie am allerersten Tag in diesem Hotel, als ich dich auf mein Zimmer eingeladen habe, obwohl ich jedem anderen für so viel Dummheit eine gescheuert hätte. Als du mir erzählt hast, dass dein alter Herr dich rausgeschmissen hat, habe ich nicht gedacht, ich hab' einfach nur reagiert. Ich musste wissen, dass du in Sicherheit bist."

Jason kuschelte sich noch ein wenig enger an seine Brust.

Henry nahm sein Kinn in die Hand und hob es an, sodass Jason keine andere Wahl hatte, als ihm in die Augen zu schauen. „Ich will, dass du mir jetzt gut zuhörst, okay?"

„Ja, Sir."

„Das ist nicht ... ich hatte da diesen Plan." Er lachte beinahe. „Meine Freunde sagen immer, dass ich viel zuviel plane, und da haben sie wahrscheinlich recht, aber ich hatte mir alles so schön zurechtgelegt. Du hättest mich im Juni besucht. Da wollte ich für dich kochen. Dich verwöhnen. Dich um den Verstand ficken. Ein paar Spuren auf dir hinterlassen, damit du mich nicht vergisst. Ich wollte dich zur Dragon*Con mitnehmen und sehen, ob du dir vielleicht ein paar Tage länger freinehmen kannst, damit ich dir ein bisschen die Stadt zeigen kann. Dann wollte ich dich noch ein paarmal zu mir einladen, damit wir uns da gemeinsam durcharbeiten können. Damit wir keine Fehler machen."

„Jeder macht Fehler."

„Ich weiß. Aber ich will nicht, dass du eines Tages aufwachst und einen Hass auf mich hast wegen ... wegen irgendwas. Wegen allem."

„Einen *Hass* auf dich? Ich liebe dich." Die Worte waren heraus, bevor Jason sie zurückhalten konnte. Jason musterte Henrys Gesicht, voll Hoffnung, voll Verlangen – aber Henry sagte nichts. „Sir ... ich ... Henry ... ich wollte nicht –"

Henry drückte ihm einen Finger an die Lippen. „Schschscht. Warum gehst du nicht ins Bad und erledigst alles Nötige? Ich zieh' mich inzwischen an."

„Ich ... ja, Sir." Niedergeschlagen schlüpfte Jason aus Henrys Armen, aus dem Bett und tappte barfuß ins Bad, wobei er sich fragte, ob er den Lauf der Dinge eben irgendwie verändert hatte. Oder vielmehr *wie*, denn „ich liebe dich" zu sagen änderte alles. Warum musste er immer so dumm sein? Warum lernte er nie, seine große Klappe zu halten? Warum konnte er es nicht einfach genießen, wenn etwas Schönes passierte?

Mit den Tränen kämpfend erledigte er sein Geschäft. Er wusch sich die Hände und spritzte sich kaltes Wasser ins Gesicht. Es war gesagt. Es konnte nicht mehr ungesagt sein. Er würde eben mit den Konsequenzen zurechtkommen müssen.

Schließlich kam Henry herein und stellte sich hinter ihn, genau wie er es damals am ersten Tag getan hatte – nur sein Gesichtsausdruck war heute anders. Nicht voller Leidenschaft, Lust. Jason konnte den Ausdruck auf seinem Gesicht nicht deuten, abgesehen davon, dass er ... abwesend wirkte. Still. Jason lehnte sich trotzdem an ihn, und Henry schlang ihm die Arme um die Schultern. Er streichelte ihm mit der linken Hand über die Brust, so zärtlich, dass Jason Gänsehaut bekam.

Erst nach einer Weile wurde Jason sich bewusst, dass Henry in der rechten Hand etwas hielt. Als er nach unten schaute, öffnete Henry die Hand und zeigte ihm ein kleines, schwer aussehendes antikes Vorhängeschloss. Es war wunderschön mit eingeätzten Schnörkeln verziert. Henry drehte es um, damit Jason sehen konnte, dass auf der Rückseite Henrys Initialen eingraviert waren.

„Das war meins", sagte Henry. „Damals, als ich ... als ich angefangen habe und ein Jahr lang bei einem anderen Mann in Diensten war. Nicht direkt als Sklave, aber fast."

Jason sträubte sich gegen den Gedanken, dass sein Master einmal zu Füßen eines anderen Mannes gekniet haben sollte.

Henry lächelte. „Schwer vorstellbar? Ich war neu, fast so neu wie du warst, als ich dich kennengelernt habe. David hat dafür gesorgt, dass ich mich nicht mit den falschen Leuten eingelassen und mir Schaden zugezogen habe. Er hat mich auch anständig zusammengestaucht, als ich ihm von dir erzählt habe. Außerdem hat er mir gesagt … nun ja, er hat ganz schön viel zu mir gesagt. Eigentlich wollte ich damit nur sagen, dass niemand das hier je getragen hat, außer mir." Während er sprach, schob er Jasons Halsband so zurecht, dass die Schnalle nach vorne zeigte. „Sklave sein heißt nicht nur, dass du fähig bist, zu tun, was dir gesagt wird, Jason. Befehle befolgen kann jeder, sogar ich. Einem anderen Mann zu gehören bedeutet … bedeutet, ihm dein ganzes Ich zu geben. Es bedeutet, dass du mir vertraust, dass du weißt, dass ich dir niemals absichtlich unrecht tun würde, aber wie du selber sagst, jeder macht mal Fehler. Deshalb musst du mit mir reden, wenn du meinst, dass es ein Problem gibt. *Falls* das wirklich das ist, was du willst."

Jason sah ihm im Spiegel in die Augen. Er hielt seinem Blick eine Zeit lang stand. Dann neigte er den Kopf und blickte zu Boden. „Master", sagte er nur.

Henry steckte das Schloss durch die Schnalle an Jasons Halsband. „Du bekommst keinen Schlüssel dafür", warnte er. Als Jason nicht protestierte, ließ er es zuschnappen. Dann drückte er Jason einen sanften Kuss in den Nacken. „Komm, Boy. Wird Zeit, dass wir nach Hause gehen."

H.B. Pattskyn kann sich noch an die erste Kurzgeschichte erinnern, die sie damals in der zweiten Klasse geschrieben hat – die zwar nicht besonders gut war, aber ein guter Anfang! Sie war ein Einzelkind und ist bei ihrer Großmutter aufgewachsen; schon damals saß sie am liebsten allein in ihrem Zimmer und hat gelesen, geschrieben oder gezeichnet anstatt Sport zu treiben oder sich mit Freunden zu treffen, wie andere Kinder ihres Alters.

Mit Anfang Zwanzig hat sie begonnen, Fanfiction zu schreiben – als Antwort auf die gefürchtete „es ist eigentlich nie passiert" dritte Staffel der Fernsehserie *Beauty and the Beast* – und seither schreibt sie. Erst vor wenigen Jahren ist sie in die Welt der m/m slash fiction vorgedrungen, und seither hat sie nie mehr zurückgeblickt. Wie einer ihrer Leser so schön sagte, „Es ist scharf, wenn Jungs sich küssen".

Zusätzlich zu ihrer schriftstellerischen Tätigkeit arbeitet Helen als Künstlerin und als Tarotkartenlegerin. Sie teilt ihr Leben mit einem wunderbaren Ehemann, einem gelegentlich wunderbaren Teenager, zwei Katzen, die ihr gnädigerweise erlauben, in ihrem Haus zu wohnen, und einem maßlos verwöhnten Mexikanischen Nackthund. In ihrem Heimatstaat Michigan treibt sie sich gerne auf Science-Fiction-Messen herum.

Hier ist H.B.s Website zu finden: http://helenpattskyn.com. Sie ist auch per E-Mail zu erreichen unter thylacine.yawn@gmail.com

Von H.B. PATTSKYN

Das graue Halsband

Veröffentlicht von DREAMSPINNER PRESS
www.dreamspinner-de.com

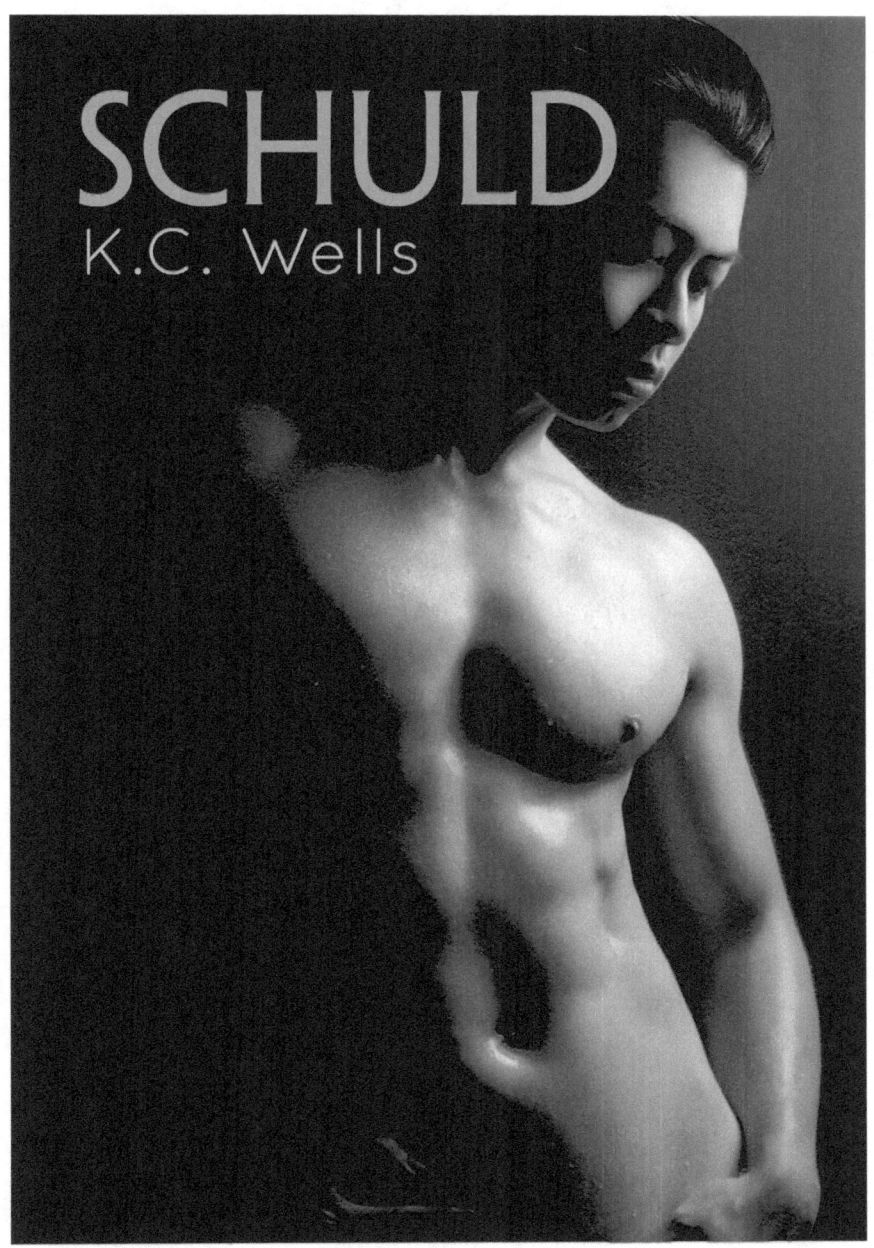

www.ingramcontent.com/pod-product-compliance
Lightning Source LLC
Chambersburg PA
CBHW022145240626
47153CB00007B/2520